Nos rêves EN PARALLÈLE

Ce livre est une fiction. Les noms, caractères, professions, lieux, événements ou incidents sont les produits de l'imagination de l'auteur utilisés de manière fictive. Toute ressemblance avec des personnages réels, vivants ou morts, serait totalement fortuite.

Image de couverture :
Shutterstock © LilacHome – GettyImages © gulfu photography
Couverture : Camille Decoster
Collection créée par Hugues de Saint Vincent
Collection dirigée par Arthur de Saint Vincent
Ouvrage dirigé par Marine Flour

34-36, rue La Pérouse
75116 Paris

ISBN : 9782755688474
Dépôt légal : octobre 2021
Imprimé en France par Corlet
N° d'impression : 21030503

NEW ROMANCE®

Nos rêves EN PARALLÈLE

ELLE SÉVENO

Hugo Roman

À mes enfants,
puissent-ils avoir des rêves à accomplir
et des personnes avec qui les réaliser.

Prologue
Cassandre

C'est plus fort que moi, dès que Mégane sort de la pièce, je saisis la télécommande et zappe. Les sifflements retentissent tout de suite dans le silence de notre appartement. Les plans sur les joueurs s'enchaînent et mon excitation grimpe en flèche quand je l'aperçois une seconde à l'écran. L'équipe de France dispute son dernier match préparatoire avant la Coupe du monde. Dans un mois, les joueurs s'envoleront pour l'Amérique du Nord, les espoirs de toute une nation sur leurs épaules.

Mes yeux détaillent les images. Je *le* cherche. Je ne m'attarde pas sur l'état de la pelouse, la couleur des maillots, le temps écoulé, ou sur ses coéquipiers. Mes tympans n'entendent plus les hurlements des supporters. Mon regard guette son numéro. Le 10. Mon rythme cardiaque s'accélère en tombant sur sa silhouette dans le champ. Un gros plan sur lui en train de marcher me tétanise. Je me rassasie de son image, de ses iris aussi sombres que du charbon, de ses cheveux soyeux, coupés au-dessus de l'oreille. Sa bouche charnue, ses joues creusées, sa mâchoire puissante, son profil dur, j'en connais chaque détail. *Il est si beau.* J'en ai mal chaque fois que je tombe sur des photos ou des interviews de lui. La plupart du temps, je les évite. Mais lorsque le manque est trop grand – comme ce soir –, je me gorge de quelques secondes de lui, tout en essayant d'ignorer mon cœur qui se serre, les regrets de ne plus faire partie de sa vie, les doutes sur notre séparation…

Il crache, il est en nage, il crie quelque chose à un de ses partenaires avant que l'action reprenne loin de lui. J'insulte les caméramans lors du changement d'angle, retiens mon souffle au moment où il réapparaît en gros plan. Je n'aime pas le football. Je n'ai jamais aimé ça. Regarder des mecs se faire des passes et courir pendant quatre-vingt-dix minutes m'ennuie. Sauf lorsque Soan joue. Je n'ai jamais compris pourquoi le voir lui, jongler, dribbler, ou tacler, me fascine autant. Peut-être à cause de l'expression de son visage. Avec une balle au pied, Soan est détendu. Comme si l'objet était une extension de son corps. Sur un terrain, il se sent bien, il se sent habile, fort, doué, invincible. J'aimerais pouvoir ressentir cette félicité un jour.

– Quel est le score ?

Je sursaute. Mon doigt ripe sur le bouton de la télécommande par réflexe, mais le mal est fait. Mégane me dévisage avec un petit sourire en coin insupportable.

– Tu as dit à Amir qu'il ne pouvait pas regarder. Et devant quoi je te retrouve ?

– Amir a quatre ans ! Et… je ne regardais pas.

Menteuse !

– Tu me prends pour une imbécile ? Fais-moi une place !

Ma meilleure amie s'assied à côté de moi sur le canapé. Me prenant la télécommande, elle revient sur le match. Je n'ose plus ouvrir les yeux. J'ai du mal à accepter de trouver Soan encore si beau alors que nos chemins se sont séparés depuis tant d'années… Finalement, j'y parviens. Il est en pleine action, ses pieds foulent le sol à une vitesse hallucinante. Les battements de mon cœur suivent le même rythme.

Quand Soan tire, mon souffle se suspend. La déception me noue le ventre lorsqu'il rate le but d'un mètre. J'avais oublié à quel point ma vie pouvait se calquer sur la sienne.

– Tu te fais du mal…

Mégane me dévisage.

Est-ce que je me fais du mal ? Oui. C'est certain. Si je voulais vraiment tourner la page, j'éviterais les matchs. Mais c'est plus fort que moi. J'ai besoin de savoir s'il va bien, s'il gagne. En ce moment, toutes les attentions se portent sur l'équipe de France. Les journaux télévisés ne parlent que de la préparation des joueurs, des attentes de leurs supporters. Chaque fois que je tombe sur un reportage, que je le devine en arrière-plan ou qu'un journaliste l'interroge, je perds pied. Je suis bourrée de regrets. Et d'incompréhension.

– Est-ce qu'il se passe un jour sans que tu penses à lui ?

Je dévisage ma meilleure amie. Elle n'attend pas de réponse. Elle sait.

– Il ne reviendra pas, Cassie. Il vit son rêve. Il t'a oubliée.

Ces mots me déchirent la poitrine. Soan vit son rêve, oui. Mais m'a-t-il totalement oubliée ? Mes yeux tombent sur mon téléphone qui n'a plus jamais reçu de message de sa part, puis sur le tiroir de mon bureau où ses dernières lettres reposent. Les plus récentes ont presque cinq ans.

– Je sais.

Je baisse la tête, en proie à une émotion vive et douloureuse.

– Oh ! Mon Dieu !

Le cri de Mégane attire de nouveau mon attention sur l'écran. Mon regard se fixe à l'image : Soan est allongé sur le sol. Il se tient le genou, bascule d'un côté et de l'autre sur le dos. Son visage se crispe.

Je me lève, le ventre foudroyé de douleur.

L'équipe médicale traverse le terrain jusqu'à lui. Elle porte un brancard. *Relève-toi !* Soan se tord toujours. Les voix des présentateurs se sont éteintes. J'ai envie de vomir, je lutte contre un vertige. Des sanglots acides commencent à remonter dans ma gorge, des larmes à perler au bord de mes paupières. Je crois sentir la main de Mégane se presser contre la mienne.

– Ce n'est rien. Il va se relever.

Elle tente de me rassurer. Moi, je ne peux plus parler. Je serre mon poing contre ma poitrine, je scrute mon téléphone posé sur la table. J'ai envie de lui envoyer un message, mais n'a-t-il pas changé de numéro ? Et si ce n'est pas le cas, il n'a jamais répondu à mes derniers textos. Pourquoi le ferait-il maintenant ? Nous avons tout traversé, lui et moi. Nous avons été plus forts ensemble. Quand nous avons cessé de tout nous dire, ma vie est devenue bordélique. Aujourd'hui, j'ai l'impression que c'est lui qui paie notre éloignement.

Je cille en entendant les commentateurs reprendre la parole, annoncer que ça semble grave. Puis ajouter qu'il faut attendre le diagnostic du médecin avant de se prononcer.

– Ce n'est pas engageant, précisent-ils.

Taisez-vous !

Soan est évacué. Il ne revient pas sur le terrain. Emmené sur la civière, il est remplacé et disparaît dans les vestiaires. Dans ma tête, je perds espoir de lire son nom sur la liste des joueurs en compétition le mois prochain. Il devait disputer sa première Coupe du monde, il avait été sélectionné. Il devait remporter une étoile, comme il me l'avait promis. Et je devais le regarder. C'était son plus grand rêve. Si on lui retire ce pour quoi il vit depuis tout petit, comment pourra-t-il se relever ?

1

Soan

7 mois plus tard

Quoi qui se passe dans ma vie, mes pas me ramènent toujours sur la pelouse. C'est le seul endroit, un ballon au pied, où je sais que je vais assurer. Tout le monde peut bien m'insulter en plein match, je reste focalisé sur mon objectif: la cage adverse. La certitude d'être fait pour ça est le sentiment le plus apaisant que je connaisse. Aujourd'hui, des millions de personnes comptent sur moi. L'équipe nationale a quitté la Coupe du monde aux portes de la finale. La majorité des supporters et des journalistes s'accordent pour dire que j'ai manqué à la sélection, que la prochaine fois sera la bonne puisque, ma rééducation terminée, je peux reprendre le chemin des terrains. En effet, je peux. Mon chirurgien et mon kiné me l'ont confirmé. Alors qu'est-ce qui cloche?

Je baisse les yeux sur mes crampons. Sous mon poids, la pelouse encore couverte de rosée s'aplatit. Je fais rouler le ballon. Intérieur du pied. Extérieur. Je commence à trottiner sans le quitter. Feinte à gauche. J'accélère vers les buts. Je suis seul, ce matin. Il est beaucoup trop tôt pour que qui que ce soit assiste à mon entraînement. Ce combat, je le livre contre moi-même. Je suis toujours un as des jongles, de ce côté-là, la blessure n'a rien changé. J'ai aussi retrouvé ma vitesse, ce n'est pas ça le problème. Pourtant, quand je rejoins le groupe, ou en match, tout part en vrille. Le week-end dernier, par exemple, je devais rentrer sur le terrain en deuxième mi-temps, mais à la sortie des vestiaires, ma tête s'est mise à tourner. Mon cœur a disjoncté, palpitant comme s'il avait voulu s'échapper de ma poitrine. J'étais tétanisé, des frissons brûlants plein le corps, avec une seule image à l'esprit : la pelouse contre mon crâne, et une unique sensation : le déchirement au niveau de mon genou.

Je ne parviens pas à surmonter ma blessure. C'est mental. Un médecin m'a assuré que si mes ligaments étaient guéris, ce n'était pas le cas de ma tête. Anxiété post-trauma. C'est le terme pour désigner mon état. Peur de l'impact. Physiquement, je suis apte, mais mon cerveau bloque. Et il me fait dérailler. Moi qui ne vis que pour le foot, le championnat, disputer la Coupe du monde, mon mental me court-circuite. Je vais finir par tout perdre. Ça devient un putain de cercle vicieux. Sans compter la pression que je me rajoute. *Je dois retourner sur le terrain. Je le dois ! Sois plus fort que ça, Soan ! C'est ton rêve que tu gâches avec ta peur à la noix !* Voilà le discours que je me répète du matin au soir. J'ai toujours été un type souriant et discret, mais j'en viens à ruminer pendant les entraînements, à ressasser devant les matchs, et à grogner quand les mecs m'adressent la parole dans le vestiaire. Je suis devenu un vrai con sur le banc de touche, aussi. Je m'en veux, mais je ne parviens pas à sortir de cette spirale infernale.

Arrivé à la ligne des seize mètres, je freine, vise et tire. La balle file à toute vitesse. *En plein dans le filet !* Mon cœur pompe plus fort. Facile. *Oui, trop facile !* Je soupire face au manque d'entrain que je ressens avant de me détourner pour aller chercher un autre ballon au pas de course. Je ralentis après deux foulées. Je reconnais la silhouette qui se dessine dans la lumière des projecteurs.

– On dirait pas que t'es rouillé ! me crie le mec qui vient à ma rencontre.

De deux ans mon aîné, Vadim est le joueur avec qui je m'entends le mieux. Il a été recruté un an avant moi, ici, à Liverpool. Il n'a jamais envisagé de changer d'air, contrairement à d'autres qui n'ont attendu qu'une saison ou deux avant d'aller voir si l'herbe est plus verte ailleurs – pas sûr, quand on pense à la quantité de pluie qui tombe en Angleterre ! Grâce à notre envie de rester fidèles à notre club, on a immédiatement sympathisé. Tout ce qu'il veut, c'est être titulaire dans une grande équipe, avec des supporters dévoués, chose à laquelle j'aspirais également. Son père est russe, ma mère est marocaine. On connaît les joies du métissage. Chacun pas vraiment étranger à son pays – je suis né en France et lui en Angleterre –, pas totalement accepté non plus. Je me suis rajouté une difficulté en vivant en Angleterre. Je n'y ai aucune attache, hormis celle de maîtriser l'anglais aussi bien que ma langue natale. Cassandre serait fière de moi, elle qui parlait couramment l'anglais alors qu'elle n'avait jamais mis les pieds au Royaume-Uni.

– Tu es tombé du lit ? me balance-t-il alors qu'il sait très bien où je me rends dès que je me lève.

– C'est plutôt à toi que je devrais dire ça !

On se cogne le poing. Notre plus grosse différence est là : Vadim aime les grasses matinées, moi pas.

– Y a-t-il des choses que je ne ferais pas pour toi ?

Je fais un signe du menton en direction de son jean.

– Apparemment, oui. Tu n'es pas en tenue, lui fais-je remarquer.

– Je n'aurais pas dit non à un un-contre-un, mais pas à 7 heures, frère ! Impossible !

Je me marre.

– En fait, je ne suis pas venu seul. J'ai amené quelqu'un que tu évites un peu trop ces derniers temps, si tu vois ce que je veux dire !

Je perds mon sourire. Vadim se tourne en direction des gradins. J'avise notre agent, en tenue impeccable, assis au premier rang, le regard braqué sur moi.

– Qu'est-ce qu'il fait là ? demandé-je, les dents serrées.

– Il m'a appelé hier soir parce que tu ne réponds pas à ses messages ni à ses coups de fil. Je lui ai expliqué que tu t'entraînes ici tous les matins et qu'il pourrait tenter une approche, vu que tu serais seul et… plus détendu. Je pense que le fait de t'observer l'aura rassuré sur ton niveau.

– Peut-être… Mais ça ne l'avance pas plus. Je ne dispute pas les matchs. Je ne respecte pas mon contrat.

– Je ne crois pas qu'il soit venu pour te passer un savon. C'est un type bien. Quant à nos dirigeants, ils ont des années d'expérience. Des joueurs blessés, ils en ont vu un paquet. Rien ne sert de te foutre la pression. J'ai été à ta place, moi aussi. Je sais ce qu'il faut traverser avant de retrouver le niveau.

– J'ai retrouvé mon niveau.

– Je voulais dire « le mental ».

Il tape dans le mille.

– Je ne lui aurais pas révélé où te trouver s'il avait eu l'intention de te faire une leçon de morale et de te rappeler tes engagements. Tu me fais confiance, non ?

– Bien sûr.

Avec le temps, Vadim est devenu comme mon meilleur ami. Je m'entends super bien avec les autres joueurs, mais avec lui, c'est différent. On est soudés. Je sais qu'il ne lâchera pas l'équipe pour un gros billet, il se battra pour elle quoi qu'il arrive.

– Écoute ce qu'il a à dire, poursuit-il. Tu pourrais être surpris.

Je lui indique que j'accepte d'un coup de menton, puis, dans son sillage, je me dirige vers notre agent. L'une des seules personnes sur qui je suis convaincu de pouvoir compter. Parce que je le paye bien. Il le mérite. Alfredo me suit depuis mes treize ans. C'est lui qui m'a repéré pendant une sélection, et s'est battu pour me représenter. Alors que j'étais au centre de formation de l'Olympique lyonnais, c'est grâce à lui que j'ai décroché mon premier contrat ici. Après trois ans, il a commencé à me parler de transfert pour un club de premier plan, mais il a vite compris que vivre sous les projecteurs espagnols ne me branchait pas. Liverpool a tout le potentiel pour se confronter aux plus grandes équipes, tout en conservant une dimension humaine que j'apprécie par-dessus tout. Les dirigeants sont attachés à leurs joueurs. Ils n'attendront peut-être pas deux ans avant mon retour – ils restent des investisseurs comme les autres –, mais ils m'ont permis de prendre mon temps, de bien me soigner. Maintenant, c'est à moi de prouver que je peux revenir au meilleur de ma forme. Mais comment ? J'ai envie de jouer. Ça me tue de ne pas être sur le terrain parmi les titulaires.

– Soan, ça me fait plaisir de te voir, me salue Alfredo.

Je lui serre la main avant de m'asseoir à ses côtés. J'ai mérité une pause. Je suis debout depuis 5 heures, mon genou commence à tirailler. *Pas sûr que ce soit judicieux de grimacer maintenant…* Être représenté par Alfredo n'est pas donné à tout le monde. Il a lancé la carrière de nombre de grands joueurs. Je suis fier de faire partie de ses effectifs. Nous ne sommes pas vraiment amis, mais notre relation n'est pas uniquement professionnelle non plus. Disons qu'on se respecte.

– Tu te déplaces rarement sans une bonne raison. Qu'est-ce qui t'amène ?

Je crois qu'il aurait aimé discuter d'autre chose avant d'aborder le sujet qui fâche, mais je suis trop nerveux pour attendre.

– Je ne vais pas y aller par quatre chemins, soupire-t-il. Je m'inquiète. Pour toi. Pour le club. Pour que tout le monde soit satisfait pendant cette période compliquée. Il n'est pas facile de représenter un joueur sur le banc de touche.

– Excuse-moi. J'ai perdu pied.

– Arrête de t'accabler, ça arrive. Vadim est passé par là avant toi.

Mon coéquipier et mon agent échangent un regard. Mon pote acquiesce.

– Le tout, c'est de ne pas te précipiter. Tu dois te laisser le temps de guérir, pas uniquement sur le plan physique. Forcer tant que ton mental ne suit pas serait le moyen le plus efficace de te blesser de nouveau. Soit le pire qui puisse t'arriver. Je ne veux pas te perdre. Le club ne veut pas te perdre.

– Les dirigeants t'ont dit quelque chose ?

– Ils sont prêts à attendre jusqu'à la saison prochaine pour que tu reviennes à ton meilleur niveau. Tu restes leur buteur attitré, l'un des meilleurs de la décennie, et ils tiennent à toi. Ils n'ont pas oublié que tu as eu l'occasion de partir et que tu ne l'as pas fait. Mais si un agent leur présente un nouveau talent plein de promesses, tu devras te battre pour retrouver ta place.

Je sais déjà tout ça. Et la pression ne fait que peser davantage sur mes épaules. Vadim pose une main réconfortante sur mon bras.

– Si je comprends bien, s'ils tombent sur un jeune joueur aussi bon que moi, je ne suis pas certain de réintégrer l'équipe en tant que titulaire.

Il me le confirme d'un signe du menton. Je secoue la tête, ne sachant pas si je dois me sentir reconnaissant d'avoir encore huit mois devant moi pour remonter la pente, ou dépité parce que la réalité du foot me rattrape.

– Tu as dit qu'ils me laissent jusqu'en août… commencé-je sans trop savoir ce que cette notion implique.

– Si tu t'entraînes dur, que tu suis des séances de kiné, que tu leur prouves que tu vas revenir au meilleur de ta forme, ils t'accordent du temps jusqu'à la saison prochaine. Vois ça comme un retour sur investissement pour eux. Ils t'adorent, là n'est pas la question. Mais ils misent beaucoup sur toi.

– On parle de quelle mise exactement ?

– Ils veulent gagner la Ligue des champions. Ils comptent sur toi pour ça…

Mon expression éberluée doit parler pour moi.

– Cela prouve à quel point ils ont confiance en toi.

– Ou qu'ils sont inconscients.

– Ils connaissent ton potentiel. Et ils savent que l'équipe fonctionne comme jamais avec Vadim et toi en pointe.

Notre rapidité et notre connexion sont en effet un atout pour l'équipe. Liverpool côtoie les sommets depuis des années grâce à la formation en place : une défense solide, une attaque puissante.

– Je crois que prendre un peu de distance te ferait le plus grand bien. Vadim m'a rapporté que tu t'exerces comme un fou tous les jours, mais que malgré tes efforts, il n'y a aucune évolution… Alors, fais-moi confiance, continue de t'entraîner, mais loin du stade. Au moins quelques semaines.

Mon agent me demande-t-il vraiment de faire une pause ?

– Si je comprends bien, tu me conseilles de ne pas revenir m'entraîner avec l'équipe tout de suite.

– En effet. On peut faire passer ça pour une mise au vert auprès des journalistes. Personne ne posera de questions.

Ta blessure justifie cette absence. On dira que tu suis un stage de remise en forme particulier…

Aussitôt, mes pensées voguent vers la ville de mon enfance, vers ma mère, les amis que j'ai laissés là-bas. Je suis toujours en contact avec Maximilien, mais Cassandre… Une pique bien connue me poinçonne le cœur. Pour faire passer la sensation, je me relève, marche en direction de ma bouteille d'eau posée à côté du banc de touche et m'enfile une longue rasade.

– Tu as une idée de l'endroit où tu pourrais te ressourcer ?

Une idée ? Bien sûr que j'en ai une. Mais elle me paraît si grotesque. Elle me réduit déjà au petit garçon trop heureux d'aller rejoindre sa meilleure amie, à l'adolescent malheureux de devoir la quitter, à l'adulte qui regrette d'avoir perdu contact. Je passe une main sur mon visage en songeant à ces dizaines de lettres qui attendent sagement d'être envoyées depuis des années…

– Non. Je ne vois pas…

Ce serait carrément ridicule d'envisager de rentrer, d'espérer encore après tout ce temps. Août et le début de la nouvelle saison paraissent si lointains et pourtant si proches. Comme Cassandre.

– Je te laisse réfléchir, dans ce cas. Quoi que tu décides, je suis derrière toi. Le club aussi.

– Pour le moment.

– Sois optimiste. Les grands joueurs se relèvent et tu l'es déjà !

Sur ces derniers mots, Alfredo s'éclipse.

Je reste au moins dix minutes le regard rivé sur la pelouse. Je me gorge de cette image paisible du stade. Les gradins immenses me rappellent à quel point c'est grandiose d'entendre les cris des supporters en plein match.

– Ne le scrute pas comme si tu n'allais jamais le revoir, me charrie mon pote. Tu ne pars pas pour toujours !

– Je n'ai pas dit que je partais. Je ne prendrai pas de décision sans penser aux conséquences…

– Même pas une toute petite ?

Le ton de Vadim m'intrigue. Je m'extirpe de ma contemplation pour le dévisager.

– Qu'est-ce que tu entends par là ?

– On sort, ce soir. Et tu as interdiction de te défiler. Je suis au courant que ce n'est pas ton truc, mais il faut savoir lâcher prise de temps en temps. Et les gars seraient ravis de passer du temps avec toi en dehors du stade.

– Les joueurs de Liverpool en boîte… N'est-ce pas contre-indiqué en pleine semaine ? Si vous plantez le prochain match, les tabloïds ne nous épargneront pas.

– Nous n'allons pas sortir en boîte, rétorque-t-il. Nous allons nous donner rendez-vous chez moi et descendre une ou deux vodkas en jouant à *Fifa*. C'est le meilleur traitement contre la déprime ! Je sais de quoi je parle, je suis russe !

Il me tire un sourire, ce con.

– Je ne bois pas, précisé-je. Me dis pas que tu n'es pas au courant après tout ce temps !

– Rien n'est définitif dans la vie !

Il agrémente sa remarque d'un clin d'œil malicieux. *Rien n'est définitif, non. Même les relations qu'on croit éternelles peuvent se détériorer jusqu'à ne plus exister.* Ma gorge se noue. Est-ce qu'elle me regarde toujours comme elle me l'avait promis ?

Je préfère ignorer les sentiments qui renaissent en moi. *Foutu espoir !* Alfredo n'aurait jamais dû me parler de cette pause. Mon cerveau visualise déjà mon retour dans cette ville où je n'ai pas passé plus de deux mois d'affilée depuis des années. Revenir aux sources me ferait peut-être du bien. Cassandre m'enverrait la balle avec un sourire, comme au bon vieux temps… Je chasse cette idée ridicule. J'aurai toujours des regrets, mais le passé est le passé. Vadim a parlé d'un traitement contre la déprime, non ? Je crois que c'est exactement ce dont j'ai besoin.

– C'est bon, je te suis !

2
Cassandre

– Tu n'as pas froid ? m'assuré-je en ouvrant la porte de la voiture.

J'arrange le cache-cou et le manteau autour du petit garçon qui s'est habillé à la hâte, puis il descend du véhicule. Nous ne resterons pas très longtemps dehors, mais j'ai toujours peur qu'il tombe malade. Alors que nous nous immobilisons devant un passage clouté, Amir s'impatiente. Il me prend la main comme pour m'inciter à accélérer. Les vacances de Noël viennent de se terminer. Depuis hier soir, il n'arrête pas de me parler de ses copains et du foot à la récré. Il n'attend qu'une chose : que je l'inscrive dans un club. Je lui ai promis de le faire à la rentrée prochaine. Il m'a demandé dans combien de dodos c'était, et a paru choqué quand il a entendu ma réponse. Je suis certaine que j'aurai droit à cette question chaque jour.

– Tu es sûr que tu ne vas pas avoir froid ? insisté-je, inquiète.

– Non, c'est bon, râle-t-il.

Il sautille devant la porte de l'école, puis entre sous les regards attendris des Atsem. Je salue tout le monde. Amir se déshabille comme un grand et suspend ses affaires au portemanteau. Le foot n'est pas la seule chose qui lui a manqué. Il aurait pu sauter une classe l'année dernière. Sa maîtresse m'avait signalé qu'il s'ennuyait devant des jeux qu'il réalisait beaucoup plus vite que les autres. Mais quand je le lui ai proposé et qu'il a compris que ses copains de foot ne seraient plus avec lui, il a refusé. Cette année, elle lui donne des exercices de CP en plus et il s'en sort très bien. Il n'est pas frustré de devoir se freiner.

C'est un petit garçon merveilleux qui me fait penser à moi. J'avais des facilités à l'école. Mes parents plaçaient de lourds espoirs sur mes épaules. Ils me voyaient avocate, ou chirurgienne. Et pendant un temps, j'avais cru partager les mêmes ambitions. Savent-ils que ma vie a pris une direction bien différente ? J'élève un enfant, seule, ou presque ; je ne suis pas mariée ; et dans ma poche, on ne trouve aucun diplôme supérieur. Si quelqu'un le leur a appris, ils lui ont certainement rétorqué que j'avais de mauvaises fréquentations et que j'ai cherché les problèmes. Peut-être ont-ils précisé que Soan est la cause de tout ça, que si je ne l'avais pas connu, je serais toujours leur petite dernière, enfant modèle et studieuse. Ils n'ont jamais compris. Soan n'a jamais été le frein à mes études, mais leur moteur. Si j'avançais chaque jour, c'était pour lui. Personne d'autre n'avait eu envie de faire connaissance avec moi. Personne d'autre ne valait la peine que je me lève le matin. Du moins, jusqu'à ma rencontre avec Mégane.

Je déglutis pour desserrer le nœud dans ma gorge au souvenir de cette période à la fois heureuse auprès de mon meilleur ami, et compliquée pour tout un tas de raisons extérieures. Les enfants peuvent se montrer si cruels entre eux… Au moins, malgré son métissage qui aurait pu lui rendre la vie difficile, Amir possède une ribambelle de copains prêts à le défendre en cas de problème. *Pourvu que cela ne change jamais !* En un sens, le foot permet d'effacer les différences. Cela a fonctionné pour Soan aussi quand nous étions plus jeunes.

– Un bisou ? demandé-je à mon futur grand bonhomme en me penchant à sa hauteur.

Amir dépose ses lèvres froides sur ma joue.

– À ce soir, déclaré-je. C'est tata Mégane qui vient te chercher. Moi, je travaille.

– Au soccer[1] ?

– Oui.

Son visage s'éclaire.

– On pourra te rejoindre ?

Ses yeux se font suppliants. Amir adore le foot. Il y joue à la récré, quand il a terminé ses devoirs, et dès qu'une occasion se présente. Lorsque je travaille le week-end et que Mégane ne peut pas le garder, c'est mon patron qui endosse le rôle d'adversaire sur un de ses terrains. Dans mes malheurs d'adolescence, j'ai eu de la chance de rencontrer des personnes avec le cœur sur la main. *Mes anges gardiens.*

Je cumule deux emplois pour offrir une belle vie à ce petit garçon qui compte sur moi. J'ai dû faire des sacrifices, renoncer à mes rêves, mais, aujourd'hui, je m'en sors. Même si certains jours – comme lors des soirs de match –, les choses que j'ai perdues se rappellent à moi plus fort. Je n'ai alors qu'à me rendre dans la chambre d'enfant de mon appartement pour savoir pourquoi je me bats.

Après avoir adressé un dernier signe à Amir, je retourne à ma voiture. Direction le soccer via la rocade. Mon emploi du temps ressemble à un sacré casse-tête. Le lundi et les soirs de semaine, je travaille dans cette salle qui loue des espaces

1. Foot en salle.

pour jouer au foot ; les autres jours, en dehors du samedi après-midi et du dimanche, c'est dans un garage que j'officie. Au milieu de tout ça, je m'occupe d'Amir du mieux que je peux.

Quand je rentre et passe derrière le comptoir près des premiers terrains, deux sur quatre sont déjà occupés. Une dizaine de mecs se changent sans complexe, en chahutant. Le lundi, ce sont souvent des commerciaux qui viennent se détendre avant d'entamer leur semaine. Je reconnais des habitués et croise le regard de nouvelles têtes. Tous me sourient.

Je me débarrasse de ma doudoune puis me dirige vers le bar pour prendre mon poste. Certains clients détaillent ma silhouette comme un bout de viande alléchant. Peu importe qu'ils soient en couple ou mariés. Depuis cinq ans que je travaille ici, le même schéma se répète. Mégane n'arrête pas de me dire de tenter une sortie avec le premier mec sérieux qui se montrera charmant, mais je me suis toujours méfiée. Je n'ai pas envie de tomber sur un baratineur. Nabil, mon patron, échange avec Maximilien, un de mes anciens camarades d'école. Ils sont accoudés au bar lorsque je me plante à côté d'eux. Un journal est posé sous leurs bras.

– Tu as vu le but d'Ivanovitch, hier soir ?

C'est un coéquipier de Soan. Ce sont les seuls dont je connaisse le nom. *Ils discutent de Liverpool ?* Je n'en saurai pas plus. Tous deux cessent leur bavardage en me voyant saisir un torchon face à eux. Dans un mouvement qu'il croit discret, Max tire le journal sous son coude.

– Vous pouvez parler de foot devant moi, leur fais-je remarquer en essuyant les verres fraîchement lavés. Ce n'est pas tabou. Je travaille la moitié de mon temps dans un soccer, Liverpool est une grande équipe, j'entends régulièrement parler de Pelletier.

Peut-être moins en ce moment. Depuis sa blessure, Soan n'est pas revenu sur le terrain. Je le sais parce que je ne rate aucun des matchs de Liverpool depuis cet été. Je veux assister à son retour.

– Tu es vraiment très en beauté, aujourd'hui, constate mon camarade d'enfance pour changer de sujet.

Nabil lève les yeux au ciel face à l'éternel cirque de Max. Ce dernier ne peut pas s'empêcher de se pavaner comme un paon devant moi.

– C'est ce que tu as dit à la fille que tu as abandonnée dans ton lit pour venir ici de si bon matin ? me moqué-je. Tu lui as laissé un mot pour qu'elle rentre chez elle sans t'attendre ou tu lui as promis de la rappeler ?

J'aime remettre les pendules à l'heure. Je suis sortie avec Max au collège, après le départ de Soan. Notre après-midi s'est soldée par un baiser, une prise de conscience de l'impossibilité de cette relation pour moi, et nous sommes restés amis. Cela ne l'empêche pas de tenter sa chance régulièrement. Je n'ai jamais eu envie de réitérer l'expérience. Sa réputation agit comme un repoussoir très efficace. Avec son équipe, ils sont les clients favoris des boîtes de nuit. L'alcool y coule à flots, y compris lorsqu'ils jouent le lendemain. Quant aux filles, je ne suis pas sûre qu'ils les considèrent autrement que comme des distractions aussi faciles à consommer qu'un verre de whisky-Coca. Niveau maturité, certains ont encore du chemin à parcourir. Et quand il est entouré de sa bande, Maximilien ne se comporte pas bien mieux. C'est dommage, car loin du troupeau c'est quelqu'un d'intéressant sur qui on peut compter. Je crois qu'il a compris depuis longtemps qu'il perd son temps avec moi. Sortir le week-end, boire et fumer ne me tente pas plus que lécher un cactus ! Dans un sens, ma réputation n'a pas évolué : je suis passée de la jeune catho bien sous tous rapports à la parent célibataire.

Soit clairement pas la personne à fréquenter pour asseoir son statut.

– Tu sais que tu me brises le cœur chaque fois que tu insinues que j'agis comme un connard avec les filles ?

– Ce n'est pas vrai ?

– Je ne ferais jamais ça avec la bonne !

Je pouffe, mais lui n'en démord pas.

– Et si c'était toi la bonne et, qu'à cause de tes refus, je ne me range jamais ?

– Je ne voudrais pas priver ces dames de tes prouesses… à l'horizontale.

Nabil tente de dissimuler son sourire. On échange un clin d'œil pendant que je termine d'aligner les verres.

– À l'horizontale… Franchement Cassandre, tu me déçois. Tu ne connais donc que cette position ?

Je rougis. *Je ne vais pas répondre à cette question !* Il se penche par-dessus le comptoir.

– Je me dévoue pour te faire découvrir des prouesses que tu n'imagines même pas !

– Je crains que nous soyons incompatibles…

Quand il recule, faussement choqué, mon attention se porte sur le journal toujours à moitié caché sous son bras. Le titre apparaît : *L'Équipe*. Leur embarras ne peut donc vouloir dire qu'une chose : on y parle de Soan. Max est un ancien de ses coéquipiers, Nabil, un de ses premiers coaches. Le premier a grandi avec nous, le second a été témoin de notre proximité, mais ni l'un ni l'autre ne connaît les détails de notre relation. Seuls Soan et moi savons comment nous nous sommes rencontrés, comment nous nous sommes protégés durant notre parcours scolaire, et comment nous nous sommes quittés. J'essaie d'ignorer la compression autour de mon cœur en déviant la conversation.

– Il y a du monde, ce matin.

Sur les terrains, les joueurs courent. Ils sont déjà en nage. Le foot en salle fait plus travailler le cardio que celui à onze.

– C'est chargé aujourd'hui, précise Nabil, le nez dans sa paperasse. Regarde le cahier, j'ai trois réservations pour l'heure suivante. Les tournois de fin de mois attirent de plus en plus de monde, ce n'est plus aussi simple à gérer.

Nabil organise des matchs tous les soirs, qui conduisent à une grande finale un samedi par mois entre les meilleures équipes. Les amateurs de foot en salle aiment découvrir leur classement chaque jour et espèrent se qualifier pour prouver leur talent. Max repositionne son bras sur le quotidien.

– Et donc, vous avez déjà noté les noms des participants ?

Mon patron semble décontenancé par ma question innocente. *Qu'il croit !*

– Vous avez rangé un papier, précisé-je en désignant le journal sous le coude du plus jeune. C'est dessus que vous avez inscrit les noms ?

Nabil cligne des paupières. Max se racle la gorge.

– Euh… oui, bien sûr, finit par répondre mon chef.

Leur petit jeu m'agace. Je souffle ostensiblement, croise les bras et me colle contre le comptoir. Max lève la tête vers mon visage fermé.

– Qu'est-ce qui se passe ? m'informé-je, frustrée qu'on me cache des choses.

– Comment ça, « qu'est-ce qui se passe » ? s'étonne l'ancien coéquipier de Soan.

Je pointe du doigt le journal.

– Vous répondez n'importe quoi pour que je ne pose pas de questions. C'est *L'Équipe* du jour ?

Alors que Max s'apprête à tirer le quotidien loin de moi, ma main se plaque dessus. La poigne bienveillante de Nabil presse mon bras : il me déconseille de regarder.

– Crois-moi, tu n'as pas envie de savoir.

– Pourquoi ?

Parce que ça concerne Soan. Je pourrais presque entendre ce qu'ils taisent.

– Nabil, insisté-je devant son silence.

Il soupire, déjà vaincu. Son étau se desserre, il recule. Max tourne le journal dans ma direction.

– Je t'aurais prévenue, commente l'ancien coach.

Est-ce si grave ? Légèrement fébrile, je saisis le quotidien et le déplie. Mes yeux passent rapidement sur le gros titre dont je me moque, ils filent sur un encadré en dessous, et y lisent le nom que je redoute. « Soan Pelletier a-t-il une chance de revenir en équipe nationale ? » L'article s'interroge sur la rééducation du numéro 10 français qui n'a pas repris son poste de titulaire dans la ligue anglaise. Il semble que c'est compliqué, mais les dirigeants ne fournissent aucune explication, et Soan fuit les journalistes comme la peste. Je reçois un coup au cœur en lisant que certains de ses coéquipiers s'inquiètent pour son mental. Il est précisé qu'il est en train de plonger dans une spirale autodestructrice. Ce mot est si fort, il me fait peur. Mon cerveau enregistre malgré moi les termes « Alcool », « Soirées » et « Drogues ». Je suis morte de trouille que cela soit la réalité et que Soan ne remonte jamais la pente.

Si seulement il avait continué à me parler, j'aurais été là. J'aurais traversé la Manche pour être avec lui. Je l'aurais engueulé pour ne pas m'avoir donné de nouvelles pendant cinq ans, mais j'aurais été la première à le pousser hors de cette pente dangereuse. J'aurais écouté tous les maux qu'il aurait bien voulu me partager. *Comme toi, tu as partagé tes problèmes ?*

– Tu crois que c'est vrai ? me demande Max.

– Non. Soan ne boit pas. Il n'a jamais bu.

– Il ne s'était jamais pété le genou non plus, proteste-t-il.

– Rupture des ligaments croisés, le corrigé-je. Beaucoup de grands joueurs s'en sont remis. Ce sera la même chose pour lui.

– Encore faut-il qu'il en ait envie…

– Je ne crois pas à ces histoires.

– Peut-être que votre passé t'aveugle…

Je fronce les sourcils. Pourquoi m'attaquer ainsi ?

– Tu as des nouvelles ? se radoucit-il.

Je déglutis face à une nouvelle vague de tristesse.

– Tu en as, toi ?

– J'en avais… Mais depuis juin, c'est le silence radio.

Je baisse les yeux. Je n'ai pas envie de montrer qu'une part de moi se sent peinée. J'ai toujours été la plus proche de Soan et savoir qu'il a gardé contact avec un de ses coéquipiers mais pas avec moi me plonge dans un torrent de questions sans réponse.

J'essaie de rester focalisée sur mon travail, encaissant les commandes, accueillant de nouveaux arrivants désireux de se défouler, mais mes pensées dérivent systématiquement vers Soan et sa blessure. Je me souviens encore de ce jour. J'ai eu mal à la jambe comme si je me tenais à sa place sur le gazon. J'ai senti mon cœur se déchirer quand les secouristes, aux airs graves, l'ont emmené. *Mon Dieu ! Faites que ce ne soit pas vrai, qu'il ne se soit pas mis à boire.* Il ne le supporterait pas. Il n'arriverait jamais à se pardonner de devenir comme son père et de causer du tort autour de lui à cause de ça.

J'en suis à une énième prière lorsque mon portable vibre au fond de ma poche. M'accordant une pause, je tire l'appareil à moi. Un numéro inconnu vient de m'envoyer un message. Les premiers mots s'affichent sur l'écran verrouillé. Un « Cassie » qui sonne de manière familière à mes oreilles. J'ouvre la suite. Mon cœur bat à tout rompre. C'est Soan.

3

Soan

Soan : Cassie, tu dois te demander pourquoi je t'envoie un message après tout ce temps. En fait, tu es la première personne à qui j'ai pensé en me réveillant. J'avais mal à la tête, j'ai vu les bouteilles de bière éparpillées autour de moi et j'ai eu peur. Je ne vais pas bien, en ce moment. Vraiment pas bien. Je suis toujours énervé. Je sors alors que je ne le fais jamais. Pourtant les médecins n'arrêtent pas de dire que je suis rétabli, que je peux de nouveau jouer sans problème. On est en plein milieu du championnat, et je n'ai pas fait une minute en match depuis le début de la saison. Je n'arrive pas à rentrer sur le terrain. Je flippe. Si tu savais à quel point je flippe de me péter un truc de nouveau... La douleur, ça a été comme un membre qu'on m'arrachait. J'ai vécu les pires minutes de ma vie, allongé sur cette pelouse, parce que j'ai cru voir mon rêve s'effondrer. J'ai hurlé, je me suis retenu de pleurer, je me suis empêché de sauter dans le premier avion pour que tu me dises que tout allait bien se passer. Ça aurait été du foutage de gueule, non ? Ça fait cinq ans que je n'arrive pas à t'envoyer de message. Quel genre de mec ça fait de moi ? Pas quelqu'un qui te mérite, je crois... Je divague, ce matin.

J'ai la tête en vrac, j'ai pris un cachet, c'est peut-être pour ça. J'ai tellement bu hier… Je n'avais jamais bu de ma vie avant ces dernières semaines, tu le sais, mais là… Je crois que ma mère me tuerait. Si Allah existe vraiment, je suis bon pour purger mes péchés en Enfer ! Je me marre, mais ce n'est pas drôle. Je suis au fond du trou. Je voudrais tant que tu sois à mes côtés. Toi, au moins, tu m'empêcherais de faire des conneries. Pas comme mes potes. Eux, ils sont morts de rire de me voir picoler, car je ne tiens pas l'alcool. Je ne sais pas comment je vais m'en sortir. Mon club attend que je joue, le sélectionneur français ne va pas tarder à composer son équipe, et moi je serai où ? Sur le banc de touche. Ou devant ma télé. Putain, je ne veux pas louper les matchs qualificatifs pour la Coupe d'Europe. Mais je n'y arrive pas, Cassie. Quand je rentre sur le terrain, tout ce que je vois, c'est la couleur de la pelouse. Je sens son odeur et je me rappelle que j'avais la tête collée à elle après m'être blessé. Ça me paralyse…

Je me laisse tomber sur le fauteuil du salon le plus proche, le regard perdu sur l'écran de mon téléphone. Je passe une main sur mon visage, comme si ça pouvait effacer ce moment. *Qu'est-ce que j'ai fait ? Je viens vraiment d'appuyer sur le bouton Envoyer ? Merde, je dois être encore bourré, c'est pas possible !*

– Vadim ?

J'ai squatté son canapé cette nuit. Après une sortie dans un bar entre potes, je n'avais pas la foi de rentrer chez moi pour broyer du noir. Vadim nous prépare un petit déjeuner riche en calories, puisqu'il veut aller courir ensuite. Mon appel l'attire hors de sa cuisine.

– Ouais.

– Y'a moyen d'annuler l'envoi d'un texto ?

Ce con de meilleur pote se marre.

– Non, je crois pas, parvient-il à répondre. À qui t'as envoyé un message ? Une meuf que tu ne voulais pas revoir ?

Je relis ce que j'ai écrit, mortifié. *Je n'aurais jamais dû… Que va-t-elle se dire de moi ? Et si elle m'ignore ?* Je ne pense pas que mon cœur soit préparé aux conséquences de ce texto. Le portable vibre dans ma main. L'écran se rallume. L'instant me paraît irréel. J'ai espéré tellement de fois reprendre contact tout en me rappelant son rejet. Et voilà qu'il suffit que je sois bourré pour demander son numéro à Max…

Cassie : Tu es un abruti, Soan Pelletier.

Quoi ? C'est ça, sa réponse ? Elle ne s'inquiète même pas de savoir comment j'ai eu son numéro ? Elle ne me fait pas la morale parce qu'après cinq ans de silence, je la recontacte pour pleurnicher comme un gamin ? Je grimace en jetant mon téléphone au fond du canapé. Puis je le reprends, les doigts en suspens au-dessus du clavier tactile. Je voudrais effacer mes mots. Peut-être que si je lui dis que c'est une erreur, elle les oubliera. Non, je ne veux pas reprendre mes mots. Ce sont sûrement les seules choses vraies que j'aie racontées au cours des derniers mois. Je pose mon portable. Je le reprends, le repose, le reprends. Je ne sais plus.

Soan : Je ne voulais pas écrire tout ça.
Cassie : Donc ce sont des mensonges ?

Je me frotte le front. Ma réplique tarde.

Cassie : Est-ce que je vais devoir patienter cinq ans pour obtenir une réponse à cette question ?

La pique me touche en plein cœur.

Soan : J'ai attendu autant que toi.

Cassie : On ne va pas avoir cette conversation par téléphone.

Soan : Pourquoi pas ? C'est toi qui la lances !

À son tour de faire la morte. Le temps me paraît interminable. *Réponds…*

Soan : Cass ?

Cassie : QUOI ?

Soan : Ne me lâche pas. J'ai besoin de te parler.

Je suis conscient de me tenir au bord du gouffre. J'ai envoyé ce texto comme un appel à l'aide, une corde mal nouée à la falaise.

Cassie : Je ne suis jamais partie nulle part, Soan.

Soan : Tu avais mon numéro et tu ne m'as pas recontacté…

Cassie : Tu accuses sans savoir. Mes parents ont cassé mon téléphone. Je n'avais plus ton numéro.

– Soan, ça va ?

Je relève la tête. Vadim me regarde, un peu paniqué. Je me rends compte que je tremble. Je m'accroche à mon portable. Il vibre dans ma main.

Cassie : Comment tu as eu mon numéro alors ?

Soan : Je l'ai demandé à Max.

Nouvelle vibration. Cette fois, ce n'est pas une notification, elle m'appelle. Je ne réagis pas.

– Tu ne décroches pas ? me questionne Vadim comme un écho à mes pensées.

Non. *Je peux pas !* Cassandre insiste. Vadim appuie sur le téléphone vert à ma place. Je plaque le combiné à mon oreille et me lève. *Il faut que je bouge !*

– Quand est-ce que tu l'as demandé à Max ?

– Je…

Je buggue. Je panique. Vadim me dévisage comme un type bizarre.

– Soan, depuis combien de temps tu as mon nouveau numéro ?

– J'en sais rien.

Si on remontait dans les brouillons de mes messages, on trouverait que ça fait cinq ans, un mois et quelques jours que je prépare des messages à son attention sans avoir le cran de demander à notre seul contact en commun s'il possède son numéro. Une éternité, donc, que j'espère la revoir. Une éternité à jouer au lâche. Mais j'ai respecté son souhait, non ? *Jusqu'à ce qu'un verre de trop me fasse échouer.*

– C'est récent. Je ne me souviens pas. C'était pendant une soirée…

Je crois l'entendre gémir au bout du fil, mais peut-être que je rêve. Je l'imagine affectée alors qu'il n'en est sûrement rien…

– Tu as demandé mon numéro quand tu étais bourré, c'est ça ? murmure-t-elle.

– Oui.

Elle peut entendre mon ton dépité. Et puis, je reprends du poil de la bête. Je ne suis pas le seul fautif.

– Maximilien avait mon numéro, annoncé-je

– Et ?

– Tu aurais pu me contacter, toi aussi.

Quel con ! Je m'en veux de lui balancer cette phrase sortie de nulle part, mais j'ai besoin de l'attaquer. Je me sens déjà suffisamment coupable pour mon genou et mon équipe.

– Crois-le ou non, j'ai essayé de te joindre dès que j'ai pu, mais faut croire que les lignes anglaises ne sont pas bonnes…

– Quoi ? Quand ?

– Peu importe. Je t'ai dit que je n'avais pas envie d'avoir cette conversation maintenant.

– Mais…

Je ne parviens pas à finir. Je soupire au lieu de répondre. Je me sens vide, stupide, et en même temps je lui en veux. J'essaie de m'accrocher aux derniers instants de notre relation. C'est elle qui ne souhaitait plus espérer pour rien, non ? C'est elle. Sa voix me tire de mes souvenirs :

– Je viens.

– Tu viens ? Tu plaisantes !

Je m'exclame assez fort sous les yeux ébahis de mon meilleur pote. Mon cœur palpite. Je me sens beaucoup trop heureux d'un seul coup. Nerveux, aussi. Désorienté. *Qu'a-t-elle dit ?* Vadim cherche à savoir ce qui se passe. Je hausse les épaules à son attention.

– Ce soir, précise-t-elle. Après mon boulot, je vais mettre des fringues et ma brosse à dents dans un sac à dos, et partir pour Liverpool. J'ai acheté un billet d'Eurostar il y a dix minutes, alors t'as intérêt à décuver fissa, parce que je t'assure que ta bouteille, je vais t'assommer avec !

– Depuis quand t'es si violente ?

– Depuis quand t'es un abruti fini ?

Elle raccroche. Je la rappelle.

– Qu'est-ce qu'il y a ? m'attaque-t-elle d'entrée.

– Je ne suis pas un abruti !

– Tu as des arguments ? Parce que dire « Je ne suis pas un abruti » sans argument, ça te rend encore plus abruti !

– Tu vas arrêter de me traiter d'abruti ?

Elle rit.

– Je t'ai entendu te marrer !

Mon cœur se glorifie de ce constat.

– Non. Je me suis raclé la gorge. Je suis dehors et il caille.

– Les températures extrêmes, je connais. Rentre chez toi.

– Non.

– Sérieux, Cassandre, ça ne m'emballe pas des masses que tu te tapes le trajet toute seule cette nuit.

– Comme ça, tu culpabiliseras d'avoir bu si on retrouve mon corps dans la Seine !

Je bloque sur ses paroles. Une pression atroce me tiraille la gorge.

– Tu ne peux pas dire ça.

J'en crèverais, s'il lui arrivait un truc. Je me rends compte à cet instant qu'une partie de moi seulement était vivante ces cinq dernières années. Le passionné de foot savourait, mais le reste avait disparu. Des émotions que j'avais écrasées renaissent en entendant sa voix.

– Envoie-moi ton adresse, se radoucit-elle.

Je lui obéis sans vraiment prendre conscience de ce que ça implique.

– Merci.

– Mon gardien va te mordre…

– Je viens avec une muselière !

À mon tour de rire. C'est dingue comme une conversation banale avec elle a le don de me détendre. Comment j'ai pu oublier ça ?

– Tu es insupportable d'avoir réponse à tout.

– On dirait que ça t'étonne.

– Je vais le prévenir que tu arrives.

Le spectre de notre ancienne relation flotte subitement entre nous. L'avoir au téléphone marque une distance qui semble infranchissable.

– Je dois y aller. Je dois… m'organiser pour quelques jours et…

– Sérieusement, Cassandre. Tu vas venir ?

– Relis ton message, Soan. C'est un appel à l'aide. Et je te l'ai promis, je serai toujours là pour toi.

– Moi aussi.

– On en reparlera.

Silence. *Elle n'y croit plus.* Elle raccroche de nouveau.

Pendant une minute, je ne parviens pas à bouger les yeux. Ils restent fixés sur l'écran de mon téléphone redevenu noir. La conversation se rejoue dans ma tête. Irréelle. Inespérée. Quasi salvatrice. Vadim attend toujours que je lui explique, mais je ne suis même pas certain de comprendre ce qui vient de se passer.

– Il faut que je rentre chez moi, laissé-je échapper sans savoir si je m'adresse à Vadim ou à moi-même.

Je récupère ma veste comme un robot. Alors que j'actionne la poignée de sa porte d'entrée, mon pote s'inquiète une dernière fois.

– Soan, ça va aller ?

– Ouais. Je crois, ouais.

– C'était qui ?

– Cassandre. Ma meilleure amie quand j'étais gosse, précisé-je parce qu'il ignore tout d'elle. Je… Faut que je réfléchisse un peu seul !

– Je suis là, si t'as besoin.

– Je sais.

***

J'ai fait le con ! Plus les heures se sont écoulées, plus j'ai angoissé. J'ai tourné et viré dans mon appart. J'ai rangé, décuvé. Je me suis douché. Devant ma penderie, j'ai cherché des fringues pendant quarante-cinq minutes avant de me rhabiller quasi à l'identique. Puis, j'ai demandé à Vadim de se ramener. Et je ne sais pas ce qu'il a vu ce matin sur mon visage avant mon départ, mais il a jugé bon de sonner le rappel des troupes pour venir soutenir le soldat à l'agonie. Les célibataires du groupe, Liam, Mac et Naïm, ont débarqué accompagnés de leurs supportrices attitrées. Depuis, ils squattent le canapé, devant la console, les filles sur leurs genoux. Ils ont apporté de quoi manger et boire. Mais je n'aime pas qu'ils se croient chez eux, prêts à dégainer l'artillerie si jamais l'une de leurs fans se mettait à genoux devant eux. Heureusement, la présence de Vadim rattrape le reste.

– Merci d'être venu, lui déclaré-je à l'écart des mecs.

– Désolé que ces trois connards aient amené leurs rencards. Je pensais qu'ils seraient seuls. Tu avais l'air sacrément à l'ouest, ce matin.

Je le suis toujours.

– Elle t'a dit des choses que tu ne voulais pas entendre ? me questionne-t-il.

– Plus ou moins… Elle est en route.

– Elle se ramène ici ? s'informe-t-il avec une tête d'ahuri.

J'acquiesce.

– Moi non plus, je n'y crois pas.

– Ce n'est pas une groupie hystérique, rassure-moi.

– Non. Elle n'aime pas le foot. Elle ne va pas tomber dans les pommes en voyant ta gueule.

– Quand est-ce qu'elle prévoit de débarquer ?

– Ce soir. Je n'ai pas plus d'infos.

– Waouh ! C'est… inattendu.

– Je ne sais pas quoi lui dire.

– Si tu as besoin que je la vire…

– Non ! Non.

Rien que de l'imaginer, ça me révolte.

– J'ai envie de la voir.

J'en crève d'envie, même.

– Soan ! appelle Liam, la tête dépassant à peine derrière l'épaule de son coup d'un soir. Il te reste des bières ?

Je n'en ai jamais. Je questionne Vadim du regard.

– Dans le frigo, me confirme-t-il sans que j'aie besoin de formuler quoi que ce soit.

Je l'abandonne une minute dans le salon, le temps de me rendre en cuisine et de procéder à la distribution. Je m'apprête à repartir vers mon meilleur pote lorsque Mac me bloque. Il tient une flasque et me la tend.

– Prends un petit remontant, Soan. Ça te fera du bien.

Faux ! Rien de bon ne peut sortir d'une rasade d'alcool « pour oublier ». Malheureusement, ma blessure couplée à l'arrivée imminente de Cassie me rend stupide. Je n'ai bu que des bières jusqu'à présent. Ce qu'il me tend là, ça a l'air bien plus fort. Je lève la main vers la mini-bouteille en métal, prêt à goûter un nouveau fruit défendu. Une voix rugit pour m'en empêcher.

– Il ne boit pas !

Je tourne la tête vers la fille plantée au milieu du salon, son sac à dos sur l'épaule.

Cassandre.

4

Cassandre

– Il ne boit pas.

Je m'étonne moi-même de la rudesse avec laquelle je les interpelle. Il y a cinq minutes à peine, je tournais en rond sur son palier en me demandant ce que je dirais à Soan. Puis un garçon m'a ouvert, je suis entrée, et la première image qui s'est imposée à moi, celle de Soan, une main tendue vers une flasque d'alcool, m'a fait voir rouge. Je me suis précipitée vers le groupe sans réfléchir. Et maintenant, je me retrouve reluquée comme si je venais de me téléporter directement dans le salon. Soan se retourne le dernier. C'est la première fois que l'on se revoit en chair et en os depuis plus de cinq ans. Mon cœur a du mal à le supporter. Tout mon corps peine à l'accepter, en réalité.

Le silence s'installe entre nous, mais il n'est ni pesant ni gênant, nous sommes plutôt enfermés dans un état de grâce. Nous nous redécouvrons par une lente inspection. Nous nous reconnaissons. Je parcours son visage à la recherche d'un détail qui aurait changé. Soan arbore des traits plus durs, plus adultes, mais ses yeux noirs me fascinent toujours autant. Sa barbe, rasée, teinte ses joues de nuances sombres. Les courbes de sa bouche me ramènent des années en arrière, lorsque je fantasmais sur notre premier baiser, sur le jour où ses doigts s'aventureraient un peu trop loin. *Ce temps est révolu!* Je m'accroche à cette vérité, et ferme les poings sans savoir quoi dire. Je suis déstabilisée qu'il prenne autant de place. Était-il aussi grand, la dernière fois que je l'ai vu ?

Je suis heureuse de me retrouver face à lui. Heureuse, inquiète, perturbée, chamboulée… C'est le chaos à l'intérieur de moi. Et à voir la poitrine de Soan se soulever rapidement, je me dis qu'on est autant perdu l'un que l'autre.

– C'est qui ? questionne soudain un des garçons assis sur le canapé.

– Une fille qui se prend pour la mère de Soan, répond celui qui le tente avec de l'alcool. Tiens, mec.

Ramené à la réalité, mon ex-meilleur ami cille avant de scruter l'objet tendu devant lui. Il hésite. *Il hésite!*

– Si tu ne ranges pas ça, je vais le vider dans l'évier.

Mes cours d'anglais sont loin derrière moi, mais les mots ont fusé tout seuls. Je ne sais pas d'où je sors un caractère aussi audacieux, je ne suis pas comme ça d'habitude. Je ne parle pas aux gens que je ne connais pas, ou alors je rougis. Mais ce soir, il n'est pas question de piquer un fard. La détresse qu'ont laissé transparaître les mots de Soan est imprimée en moi. Je commence à avoir de l'expérience face aux appels à l'aide. Je ne faillirai pas pour lui. Surtout pas pour lui.

– Et comment tu comptes faire ? se moque méchamment le garçon. Tu m'as l'air aussi féroce qu'une crevette…

– Soan ! l'interpellé-je.

Ses paupières clignent de nouveau. Comme s'il ne s'attendait pas à ce qu'on lui demande son avis.

– Oui ?

– Tu te souviens quand je me passionnais pour tout et n'importe quoi, petite ?

– Oui.

– Je fais du Krav-maga en ce moment…

Ma déclaration a du mal à se frayer un chemin jusqu'à son cerveau. Puis il percute. J'étais plus grande que lui, à l'époque, mais je suis restée à mon mètre soixante-huit alors qu'il a vingt bons centimètres de plus que moi maintenant. M'imagine-t-il en train de boxer? Trouve-t-il que je suis trop petite pour faire peur à qui que ce soit? Il se met à rire. Mais pas méchamment. En réalité, je discerne beaucoup de tendresse dans ce son. Beaucoup trop.

– Range ça, Mac, balance-t-il à son pote tout en faisant un pas dans ma direction. Je ne bois pas.

L'autre se renfrogne, mais je n'ai pas le temps d'entendre sa réponse ou de voir l'expression de son visage. Soan se métamorphose devant moi, il m'attire à lui dans une étreinte mal assurée, mais sincère.

– Si tu savais comme tu m'as manqué, me murmure-t-il à l'oreille.

Mon cœur bat si fort que j'ai peur qu'il explose. *Bon sang!* Son odeur. Ses bras autour de moi. Les souvenirs remontent, les sentiments ressurgissent. *Ça suffit, tu n'es pas venue pour ça!* C'est si bon, si douloureux à la fois que je reste les bras ballants tandis qu'il me serre fort contre lui.

– Tu m'as tellement manqué, répète-t-il.

Mes yeux s'embuent. J'aimerais lui demander pourquoi il nous a imposé ce silence, dans ce cas, mais les mots ne franchissent pas mes lèvres. J'en suis incapable. La fille qui vient de défier un colosse d'un mètre quatre-vingt-dix a disparu. Je crois qu'elle veut surtout profiter de la chaleur de son ami avant qu'il ne redevienne un inconnu…

Me maintenant fermement contre lui, Soan s'adresse aux autres:

– Les gars, vous devriez…

– C'est comme si c'était fait, répond celui qui m'a ouvert.

La tête collée contre le torse de Soan, j'entends plus que je ne vois partir les quatre mecs et leurs copines. Le type que j'ai rembarré se permet une dernière question sur un ton cinglant.

– Sérieux, c'est qui cette meuf? Sa nouvelle groupie?

Il obtiendra une réponse dans le couloir.

Le silence retombe dans l'appartement. Je n'ai pas bougé. Les battements du cœur de Soan cognent contre mon oreille. Peu à peu, ils se calment. Quant à moi, ils m'apaisent. Mon meilleur ami, ou ex-meilleur ami – comment me considère-t-il ? – me relâche enfin, puis il s'écarte d'un pas.

– Excuse-moi. Je ne voulais pas te gêner ou…

Je secoue la tête.

– Je ne suis pas gênée, je ne m'y attendais juste pas.

Je ne lui dis pas qu'il m'a manqué aussi. Je sais que si je m'ouvre, et qu'il m'écoute, je risque de m'accrocher de nouveau à lui. Et je ne le veux pas.

– Tu es là, percute-t-il soudain.

Il se triture les mains, danse d'un pied sur l'autre. Soan n'a jamais été timide ou gêné. Je me souviens de notre première rencontre, lorsque des garçons lui avaient refusé l'accès au city[2] de notre ville à cause de ses origines, il avait pris la chose avec flegme. Il ne s'était pas démonté pour autant, comme s'il était convaincu qu'il finirait par les rallier à sa cause. Ce soir, j'ai l'impression qu'il ne sait pas où poser le regard, qu'il ne sait pas quoi dire, comment agir avec moi. Ma présence doit sacrément le perturber. Je me sens tout à coup bien moins sûre de moi. J'ai traversé la Manche, fait cinq heures de route sur un coup de tête, confié Amir à Mégane qui doit bosser, et me voilà devant un homme que je ne connais plus. Il a

2. Terrain multisport mis à disposition par les communes.

peut-être trop changé pour que l'on puisse de nouveau être amis. Qu'est-ce qui m'a pris ?

– Je suis désolée, je… je n'aurais peut-être pas dû venir. Je ne t'ai même pas demandé ton avis.

Quelle idiote ! La frayeur que m'a causée son texto redescend subitement.

– T'excuse pas. C'est…

Il me lance un sourire craquant.

– Je suis content de te voir et de savoir que tu as réagi comme on le faisait quand on était gosses. C'est comme si rien n'avait changé.

Pourtant tout a changé. Les palpitations douloureuses de mon cœur le prouvent. Comme s'il réalisait lui aussi que plus rien ne sera comme avant entre nous, Soan perd son expression bienheureuse et se dirige vers l'îlot à deux mètres derrière lui.

– Tu veux boire quelque chose ?

Je profite de sa fuite pour prendre enfin le temps de regarder mon environnement. Je n'étais focalisée que sur lui tout à l'heure, maintenant je peux inspecter les lieux. Il habite dans un loft qui mêle des murs de brique rouge à des teintes blanches. Un escalier en métal sombre donne sur un étage. L'espace de vie est immense. Des meubles en bois clair séparent un baby-foot du coin télé. Des cadavres de bière gisent par endroits, et des vêtements sont entassés sur un fauteuil. Soudain, la fatigue me gagne. Je me suis levée à 6 heures et je n'ai pas fermé l'œil depuis.

– Cassandre ?

Je quitte ma contemplation pour me tourner vers lui.

– N'importe quel soft m'ira, réponds-je enfin.

Mon regard s'attarde sur lui tandis qu'il s'active en cuisine. Il allume sa bouilloire, prépare deux tasses.

– Je fais du thé, précise-t-il. Je crois que c'est ce qui est le plus conseillé vu l'heure.

Il ne revient pas sur l'incident de la bouteille ni sur le spectacle désolant qu'offre son appartement. Je n'ose pas bouger.

Lorsque je laisse tomber mon sac à dos à mes pieds, l'impact attire l'attention de Soan. Il s'interrompt en plein mouvement et dépose la théière sur l'îlot. Comme s'il analysait enfin la situation, il accroche ses mains au plan de travail et ploie la tête durant un temps infiniment long. Ses yeux scrutent mon paquetage puis remontent sur mon visage.

– Pourquoi tu es venue ?

Son ton n'est pas chargé de reproches, je pense surtout qu'il n'arrive pas à croire que je me tiens devant lui.

– Quand j'ai lu ton texto, j'ai eu peur. Je me suis rappelé tes préceptes, puis ton père, et j'ai refusé que tu te sentes comme lui. Je n'ai pas réfléchi, il fallait que je sois là pour toi. Je voulais juste te dire…

Jamais on ne m'a regardée aussi intensément.

– Te dire que tu vas t'en sortir, reprends-je, le souffle court. C'est ce que font les amis, non ?

– Nous sommes encore amis, alors ? Je croyais qu'on s'était perdus en route…

Je baisse le nez vers mes pieds. J'ai toujours eu les larmes faciles et j'ai peur qu'il ne remarque la soudaine brillance au coin de mes paupières.

– J'aurais aimé qu'on ne se perde pas, mais on ne peut pas revenir en arrière.

Je hausse les épaules, inspire, chasse la brûlure dans ma gorge.

– Je te l'ai dit, je n'ai pas réfléchi. Il fallait que je te voie.

Son sourire renaît timidement.

– Et est-ce que j'ai changé ?

Tu es si beau.

– Oui. Et moi ?

Il garde le silence un long moment. Je crois défaillir face à ses iris sombres. Soan a toujours eu la capacité de lire en moi. Il savait comment me déstabiliser, mais surtout comment me rassurer. J'étais aussi bien qu'à la maison auprès de lui. Et cette sensation-là n'a pas changé.

– Beaucoup.

J'aimerais lui demander en quoi. Voit-il toutes les galères que j'ai traversées ? Se doute-t-il que je cache quelque chose ? Quelqu'un ?

L'eau arrive à ébullition et me sort de ma torpeur. Soan nous sert.

– Tu ne veux pas approcher ? se moque-t-il, un sourire en coin irrésistible sur les lèvres. Je ne vais pas te sauter dessus.

Inspire. Expire. Je compte mes pas jusqu'au plan de travail. *Cinq.* Je tire le tabouret. *Six.* Je pose mes mains sur la tasse. *Sept.* Je lève les yeux et les plonge dans les siens. *Huit.* Des dizaines de secondes s'écoulent ensuite. Je murmure un merci du bout des lèvres. La chaleur de l'infusion me détend. J'ai une conscience aiguë de la présence de Soan qui me surplombe, de son inspection silencieuse.

– Tu restes combien de temps ?

– J'ai pris deux jours. Je n'aurais pas pu lai…

Je m'arrête avant d'en dire trop.

– Je ne pourrai pas rester davantage. On compte sur moi au travail.

Il acquiesce. Il comprend. Comme avant. Mon cœur se serre quand je me rappelle que je l'ai perdu.

– Tu as un endroit où dormir ? me questionne-t-il, sincèrement inquiet.

– J'ai trouvé un hôtel.

La réponse ne lui convient pas. Il grimace et secoue la tête.

– Tu devrais rester ici.

Quand il voit que je ne bouge plus, et que je suis à peine capable de respirer, il se dépêche d'ajouter :

– Il y a une chambre d'amis, à l'étage. Tu ne vas pas payer un hôtel alors que j'ai tout ce qu'il faut pour t'accueillir.

– Je ne sais pas si…

– Ne pars pas… S'il te plaît.

Son « S'il te plaît » est moins assuré que le reste. J'ai peur de traduire sa supplique. Me dira-t-il ça aussi quand je m'en irai ?

– D'accord.

De toute façon, je suis crevée.

– Je vais te montrer.

Je délaisse ma tasse pour le suivre. Soan saisit mon sac puis vérifie que je marche dans ses pas. Il grimpe l'escalier à toute allure. À l'étage, la mezzanine qui surplombe le salon s'ouvre sur trois portes alignées. L'une d'elles est une salle de bains gigantesque. On peut entrer à quatre ou cinq dans la douche, à deux dans la baignoire, et ne pas se cogner les coudes devant la double vasque. Le carrelage est simple et moderne. Après me l'avoir présentée, Soan me guide vers ma chambre pour la nuit. Il dépose mon sac sur le lit. La pièce ne contient pas beaucoup de meubles. Il m'explique qu'elle sert rarement. Seuls ses coéquipiers ont dû y finir amorphes quelquefois après des soirées jeux vidéo mouvementées.

J'avance, lui recule vers la porte. Nos corps se frôlent. Nous tournons la tête l'un vers l'autre. Je suis incapable de le remercier ou de lui souhaiter bonne nuit. Ses pas se poursuivent dans mon dos. Il s'arrête sur le seuil. Quand il garde un peu trop longtemps le silence, j'ose jeter un coup d'œil vers lui.

– Il y a à manger dans les placards de la cuisine. Pour demain matin. Si jamais… tu te lèves avant moi. Tu fais comme chez toi.

– D'accord.

Est-ce que j'ai perdu tout vocabulaire ? Je crois, oui. Je me reconcentre sur mon sac, en sors le nécessaire pour me coucher. Ma nuque semble frissonner sous son regard.

– Cassandre ?

Toujours pas de « Cassie ». Je me tourne vers lui, un masque posé sur mes traits pour qu'il ne voie pas à quel point j'espère que la distance entre nous s'évanouisse.

– Merci.

La porte se referme sur lui.

5
Cassandre

7 ans

J'aime bien le dimanche. Lorsque Maman reçoit d'autres femmes pour organiser le catéchisme. J'ai déjà entendu certaines d'entre elles expliquer qu'elles n'aiment pas ce jour. Elles trouvent qu'il est trop proche du lundi. Toutes les corvées de la semaine doivent être réglées, et les devoirs terminés. Ne pas avoir une minute de répit leur donne le blues. J'ai demandé à Maman ce que ça veut dire, « avoir le blues ». En fait, c'est être un peu triste. Je ne comprends pas parce que c'est un joli jour, le dimanche. On sort en famille, à l'église. Maman et Papa discutent longtemps à la fin de la messe, mes grands frères et ma sœur vont retrouver leurs copains. Personne ne fait plus attention à moi, j'ai quartier libre !

Je suis sûre que j'aimerai encore le dimanche quand je serai grande. Tous les jours de la semaine sont beaux, comme tous les hommes sont beaux. Jésus me l'apprend. Enfin, Maman me l'apprend en me parlant de Jésus. Pourtant, je lui ai demandé une fois pourquoi les voisins regardaient un petit garçon noir et sa maman avec une longue robe qui cachait ses cheveux et son corps d'un air mauvais. Elle n'a pas su me répondre. Ça m'embête quand Maman ne répond pas à mes questions parce que moi, j'aime bien comprendre les choses. J'espère que je pourrai demander une explication à la dame du catéchisme à la rentrée. Ou à ma maîtresse. Je n'y ai pas pensé, mais elle, elle saura sûrement. Je réfléchis et j'énumère le nombre de gens avec qui je pourrais en parler en attendant avec impatience la fin de l'office.

Les voix s'élèvent en chœur. C'est joli. Il y a des personnes qui chantent vraiment bien. Je ne comprends pas toutes les paroles, mais je me sens bien, entourée. Maman dit que c'est comme si Jésus me chantait ces mots-là lui-même. Peut-être. J'aurais aimé le rencontrer, moi, Jésus, mais tout le monde n'arrête pas de me dire que ce n'est pas possible. Pourquoi ? Je me gratte la tête. Encore une question sans réponse.

J'écoute les chansons, mais je ne chante pas. Je suis assise, alors que les paroissiens sont debout. Mes pieds se balancent devant moi. Je suis silencieuse et sage, mais ça ne plaît pas à Maman. Les sourcils froncés, elle me donne une tape sur l'épaule et me fait signe de me lever comme les autres. J'obéis. J'obéis toujours à Maman, sinon je n'aurai plus le droit de jouer dehors, ou de manger un bout de gâteau au chocolat pendant le goûter, ou de regarder un peu la télévision l'après-midi après les devoirs. Maman continue de m'observer, il faut que je fasse attention. Je remue les lèvres pour faire semblant de chanter. C'est facile, tout le monde chante ici. Une voix de plus ou de moins, c'est pareil. On pourrait croire que chanter m'ennuie, mais non. J'aime bien venir dans cette église. J'aime bien voir les copains, même si la plupart se tiennent derrière le prêtre dans leur tenue d'enfant de chœur. Je suis la plus petite de mon quartier. Les autres habitent trop loin, je ne les connais pas. D'autres encore ne viennent pas à la messe. Ils me traitent de… Je préfère ne pas y penser. La dernière fois, j'ai pleuré dans le couloir avant de rentrer dans la classe et je n'ai pas envie de pleurer devant Maman. Alors pour oublier, je me mets à chanter, fort et haut. Avec tout mon cœur.

L'office se termine. C'est la partie que j'aime le moins, tout le monde bouge en même temps, l'allée pour sortir est pleine. Moi, ce que je veux, c'est courir à l'extérieur, mais je dois rester avec Maman et Papa parce que je suis petite. Une fois dehors, c'est différent. J'attends le moment où ils vont rencontrer quelqu'un pour pouvoir aller m'amuser. Bingo ! Les parents de Jules viennent les voir pour discuter.

– Maman, je peux aller jouer ?

– Bien sûr, ma chérie. Ne t'éloigne pas trop, en revanche.

Elle me parle sans même me regarder. Tout le monde se fait confiance, ici. S'il m'arrivait quoi que ce soit, mes parents rappliqueraient dans la seconde. Je ne crains rien. Avant de partir, j'essaie de voir si je trouve Pierre, Noé et Madeleine, mes frères et sœur, mais tous les trois sont en pleine conversation avec leurs copains de l'école, donc je laisse tomber. Je traverse la route, et m'engouffre dans le lotissement de l'autre côté. Comme nous vivons dans un quartier ayant, d'un côté, de jolies maisons et, de l'autre, des immeubles, le maire a fait construire un city. Et vu que c'est les grandes vacances, il y a plein d'enfants qui jouent au football. Je cherche des filles, mais je n'en trouve aucune.

J'aime bien faire du sport à l'école. Le baseball, le basket, et même la gymnastique et la natation, j'ai vraiment tout adoré. Mais le foot… Je crois que ça rend les garçons stupides. Ils se battent pour un rien. Ils s'énervent, ils font semblant de tomber, parfois certains s'insultent. On dirait qu'ils jouent comme s'ils devaient prouver qu'ils sont les meilleurs et frimer. Il y a des grands aujourd'hui, ils échangent le ballon avec des élèves de mon école, des CM1. Ils forment deux équipes de six. Ennuyée, je contourne le city pour aller au toboggan. Je trouverai peut-être quelqu'un pour s'amuser avec moi, là-bas.

Quand j'arrive, il n'y a personne.

– Eh la catho, tu t'es perdue ?

Les garçons dans mon dos rigolent. *Des lourdauds.* Je fronce les sourcils. Ce n'est pas la première fois qu'on me donne ce surnom. Est-ce que c'est à cause de mes vêtements ? Je baisse les yeux sur ma tenue. Je porte une chemise à col bateau – comme mes grands frères et ma grande sœur –, un gilet, une jupe et un collant. Maman a pris soin de m'attacher les cheveux. Ma queue-de-cheval tombe au milieu de mon dos. J'adore la sentir me chatouiller le haut des fesses quand je penche la tête en arrière.

– Les écoute pas, ils sont débiles.

Je me tourne vers la voix du garçon qui vient de me parler. Je ne l'avais pas vu parce qu'il se trouve de l'autre côté du toboggan. Je ne distingue que ses pieds. Il tient un ballon de la semelle, d'ailleurs. J'avance vers lui. Il est plus petit que moi, a deux yeux bruns presque noirs, des cheveux rasés, et une peau plus foncée que la mienne. Il est tout seul. Il jongle avec le bout de son pied et il arrive à me parler tout en faisant attention de ne pas poser sa chaussure au sol.

– C'est pour ça que tu ne joues pas avec eux ?

Son menton fait signe que oui.

– Ils disent que je ne sais pas jouer, explique-t-il.

À le voir donner de petits coups dans le ballon sans que celui-ci ne tombe, je me dis que c'est faux.

– Mais tu as un ballon. C'est que tu sais jouer, non ?

– Pas forcément. Je connais quelqu'un qui a trois ballons, et je le dribble facile.

– Il a quel âge ?

– Onze ans.

– Et toi ?

– Huit ans.

– Comme moi. Enfin, je vais bientôt les avoir. Mon anniversaire, c'est le 12 septembre.

– Moi, je suis né en juillet.

– Joyeux anniversaire en retard, alors.

– Merci.

Premier sourire depuis notre rencontre. Ses dents de devant se chevauchent, les miennes sont toutes bien rangées.

– Ton papa et ta maman ne sont pas là ?

– Si. Ma mère est là. J'habite dans cette rue, m'informe-t-il en pointant du doigt un des immeubles à côté du city.

– Ah bon ? Quel numéro ? Je ne t'ai jamais vu à l'école !

– Le 16. On vient de déménager. Dis, si t'as le temps de me poser des questions, t'as le temps de faire des passes, non ?

Le ballon atterrit contre mes chaussures avant que je réponde. Je baisse les yeux sur lui, tâtonne avec mes mocassins.

– C'est vrai que t'es pas trop habillée pour jouer au foot… remarque-t-il.

– Je n'aime pas le foot, déclaré-je en relevant la tête vers lui.

Il ricane.

– Comme toutes les filles, non ?

Il se déplace pour venir récupérer son bien. D'un coup de talon, je lui prends le ballon avant qu'il ne l'atteigne.

– Je veux bien faire des passes avec toi.

– C'est vrai ?

Son regard noir s'illumine. Sa bouche se met à sourire. Il est mignon.

– Comment tu t'appelles ? Si je joue avec toi, faut que je sache comment t'appeler !

– Soan. Soan Pelletier.

Je lui tends la main comme j'ai vu Papa le faire avec des clients.

– Enchantée Soan, moi, c'est Cassandre Aragon.

Au lieu de serrer mes doigts comme le font les adultes, il cogne sa paume contre ma paume. Le clap qui résonne entre nous est trop classe.

– Viens, on va un peu plus loin.

Il récupère le ballon et file.

– Eh ! Attends-moi !

– Dépêche !

Je me positionne à bonne distance.

– On fait quoi ? Pas de trucs trop compliqués !

– Juste des passes ! Après, si ça te dit, on fera des tirs.

Ça, je peux le faire. J'ai déjà vu Pierre et Noé jouer dans le jardin. Maman n'aime pas ça, elle dit qu'ils abîment ses fleurs. Soan vise mes jambes et tire. Quand le ballon approche, je donne direct un coup de chaussure dedans, mais celle-ci glisse de mon pied et le ballon atterrit bien loin de la position de Soan. Il est obligé de courir le chercher et de revenir à sa place.

– Faut la contrôler avant de la renvoyer ! me gronde-t-il.

– Contrôler ? Ça veut dire quoi ? Comment je fais pour contrôler ?

– Je vais te montrer : renvoie-la-moi !

Je répète mon geste. Soan l'arrête du pied avant de se décaler et de tirer pile dans mes jambes. OK, j'ai compris, il faut le bloquer avant de frapper. Je l'imite donc.

– Ouais, c'est ça, me félicite-t-il. Tire maintenant.

De nouveau, je fais comme lui. On est loin, il y a au moins trente pas entre nous, mais je vise bien. Il n'a pas besoin de se déplacer, cette fois.

– C'est bien, me sourit-il.

Soudain, des moqueries résonnent sur ma droite. On a des spectateurs. Sur le city, les gars se sont arrêtés de jouer et ils nous regardent.

– Pas si nulle pour une fille ! me crie l'un d'eux.

– Pas si nul pour un Rebeu, enchaîne un autre.

Je fronce les sourcils en voyant la mine de Soan s'assombrir. Il les fusille du regard.

– Une catho et un Rebeu main dans la main, on aura tout vu !

Je comprends que Soan est en colère. Par contre, je ne comprends pas ce que veut dire « Rebeu ».

– Viens, on va plus loin.

Après les rires viennent les sifflets. Soan me prend la main pour me ramener vers les lotissements.

– Mais…

– Les écoute pas, je t'ai dit.

– Pourquoi ils t'insultent ? Ils sont méchants !

– Ces mecs sont des abrutis finis. T'en fais pas, ça leur passera.

– Mais…

– Cassandre, c'est pas grave, je te dis.

J'aime bien avoir sa main dans la mienne, j'ai l'impression qu'on pourrait aller au bout du monde tous les deux.

– Attends !

Je tire sur son bras pour l'arrêter.

– J'ai dit à mes parents que j'allais au square, j'ai pas le droit de trop m'éloigner.

– Ils sont où, tes parents ?

– À l'église.

– Je vais t'y ramener. Viens.

Soan ne défait toujours pas nos doigts.

– Mais… le foot ?

– Je devais rentrer chez moi, de toute façon.

– Je peux retourner à l'église toute seule !

– Pas avec ces bouffons qui traînent dans le coin.

Il nous faut cinq minutes pour rejoindre le parvis. Il y a moins de monde devant l'église. De loin, je repère mes frères et sœur déjà revenus à côté de mes parents. Je suis la seule absente. Ils ne vont pas tarder à me chercher. Soan s'apprête à traverser quand je l'en empêche. Je veux rester encore un peu avec lui.

– Qu'est-ce que ça veut dire, « Rebeu » ?

Il me regarde comme si je sortais d'un conte de fées.

– Ça veut dire « Arabe » en verlan.

Décidément, il emploie des mots très bizarres.

– Verlan, tu sais pas non plus ? À l'envers.

J'ai du mal à comprendre. Soan rigole devant mon visage plongé dans une intense réflexion.

– Tu comprendras une autre fois.

– En fait, ils disent que tu es un Arabe ?

J'espère avoir bien compris.

– Ils n'ont pas tout à fait tort. Ma mère est marocaine. Mais c'est la façon de le dire qui est méchante.

– Comme si c'était une insulte ?

– Ouais.

De loin, je vois mes parents pivoter, prêts à prendre la direction du square avec toute la famille.

– Tu es à l'école George-Sand ? demandé-je à Soan avant d'être obligée de rentrer.

– Oui. Maman m'y a inscrit.

– On se reverra là-bas, alors.

– Si tu travailles ton contrôle, pourquoi pas, ouais.

Il se moque de moi, mais pas comme les grands. Là, il me sourit.

– OK.

Soan me tape la main puis fourre la sienne dans sa poche. Son autre bras tient toujours son ballon amoureusement contre lui.

Je traverse la route en faisant attention à bien regarder des deux côtés. Sur le trottoir d'en face, je me retourne une dernière fois et lui fais un signe de la main, qu'il me rend timidement. Ses yeux passent par-dessus mon épaule, puis il repart dans le sens inverse.

– Qui c'était, ce garçon ? demande Maman en arrivant derrière moi.

– Soan. J'ai joué au foot avec lui.

– Au foot ?

– Hum…

– Tu aimes le foot, toi ?

– Non, pas trop. Mais personne ne voulait jouer avec lui.

– C'est bien, ma puce. On y va ?

Je suis ma famille jusqu'à la voiture.

Dans deux semaines, c'est la rentrée. Maman ne sait pas que je n'avais pas hâte d'y retourner avant aujourd'hui. Je n'ai pas menti à Maman : je n'aime toujours pas le foot. Mais Soan, il aime. Et moi, Soan, je l'aime bien…

6

Cassandre

Comme je m'y attendais, je n'ai pas bien dormi. Il m'a fallu deux heures, et un nombre incalculable de positions, pour finalement fermer l'œil. Chaque fois que mon regard s'est porté en direction de la porte close, mon cœur s'est emballé. Les souvenirs du dernier été que j'ai passé avec Soan ont tourné en boucle dans ma tête. Je ne dois pas ressembler à grand-chose ce matin, mais je ne suis pas venue ici pour défiler sous mon meilleur jour. Mon pyjama est l'exact reflet de ma précipitation : le premier tee-shirt déformé trouvé dans mon armoire et un legging court. Je tente de bloquer des mèches de cheveux derrière mon oreille, mais coupées juste sous mon lobe, elles me glissent entre les doigts.

Lorsque je sors de la chambre, le loft est plongé dans la pénombre et le calme. Soan n'a pas l'air d'être levé. Je m'aide de mon téléphone pour parvenir jusqu'aux marches, les descendre et avancer vers l'îlot central, deux mètres derrière le canapé. « Fais comme chez toi », m'a-t-il dit. Si seulement c'était aussi simple. J'ai plutôt l'impression de m'être imposée et que Soan n'a pas osé me dire non…

Je me prépare un thé comme je l'ai vu faire hier. Puis, ma tasse en main, je m'arrête au milieu du spectacle désolant de son appartement. Je ne sais pas s'il se rend compte de la saleté dans laquelle il vit et qu'elle ne lui pose pas de problème, ou si son mal-être le rend aveugle à ces choses. *Je ne devrais pas m'en mêler,* murmure une première voix dans ma tête. *Pourquoi tu es venue, si ce n'est pour l'aider ?* répond une autre, obsédante. Vaincue, je délaisse ma tasse sur le plan de travail et pars en quête de ce qui me faut : une panière à linge pour les vêtements qui traînent – essentiellement des affaires de sport –, un grand sac-poubelle pour les cadavres de bouteille et les paquets de chips.

J'ai lancé une machine et suis en train de fermer un deuxième sac rempli de déchets lorsque ses pas résonnent sur les marches en métal.

– Ce n'est pas à toi de faire ça.

– Si, je crois.

Je saisis les deux poubelles pour aller les jeter. J'ai vu le local dédié hier, dans le hall de l'immeuble. Le plus gros des sacs est lourd, les dizaines de bouteilles à l'intérieur s'entrechoquent. Je le dépose près de sa porte d'entrée.

– Attends, je… je vais le descendre, m'informe-t-il avant de se précipiter vers moi.

Je me redresse. Je me sens bête de l'accueillir en pyjama, des détritus dans chaque main. Puis je me dis que ça nous ressemble. Nous avons toujours agi de manière naturelle l'un envers l'autre. Comme hier, l'instant se suspend tandis qu'il se retrouve à un pas de moi. Il m'inspecte de façon amusée et saisit les deux poubelles. Sans un mot de plus, il passe devant moi, et emprunte l'escalier. Je le suis en silence, les yeux braqués sur sa nuque tendue. Ses cheveux, qui ont poussé depuis la dernière fois que je l'ai vu à la télévision, flottent sur sa peau. Son tee-shirt repose sur sa musculature. Je ne me rappelais pas que Soan était si développé des épaules.

J'ai pourtant un souvenir précis de les avoir caressées, lovée contre lui, toute une nuit. Je n'ai rien oublié des promesses faites à ce moment, qu'il n'a pas tenues.

Alors que nous descendons les marches en silence, des émotions enfouies et cependant familières fourmillent au creux de mon cœur. Toutefois, arrivée au rez-de-chaussée, j'ai remis le passé à sa place : enfermé à double tour au plus profond de moi, et j'affiche un air neutre. Les poubelles disparaissent dans la benne. Soan reste dos à moi, la tête baissée.

– Je suis désolé que tu aies assisté à ce carnage, murmure-t-il comme s'il réalisait ce qu'on vient de jeter.

– Mieux vaut que ça ait été moi plutôt que ta mère, le rassuré-je.

Il se tourne, se frotte le cou, le regard fuyant.

– Si elle savait…

– Mais elle ne sait pas, l'arrêté-je. Et si tu te reprends, elle ne l'apprendra jamais.

Un signe du menton me confirme qu'il est d'accord pour ce deal.

– Pourquoi tu fais ça ?

Parce que malgré ces cinq années, mon cœur est incapable de te dire non.

– C'est ce que font les amis. Les vrais. Ils ne se posent pas de questions quand on les appelle à l'aide.

– Les amis… semble-t-il réfléchir.

C'est que nous étions avant que tout dérape. C'est ce que nous avons toujours représenté l'un pour l'autre. Je ne peux pas me permettre que cela redevienne « plus », de toute façon.

– Tu as les cheveux courts… me fait-il remarquer.

Instinctivement, je porte les doigts sur mes pointes. C'est vrai qu'à 18 ans, ils me descendaient au creux des reins. Les circonstances ont fait que j'en ai eu marre. Quand toute cette crasse m'est tombée sur la tête, j'ai voulu quitter l'image de petite fille modèle qui me collait à la peau. La seule chose à laquelle je n'aie pas renoncé, c'est ma foi. Soan n'est au courant de rien. Pourtant, il aurait su s'il était venu cet hiver-là… *Il aurait su, si tu avais continué de lui écrire.* Mais c'était trop dur d'espérer.

– J'avais envie de changer, est tout ce que je trouve à répondre.

– Ça te va bien. Tu parais…

Ses mots lui échappent.

– … plus mature. Mais dans le bon sens du terme.

– Il y a un mauvais sens ? le taquiné-je.

– Je veux dire que tu ne fais pas… vieille.

Je souris.

– J'ai donc quelques années devant moi avant que tu ne me trouves vieille ! C'est intéressant à savoir.

Encore faut-il qu'on se voie toujours… Je déglutis pour empêcher la douleur de revenir à la surface. Je ne suis venue que deux jours, une parenthèse dans nos quotidiens mouvementés, un croisement dans nos vies évoluant en parallèle. Mon sourire vacille.

– On remonte ? proposé-je pour éloigner le malaise.

Soan inspire un grand coup en ouvrant la porte de son appartement. Puis il effectue un demi-tour avec un sourire renversant.

– Tu as déjà fait beaucoup plus que n'importe quel psy…

Je comprends ce qu'il veut dire.

Nous échangeons notre petit déjeuner en silence. Je crois que ni l'un ni l'autre ne sait quel sujet aborder. Poser des questions sur nos vies nous ramènerait forcément en arrière et induirait d'autres questions plus gênantes.

Après une douche rapide, Soan me propose de me faire découvrir la ville.

– Tu n'as pas d'entraînement prévu ou…

– En ce moment, on me demande de prendre du recul et de me soigner loin des stades plutôt que de venir pour ne pas jouer…

Je décèle toute son amertume.

– Ton genou n'est pas totalement guéri ?

– Si. C'est juste ma tête qui merde.

Je ne rajoute rien.

Nous nous couvrons, puis Soan m'emmène sur les quais. Je découvre une ville agréable, spacieuse, propre, mêlant architecture moderne et ancienne. Les bâtiments passent du blanc au rouge, de toits droits à des toits arrondis, de façades en verre à de la pierre. Les rues sont larges, le port est magnifique. Nos bras se frôlent en marchant, mais ni l'un ni l'autre ne cherche à s'écarter. Je sais déjà que je me fais du mal. Je prends des petites doses de lui alors que je devrai lui dire de nouveau au revoir demain.

– Est-ce que tu ne risques pas d'être reconnu ? lui demandé-je après des dizaines de mètres parcourus en silence.

– Les gens sont habitués à ma présence. Je vis ici depuis six ans. Je ne suis plus la nouvelle attraction à la mode. Mais il peut m'arriver de tomber sur des touristes. Là, en effet, en général, ils m'accostent.

– Tu as la vie dont tu as toujours rêvé.

– Sur ce point-là, oui. Je n'avais pas prévu de me blesser en cours de route…

Je m'arrête. Il m'imite, me fait face.

– Tu savais que le sport à haut niveau peut entraîner ce genre de choses. Tu l'as toujours su, Soan. Qu'est-ce qui change ?

– Je n'avais pas envisagé de ne pas pouvoir remonter la pente.

– Tu y arriveras. C'est ton rêve. Depuis tout petit, tu ne parles que de foot.

– C'est pour ça que c'est si dur de prendre conscience que… je ne suis pas à la hauteur…

Je ne le connaissais pas si injuste envers lui-même.

– Tu te souviens m'avoir promis que même si nous étions séparés, je te verrais toujours sur un écran.

– Et toi de regarder…

– Je n'ai pas manqué un seul de tes matchs.

Cet aveu semble lui couper le souffle.

– Je compte bien te voir de nouveau sur le terrain.

– Tu as vu, alors…

Je ne l'ai pas seulement vu, je l'ai ressenti. J'ai pleuré en priant pour qu'il se relève.

– Oui, soufflé-je.

Les traits soudain fatigués, Soan se dirige vers le banc libre le plus proche. Il s'y laisse tomber. Son regard se porte sur le port, plonge dans les eaux. Patiente, je le rejoins. J'ai envie de lui prendre la main, je n'en fais toutefois rien.

– J'ai peur, Cassie, m'avoue-t-il. J'ai peur de ne jamais retrouver mon niveau, de m'enfermer dans ce cercle vicieux indéfiniment. J'ai peur de me blesser encore. J'ai peur de retourner sur le terrain alors que ça devrait être aussi facile que de rentrer chez moi.

Sa déclaration s'évanouit dans le souffle du vent. Quand la bourrasque se calme, j'essaie de trouver les mots justes pour lui répondre.

– J'ai rencontré un petit garçon un jour… commencé-je comme un secret. Aucun enfant ne voulait jouer avec lui. Il n'était pas assez grand, trop bronzé, trop nouveau. Mais il ne s'est jamais laissé abattre par les obstacles. Il avait le foot dans le sang. C'était un passionné, un vrai de vrai. Et j'en connais un rayon, je me suis passionnée pour dix mille trucs différents !

Je discerne une ébauche de sourire sur ses lèvres, alors je continue :

– Il n'a jamais abandonné son rêve. Il s'y est accroché. Il a travaillé dur pour le vivre, quitte à devoir partir loin de sa famille et de ses amis. Il est entré dans un club de foot, il est devenu le meilleur. Et quand il a grandi, il s'est donné les moyens de côtoyer les pros. Il voulait une nouvelle étoile sur son maillot. Pour son pays. Il ne pensait qu'à ça.

– Et que s'est-il passé pour lui ensuite ?

– Il lui est arrivé quelque chose qu'il n'avait pas prévu dans son parcours idéal. Il en a souffert. Beaucoup. Mais je suis sûre que cela faisait juste partie de son chemin. C'était un obstacle qu'il devait apprendre à franchir, comme le reste.

Soan lâche un souffle libérateur. Il baisse la tête, le dos voûté.

– Tu crois qu'il obtiendra son étoile ? demande-t-il comme s'il n'osait plus y croire.

– Je crois qu'il doit retrouver l'enfant qu'il était. Se reconnecter à son rêve. Les vrais champions se forgent en surmontant les épreuves les plus difficiles. Je ne pense pas que ça se fera en quelques jours, mais il réussira.

J'aimerais avoir le pouvoir de balayer ses doutes. Il suffit parfois d'une toute petite étincelle pour allumer un brasier de volonté.

– J'ai connu ce garçon, moi aussi, finit-il par me dire. Et tu as oublié une chose importante…

Soan tourne la tête vers moi. Je me perds dans le noir de ses yeux.

– Il n'a pas traversé toutes ces épreuves seul. Je me souviens d'une petite fille qui se tenait toujours à ses côtés. Ou qui lui écrivait quand il était loin. Que lui est-il arrivé ?

Je hausse les épaules.

– Elle a grandi.

– Elle n’a pas l’air si différente… Tu es venue. Tu es venue pour moi. À quel moment ai-je fait quelque chose pour toi ?

– Tu le feras quand tu brandiras le poing après avoir marqué un but en équipe de France.

– Ce n’est pas… C’est mon rêve, ça, on le sait tous les deux… Mais le tien, Cassandre, est-ce que tu as fini par le trouver ? Comment je peux t’aider ?

– Je n’ai pas besoin d’aide. Si tu veux vraiment faire quelque chose pour moi, alors ne bois plus.

Il demeure silencieux, analyse mes paroles, et soupire encore. La réponse ne lui convient qu’à moitié.

– D’accord.

7

Cassandre

Soan doit se rendre à sa séance de kiné quotidienne, il me raccompagne donc à son appartement. Le chemin du retour me semble moins lourd de silence. Il me montre les boutiques où il aime flâner, les coins où il se promène durant ses jours de repos. Chez lui, avant de partir, il réitère son invitation à prendre possession des lieux sans gêne.

– Mais si tu préfères, tu peux visiter la ville ! ajoute-t-il. Tu n'as pas besoin que je sois avec toi !

Il est mignon, à s'inquiéter que je me sente bien.

Quand il s'éclipse, je referme la porte derrière lui, bien plus sereine qu'hier. J'entreprends de terminer le ménage que j'ai commencé ce matin. Le loft redevient net. Cette fois, je m'attarde sur ses étagères et sa déco. Je m'arrête devant les photos de lui, de son équipe, de sa mère. Aucune n'indique la présence d'une femme dans sa vie. Si cela avait été le cas, je pense que je l'aurais su. Les magazines people s'en seraient donnés à cœur joie. Je me souviens d'une soirée en faveur d'une association où la venue d'un joueur de l'équipe de France au bras d'une mannequin en vogue avait défrayé la chronique. Leur couple avait attisé les commérages, et moi, j'avais évité tous les kiosques à journaux pour ne pas tomber sur des clichés de mon meilleur ami au bras d'une autre. Quand j'y pense, ce n'est jamais arrivé.

Soan a installé son bureau sous l'escalier. Un ordinateur dernier cri trône sur un meuble épuré. Au-dessus de celui-ci, mon regard est attiré par un miroir sur lequel il a placardé des photos de son enfance. Je souris devant sa mine heureuse, il est habillé de son survêt de foot, le pied sur le ballon. Je reconnais sa mère, les joueurs de sa toute première équipe qui allaient dans la même école que nous. Il ne manque que son père… Je décroche la seule photo de moi. Il s'agit de celle qu'il a prise avec son téléphone juste avant son départ. On a treize ans. On est devant chez lui, son bras est passé par-dessus mon épaule, et on sourit. Je retourne l'image pour voir si Soan a indiqué une date, mais je tombe sur un acronyme : BFF. Je souris, attendrie, en me demandant quand il a inscrit ça : tout jeune ou quand nous avons perdu contact ? *Pourquoi aurait-il écrit ça alors qu'on ne se parlait plus ?* Je me sens ridicule de me poser la question. *Pourquoi garder cette photo, alors ?*

Je replace le cliché où je l'ai trouvé. Mes yeux se baissent sur le sous-main protégeant le bureau sous le clavier. C'est un genre de grand bloc-notes dont chaque feuille peut servir de brouillon. Mon cœur s'affole en y découvrant mon prénom – mon diminutif plutôt : Cass – décliné en de multiples calligraphies. Je m'assieds, caresse la page. Sous mes doigts, le papier se creuse et l'encre colle comme si elle n'était pas encore tout à fait sèche. Cette fois, pas de doute, c'est récent.

Soudain, mon téléphone sonne à l'étage. Je cours jusqu'à la chambre d'amis, le récupère sur ma table de chevet, et décroche.

– Allô ?

– Enfin ! J'ai cru qu'il t'avait enfermée à la cave, le numéro 10 !

Je ris. C'est du Mégane tout craché.

– On est allés faire un tour. J'ai oublié mon portable.

– C'est ce que je dis : il te fait tourner la tête, le beau brun ! Alors, comment ça se passe ?

– Pas trop mal, réponds-je en haussant les épaules, même si elle ne le voit pas. C'était tendu au début.

– Normal.

– Il buvait quand je suis arrivée.

– Merde…

– Ça a dû lui faire un choc quand j'ai surgi comme une furie devant son pote qui l'incitait à boire.

– Au moins, il a dû se dire que tu n'avais pas changé !

– On peut voir ça comme ça.

– Et il va bien ?

Je souffle.

– C'est compliqué. J'ai essayé de lui parler, de le remotiver, mais son problème ne disparaîtra pas en un jour.

– Tu rentres bien demain, alors ?

– Oui. Pourquoi ? Tu as vraiment peur qu'il me séquestre ?

– Non, mais…

À son tour de souffler dans l'appareil.

– On sait toutes les deux ce que tu éprouvais pour lui et comment ça s'est terminé…

– Je ne suis pas venue pour réparer les pots cassés, Meg. Simplement pour… être là. J'avais peur qu'il fasse une bêtise.

– Tu crois qu'il n'en fera pas ?

J'entends la porte d'entrée que l'on déverrouille à l'étage en dessous. Des voix retentissent en sourdine sous mes pieds. Je me lève, sors de la chambre et me poste en haut de la mezzanine. Soan est accompagné du garçon d'hier, celui qui m'a ouvert. Tous deux m'adressent un signe de la main.

– S'il ne boit plus, ça ira, dis-je plus bas en observant les joueurs s'installer autour de l'îlot.

Soan lève les yeux vers moi, mais les détourne précipitamment quand il se rend compte que je l'ai vu.

– Il ne supporterait pas de devenir comme… commence Mégane.

– Oui, je sais, la coupé-je.

Le problème n'est même pas tellement qu'il boive, mais plutôt de l'ordre de la culpabilité que cela provoque en lui. En faisant ça, il s'autodétruit psychologiquement. Il reproduit le schéma qui a balayé son enfance. Il a dû vraiment toucher le fond s'il renonce à respecter les préceptes de sa mère et de son Dieu. Soan a toujours refusé d'avaler de l'alcool. Même à 18 ans, alors que tout le monde l'incitait à essayer, il est resté fidèle à ses principes. *Est-ce qu'il recommencera quand je ne serai plus à ses côtés ?*

– Est-ce que tout va bien à la maison ? questionné-je avec une pointe de culpabilité.

Je suis partie tellement vite. Sans réfléchir. Je me suis organisée à la hâte avec mes patrons et ma meilleure amie, juste pour lui…

– Amir se demande où tu es. Il n'est pas habitué. Et Frédéric a téléphoné.

Je soupire, attirant de nouveau le regard de Soan sur moi.

– Dis-lui que je serai là à la réunion de vendredi.

– Il n'était plus sûr.

– Il va bien falloir qu'il se débrouille seul un jour.

– Tu as voulu l'aider, me rappelle-t-elle.

– Tu vas encore me traiter de mère Teresa ?

– Non. Tu es une fille bien, Cassie. Peut-être un peu trop pour ce monde de merde.

– Ce n'est pas l'avis de tous…

Elle ne relève pas ma remarque acerbe. Je ne sais pas pourquoi je continue de parler d'eux, c'est plus fort que moi.

– Cassie… commence Mégane.

– À demain, la coupé-je pour qu'elle ne se lance pas sur ce sujet.

Elle comprend et n'insiste pas.

– OK... Pelletier ne se souvient pas de moi, mais passe-lui le bonjour !

Je rigole. Elle raccroche.

Je descends rejoindre les garçons. Si Soan m'accueille avec le sourire, ce n'est pas le cas de son ami. Peut-être que mon arrivée fracassante hier soir ne lui a pas plu. À sa place, j'aurais sûrement réagi de la même façon face à un fantôme du passé se pensant tout permis.

– Je suis Vadim. Et Soan vient de me dire que tu étais son ange gardien. C'est vrai ?

Son regard dur m'indique qu'il n'adhère pas un seul instant à l'idée. Je hausse les épaules.

– Je ne crois pas être meilleure qu'une autre, si c'est ce que tu veux dire. Tu aurais sûrement fait la même chose pour lui, s'il t'avait appelé, non ?

Il répond du menton, d'un coup sec. Il existe donc un terrain sur lequel nous nous entendons, c'est déjà ça.

– Tu dois avoir un sacré patron pour qu'il te laisse partir tout à coup en pleine semaine.

– J'en ai deux, le corrigé-je. Et oui, ils sont super.

– Tu ne m'as pas dit où tu bosses, intervient Soan.

Je n'aime pas franchement me tenir debout face à eux et répondre à des questions sur ma vie comme si je passais une audition ou qu'il fallait s'assurer que je ne suis pas folle. Soan doit s'en rendre compte : il se lève et part préparer thé et café.

– Je suis secrétaire dans un garage et hôtesse d'accueil dans un soccer.

– Celui de Nabil ? demande mon ancien ami.

– Oui.

– Ça me ferait plaisir de le revoir.

– Il en serait heureux aussi.

Face à moi, l'expression de Vadim est toujours fermée. Il ne desserre pas la mâchoire et laisse Soan s'intéresser à ma vie actuelle.

– Tu as arrêté les études ? se renseigne ce dernier.

C'est une des questions que je redoutais.

– Je n'avais plus envie d'écouter des profs raconter des trucs techniques pendant des heures. Je voulais bosser.

Je devais bosser serait plus exact. Ce n'est qu'un demi-mensonge.

– Pourquoi deux boulots ? s'étonne-t-il.

– Charles n'avait besoin de moi que quelques jours par semaine. Nabil plutôt le soir. Au final, ça arrange tout le monde. Et ça me permet d'avoir un bon salaire.

– Tes parents doivent l'avoir en travers, non ? Ils misaient gros sur toi.

– Je n'écoute plus mes parents depuis longtemps. C'est ma vie. Ils n'ont plus les moyens de la contrôler.

– C'est bien.

Nos parents n'ont jamais facilité les choses entre nous. Les miens croyaient qu'il exerçait une influence néfaste sur moi, et sa mère voyait d'un mauvais œil notre proximité. Cela la ramenait trop à sa relation avec le père de Soan. Tomber amoureuse d'un homme non musulman est un choix qu'elle a amèrement regretté lorsque ça s'est mal terminé. Elle a toujours eu peur que Soan commette la même erreur avec moi. Mais lui n'était pas aussi amoureux de moi qu'il le disait… On ne disparaît pas de la vie de l'autre sans rien dire quand on est amoureux. La distance ne m'a jamais effrayée avec lui. Je l'aurais attendu. Si seulement il avait respecté ses promesses. Aujourd'hui, il connaîtrait tout de moi.

Il n'aurait pas besoin de me poser ces questions. Je n'aurais pas besoin de taire certaines vérités pour me protéger. *Quarante-huit heures avec lui. Pas plus. Je ne veux plus espérer pour rien…*

Le téléphone de mon ancien meilleur ami vibre dans sa poche.

– Je reviens, nous prévient-il après avoir vérifié qui appelait et décroché.

Je le suis des yeux pendant qu'il disparaît.

– Il n'a pas de copine si jamais tu te demandes, me lance Vadim, l'attention de nouveau braquée sur moi.

– Ça ne me regarde pas.

Il paraît sceptique. Je décide de jouer cartes sur table.

– Tu as peur de quoi ? Que j'escroque ton pote ?

– Un truc comme ça, oui, admet-il.

– Il n'a jamais parlé de moi, pas vrai ?

– Non. Mais je t'ai reconnue tout de suite.

Il pointe le bureau du doigt et je comprends qu'il fait référence à la photo qui s'y trouve.

– Soan n'a jamais été comme nous, explique-t-il, le regard rivé sur son coéquipier en pleine discussion téléphonique, à l'autre bout de l'appartement. Il n'est pas juste passionné par le foot, il ne vit que pour ça. J'ai toujours pensé qu'il était heureux de son quotidien ici, mais ces derniers mois, en constatant qu'il n'arrivait pas à remonter la pente malgré le soutien de toute l'équipe, je me suis demandé s'il ne manquait pas quelqu'un dans sa vie…

Je ne dis rien. Il semble tirer ses conclusions tout seul.

– Depuis que je le connais, il ne s'intéresse pas aux filles, et voilà que tu débarques quand il est au bord du gouffre…

– Je ne lui ferai pas plus de mal, si c'est ce qui t'inquiète.

– Je voudrais simplement comprendre… T'as vraiment pris le train et traversé la Manche, juste pour un type que tu n'as pas vu depuis cinq ans ?

Je secoue la tête comme pour le détromper.

– Ce n'est pas « juste un type ». Je connais Soan depuis mes huit ans. Ce n'est pas cinq ans de silence qui vont tout briser. C'est lui qui m'a recontactée. Je…

J'échange un regard avec Soan. Ses lèvres se suspendent une seconde, puis il reprend sa conversation.

– J'ai mis de côté tout ce qu'on aurait dû régler il y a longtemps, et j'ai sauté dans le premier train. Je ne suis pas son ange gardien, seulement une amie. Je serai toujours là quand il en aura besoin. Qu'on ne se voie pas cinq ou dix ans ne détériorera pas notre amitié.

Vadim accepte mon explication.

– Tu as fait une forte impression sur les gars, hier.

– Je suis désolée, j'ai été un peu… impulsive. Mais… ça m'a mise hors de moi. Dans son texto d'hier, Soan s'en voulait d'avoir bu et là, je le retrouve en train de penser sérieusement à continuer… Tu es son ami. Tu ne sais pas qu'il ne boit pas ?

– À cause de sa religion ? Écoute, ça fait six ans que je le côtoie tous les jours et, honnêtement, je n'ai pas l'impression qu'il soit pratiquant.

– Il respecte certains préceptes. Il le fait pour sa mère plus que par conviction, mais je n'ai pas envie qu'il se sente coupable par égard pour elle. Et qu'il tombe encore plus bas. L'alcool ne fera que l'enfoncer.

– Ce n'était qu'une soirée.

Je nie.

– Non, ce n'est pas qu'une soirée. Soan a… des antécédents. Il t'en parlera peut-être s'il ne l'a pas déjà fait. L'alcool pour se détendre entre amis, pourquoi pas. Mais l'alcool pour oublier son mal entraîne sur une pente glissante. Il ne mérite pas qu'on l'y pousse.

Quittant ma contemplation de Soan toujours occupé, je vois que Vadim m'observe sans rien dire. Avec curiosité. L'animosité du départ s'est envolée.

– Tu m'as l'air bien au courant de sa vie, remarque-t-il, songeur. Où étais-tu pendant toutes ces années ?

– Près de lui. Seulement…

Mon regard se perd de nouveau sur la silhouette de Soan.

– Seulement, il ne me voyait pas.

– Tu sembles sincère.

Je plonge mes yeux dans les siens pour lui prouver que c'est le cas.

– Si tu n'attends rien en retour, et qu'il peut toujours compter sur toi alors que ça fait cinq ans que vous ne vous êtes pas adressé la parole, il a de la chance.

– Le « si » est de trop.

On échange un sourire complice. *Il est agréable quand il baisse sa garde.*

– Malgré ça, tu vas repartir ?

– Je n'ai pas le choix. Et puis, Soan sait où j'habite. S'il avait voulu me revoir, il l'aurait déjà fait. Je ne vais pas m'imposer plus longtemps. Il m'a appelée dans un moment de faiblesse. Je…

– Tu es la seule à qui il se soit ouvert depuis des mois, d'après ce que je comprends. Ce n'est pas rien.

Je ne rebondis pas sur cette remarque. Je ne veux pas y croire.

– Et si tu l'avais ? Le choix ! demande-t-il, curieux.

Je baisse les yeux.

– Je ne sais pas.

J'ai trop peur de m'attacher de nouveau à lui.

8

Soan

J'avais oublié à quel point Cassie pouvait remuer des choses en moi. Sa présence m'apaise, je ne me suis pas senti aussi calme depuis le mois de mai. Mais elle réveille également quelque chose d'éteint depuis longtemps, un espoir que j'avais réussi à enfouir sous une montagne de boulot et une bonne dose d'ambition. Les heures filent trop vite. Je n'arrête pas de jeter des coups d'œil en direction de l'horloge. Et chaque fois, j'en perds une de plus. Je voudrais inventer une machine qui suspende le temps. Il n'y aurait plus toutes ses attentes à mon sujet, sa vie ne l'appellerait plus loin de moi. On serait juste deux amis coulant des jours heureux ensemble. Ce serait simple. Mais ce mot ne va pas à notre relation. Rien n'a jamais été simple entre nous.

Il est 3 heures du matin. Une fois le repas englouti, un plat vietnamien dont Cassandre raffole autant que moi, on se retranche chacun à une extrémité du canapé, avec nos bols. Après qu'on a terminé, je débarrasse, et reviens m'installer en lançant un film. Ses pieds se posent sur mes jambes tendues. Me revoilà projeté plus de dix ans en arrière. Cassandre n'était tactile avec personne, sauf avec moi.

Je me souviens encore de la première fois qu'elle m'a pris dans ses bras, de son premier bisou sur la joue, de ces moments où elle installait sa tête sur mon épaule quand on était assis l'un à côté de l'autre pendant la récré… J'étais un ado heureux. À cet instant, je me sens au moins aussi novice qu'à cet âge-là.

– Parmi tes nombreuses passions, le cinéma ne t'a jamais attirée ? la questionné-je au bout d'une heure de film.

– Je ne crois pas que j'aurais aimé embrasser n'importe quel type.

Elle dit ça parce qu'à l'écran, le héros pelote l'héroïne.

– Et encore moins le laisser me faire ça.

Je me marre.

– Beaucoup de filles rêveraient de rouler des pelles à ce mec.

– Pas mon style.

– Et c'est quoi ton style ?

Je ne devrais pas poser cette question. Avec n'importe quelle autre femme, je ne me serais pas aventuré sur ce terrain, je n'aurais pas eu envie de savoir si *je* suis à son goût. Mon cœur palpite bien top vite en attendant sa réponse. Mais Cassandre ne met pas fin à mon incertitude. Son silence est lourd. On se rappelle tous les deux tout ce qu'on s'est dit, ce qu'on s'est promis, ce qu'on a fait durant notre dernier été ensemble. Notre première fois. J'ai soudain chaud, ma gorge s'assèche. Je soulève ses jambes et pars me chercher un verre d'eau. *Je dois m'éloigner d'elle, elle n'est pas venue pour ça…*

Comme je m'y attendais, Cassandre me suit. Hésitante, elle s'arrête à deux pas du canapé. Je l'ignore, me cramponne à mon îlot posé entre nous à l'instar d'une délimitation de territoire à ne pas franchir.

– Pourquoi j'ai l'impression que même si tu réponds à mes questions, tu tais le plus important ?

– Le plus important ?

– Tu ne parles pas de ta vie, de tes rêves. J'ai le sentiment que tu t'acharnes à t'occuper de moi en faisant en sorte de ne rien dévoiler de tes ambitions.

– Qu'est-ce que tu veux savoir ?

– Est-ce que tu as repris la danse ? Est-ce que tu continues le piano ? Est-ce que tu t'es découvert une nouvelle passion dont je ne sais rien ?

Elle sourit amèrement.

– Il y a bien longtemps que je ne rêve plus à la danse, à la peinture ou au piano…

– Alors à quoi rêves-tu ?

– Ma vie me convient comme elle est.

Elle a le regard fuyant typique de quelqu'un qui ne veut pas s'épancher. Cela m'attriste. Malgré les années, j'aurais aimé qu'elle reste sincère avec moi. *Mais peut-être se protège-t-elle, comme tu le fais…*

– Cass…

Ses sourcils se froncent, ses yeux me fusillent. On dirait que ce petit jeu fonctionne encore. Elle déteste ce surnom. Alors que moi, je l'adore. Je suis le seul à l'utiliser, et uniquement quand elle me contrarie. Sa réaction est celle que j'espérais.

– Alors ? insisté-je.

Donne-moi un petit quelque chose de toi.

– Je voudrais voyager. Mais pas pour aller me dorer la pilule au soleil. J'aimerais découvrir d'autres civilisations, apprendre à connaître leurs religions. Et… dans l'idéal, écrire un livre à ce sujet.

– C'est un beau projet. Ça fait longtemps que…

– Cinq ans.

– Tu ne me l'as jamais dit.

Elle hausse les épaules, regarde par la fenêtre comme si elle voyait des images qui m'étaient inaccessibles.

– Je l'ai compris à peu près au moment où… tu n'es pas revenu.

N'était-ce pas ce qu'elle voulait ?

– Et aujourd'hui ? Tu as abandonné ce rêve ?

– Disons que j'essaie de mettre le maximum d'argent de côté. Sans aide de personne.

J'allais lui demander si ses parents ne pouvaient pas participer pour lui permettre de partir, mais elle a anticipé. Cassandre n'a pas tant changé que ça. Elle est plus renfermée, elle s'épanche moins, mais elle reste une foutue altruiste à l'intérieur. Une sensation dérangeante me grimpe dans la poitrine. J'ai besoin d'extérioriser ma pensée.

– Est-ce que c'est à cause de ça ?

Ma question attire son attention.

– De quoi ?

– Que tu es là ? Est-ce que tu es venue m'aider à cause de ton Dieu ?

Mes yeux tombent sur le pendentif reposant par-dessus son tee-shirt. Cassie attrape la fine croix en or blanc.

– Ce n'est pas à cause de lui, non. Mais tu sais bien que ma foi m'a façonnée.

– Elle t'a incitée à aller au secours de ton prochain. C'est bien ce que je dis…

Je ne comprends pas pourquoi ça m'énerve soudain autant. Peut-être parce que j'ai cru qu'elle n'agissait pas avec moi comme elle le ferait avec des millions d'agneaux égarés…

– Je ne suis pas une sainte, Soan, me détrompe-t-elle avec vigueur. Ne te rabaisse pas au niveau des autres.

Une putain de sainte ! Si. Et capable de lire en moi comme si on ne s'était jamais quittés.

– Tu n'es pas une sainte ? Voyons ça…

Ne lui pose pas cette question ! À quoi bon me retenir ? Demain soir, elle ne sera plus là.

– Tu as couché avec combien de garçons depuis notre…

Notre quoi ? Notre dernière nuit ensemble ? Notre rupture ?

– … depuis mon départ ?

– Quel est le rapport avec cette conversation ?

– Réponds simplement ! Tu étais une fille sage, respectueuse de l'avis de ses parents, qui voulait rester vierge jusqu'au mariage…

– Tu sais comme moi que je ne suis plus vierge ! Le reste ne te regarde pas. Est-ce que tu cherches à combler une curiosité mal placée ?

– Je t'offre la possibilité de me prouver que tu n'es pas venue parce qu'un verset de la Bible dit que tu dois aider ton prochain…

– J'ai couché avec des garçons.

Le coup de poing me fracasse le cœur. *Arrête-toi là ! C'est bon maintenant, tu es au courant…*

– Combien ? parviens-je à lui demander sans savoir comment.

– Trois.

Elle n'a même pas hésité. Je baisse la tête, me frotte le visage.

– Je n'arrive pas à y croire, murmuré-je, anéanti.

– Quoi ?

– J'ai toujours pensé que…

Que je serais le seul. Même si je me rends compte que c'est ridicule. Il s'est écoulé cinq ans. Qu'est-ce que j'espérais ? Qu'elle attende que je revienne ? Parce que je serais revenu un jour, non ?

– Que quoi, Soan ?

Je ne peux pas lui dire. C'est injuste pour elle.

– Que je ne serais pas « sale » ?

– Non, ce n'est pas…

– Explique-toi, alors.

Rien ne me vient. Je vais tout foutre en l'air si je parle alors que mes sentiments s'embrouillent.

– Tu me diras demain, si jamais tu retrouves la parole d'ici là. Je monte me coucher.

Je reste immobile, incapable de bouger pendant qu'elle s'échappe. Ce n'est qu'au moment où elle referme la porte de la chambre d'amis que je sors de ma torpeur. J'escalade les marches à toute allure et frappe contre le battant.

– Cass !

Elle n'ouvre pas.

– Cassie, excuse-moi. Je… je débloque complètement. Je ne voulais pas t'insulter ou insinuer que tu n'avais pas le droit de… C'est moi qui n'ai pas le droit d'attendre quoi que ce soit de toi. Tu as raison, je ne suis qu'un abruti. Je… je suis vraiment heureux que tu sois là. Et si je suis totalement honnête, plus encore que de ne pas réussir à rentrer sur le terrain, je flippe que tu repartes. Je ne sais pas si je vais parvenir à reprendre le cours de ma vie maintenant que tu es réapparue.

Mon front se pose sur le bois. Je tombe à genoux. Je suis à bout de souffle. Je me sens épuisé, triste, coupable de tout. Je m'assieds, dos au mur à côté de sa chambre. De l'autre côté, elle m'entend forcément.

– Je suis désolé.

Je relâche la tête en arrière.

– Si tu savais…

La poignée s'enclenche à ma droite. J'ouvre les yeux. Elle est là. Elle est toujours là. Lorsqu'elle tangue dans ma direction, je m'accroche à elle comme un mec sur le point de se noyer.

– Je suis désolé. Pour tout, putain. Pour tout. J'aurais tellement aimé…

– Ce n'est pas grave.

Elle s'est baissée à mon niveau et me serre fort. Je voudrais me fondre dans ses bras. Soudain, mon corps se relâche. Sous l'effet de son étreinte, je comprends que je n'ai plus besoin de faire semblant que tout va bien.

– Soan. Tu es fatigué. Viens.

J'arrive à peine à me relever lorsqu'elle m'attire à elle. Je crois qu'elle a raison. On dirait que j'ai accumulé tous mes doutes et mes peurs en moi, je les ai gardés pour ne pas les montrer à mon agent, à mon coach, aux mecs de l'équipe, mais devant elle je ne triche pas. C'est comme si elle pouvait tout supporter. Le bon comme le mauvais. Je crois qu'elle me guide jusqu'à mon lit, qu'elle m'y couche. Je baragouine un « Reste » inaudible, avant de fermer les yeux. Je n'ai pas besoin d'alcool pour tenir les ombres à distance ce soir.

À mon réveil, j'ai l'impression d'avoir dormi durant des jours. Je sais que j'ai accumulé des heures de sommeil en retard, à cause des insomnies, des remises en question, des peurs, mais ce matin, mon esprit est plus léger. J'ouvre les yeux et inspecte autour de moi. La place à mes côtés est aussi vide qu'elle l'est depuis mon arrivée à Liverpool, cependant l'oreiller semble plus enfoncé qu'à l'accoutumée. Je plaque le nez sur la taie et inspire. Cassandre n'a pas changé de shampoing. Il sent le romarin.

Apaisé pour la première fois depuis des mois, je me lève. Je porte les mêmes fringues qu'hier, je décide donc de passer sous la douche avant de descendre. Quand j'ai terminé et que je ne ressemble plus au zombie de Soan Pelletier, je me sens moins perdu. Je me lance même un sourire dans le miroir. Est-ce que je pourrais de nouveau plaire à Cassandre ? Je me fous une baffe mentale. *À quoi je pense ? C'est pas le moment !* Après un dernier coup d'eau sur le visage pour me rafraîchir les idées, je rejoins enfin le rez-de-chaussée. Cassandre est assise dans le canapé, une tasse à la main. Elle me suit des yeux lorsque je prends place à côté d'elle. Une autre tasse se trouve sur la table basse. Pleine.

– Merci.

En récupérant mon dû, j'avise le sac à dos posé au sol. Mon humeur s'assombrit. Un doute m'assaille, un mauvais pressentiment.

– Quelle heure est-il ?

– Quatorze heures.

– Oh ! Je n'ai pas dormi aussi longtemps depuis… le collège, au moins.

Je suis à la bourre, en plus. Je n'avais pas prévu de péter un câble hier.

– Je devais voir mon agent à 15 heures… réalisé-je en repensant à son coup de fil.

– Je vais rentrer de toute façon, m'annonce Cassandre.

Elle dépose sa tasse et se prépare à se lever.

– J'ai réservé un vol en partance de Londres. Je ne peux pas le louper.

– Et après Paris, tu fais comment ?

– Quelqu'un vient me chercher.

Qui ? Son mec ? C'est peut-être pour cette raison qu'elle est distante.

– Mon taxi ne devrait pas tarder… Tu m'accompagnes en bas ?

Je suis content qu'elle me le propose. J'acquiesce avant de m'immobiliser un instant.

– Si je ne m'étais pas réveillé ? Tu serais partie sans me dire au revoir ?

– Je t'aurais écrit un mot.

– C'est tout ce que je mérite ?

On pourrait croire que c'est un reproche, mais j'accompagne ma question d'un petit sourire timide.

– J'ai pensé que maintenant qu'on a officiellement nos numéros, mon départ sonnerait moins comme définitif. Je suis montée et tu dormais comme une souche.

– Ça m'est tombé dessus d'un coup… Je suis désolé.

– Pourquoi tu t'excuses ? m'interroge-t-elle comme si c'était grotesque.

– Je m'excuse d'avoir craqué.

– Je te l'ai dit, ce n'est pas grave.

Son sourire doux remue quelque chose profondément en moi.

– Je ne me suis pas montré sous mon meilleur jour. Je range mon appartement en temps normal.

Je tente l'humour. Elle est réceptive.

– Il y aura de meilleurs jours. J'en suis certaine.

Mon cerveau, libéré d'une partie des sentiments sombres et amers qui m'accablaient, sait qu'elle dit vrai.

– Où est-ce que tu as dormi ?

– Tu m'as demandé de rester avec toi. Alors je suis restée.

Elle rougit. C'est mignon.

Nous arrivons dans le hall de l'immeuble. Je salue le gardien. Nous n'avons même pas le temps de pousser la porte que le taxi se gare sur la place prévue à cet effet.

– C'était rapide… murmuré-je en voyant le chauffeur descendre et ouvrir le coffre.

C'est lui qui va l'emmener. Je baisse le regard sur Cassie. Je lui tiens le battant pour sortir du bâtiment à contrecœur. La lanière de son sac sur son épaule attire mon attention et, soudain, je me rends compte qu'elle est sur le point de quitter ma vie. Elle s'avance déjà vers l'homme et lui présente son unique bagage. Le coffre se referme, il retourne à son volant. Cassandre tire la portière, mais ne s'engouffre pas dans le véhicule. Comme le mien, son visage affiche une certaine tristesse.

– J'aurais aimé que tu restes plus longtemps, ne puis-je m'empêcher de lui avouer.

Il me semble que ses mains se crispent. De même que ses lèvres. Elle ne dit pas qu'elle aurait aimé rester encore. À la place, elle change de sujet :

– Que comptes-tu faire pour ta blessure ? Est-ce que tu vas aller voir quelqu'un ?

Je grimace.

– Je n'ai pas envie de parler à un type qui a écouté des centaines des gars comme moi…

– C'est leur métier, Soan.

C'est pas une raison…

– Avant, je t'avais, toi.

– Mais je ne suis pas psy. Même si je restais, je ne peux pas t'accompagner comme il le faudrait. La douleur est dans ta tête. Dis-toi que tu ne la feras pas partir avec de l'alcool.

– Merci d'ouvrir les yeux à l'abruti que je suis.

– Ce n'est pas moi qui vais te contredire.

Pourquoi j'ai touché à cette merde alors que je m'étais promis de ne jamais le faire ?

– Ça me fait du bien.

– Quoi ?

– Que tu sois là.

– À moi aussi.

Je la sens sur la retenue. Cette impression ne me quitte pas. Elle est venue, elle a tout lâché pour ça, pourtant elle s'impose une barrière. Elle s'y cramponne. Est-ce seulement à cause de son départ ou est-ce qu'un autre l'attend chez elle ?

– J'avais raison hier… finis-je par dire. Je ne sais pas ce que tu ressens…

– Parler de moi n'était pas le but de ma visite.

Encore la même rengaine. Je soupire.

– J'ai compris, abdiqué-je.

Avant qu'elle ne monte, je l'entrave d'une main douce.

– Est-ce qu'on va se revoir ?

Elle hésite.

– J'aimerais beaucoup, répond-elle comme si, encore une fois, elle taisait autre chose.

L'instant suivant, à ma plus grande surprise, sa bouche se pose sur ma joue, au coin de mes lèvres. Un putain d'ouragan renverse tout à l'intérieur de moi. Elle grimpe à l'arrière de la voiture et ferme la porte. Je voudrais la retenir. C'est tout ce à quoi je pense lorsque le véhicule s'éloigne. *Je ne pourrai pas laisser passer cinq ans sans te revoir. Une journée me semble déjà trop.*

Cassandre a sa vie maintenant. Elle est réapparue dans la mienne comme un courant d'air. Sauf que je n'ai pas besoin d'air, j'ai besoin d'elle.

9

Cassandre

7 ans

Les vacances, c'est bien, mais c'est long. Après être partis deux semaines à la mer au mois de juillet, on est revenus à la maison. Papa a repris le travail. Maman a entrepris un grand ménage. Et moi, je m'ennuie. Pierre et Noé sont sortis retrouver des copains. Quant à Maddie, ma grande sœur, je ne l'intéresse plus depuis qu'elle a fourré sa langue dans la bouche d'un garçon… Maman m'a dit d'aller dehors pour profiter du beau temps, alors je m'assieds sur la première marche de la terrasse. Je voudrais déjà être à la rentrée. Je suis sûre que Soan ne se moquera pas de mes vêtements, lui. Et comme il vit à quelques rues de la maison, on prendra peut-être le bus tous les deux, si sa maman ne l'emmène pas en voiture.

Je repense à dimanche. Soan avait l'air triste de ne pas pouvoir jouer au foot. Je ne lui ai pas été d'une grande aide. J'aurais aimé savoir tirer. Je regarde le ballon de Pierre au milieu de la pelouse. Je pourrais m'entraîner un peu avant l'école, il reste une semaine. Je me lève, vais chercher le ballon, et le pose devant mon pied. Le premier coup, je tire trop fort, la balle atterrit dans les rosiers préférés de Maman. La deuxième fois, elle part sur la droite alors que je voulais l'envoyer à gauche. La fois d'après, je me tords la cheville sur le cuir et je finis les fesses par terre.

– Qu'est-ce que tu fais, Cassandre ?

Pierre et Noé sont revenus, ils me regardent bizarrement. C'est vrai que ça doit leur paraître étrange, je n'arrête pas de dire que je n'aime pas le foot.

– Je joue, déclaré-je comme une évidence.

– Avec un ballon de foot ?

– Bah ! Oui !

– Toute seule ?

– Je m'entraîne à tirer.

– Tu veux pas qu'on t'aide ?

– Vraiment ?

Je ne pouvais pas être plus heureuse qu'ils me le proposent.

– Vous voulez bien jouer avec moi ? Je voudrais apprendre à faire des passes !

Mes deux grands frères se mettent de chaque côté de moi. À nous trois, on forme un triangle.

– Montre ce que tu sais faire !

Je tire, mais le ballon part au milieu d'eux.

– Ton pied est tout mou, Cassandre, se moque Pierre. Tu ne peux pas donner une direction avec un pied pareil !

– Comme ça ? demandé-je une fois qu'il m'a rendu le ballon.

– C'est mieux !

On fait quelques échanges, et après, Noé et moi, on s'éloigne un peu.

– Mais ça va être dur !

– Non, t'inquiète.

Pierre a raison, au fil de l'après-midi, j'arrive de plus en plus à récupérer le ballon. Soan m'a dit de contrôler, alors je contrôle.

Mes frères me félicitent. Pendant une heure, je ne suis plus leur petite sœur barbante. J'adore cette sensation. Quand on a fini, ils cognent leur poing dans le mien, comme ils le font avec leurs potes, me disent-ils. Je suis toute fière. Je veux le faire avec Maman et Papa. Mais Papa n'est pas encore rentré, je dois attendre. Quant à Maman, elle est toute surprise.

– Maman ? Je peux aller jouer au city ? J'ai envie de montrer à Soan comment je me suis entraînée !

Elle lève la tête vers mes frères. Pierre, le plus grand de nous quatre, lui répond comme si elle lui avait posé une question.

– On va y aller avec elle.

– Vous venez de rentrer…

– Ça ne nous dérange pas.

Je sautille jusque dehors. Je suis trop contente ! Je vais peut-être revoir Soan !

– Tu es sûre qu'il y sera ?

– Il habite à côté.

Pierre et Noé sont très gentils avec moi aujourd'hui. Peut-être parce que je viens de faire du foot avec eux.

Notre maison se situe à cinq minutes de l'église la plus proche de la ville, en bordure des lotissements où habite Soan. On doit marcher un peu avant d'arriver au city. Pierre et Noé cognent poing contre poing avec des garçons avec qui je les ai déjà vus traîner. Moi, je cherche quelqu'un d'autre. Quelqu'un qui n'est pas encore sur le stade. Je me demande une seconde si mes frères et leurs copains traiteraient Soan de… de quoi déjà ? De « Rebeu » ?

– Vous êtes de retour, les gars ? dit un des garçons sur le terrain à mes frères.

– On a amené notre petite sœur, elle voulait venir.

Noé et Pierre discutent avec leurs copains. Moi, je cherche Soan. Je le trouve à la même place que la dernière fois. Il s'entraîne contre la barrière en bois autour de l'aire de jeux pour enfants. Tout seul. Je tire sur le tee-shirt de Pierre.

– Je peux aller avec Soan ? lui demandé-je, le doigt pointé en direction de mon ami.

– Je le reconnais. C'est le garçon qui t'a ramenée à l'église dimanche dernier, non ?

– Oui, c'est Soan !

Je n'attends pas plus longtemps pour me précipiter vers lui.

– Les autres ne veulent toujours pas jouer avec toi aujourd'hui ?

Tête baissée sur ses pieds, il poursuit sa tâche comme si le monde extérieur ne comptait pas.

– Non.

– Pourquoi ?

– Ils disent que je ne sais pas jouer…

Je le regarde taper et retaper contre la balle. Je trouve qu'il le fait bien mieux que mes frères. Il change de pied si rapidement que j'ai du mal à suivre.

– Moi, je peux jouer avec toi.

Il tourne enfin sa tête vers moi. Il a les yeux un peu rouges.

– Mes grands frères m'ont entraînée cette après-midi.

– Et tu as réussi à tirer ? La dernière fois, t'étais nulle !

Il renifle, s'essuie le nez avec sa manche et me sourit. Je trouve qu'il a le plus doux sourire de tous les garçons que je connais. Même si ses dents ne sont pas droites. Je m'en fiche.

– Je me suis améliorée !

– Montre-moi !

Il m'envoie le ballon d'un bon tir. Je réussis à le contrôler, même si c'est dur. Soan sourit encore, il se moque de moi, mais ce n'est pas méchant comme les grands avec lui, parce qu'il attend vraiment que je lui rende la balle.

– Tu tires mieux, c'est sûr, remarque-t-il après quelques échanges. Mais tout le monde peut tirer dans une balle.

Sans prévenir, il fait rouler le ballon sur son pied et commence à jongler avec. Je le regarde sans bouger. Il se passe des minutes pendant lesquelles il s'amuse seul. Il me montre ce qu'il sait faire.

– T'es trop fort ! C'est vrai que t'as pas besoin de moi pour jouer !

– Ouais, mais ça me ferait plaisir que tu reviennes.

– Vraiment ?

Il devient tout rouge et me fait un signe de la tête, les yeux baissés sur le sol.

– Je demanderai à ma mère.

– J'espère qu'elle va dire oui.

– On jouera ensemble à l'école ?

Il relève aussitôt la tête, les yeux pleins d'espoir.

– Ils ont des ballons ?

– Oui, mais l'année dernière, les CM2 les gardaient pour eux.

Il hausse les épaules.

– On jouera à autre chose, alors.

– C'est vrai ? À quoi ?

Là, ce sont mes yeux qui doivent s'illuminer.

– Ce que tu veux ! Enfin… pas trop de trucs de princesses !

Je secoue la tête.

– Je joue pas aux trucs de princesse !

– Tu joues à quoi avec tes copines, alors ?

– On fait des spectacles. Moi, je danse. Maman m'a inscrite l'année dernière. Je veux être danseuse, plus tard.

– Moi, je veux être footballeur. Mes parents m'ont inscrit dans un club cette année.

– Ici ?

– Non, dans la ville où habite mon père. C'est…

Il grimace.

– C'est mon père qui va m'emmener, parce que le mercredi je suis chez lui…

– Le mercredi ? Pourquoi que le mercredi ?

Je penche la tête sur le côté, je ne comprends pas.

– Mes parents habitent plus ensemble. Papa habite tout seul dans une autre ville à côté.

– Ah bon ?

– Oui. Ils sont plus amoureux.

– Mais… pourquoi ?

– Ils disent que je suis trop petit pour m'expliquer. Ils me diront plus tard. Mais je crois que c'est parce que Papa boit beaucoup de bière et que ça plaît pas à Maman. Maman, elle boit jamais, c'est écrit dans le Coran.

– Le Coran ? J'ai déjà entendu ce mot… C'est une autre religion, c'est ça ?

– Non. C'est la religion musulmane. Ma mère est musulmane. C'est comme ça que ça s'appelle. Le Coran, c'est comme la Bible, mais pour les musulmans.

– Ah ! D'accord. Et toi, tu es musulman ?

– J'en sais rien. Maman me dit que comme je suis son fils, je suis comme elle, alors je fais ce qu'elle me dit, mais j'aimerais bien comprendre…

Ma mère m'a déjà parlé des autres religions, mais je ne me souviens plus trop des noms. Elle a juste dit que ça existait.

– Nous, on est chrétiens, on va à l'église le dimanche.

– Je sais.

Il me sourit encore une fois. J'aime bien.

– Moi, j'ai jamais vu ma maman prier, mais elle veut respecter ses origines. Donc, je fais pareil.

– Et ton papa ?

– Mon papa est pas musulman. Il croit pas en Dieu ou Allah.

– D'accord, répété-je.

Je réfléchis pendant qu'il continue de faire des jongles.

– Tu dois être triste que tes parents s'aiment plus…

– Oui. Mais ça fait longtemps qu'ils se disputent.

– Mes parents se disputent jamais.

– Tu as de la chance. Tu veux jouer ?

Je me relève et reprends ma place face à lui. On s'échange la balle. Soan me montre comment courir avec un ballon.

– Tu es vraiment fort. Tu avais déjà fait du foot dans un club ?

– Non. Avec mon père, seulement.

– Tu n'as pas de grands frères ?

– Non, je suis tout seul.

En parlant de grands frères, les miens s'approchent de nous. Je tourne la tête vers eux.

– On va rentrer, tu viens ?

– Hum.

– Salut, dit Pierre à Soan. Alors, elle joue bien ?

– Oui, très bien.

Mes joues deviennent toutes rouges.

– Est-ce qu'elle va revenir ? s'inquiète mon nouvel ami.

Soan a vraiment l'air de le vouloir. Espérant une réponse moi aussi, je lève les yeux vers mes frères.

– Ça dépendra de notre mère. Peut-être dimanche après la messe, OK ?

– OK.

Pierre et lui se cognent le poing. Je suis contente que mon grand frère lui sourie et lui parle gentiment. Noé par contre, il n'a pas l'air de vouloir ouvrir la bouche… Il fait demi-tour sans même nous attendre. Pierre le rejoint.

– Eh bien, à plus, Soan, lance-t-il, déjà loin. Ravi de t'avoir rencontré !

Je me tourne vers mon ami.

– À bientôt, Soan.

– À bientôt, Cassandre.

Il se rappelle mon prénom. Je deviens encore plus rouge. Un dernier sourire et me voilà partie. J'ai hâte d'être à la rentrée !

10

Cassandre

Je vérifie trois fois le solde de mon compte sur mon téléphone. *C'est une catastrophe !* Je suis de retour de Liverpool depuis deux jours, je n'ai volontairement pas regardé mes dépenses jusque-là, de peur de tomber sur une mauvaise surprise, et voilà, c'est une mauvaise surprise.

Mégane revient du comptoir de la brasserie dans laquelle nous déjeunons avec nos deux cafés chauds. Il est 13 heures, on reprend chacune notre boulot dans quinze minutes, ce qui nous laisse encore un peu de temps pour papoter. Mais, comme d'habitude, ça va filer vite. Mégane est une grande bavarde, elle a toujours été expansive et, contrairement à moi, sa religion ne lui a jamais fait défaut. Au collège, là où on me cataloguait comme la fille catholique pratiquante, coincée et démodée – à juste titre –, elle s'intégrait ; allant même jusqu'à rafler les élections de délégué chaque année. Nous nous sommes rapprochées au moment où Soan est parti pour le centre de formation, à treize ans. Puis, quelques années plus tard, quand elle a subi la pire épreuve de sa vie, nous sommes carrément devenues inséparables. Ses études à Paris n'ont rien changé à notre amitié ; elle est revenue chaque week-end. Depuis qu'elle est entrée en stage dans un bureau d'avocats à quelques kilomètres d'ici nous avons retrouvé notre dynamique. Partager le même appartement a été une évidence.

Ma meilleure amie me trouve, le portable posé sur la table, entre mes coudes, ma tête prise en étau entre mes paumes.

– C'est si grave que ça? me questionne-t-elle.

Je ne suis jamais à découvert. Je me suis fixé cet interdit à 21 ans quand penser pour deux en a fait une nécessité. Pouvoir offrir une vie correcte à Amir est en effet ma priorité. Je n'en reviens toujours pas d'avoir enfreint ma propre règle. On dirait que j'avais enfermé mon manque de Soan à double tour et que le laisser s'exprimer m'a fait oublier tout le reste.

– Je suis à découvert, déclaré-je. De trois cents euros. Ce petit séjour à Liverpool m'a mise sur la paille!

– Tu n'as pas d'argent de côté?

Mégane sait que je suis prévoyante. Je me prive depuis cinq ans pour épargner, mais cela ne change rien à mon problème actuel.

– Tout est sur un compte bloqué. J'ai écouté les recommandations de Charles pour que mes économies me rapportent un peu, et maintenant… je vais devoir manger trois grains de riz jusqu'à la fin du mois! J'ai un enfant en pleine croissance à nourrir!

– Je suis là, je te rappelle. Et ma mère aussi. Je lui téléphonerai ce soir. On ne va pas te laisser mourir de faim sur le trottoir.

Je dramatise, mais ce premier écart dans ma vie de parent montre bien que penser à Soan est une très mauvaise idée. Et je pense à lui. Toutes les secondes, depuis que je l'ai quitté… Je n'aurais pas dû le revoir. Il m'a fallu cinq ans pour me désinfecter de lui, et deux jours en sa présence ont suffi à me tatouer à nouveau son odeur sur la peau.

– Un de tes deux boss ne peut pas te faire une avance sur salaire ?

– Charles et Nabil comptent le moindre sou. Ils ont accepté mon absence imprévue, mais me payer plus tôt que d'habitude…

– Tu es une employée exemplaire.

– Oui, mais je connais leur caractère. La trésorerie passe avant les salariés ! Aussi proches soient-ils d'eux !

– On va s'en sortir, ne t'en fais pas. Laisse-moi appeler ma mère et ça s'arrangera.

– Je la rembourserai.

– Elle le sait déjà.

Impliquer Sandra me chagrine mais je sais qu'elle répondra présente. Je me convaincs que ce n'est qu'un emprunt. Je lui rendrai son argent. Il ne me faudra que quelques mois.

– Je veux offrir une belle vie à Amir. Je l'ai promis.

– J'ai juré la même chose, tu sais… Et puis, cette virée t'a fait du bien. Tu n'es pas partie en vacances depuis combien de temps ?

Je lui suis reconnaissante de ne pas remettre le sujet Soan sur le tapis.

Lorsque je suis rentrée, elle m'a immédiatement interrogée. Il était si tard qu'Amir était déjà dans les bras de Morphée. Je l'ai regardé dormir cinq minutes. Et quand je suis revenue dans le salon, Mégane m'attendait dans notre canapé avec un thé.

– Alors, comment ça s'est passé ?

Je l'ai rejointe et me suis assise en tailleur sur les coussins. La chaleur de l'eau m'a tout de suite rassurée. Elle a aussi un peu desserré le nœud autour de mon cœur.

– Très bien. On a beaucoup discuté. Il va mal. J'ai fait ce que j'ai pu. Je lui ai dit ce qu'il avait besoin d'entendre, mais je ne pouvais rien résoudre en deux jours.

– Vous avez évoqué vos vieux souvenirs ?

– Non. Je ne voulais pas. Je ne peux pas me permettre de…

Comme je cherchais mes mots, c'est elle qui a complété ma phrase.

– De retomber amoureuse ?

– Qu'il me brise le cœur à nouveau.

Mégane sait tout de notre histoire. Elle était là après cette nuit où j'ai dormi avec Soan dans les bras. Cette nuit où il n'y avait plus d'appréhension sur l'avenir, plus de programme pour le lendemain à respecter, plus de somme d'argent à compter. Juste Soan et moi.

J'enfouis ce souvenir au fin fond de mon crâne, parmi les « moments à ne pas se rappeler pour ne pas souffrir », et je range mon téléphone dans mon sac. Cependant, j'ai oublié que j'y ai planqué une chose compromettante, et que les yeux de Mégane sont plus efficaces que deux rayons infrarouges.

– C'est quoi ça ? Le journal ?

Mégane passe son bras par-dessus les miens et attrape le papier en question.

– Tu as acheté le journal ?

Pourquoi je ne l'ai pas brûlé avant de venir ? Je me racle la gorge avant de prendre la parole :

– Oui… Ils… Le coach de Liverpool a donné une conférence de presse hier, je… voulais voir ce qui s'était dit.

– Liverpool, hein… commente-t-elle, absolument pas dupe de ma tentative de ne pas évoquer un des joueurs de l'équipe en particulier. Tu sais, pour une fille qui clame haut et fort qu'elle déteste le foot, je trouve que tu t'y intéresses beaucoup. Si on ajoute à ça le fait que tu travailles dans un soccer…

– Ça n'a rien à voir. Nabil avait besoin de moi.

– Et il n'a envisagé personne d'autre…

– Il était au courant que j'étais en galère.

– Mouais, ça, je peux l'entendre, mais les matchs que tu enregistres ? Les scores d'une certaine équipe anglaise que tu suis ?

– C'est ma journée ou quoi ?

– Je veux juste qu'on soit claires, toi et moi.

– C'est-à-dire ?

– Tu l'aimes toujours.

Pour un peu, je m'étoufferais avec ma salive.

– C'est grotesque… Nous habitons à des milliers de kilomètres l'un de l'autre !

– Rappelle-moi avec combien d'hommes tu as couché depuis Soan ?

– Je suis sortie avec des garçons ! protesté-je.

– Ah oui ? Une simple soirée à se peloter ne compte pas !

Rien n'a compté dans mon cas, alors. J'ai répondu « trois » à Soan pour me protéger, mais j'ai menti.

– Je n'ai pas envie de parler de ça. Tout ne se résume pas au sexe.

– On en rediscutera quand il reviendra !

Je croise les bras et recule dans mon siège. Les bruits de la salle du restaurant semblent soudain plus forts. Je commence à avoir mal au crâne.

– On peut savoir ce qui te fait penser ça ?

– Tu lui as envoyé un message depuis que tu es partie ?

– Oui. Pour lui dire que j'étais bien arrivée.

– Il t'a répondu ?

Comme je me tais, elle plonge de nouveau la main dans mon sac. Elle la ressort avec un nouveau trophée : mon téléphone. Après l'avoir déverrouillé, elle découvre les derniers mots de Soan. Oui, il m'a répondu.

Soan : Merci de m'avoir prévenu. J'ai vu mon agent aujourd'hui, je vais prendre un peu de vacances. Ils l'ont inscrit dans mon contrat. Je vais suivre un entraînement sur mesure… J'ai déjà envie de faire l'école buissonnière !

Soan : Je t'ai peut-être envoyé ce message sans trop avoir conscience de ce que je faisais, Cassie… mais je ne regrette pas. Je suis heureux de l'avoir fait parce que je m'en serais voulu toute ma vie d'avoir atteint un de mes rêves, sans obtenir le second…

De quel second rêve parle-t-il? Je meurs d'envie de le lui demander.

Soan : Je ne sais pas comment j'ai pu tenir cinq ans loin de toi.

Je peux réciter ses textos par cœur. Chaque mot est gravé dans ma mémoire, à l'instar de ses lettres. Avec un sourire plus que réjoui, Mégane repose le portable là où elle l'a trouvé.

– Il va revenir, répète-t-elle, satisfaite. Au moins pour les vacances, comme il faisait avant.

Je ne préfère même pas y songer.

– Si tu le dis… baragouiné-je en faignant de ne pas être atteinte.

Je n'aime pas les papillons qui prennent vie dans mon ventre à cause de ses mots, ils me font perdre le sens des réalités. Je n'aime pas avoir eu envie de relancer la conversation avec Soan. Comme on le faisait quand on était gosses.

– Tu sais… lancé-je pour m'échapper de mes pensées, tu as raison, je devrais sortir avec un mec.

Elle ricane, secoue la tête.

– J'aimerais bien voir ça.

– Tu me prends pour une dégonflée ?

– Une dégonflée, non. Mais une fille incapable d'oublier son premier amour, c'est certain. Sur ce, je te laisse réfléchir à ça, et je vais payer notre repas !

11

Soan

Je n'en reviens pas. J'y suis, loin du stade de Liverpool, de l'équipe, de ma ville, pourtant bel et bien chez moi. Mon sac de voyage à mes pieds, je plonge les mains dans les poches de mon blouson, puis jette un coup d'œil à droite et à gauche. Je connaissais cette gare par cœur durant mon adolescence. Ma mère venait m'y chercher quand je rentrais pour les vacances de Noël et d'été. Cette fois, personne ne m'attend. Je suis accoutré d'un bonnet sur lequel repose une capuche, histoire de ne pas attirer les regards tout de suite. Et je meurs d'impatience.

Ma mère n'habite plus la ville depuis au moins trois ans. Mon départ l'a poussée à déménager. Elle n'a pas supporté de se retrouver seule dans notre appartement. Elle n'avait plus de raisons de rester près de mon père alors qu'ils ne se partageaient plus ma garde. J'ai prévu d'aller la voir durant ma convalescence et d'apprendre à connaître mes grands-parents, pour lui faire plaisir, même si jusque-là, je n'en avais pas foncièrement envie. Mais il me faut voir quelqu'un d'autre avant ça. Si je n'ai pas remis les pieds ici depuis cinq ans, c'est que je pensais ne plus y avoir d'attache. Aujourd'hui, je sais à quel point je me trompais.

Je regarde ma montre. Il est 10 heures et demie. Si je me souviens bien, la messe dure jusqu'à 11 heures dans sa paroisse. Du moins, c'était le cas quand on était gosses. Comme je n'étais pas certain que Cassandre se rende toujours à l'église de notre quartier, j'ai demandé à Max par SMS. Elle ne s'y recueille pas tous les dimanches, mais il a été catégorique : elle s'y trouve aujourd'hui. Il m'a renvoyé un « Pourquoi ? » écrit en majuscule, auquel je n'ai pas répondu. Je passe la lanière de mon sac sur mon épaule et avance dans les rues, pris de l'envie de visiter la ville pendant le temps qui me reste.

Mon tour est vite fait. Je n'arrive pas à flâner en pensant à autre chose qu'à la raison de mon retour. Mes pas me mènent à proximité de l'église. Je finis par lâcher mon sac au coin de la barrière en bois délimitant le terrain du city. Je m'assieds dessus et regarde d'un œil distrait les gamins en train de jouer. Quand j'étais petit, avant que je pratique en club, j'avais l'habitude qu'on me refuse l'accès de ce lieu. Aujourd'hui, je suis certain que tous les gosses rêveraient de taper des balles avec moi. Aucun, pourtant, ne remarque ma présence. Un mec en blouson à capuche, c'est commun, surtout au bord d'une aire de jeux.

Mon téléphone à la main, je scrolle à la recherche de news sur mon compte. Un gars de l'équipe qui aurait pu lâcher une info sur ma retraite momentanée. Mais je ne trouve rien. Je ne me fais pas d'illusions, dans quelques jours, quelqu'un d'ici aura vendu la mèche, et si ce n'est pas un mec ou une femme du quartier, ce sera un journal du coin. J'aimerais profiter de ces moments de répit avec Cassandre. Je détaille ensuite l'emploi du temps que m'a envoyé mon coach. À l'exception de leur localisation, mes semaines vont ressembler à s'y méprendre à celles que je connais déjà : deux à trois rendez-vous avec un kiné – Alfredo m'a déniché un type efficace qui devrait loger dans le même hôtel que moi à partir de demain –, de la course quotidiennement pour rester en forme, des entraînements spécialisés… Mon agent voulait qu'un coach et qu'un garde du corps voyagent avec moi, mais je lui ai dit de se calmer. Le meilleur moyen de me faire remarquer était de me pointer en fanfare ! Je ne pense pas risquer d'être agressé en pleine rue. Et pour le coaching, je connais les exercices par cœur. J'ai simplement négocié une évaluation à mi-parcours.

Quand les cloches retentissent onze fois, je me relève, sors mon ballon de mon sac, et me rapproche du toboggan. J'envoie une photo à Cassandre, en espérant qu'elle me rejoigne vite, puis je commence à jongler. C'est un exercice que j'aime. Ça me paraît aussi naturel que marcher et me permet de vider mon esprit pour redevenir un simple gosse passionné par le foot. Soudain, alors que je tourne sur moi-même au milieu d'une série de têtes, une ombre attire mon attention. Cassandre est plantée à l'entrée du square. J'attrape mon ballon au vol et le cale sous mon bras avant de lui faire face, un sourire aux lèvres.

– Salut !

Je crois qu'elle ne sait pas si elle est en train de rêver ou si je me tiens réellement devant elle. Je descends lentement ma capuche pour qu'elle me voie bien.

– So… Soan ? Mais…

Elle reprend son souffle.

– Je t'ai manqué ?

Je la joue taquin pour éviter de montrer que je me sens hyper-tendu. Comment va-t-elle réagir ?

– Mais… qu'est-ce que tu fais là ?

Ses yeux se posent sur mon énorme sac et s'arrondissent de surprise.

– Mon contrat est officiellement en pause. Je suis donc en repos. Enfin, en repos… façon de voir les choses ! Disons que je me remets en forme à mon rythme. Et loin de Liverpool.

– Ici ?

– Oui.

Elle me fait rire. Au moins, elle n'a pas l'air agacée que je m'immisce dans sa vie. Je ne sais toujours pas si elle est avec quelqu'un. Son potentiel mec pourrait voir d'un mauvais œil que l'ex de sa copine débarque, et je ne suis pas venu pour foutre le bordel dans son quotidien, si ? Je m'avance vers elle.

– Tu n'es pas heureuse de me retrouver ?

– Je n'arrive pas à y croire, pour le moment.

– Je suis bien là, pourtant.

Et je la perturbe.

– Pourquoi ?

– Je te l'ai écrit dans mon texto. Tu ne m'as pas donné de réponse, d'ailleurs…

– Et donc tu t'es dit que tu viendrais la chercher en direct ?

– Un truc comme ça.

On échange un sourire.

– En fait, je voulais qu'on reparte sur de bonnes bases. Histoire qu'il ne s'écoule pas cinq ans entre deux textos…

– Je suis désolée de ne pas avoir répondu. Avant de recevoir ton premier message, j'avais fait le deuil de notre relation, tu sais. J'ai du mal à réaliser que je me suis envolée pour Liverpool il y a à peine une semaine, et que tu es là.

Penaud, je baisse la tête.

– Est-ce que tu regrettes d'être venue ?

– Non.

Elle n'a pas hésité. Elle est sincère. Je me sens rassuré. Certainement gênée, Cassie inspecte les alentours. Les gamins sur le city se sont arrêtés de jouer et lancent des coups d'œil dans notre direction. Ils échangent des messes basses, semblent soudain surexcités. Je remets ma capuche en place.

– Ce qu'on peut dire, c'est que tu ne passes pas inaperçu, commente Cassandre avec une moue attendrie.

– Ils vont commencer par me suivre partout, après ils me considéreront comme un simple voisin, déclaré-je avec un haussement d'épaules.

– Un simple voisin ? C'est possible, ça ?

Elle me scrute, comme si la réponse à sa question avait une importance toute particulière.

– Bien sûr, affirmé-je. Je leur donne trois semaines, avant que me voir soit devenu habituel.

– C'est le temps que tu comptes rester ?

Est-ce que ça lui paraît trop court ? Trop long ?

– Non. J'ai prévu de traîner dans le coin jusqu'à début août.

– Août…

Elle en perd la voix.

– Il me fallait un endroit où me ressourcer.

– Pourquoi ici ? Ta mère a déménagé, non ?

Alors, elle le sait…

– Ce n'est pas pour voir ma mère que je suis venu. Je peux lui rendre visite à n'importe quel moment. Toi, c'est différent. Je voudrais rattraper le temps perdu.

– Mais c'est… impossible.

– Alors, considère que j'aimerais apprendre à te connaître. Toi, la nouvelle Cassandre.

– La nouvelle Cassandre est bien moins rêveuse que l'ancienne.

– C'est ce que j'ai cru comprendre. Tes silences en disent plus long que tes paroles. Tu as l'air… brisée.

– Ne parle pas de moi comme si j'étais une poupée, s'il te plaît.

Elle déglutit à plusieurs reprises. Je n'insiste pas. Je sais qu'elle est sensible et ce sujet semble la toucher particulièrement.

– Je ne te considère pas comme une poupée. Tu es ma meilleure amie.

– Peut-être que la nouvelle version de moi ne te plaira pas !

– J'en doute.

Pour appuyer mes propos, je relâche le ballon sur le sol, le fais rouler sur mon pied puis le lui passe. Quand il atterrit entre ses jambes, Cassandre l'analyse attentivement. D'une pichenette, elle finit par me le renvoyer. On continue dans cette dynamique durant quelques minutes. Je me recule, elle frappe plus fort. Elle maîtrise. Cette image de nous deux me rappelle notre première rencontre. Le parallèle est amusant. On reprend notre relation par la base, je suis sûr que cela ne lui échappe pas.

– Tu risques de vite t'ennuyer si tu dois passer tes journées à me rendre le ballon, constate-t-elle.

– Est-ce que ce n'est pas plutôt toi que ça ennuie ?

– Disons que c'est répétitif !

– Je constate que le foot ne te botte toujours pas.

– J'étais persuadée que les garçons devenaient stupides quand ils y jouaient. Après avoir visionné plusieurs matchs, je n'ai pas changé d'avis.

– Ce sport ne se limite pas aux simagrées auxquelles tu penses. Tu peux aussi le voir comme un art. Sur certains points, ça se rapproche de la danse, par exemple.

Là, je l'intéresse.

– Montre-moi !

Je lui obéis. Pendant cinq minutes, Cassandre devient spectatrice de mon amour pour le ballon. Je le mène où je veux. Je tourne, le rattrape de justesse. Je l'entends retenir son souffle quand elle croit qu'il va tomber, mais je suis rapide. Les jongles, c'est la première technique que j'aie maîtrisée, bien avant de jouer en club. Je peux me balader sur des kilomètres en faisant rebondir la balle d'un pied sur l'autre. Le problème, c'est que les figures écartent de nouveau la capuche de mon visage, et que nos spectateurs commencent à se rapprocher pour vérifier leur théorie : Soan Pelletier a posé ses valises dans le coin. Je poursuis ma démonstration. Je bloque le ballon entre mes mollets, le lance derrière moi, au-dessus de ma tête, le renvoie d'un genou à l'autre, me plie et le réceptionne sur ma nuque avant de dérouler le dos et d'effectuer des amortis de la poitrine.

– C'est impressionnant.

Je m'arrête en lui faisant de nouveau une passe, qu'elle contrôle comme je le lui ai appris.

– Ça t'a plu ?

– Beaucoup.

– Regardez ! Regardez ! C'est Soan Pelletier ! Waouh ! Venez ! Venez ! Regardez !

Les voix interrompent notre moment.

– Je crois qu'on ne sera plus tranquilles ! commenté-je avec un sourire en remontant ma capuche sur la tête.

– Je dois rentrer chez moi, de toute façon. J'ai perdu la notion du temps.

J'aime avoir cet effet-là sur elle.

– Je te raccompagne ? lui proposé-je. Je suis curieux de savoir où tu habites !

– Euh… Pour le moment…

Elle fuit mon regard.

– C'est trop tôt, Soan. Tu viens d'arriver comme une comète tombée du ciel et je suis un peu perdue. J'ai… je dois m'occuper de…

Quoi ? Allez, parle !

– Oui ?

Je ne l'aide pas.

– Je passerai plutôt te chercher à ton travail, alors, l'informé-je. Nabil serait sûrement content de me voir. Je suis en vacances, je vais pouvoir rendre visite à tout le monde.

Elle acquiesce, mais s'apprête déjà à partir. Les enfants sautillent sur place et nous encerclent. Je me faufile jusqu'à elle.

– Cassie… Tu es sûre que je ne peux pas te raccompagner ? Juste en bas de chez toi. Je n'ai pas envie que… Je n'ai pas envie qu'on se quitte si vite.

Elle semble peser le pour et le contre.

– Soan, je peux avoir un autographe ? demande une voix fluette à ma droite.

Je baisse les yeux sur un gamin pas plus haut que ma hanche.

– Tu risques d'en avoir au moins pour une heure, rit-elle.

J'attrape déjà les stylos qu'on me tend. J'essaie de garder la silhouette de Cassie dans ma ligne de mire, mais les gosses sont voraces ! Je ris de les voir si heureux. Leur présence attire les regards, mais ma capuche me cache suffisamment pour réduire le flux. Je ne sais pas d'où ils sortent leurs feutres, mais j'enchaîne les signatures sur les maillots et sur les ballons.

– Et voilà, les monstres ! m'exclamé-je une fois ma tâche accomplie.

– Soan, tu joues au foot avec nous ? me propose l'un d'eux.

– Attendez, je…

Je relève la tête, cherche autour de moi. Cassandre a profité de ma distraction pour se volatiliser.

12

Soan

Le premier rendez-vous avec mon nouveau kiné attitré se passe comme tous les autres. Il fait travailler mon genou en charge et en décharge, sur un vélo et sur un rameur. J'en ai marre de ce genre d'exercice. C'est la même rengaine depuis huit mois. Je suis guéri, et il s'en rend vite compte.

– Vous semblez remis.

Apparemment, Alfredo a oublié de lui préciser où se situe mon problème.

– Vous êtes certain d'avoir besoin de moi ?

– Non.

– Au moins, c'est catégorique. Pourquoi faire appel à mes services, dans ce cas ?

– C'était le deal. Vous n'avez pas eu le mémo ?

Ça m'étonne qu'Alfredo n'ait pas fait un topo à ce type avant qu'il me voie.

– J'ai l'habitude de faire une séance à l'aveugle pour découvrir par moi-même où mes patients en sont dans leur rééducation. J'aurais peut-être dû étudier votre problème avant de vous pousser à ces exercices que vous avez déjà dû réussir maintes fois.

– Vous auriez peut-être dû, oui.

Je ne fais pas exprès d'être désagréable, mais après une opération et sept mois de rééducation, je commence à en avoir ras le bol de devoir me plier constamment aux mêmes exercices.

– Très bien. Maintenant que j'en sais un peu plus, expliquez-moi quel rôle je dois jouer.

Il s'assied au bord de sa table d'auscultation, m'inspecte gravement, et croise les bras en attendant que je réponde.

– Je suis incapable de prendre part à un match. Mon genou me lance rien qu'à l'idée de percuter quelqu'un. Quand je m'imagine remettre le maillot, je me vois… « tomber » de nouveau.

J'utilise « tomber », car le terme « me déchirer » ravive la douleur et me donne la nausée.

– C'est un suivi psychologique qu'il vous faut.

– J'en ai eu un, ça n'a pas fonctionné.

Il soupire.

– Est-ce que vous avez réellement envie de retourner sur le terrain ? me demande-t-il en me sondant soudain avec attention.

– Je peux être honnête avec vous ?

– C'est même tout indiqué.

– J'aime toujours autant le foot. Je suis fait pour ça, n'importe qui vous le dirait. Mais… depuis que je me suis blessé, je repense à tout ce que j'ai laissé derrière moi.

Cassie.

– Devenir pro m'a demandé des sacrifices. J'ai toujours su qu'il faudrait en passer par là, et j'avais accepté les conséquences sur ma vie, mais c'est comme si ma blessure m'avait ouvert les yeux et… je ne veux plus…

Je mets du temps à compléter cette phrase. Elle me dévoile trop à mon goût.

– Vous ne voulez plus quoi ?

– Me sentir seul…

J'essaie de repousser la sensation d'étouffement autour de ma poitrine qui accompagne cet aveu.

– Je crois qu'une approche plus globale vous serait bénéfique. Que diriez-vous d'introduire une séance de relaxation à votre entraînement quotidien ? Elle pourrait être l'occasion de parler, d'évoquer vos désirs plus profonds… Qu'en pensez-vous ?

– Ça me va.

– Quand voulez-vous commencer ?

– Aujourd'hui. Je connais l'endroit tout indiqué pour ça.

Je n'ai pas menti à Cassandre quand je lui ai dit que je passerais voir Nabil. Elle ne devait par contre pas s'attendre à ce que ce soit si rapide. Après notre premier rendez-vous raté avec mon kiné, Loïc de son prénom – étant donné que nous allons nous côtoyer quasiment sept jours sur sept, autant oublier les formalités –, je le conduis à la salle de soccer. Il est 11 heures passées. Si Cassandre y travaille le lundi comme elle me l'a expliqué, elle devrait déjà y être. Mon corps frémit d'impatience, mes pieds fourmillent d'envie. Je n'ai pas joué depuis deux jours à cause de mon départ, du trajet, des au revoir avec mes coéquipiers, et je suis en manque.

Je gare la voiture louée ce matin – une Audi Q3 coupée qui ne passe absolument pas inaperçue ! – sur le parking. Le doc sort son sac de matériel du coffre, et moi celui qui contient ma tenue et mon ballon. Lorsque nous poussons la porte, les cris des joueurs et les coups de sifflet me ramènent à ce que je connais. J'inspire à fond l'odeur du caoutchouc que j'adore. Elle me rappelle le city. J'entraîne le doc vers le comptoir, là où Nabil m'attend avec un sourcil levé. Tous les terrains sont pris, mais je lui ai téléphoné ce matin pour qu'il m'en réserve un chaque jour. En échange, je lui ai promis qu'il serait bien payé. Je lui fais confiance pour que cela reste entre nous et que la presse locale n'en apprenne rien. Il a tout de suite accepté. Il n'est donc pas surpris que je débarque.

– Soan, je suis tellement content que tu sois là.

Le patron du soccer me serre la main et la garde une seconde de plus que nécessaire. Je le sens ému. Ses yeux brillent.

– Tu es… je n'en reviens pas. Dire que je t'ai vu grandir et que tu es là. Numéro 10 de l'équipe de France.

Pas en ce moment. Mais je me retiens de le corriger.

Le foot ne développe pas une carrure de rugbyman ou de boxeur, mais mon physique n'a plus rien à voir avec la crevette que j'ai été. Je suis plus massif, plus tonique. Mon visage a perdu toute trace d'adolescence pour se fournir en barbe. Et même si je me rase tous les matins, ma peau mate se parsème de noir sur la mâchoire. Je présente le kiné posté derrière moi au propriétaire des lieux. Le programme est clair : on ira courir une heure avant de venir ici. Le terrain étant plus petit qu'à l'accoutumée, Loïc prévoit de me faire travailler la rapidité, les réflexes et la technique. On se réserve une sortie dans un vrai stade en fin de semaine.

Derrière nous, l'agitation commence à régner. Les mecs arrêtent de courir, vont se rafraîchir et s'éponger avec leur serviette.

– Cassandre n'est pas là ? lancé-je au propriétaire après un rapide tour d'horizon.

– Elle ne devrait pas tarder. Elle ne le sait pas encore, mais c'est elle qui gérera ta réservation. Ah ! Tiens, justement, quand on parle d'elle…

La porte d'entrée s'ouvre. Ma meilleure amie apparaît dans l'entrebâillement. Après quelques secondes, son regard accroche le mien. Son pas se suspend un instant avant qu'elle ne poursuive sa trajectoire.

– Soan… souffle-t-elle en arrivant à ma hauteur.

– Salut !

Je suis toujours enjoué en sa présence, chose qui n'a pas l'air d'être réciproque. Mon sourire vacille et, comme elle le perçoit, elle me rassure avec le sien.

– Je me disais bien qu'il y avait une voiture que je ne connaissais pas sur le parking !

Je comprends le sous-entendu moqueur.

– Le type qui me l'a louée n'avait que ça !

– À mon avis, il a flairé le très bon client.

– Alfredo a dû le briefer. Mon agent n'aime pas que je me balade en dessous d'un certain standing.

– Est-ce que tu fais tout ce qu'il te dit ?

– Quand ça concerne le foot, oui. Et pour ce qui est de rouler dans une belle voiture, c'est plutôt innocent. Je ne vais pas me battre contre lui pour ça.

Je n'ai pas franchement envie qu'elle me considère comme un mec fier d'exhiber sa fortune, cette image ne me correspond pas. À vrai dire, je n'ai même pas le temps de la dépenser, cette fortune. Le plus gros investissement que j'aie fait, c'est mon appartement.

– Il paraît que tu t'occupes de ma réservation, lancé-je pour orienter la conversation sur un sujet moins soumis à controverse.

– Laisse-moi ranger mes affaires au vestiaire et j'arrive.

Elle s'éloigne après être passée à côté de moi, la tête baissée.

En revenant, elle se comporte comme une professionnelle. Elle prend place derrière le comptoir, où je suis certain qu'elle se sent protégée par ce mètre de distance que je ne peux franchir, et pianote sur l'ordinateur. Sa main se fige en plein mouvement. Elle relève la tête vivement et accroche mon regard.

– Tu as réservé tous les jours ?

– J'avais besoin d'un terrain pour m'entraîner. Et c'est le premier endroit auquel j'aie pensé…

C'est vrai. Mais ce n'est pas la seule raison de mon choix. Et je ne veux pas mentir à Cassandre.

– Et j'avais envie de te voir.

Alors qu'elle ne dit mot, les joueurs quittent l'espace. Nabil en profite pour guider Loïc jusqu'à notre zone d'exercice. Apparemment, mon ex-coach adore l'idée de pouvoir poser plein de questions à un professionnel. Les regards des mecs s'arrêtent sur moi, remontent sur mon visage. Ils clignent des paupières comme si cela pouvait effacer l'hallucination qu'ils sont en train d'avoir. Je leur adresse un signe de tête accompagné d'un sourire accueillant puis me retourne vers Cassie, les yeux rivés sur son écran.

– Est-ce que ça te dérange ? Que je vienne m'entraîner ici alors que tu y travailles, je veux dire ?

Cassie me détaille longtemps.

– Non. Je n'ai pas à t'ordonner ce que tu dois faire. Ni à t'interdire quoi que ce soit.

– Mais je te le demande, si… si tu ne veux pas que je m'immisce dans ta vie, dis-le-moi.

– J'aimerais juste… Je ne sais pas… Que ça redevienne naturel entre nous. Dans un premier temps.

– Alors, je reste.

Je décide qu'il est temps de rejoindre mon kiné. Les joueurs de la session précédente n'ont toujours pas décollé de l'accueil. Je crois qu'ils ont compris qui je suis. Certains relâchent leur sac et se posent pour me regarder. Je sors mes affaires et mon ballon de mon sac. J'aurais pu choisir de me changer dans les vestiaires à disposition près du comptoir, mais ça n'est pas dans mes habitudes de me planquer. Je me suis toujours mis en tenue sur le bord du terrain, à toute vitesse, pour aller jouer le plus vite possible. Cette fois, je n'ai pas franchement envie de me préparer en trois secondes. Pas quand Cassie, qui m'a suivi, me contemple assidûment. Ses yeux ne me lâchent pas, c'est à peine s'ils clignent. Je retire ma veste. Mes mains soulèvent mon pull et mon tee-shirt en même temps. Les joues de Cassandre se colorent de rose, elle tente de détourner le regard, mais revient sur moi. Je lui envoie un sourire insolent, fier de fracasser les barrières derrière lesquelles elle se retranche.

– Est-ce que tu as quelqu'un dans ta vie ? lui demandé-je en attrapant mon maillot.

– Quelqu'un ? balbutie-t-elle, perdue.

– Un mec. Est-ce que tu sors avec un mec qui verrait d'un très mauvais œil que tu te sois tirée à Liverpool pour aider ton ex, et qui aurait envie de m'en coller une parce que je suis de retour dans ta vie ? Est-ce pour ça que tu es sur la défensive ?

– Je n'ai personne.

Je me couvre enfin le torse.

– Je dois… commence-t-elle, toujours aussi peu loquace. Je retourne à mon poste.

Je la perturbe tant qu'elle s'enfuit, ne me laissant que l'image de sa nuque sous ses cheveux courts. Je viens de gagner une manche. C'est sûrement le plus beau match que j'aie remporté de toute mon histoire.

Désormais seul, mon kiné s'approche de moi. Il observe la jeune femme qui s'est éclipsée comme si elle avait le feu aux fesses. *Elle l'avait sur les joues, en tout cas.*

– Une connaissance ? veut-il savoir.

– J'ai grandi ici. Cassandre était ma meilleure amie.

Il m'inspecte. On dirait que certaines conclusions s'imposent à lui.

– Je crois avoir compris ce que vous avez appelé… des sacrifices.

Sa réplique me tire un sourire. Son humour me plaît, nous pourrions bien nous entendre.

13
Cassandre

Soan est partout.

J'avais oublié ce que je ressens quand il est là, quand il me sourit, quand il m'écoute, quand il rebondit sur mes piques. J'avais oublié à quel point j'aime nos échanges, son regard doux, sa patience… Oh ! Pour être patient, ça, il l'est ! J'ai l'impression que rien ne peut le détourner de son objectif. Comme un arbre profondément ancré dans la terre, inébranlable face à la tempête. Tandis que la bourrasque de sa présence me malmène. Ma routine est chamboulée. Où que j'aille, je le croise. Au soccer, bien sûr, chaque lundi matin, mais aussi les soirs où il vient jouer avec Max et des mecs de son ancienne équipe qu'il a retrouvés. En allant faire mes courses, alors qu'il court en face de ma supérette habituelle. Au coin de la rue où je gare ma voiture vers l'école…

À mon grand soulagement, il n'est encore jamais tombé sur moi en compagnie d'Amir. Je repousse cette éventualité, car je crains les questions qu'il poserait. Cela me forcerait à évoquer mon passé, chose que je ne souhaite pas faire. Comme Soan l'a remarqué, j'ai érigé des barrières autour de moi. Il se fait d'ailleurs un malin plaisir à les fragiliser un peu plus chaque jour. J'ai peur de m'ouvrir à lui, de lui faire de nouveau totalement confiance. Il ne me jugera pas, il ne l'a jamais fait, mais peut-être mon silence le blessera-t-il. Peut-être que malgré mon cœur mis à nu devant lui, malgré toutes mes vérités étalées à ses pieds, il partira… J'en suis tellement effrayée que je m'efforce de l'éviter. Je quitte le soccer dès que j'ai terminé mon service, et ne sors de chez moi que pour le strict nécessaire.

Je suis plutôt du genre lève-tard le dimanche. Cela me permet de compenser le rythme auquel je m'astreins le reste de la semaine, mais impossible de me rendormir ce matin. Après trois semaines à jouer à « suis-moi, je te fuis », je reconnais les palpitations de mon cœur. Il a déjà envie d'être à demain. Dans la cuisine, je tombe sur Mégane, à peine réveillée, devant une tasse de café noir. Amir est installé sur le canapé, face à la télé. Je m'arrête à côté de lui et dépose un baiser sur ses cheveux. Le dessin animé qu'il regarde l'absorbe tellement qu'il ne réagit pas.

– C'est bien ?

Un simple hochement de la tête m'indique qu'il a une certaine conscience de ma présence.

– Je l'ai mis devant la télé, je devais bosser, m'explique ma meilleure amie. Ça ne te dérange pas ?

– Bien sûr que non.

Elle me désigne une pile de dossiers posés sur la table.

– J'ai commencé à travailler sur un cas compliqué, grimace-t-elle. Je n'ai pas bien dormi et lui est tombé du lit aux aurores. Je ne voulais pas qu'il te réveille.

Je n'ose jamais lui demander de précisions sur ses affaires de peur de la ramener dans l'horreur de ce qu'elle peut découvrir, mais Mégane finit toujours par m'en parler. Elle en a besoin. Elle a choisi de se spécialiser dans le droit de la famille. À cause de son vécu, du mien, d'Amir. *De Samia, également...* Elle souhaite pouvoir aider ceux dans le besoin, comme pour éviter à d'autres de connaître ce que nous avons traversé. Je suis admirative de son courage. J'espère être aussi forte qu'elle un jour et partir à la rencontre de personnes qui ont souffert, et que la foi a peut-être sauvées. Même si ce rêve reste bien lointain, quasi inatteignable.

– Maintenant que je suis debout, je vous apporte des croissants ? proposé-je pour lui redonner le sourire.

– Oh ! Oui ! s'exclame Amir en se retournant vers moi, les yeux suppliants.

– Pour manger, il y a du monde, mais pour me faire un bisou...

Aussitôt, il se précipite vers moi et vient me serrer dans ses bras. Je le garde un peu contre mon cœur. Il grandit trop vite, mais il sent toujours aussi bon.

– Tu veux quoi ? lui murmuré-je en lui ébouriffant les cheveux.

– Des chouquettes, s'te plaît ! Et un pain au chocolat !

– C'est noté. Et pour toi, Meg ?

– Un croissant, ça sera très bien.

Je les abandonne cinq minutes pour me rendre à la boulangerie en bas de chez nous. Alors que la porte du magasin se referme derrière moi au son d'une clochette, je me fige. Je ne me suis pas spécialement préparée, les propriétaires sont habitués à me voir avec ma tête du réveil, et je reconnais la haute silhouette de Soan. Son profil se dessine tandis qu'il choisit des viennoiseries. Je ne suis pas étonnée qu'il se trouve ici. J'habite en centre-ville et son hôtel n'est qu'à quelques rues de chez moi.

– Cassie ?

Il est beau, frais, adorablement souriant. Il ne vient pas de se lever, lui ! Je bégaye en le saluant à mon tour. Je baisse les yeux sur ma tenue : un jogging et une veste qui dissimule mal mon sweat, mais très bien le fait que je ne porte rien en dessous.

– Et dire qu'avant, tu ne mettais que des robes de petite fille modèle !

Il me taquine avant d'ajouter à voix basse :

– Au moins, maintenant, je sais que nous sommes presque voisins.

– Comme avant.

Les mots ont franchi mes lèvres sans que je m'en rende compte. Le sourire que je récolte en retour fait battre mon cœur à toute allure.

– Ouais. Comme avant, confirme-t-il. Tu venais acheter quelque chose pour toi ? Tu as faim ? Je te paie un petit déj' ?

Ça fait beaucoup de questions ! Je m'amuse de le savoir aussi peu sûr de lui tout à coup. En dehors du terrain, on dirait que c'est moi qui mène le match. Il attend ma réponse comme s'il m'avait demandé de sortir avec lui. Au cours des dernières semaines, j'ai refusé deux de ses invitations à dîner. Après ça, il n'a plus insisté.

Ce matin, j'ai envie de rester avec lui. Sa présence me fait du bien.

– La version XXL.

Je pointe du doigt le menu en question au-dessus de l'étal du boulanger. Il y a un peu de tout dedans : donut, lait, jus d'orange, tartines, et viennoiseries au choix.

– Tu vas manger tout ça ?

Je n'avais pas faim jusque-là, mais accepter de prendre ce petit déjeuner avec lui a comme retiré le poids qui me vrillait l'estomac.

Pendant qu'il passe commande, je préviens ma meilleure amie qu'elle ne s'inquiète pas.

Mégane : Tu as intérêt à tout me raconter !

– Soan ! On peut avoir un autographe ?

Je relève la tête. Deux ados qui viennent d'entrer se resserrent autour du joueur. Il me lance un regard navré, mais sourit à ses fans. La minute suivante, c'est un petit garçon et son papa, en provenance de la salle, qui attendent leur tour. Le numéro 10 signe à même les tee-shirts puis parvient à s'éclipser avec son plateau garni. Nous nous installons loin du comptoir et des fenêtres. Soan tourne le dos aux autres tables pour être moins facilement identifiable.

– Je croyais que trois semaines suffiraient à faire de toi un simple voisin, me moqué-je gentiment.

Malgré les nombreuses attentions dont il est le destinataire, Soan demeure professionnel et agréable. Amir m'a expliqué avec envie qu'un de ses copains a réussi à obtenir un autographe. Je me sens coupable que tous les autres jeunes puissent approcher le footballeur alors que je fais tout pour retarder cette rencontre de mon côté. Il va falloir que je me fasse une raison, Soan va traîner dans le coin durant des mois, je vais devoir être honnête avec lui. Nous ne retrouverons pas notre complicité si je ne le suis pas.

– Où est-ce que tu vas mettre tout ça ? Je ne peux pas manger autant. Pas avant de courir ! me demande-t-il, estomaqué.

– Pourtant, je comptais partager !

Je pousse le plateau au milieu de notre table. Soan le fixe du regard. Nous avons toujours fonctionné en piochant dans l'assiette de l'autre. Il doit s'en souvenir.

– Donc tu habites dans le centre… Depuis combien de temps ?

– Ça fait deux ans que je vis en appart. Et un que je suis en colocation avec Mégane. Tu te souviens d'elle ?

Il confirme.

– Comme elle est encore étudiante, c'est sa mère qui paie sa partie du loyer. Sandra est la meilleure des mères.

– Et tes parents ? Ils t'ont aidée à t'installer ? Ça a dû leur faire bizarre que tu quittes le nid.

– Je n'ai plus beaucoup de contacts avec eux.

– Vous étiez proches, pourtant.

– Je les aimais, oui. Mais apparemment, ce n'était pas réciproque : je suis devenue le vilain petit canard de la famille.

Je ne parviens pas à cacher l'amertume de mon ton.

– Eh ben… Qu'est-ce que tu as fait ? Tu t'en es pris à la vie de quelqu'un lors d'un rituel vaudou ?

Soan tente l'humour tandis que je me fige. Les paroles véhémentes de mon père me reviennent en mémoire. Je détourne les yeux, ma gorge me brûle. J'aurais aimé qu'après cinq ans, cela ne me touche plus, mais c'est tout l'inverse.

– Tu n'es pas si loin de la vérité… parviens-je à répondre malgré ma trachée obstruée.

– Je suis désolé. Je croyais être drôle et…

– C'était il y a longtemps, le coupé-je en ramenant mon regard sur lui.

– Tu n'as plus de contacts depuis ? Plus du tout ?

Je lui confirme d'un mouvement du menton.

– Pourquoi tu ne m'as rien dit ?

– J'ai voulu… Puis je me suis rappelé que tu avais ta vie, que tu étais sorti de la mienne.

Pour la première fois depuis notre rencontre… Il secoue la tête comme pour réfuter mes propos.

– J'aurais trouvé comment t'aider. Je pensais que tu ne voulais plus de moi. Je n'attendais qu'un message… Je serais revenu.

– Mais je n'y croyais plus, à cette époque, Soan.

Il déglutit. Le silence s'étend entre nous comme des dizaines de kilomètres à franchir au travers d'une forêt dense.

Alors que je suis incapable de relancer la conversation, il prend les devants pour détendre l'atmosphère.

– Si je peux me permettre, je trouve que tu n'as rien d'un petit canard. Tu as plus l'allure d'un cygne.

– Un cygne en jogging, oui.

Nous échangeons un sourire.

– Il s'est passé quelque chose, n'est-ce pas ? Quelque chose qu'ils ont jugé grave…

Le moment léger s'évanouit. Les mots sont sur le bout de ma langue, prêts à sortir, mais je n'y parviens pas.

– Il s'est passé beaucoup de choses, oui, le corrigé-je.

– Mais tu ne veux pas m'en parler, déduit-il.

J'émiette le croissant sur ma serviette. Soan pose sa main sur la mienne. Je plonge mon regard dans le sien. Encore une fois, je suis émue qu'il se montre si compréhensif et patient. Le souvenir de notre rupture, de ses promesses non tenues, plane au-dessus de nous. Et si je souffrais dix fois plus ?

– Accorde-moi un peu de temps, finis-je par lui demander.

Il accepte.

– Et toi, tu es toujours aussi proche de ta mère ?

J'essaie de faire abstraction de sa main restée sur la mienne, de ses doigts qui me caressent la peau. Je me laisse faire quand il les entremêle aux miens. Mon cœur est sur le point d'exploser.

– Moins, répond-il, un peu triste. La distance n'est pas facile à gérer. Et puis, je crois qu'elle m'a remplacé. Elle a renoué avec sa famille…

Je me souviens de cette période où elle a cherché à retisser des liens avec ses parents alors que ceux-ci l'avaient rejetée à cause de son mariage avec un homme athée.

– Tu lui en veux ?

– J'aurais aimé qu'elle n'ait pas besoin de s'entourer à tout prix, qu'elle vive pour elle-même, et non pour faire plaisir aux autres. Elle a vite oublié comment ils l'ont traitée…

– Mais ils l'ont acceptée de nouveau. Si elle a pu leur pardonner, peut-être que tu devrais…

– Ils l'ont acceptée car elle n'est plus avec mon père. Je trouve ça triste de rejeter les autres sous prétexte qu'ils ne sont pas comme nous. Je l'ai toujours dit : chacun…

– … devrait être libre de vivre sa foi comme il l'entend, complété-je.

– C'est ça. Ils seront déçus le jour où je leur annoncerai que je ne respecte pas les cinq piliers. Je ne prie plus.

Sous la table, nos genoux se frôlent. Pendant une seconde, j'apprécie ce contact, je le cherche même. Puis je me traite d'idiote et reprends de la distance. Mais quand sa jambe s'installe entre les miennes, je ne me dérobe pas.

Le petit déjeuner se termine. Couper tout contact physique avec lui me ravage la poitrine, mais je garde la tête froide. Du moins, j'essaie. Je n'oublie pas que je dois ramener des chouquettes à Amir, même si une heure s'est écoulée depuis mon départ. Je fais donc un détour par le comptoir. Soan remarque ma commande, mais ne la commente pas. Sur le trottoir, il remet son bonnet et la capuche de sa veste qui ne le quittent presque jamais. Quand les gens seront habitués à le voir déambuler dans la rue, peut-être qu'ils le laisseront tranquille.

– Je ne peux toujours pas te raccompagner ? questionne-t-il.

– Bientôt.

J'ai l'impression de lui avouer qu'il reprend sa place dans ma vie et que je serai bientôt en mesure de l'accepter

– Merci pour le petit déjeuner, déclaré-je pour balayer le sujet.

– Quand tu veux.

Je sais qu'il attendra désormais que ce soit moi qui l'invite. Il me laisse guide de notre relation.

Après un dernier sourire, je m'apprête à rentrer chez moi. Je n'ai pas fait deux pas que sa voix m'appelle.

– Cassie !

Je me retourne vers lui. Soan comble la distance.

– Je ne veux pas que tu me considères comme un gros lourd, alors, dis-le-moi si j'abuse, mais…

– Tu me rends chèvre, Soan. Qu'est-ce qu'il y a ?

– Est-ce que tu crois que je peux…

– Que tu peux quoi ?

– Que je peux te draguer ?

14

Soan

– Passe ! Soan ! Passe !

Ces gosses vont me tuer. Cela fait une heure que je suis sur le terrain, et ils ne me lâchent pas. Loïc, mon kiné, qui m'a suivi, participe au match dans l'autre équipe. Il est couvert de sueur. L'avantage : nous n'aurons pas besoin d'une heure de footing ce soir. Je crois qu'on va plutôt miser sur de la relaxation.

Notre gardien me fait la passe, je dribble un, deux, puis trois ados, et tire dans la cage opposée. Je lève le poing, tape dans la main des gamins de mon équipe sous les plaintes de nos adversaires. Je rigole avant de repérer Cassandre sur le bord du terrain. C'est la deuxième fois que nous nous retrouvons ici le dimanche.

– Je fais une pause. Entraînez-vous, pendant ce temps !

Ça râle un peu de mon côté, mais les autres sont soulagés, le jeu redevient plus équilibré. Cassandre m'accueille avec le sourire.

– Tu n'as aucun problème à jouer ! me fait-elle remarquer comme pour m'encourager.

– Ce sont des enfants. Je n'ai pas peur de me faire mal face à eux.

Je me hisse sur la rambarde, dos au match, face à elle.

– C'est déjà un début… Qu'en dit ton kiné ?

Je jette un regard de biais à ce dernier.

– Qu'il y a encore du travail.

– Soan, tu viens ? s'impatiente un des gamins.

– Laissez-le deux minutes, les gars, intervient Loïc, ce dont je lui suis reconnaissant.

Je me penche vers Cassandre.

– Alors… c'était bien ?

– Tu veux parler de la messe ?

Elle s'assied sur la barrière à côté de moi.

– Oui. Est-ce qu'elle t'apaise toujours après toutes ces années ?

– Ça me fait du bien, en effet. Je ne suis plus aussi assidue qu'étant enfant, mais j'essaie d'y aller une fois par mois.

– Est-ce que tu y vois tes parents ?

– En général, je reste au fond. J'arrive après eux, je pars avant. On ne se croise pas.

– Est-ce ton choix ?

Elle hausse les épaules.

– C'est plus facile pour tout le monde.

– Tu es sûre ? J'ai plutôt l'impression que tu les épargnes… Est-ce que tu te sens coupable par rapport à votre… votre quoi, d'ailleurs ? Votre dispute ?

– Non. Pas une seule seconde.

– Alors tu devrais entrer dans cette église la tête haute, chanter à tue-tête, prier et montrer que tu ne regrettes rien.

Tandis que j'achève ma phrase sortie tout droit du cœur, je remarque le regard intense que Cassandre pose sur moi. Que se dit-elle ?

– Mégane ne t'accompagne jamais ? Il me semblait qu'elle était aussi pieuse que toi.

– Non, elle… c'est différent.

Je comprends qu'elle n'ajoutera rien. Elle ne s'étendra pas sur la vie privée de sa meilleure amie.

– Je crois que nous avons de nouveau un rituel, commente-t-elle en évoquant nos retrouvailles à cet endroit, après un silence complice.

En est-elle heureuse ? Du coin de l'œil, je distingue son sourire apaisé.

– Il a migré de quelques mètres par rapport à l'époque.

Je contemple notre square, le toboggan et la maisonnette au sommet de laquelle on passait des heures à dessiner, discuter, jouer. Nous n'avons pas tellement changé nos habitudes. Seulement cette fois, on y va plus doucement. J'étais sérieux quand je lui ai demandé si je pouvais tenter une approche autre qu'amicale, mais pour le moment, je ne la brusque pas. Nous reconstruisons petit à petit notre relation. J'ai bien compris que Cassandre a compartimenté sa vie depuis que je suis revenu. J'ai le droit de la voir à son boulot, ici au city et nulle part ailleurs. Elle ne me l'a pas encore permis. Et plus les jours passent, plus j'ai peur de découvrir pourquoi. Il y a forcément un autre mec derrière sa réticence, non ?

– Est-ce que tu as envie de sortir, ce soir ?

Je tente tout de même ma chance. Elle m'aurait clairement envoyé balader la semaine dernière si j'avais dépassé les bornes.

– Je ne peux pas, désolée.

Elle ne me propose pas de remettre ça à plus tard, mais je ne perds pas espoir pour autant.

– Tu viens jouer ? lui proposé-je en basculant côté terrain.

Je lui tends la main. Cassandre se tourne à son tour, elle ne regarde pas sa montre et entremêle ses doigts aux miens.

– Voyons ce que tu vaux en équipe !

Le reste de la journée s'écoule comme toutes les après-midi de la semaine. Je sais que je pourrais prendre un peu de repos, mais ça me laisserait l'occasion de réfléchir, et accentuerait mon envie de voir Cassie. Donc je m'occupe, je m'exerce, je cours.

Les écouteurs sur les oreilles, je parcours la ville sans que personne ne m'arrête. Au détour d'une rue déserte, un couple attire mon attention. Il se balade sur le trottoir d'en face. Je ralentis en reconnaissant Cassandre. Est-ce son mec à ses côtés ? Je secoue la tête. Elle m'a dit qu'elle n'en avait pas, je dois lui faire confiance. Je m'apprête à me détourner quand le type se tourne vers elle pour lui parler, me laissant découvrir son profil. Les traits de son visage, sa carrure, sa démarche, tout ça m'est familier.

Mon père… *Est-ce qu'ils… ?* C'est impossible, n'est-ce pas ? *Cassandre ne peut pas…* Est-ce qu'elle me mentirait pour ne pas m'avouer qu'elle partage sa vie ? Je ne me sens même plus avancer. Mon cerveau est passé sur pilotage automatique, enfermé dans un brouillard opaque. Je ne vois plus que cette devanture, où ils pénètrent tous les deux. On dirait l'entrée d'un bar. *Elle a refusé de dîner avec moi, mais elle sort avec lui ?* J'ai beau me répéter que j'invente n'importe quoi, je ne peux m'empêcher de les suivre. À l'intérieur, un large couloir m'accueille dans un silence de mort. Une porte est ouverte sur la droite un peu plus loin. Premier constat : ça ne ressemble en rien à un restaurant ou à un bar. Ma curiosité l'emporte sur ma raison. Cassandre ne verrait pas d'un bon œil que je la suive. Mais il s'agit de mon père. Que viennent-ils faire ici tous les deux ?

Je me rapproche des voix en provenance de la pièce ouverte. Je me fige sur le seuil d'une salle de conférences à la décoration chaleureuse : un parquet en bois, des peintures chaudes, des panneaux d'information recouverts de photos et de papiers. Mes yeux tombent sur les titres de certains d'entre eux : « L'alcool, en parler pour s'en libérer », puis sur les hommes et les femmes en train de discuter, assis sur des chaises installées en cercle. Je vois mon père, mais pas Cassandre. Un immense type blond apparaît à la porte, prêt à la fermer.

– Vous entrez ?

Incapable de lui répondre, je ne peux que secouer la tête. La salle se referme sur le sourire bienveillant de ce gars, sur l'image de mon père dans ce groupe où je n'aurais jamais pensé le trouver. Je ne sais pas trop ce que je ressens. La jalousie malsaine qui m'a amené ici a disparu, seuls subsistent la curiosité et le désir de le revoir. Désir dont je n'avais pas conscience avant ce soir. Je croyais avoir tiré un trait sur lui. *Mon père se soigne…* Et s'il se soigne, je veux faire partie de sa vie à nouveau.

– Soan ?

Je me tourne vers Cassandre, à moitié assommée de me trouver là. Toujours emmitouflée dans son long manteau épais, le visage couvert de son écharpe, elle tient un café.

– Où est-ce qu'on est ? Qu'est-ce qui se passe à l'intérieur ? demandé-je en désignant la pièce fermée.

– On est dans une des salles louées par les AA. C'est une réunion.

– AA… Les Alcooliques anonymes ?

Elle me répond un oui peu assuré, puis ses sourcils se froncent quand elle assimile l'étrangeté de ma présence entre ces murs.

– Que fais-tu ici ?

– Je ne sais pas vraiment, avoué-je, perdu. Je rentrais après avoir couru et je vous ai vus qui marchiez de l'autre côté de la rue. Avant que je parvienne à me raisonner, je vous ai suivis. Je crois que j'ai complètement pété un câble parce que tu étais avec lui.

– C'est ton père, Soan.

Soudain, son expression change. Elle comprend ce que j'ai imaginé…

– Tu t'es dit quoi ?

– Qu'il t'emmenait dîner. Que lui en avait le droit.

Vu son air choqué, j'ai la confirmation que j'étais totalement à côté de la plaque.

– Je suis désolé. Je n'ai pas réfléchi. Mais pendant cinq minutes, je me suis dit que la chose que tu me cachais, c'était ça.

Elle ne rebondit pas sur cette affirmation. On sait très bien tous les deux qu'elle dissimule soigneusement un pan de sa vie. Pour se faire pardonner son silence peut-être, Cassie s'adoucit :

– Je peux t'offrir un café ?

Je fixe le gobelet fumant qu'elle tient contre elle comme s'il pouvait la réchauffer.

– Je veux bien.

Le chemin jusqu'à la machine permet à mon cœur de retrouver son rythme normal.

– Est-ce qu'on peut considérer ce café comme un rendez-vous ? demandé-je pour effacer les dernières minutes un peu étranges.

– Si tu y ajoutes une barre chocolatée, ça se pourrait bien.

Je prie pour trouver une foutue pièce qui traîne dans la poche de mon survêtement. Bingo ! Je l'exhibe fièrement devant son visage. Elle me la vole et l'insère dans le distributeur jouxtant la machine à café qui, je pense, doit être infâme.

Nous revenons à proximité de la salle close, et nous asseyons sur deux chaises séparées par une table basse. Cassandre y dépose sa tasse et sa barre. Elle retire son écharpe.

– Il se soigne, constaté-je à voix haute, les yeux fixés sur la porte.

– Oui.

Une part de moi n'a jamais cru qu'il s'en sortirait, mais l'apprendre me rend heureux.

– Tu attends ici à chaque fois ?

– Je ne suis pas sa marraine. Il faut être un ancien alcoolique pour ça. Et seuls les membres de l'association peuvent assister aux réunions. Certaines personnes ont déjà du mal à s'exposer, ce serait encore plus dur pour elles de se livrer si cela se faisait devant n'importe qui.

Je hoche la tête. Nous buvons nos cafés en silence. Cassandre a ouvert l'emballage de la barre sur la petite table entre nos deux sièges. Nous piquons dedans chacun notre tour.

– Comment c'est arrivé ?

– C'était il y a trois ans à peu près. Tu venais de jouer ton premier match en équipe de France. Mégane a tenu à ce qu'on sorte pour fêter ça parce que… parce qu'elle me voyait triste. Chaque fois que tu gravissais une marche vers ton rêve, tu t'éloignais un peu plus de notre ville. J'étais heureuse, vraiment heureuse, que tu réussisses. Mais tu me manquais aussi tellement que j'en venais à étouffer. Mégane ne le supportait pas. Alors, j'ai cédé. On est sorties. Et il y a eu cette bagarre au comptoir, cet homme ivre criant à tout-va que son fils allait devenir champion du monde et qu'il en était fier. Il pleurait de ne pas pouvoir le lui dire. Mais ça n'a pas empêché un groupe de mecs de l'insulter pour qu'il se taise. Ils l'ont tabassé en pleine rue. J'ai bondi de ma chaise et j'ai accouru vers lui. Je me suis mise devant lui pour le protéger. Je me suis pris un coup de poing pour la première fois de ma vie, mais ça en valait la peine. Deux jours après, je l'emmenais à sa première réunion.

Je l'arrête, et porte ma main à sa joue. Cassandre frissonne.

– Tu t'es pris un coup ?

– C'était douloureux, tente-t-elle de rire.

L'instant se suspend ainsi, sa tête reposant sur ma paume. Je pousse l'audace jusqu'à caresser ses lèvres de mon pouce. Sa bouche s'entrouvre. Un désir fulgurant de l'embrasser me traverse. Ce n'est pas la première fois depuis mon retour. À vrai dire, depuis que je lui ai demandé si je pouvais la draguer et qu'elle a accepté d'un signe timide, les joues rougissantes, je ne rêve que de ça : goûter de nouveau ses lèvres.

– Je l'ai fait pour toi, tu sais, m'avoue-t-elle ensuite. Je ne savais pas si tu reviendrais, mais j'avais conscience que tu étais malheureux d'avoir coupé les ponts avec lui, même si tu ne le disais pas vraiment.

– Tu me connais si bien…

Ce n'est pas le moment de l'embrasser, je le sais – nous sommes en train d'évoquer mon passé, pas en train de flirter, même si tout ce qu'elle fait pour moi me rappelle à quel point j'aime cette fille, je l'ai toujours aimée –, alors je me contente de passer un bras autour de ses épaules, et de déposer un baiser sur son front.

– Merci…

C'est elle qui redresse la tête, elle qui laisse ses lèvres à cinq centimètres des miennes, elle qui me regarde avec envie tout en me suppliant de ne plus lui faire de mal. Rattrapé par mon désir, je penche la tête, ma bouche effleure la sienne…

– Cassandre !

Ma meilleure amie sursaute dans mes bras et tourne la tête. Mon père est sorti de la salle et fouille dans ses poches. Il ne m'a pas vu.

– Je crois que j'ai oublié mon portefeuille dans la voiture…

Il s'arrête en pleine phrase, la tête enfin relevée vers nous.

– Soan ?

15

Soan

10 ans

Je suis en train de descendre du bus quand j'entends sa voix.

– Soan ! Soan !

Je souris parce qu'elle court vers moi avec son sac ouvert sur l'épaule. Elle tient un cahier sous le bras et l'ouvre directement sous mon nez quand je m'arrête devant elle.

– Regarde ! J'ai eu vingt sur vingt à mon devoir de mathématiques ! Celui qui était trop dur.

– Waouh !

– Le professeur m'a félicitée. Les autres ont pas eu plus de douze.

– T'es trop forte ! Tu pourras m'aider samedi ?

– Au city ?

Je hoche la tête. On n'est encore jamais allés l'un chez l'autre. Elle parce que ses parents ne seraient pas d'accord. Et chez moi, il n'y a pas tant de place que ça. Puis Maman surveillerait tout le temps ma chambre. Au city, au moins, on se pose sur la petite table en haut du toboggan. On est abrités, même si l'hiver, on doit rentrer plus tôt. Ça nous est déjà arrivé de relever la tête et de nous rendre compte que le lampadaire éclairait au lieu du soleil. Quand c'est le cas, Maman me gronde et dit que je vais attraper froid. Mais je ne tombe jamais malade. Pas plus que Cassie.

– Si j'ai des mauvaises notes, Maman va m'interdire de faire du foot. Et faut que j'en fasse, si je veux entrer dans un centre de formation.

On marche l'un à côté de l'autre.

– Un centre de formation ? C'est quoi ? Une école où t'apprends à jouer au foot ?

Je rigole.

– Je sais déjà jouer au foot, j'te signale !

Elle se marre aussi.

– C'est une école, oui. On fait des entraînements tous les soirs, et il y a des matchs le week-end. C'est là-bas que les bons joueurs sont repérés par des agents. Si j'en trouve un, il pourra me vendre à un club et je pourrai devenir professionnel.

Je me rends compte que j'étais si absorbé par mes explications que Cassandre s'est arrêtée et est quelques mètres derrière moi.

– Tu te projettes aussi loin que ça ? s'étonne-t-elle.

– Pas toi ? Je croyais que tu voulais être pianiste…

La première année où je l'ai rencontrée, elle rêvait d'être danseuse. Celle d'après : dessinatrice pour enfants. À la rentrée de septembre, elle était toute contente lorsqu'elle m'a dit :

– Soan ! Maman m'a inscrite à des cours de piano ! C'est trop trop beau, le piano.

– Laisse-moi deviner : c'est ce que tu veux faire plus tard ?

Je me moque, mais en vrai, Cassandre me fait délirer ! Tout le monde la prend pour une catholique coincée, timide et obéissante alors qu'elle ne tient pas en place. Tous les métiers l'inspirent. Elle a dix mille rêves à la seconde. Ses parents ont les moyens, ils peuvent se permettre de tout lui faire tester. En plus de ça, Cassie est super intelligente. Elle a sauté le CM2, et ses notes de début d'année sont au-dessus de toutes les autres. Ça ne m'étonnerait pas qu'elle saute aussi la cinquième. Je ne le lui dis pas, mais ça m'embêterait un peu, parce qu'on n'aurait aucune chance d'être dans la même classe au collège. Déjà qu'elle a dû supplier ses parents pour rester dans le public. Sinon c'était internat et éducation catholique renforcée. Je ne le lui ai pas encore dit, mais dans trois ans, c'est sûrement moi qui serai en internat. Je n'ai pas envie qu'elle perde le sourire qu'elle a tout le temps. Même quand les messes basses des autres ne sont pas assez basses.

À l'inverse d'elle, moi, je n'ai qu'un objectif depuis toujours. Je veux devenir footballeur professionnel. Je rêve d'un club international, de l'équipe de France, de la Coupe du monde. Maman n'arrête pas de me dire qu'on ne croirait pas que dans mon si petit corps – ma taille est en dessous de la moyenne, je suis plus petit que Cassandre, c'est pour ça que les garçons du city ont du mal aussi à jouer avec moi… –, il y a une si grande ambition. Je veux faire quelque chose qui me plaise. J'écoute bien en classe, mais je n'ai pas d'autre rêve que celui de taper dans un ballon. Papa me répète qu'aux réunions de famille, même tout petit, je participais aux matchs avec les grands. Je n'avais pas peur. Je n'ai toujours pas peur. Par contre, je suis triste parce que je ne peux plus jouer avec Papa. Il n'habite plus avec nous. Maman ne veut plus le voir, elle dit qu'il est malade, qu'il a des problèmes à régler. Nous avons dû quitter notre grande maison avec quatre chambres, pour un petit appartement dans une ville de campagne où il n'y en a que deux. Elle ne le loue pas cher. D'après ce que j'entends de ses conversations téléphoniques, elle se plaint que Papa ne puisse pas donner plus d'argent chaque mois.

Papa a quitté son ancien poste à cause de ses problèmes. Il vit dans un appartement dans la ville voisine, proche de la gare, près de son nouveau boulot dans un hôtel. Il gère les appels la nuit, il dort le jour. Je suis content qu'il m'emmène au foot, mais je n'ai rien à lui dire. C'est à cause de lui si notre vie a changé, si Maman doit travailler deux fois plus qu'avant et si je me retrouve souvent le soir à devoir me faire à manger. Même si je ne sais pas encore pourquoi, je lui en veux, on était bien tous les trois. Je suis toujours bien avec Maman, mais elle me parle de plus en plus de prier, de respecter Dieu, et ça, je ne le comprends pas trop. Elle se plaint d'avoir abandonné sa foi et sa famille pour mon père. Elle aimerait revoir ses parents.

On s'arrête devant la maison de Cassandre.

– Tu joues, ce week-end ? me demande-t-elle.

– Oui. Mon entraîneur a dit que j'étais assez bon pour participer à tous les matchs.

– C'est génial ! J'aimerais que Maman m'emmène te voir un jour, au lieu de Pierre et Noé.

– Faudrait qu'elle accepte que ma mère t'emmène.

– Elle dirait que je suis trop petite…

– C'est pas grave, Cassie, on pourra toujours jouer au city.

– J'ai vu que les grands commençaient à t'accepter dans leurs parties.

– C'est parce que je suis dans le club. Ils m'ont dit que j'étais bon, eux aussi.

J'en ai dribblé plus d'un. Ils se sont retournés, étonnés, quand ils m'ont vu dans leur dos alors que j'étais devant eux la seconde d'avant.

– Un jour, tu seras tellement fort et tellement connu qu'ils regretteront de t'avoir insulté.

– C'est pas pour tout de suite.

Tout à coup, le visage de Cassandre change. Il devient triste.

– Tu m'oublieras pas, quand ça arrivera… murmure-t-elle en me regardant droit dans les yeux.

Elle est bête de penser ça.

– Bien sûr que non.

– Je viendrai te voir tout le temps ! Je serai grande, je pourrai faire ce que je veux !

– OK. Je prends ça comme une promesse !

Je rigole. Elle me sourit. Elle devient toute rouge. Ça lui arrive de temps en temps, quand je dis quelque chose qui lui fait plaisir.

– J'espère que tu vas gagner ce week-end !

– Je te raconterai demain quand je rentrerai.

Elle fait une chose qu'elle n'a encore jamais faite : elle se penche et embrasse ma joue avant de se reculer et de courir chez elle. Je reste sur le trottoir, le visage en feu. Je vois le rideau bouger dans la cuisine. C'est sûrement sa maman. J'espère qu'elle n'aura pas de problèmes, je sais que ses parents peuvent parfois être stricts.

Il me faut juste cinq minutes pour rentrer chez moi. Quand je passe la porte, la maison n'est pas rangée comme d'habitude : il y a deux sacs ouverts sur la table du salon. Je reconnais mes vêtements dans l'un d'eux. Et mes affaires de foot.

– Maman ?

Elle sort de sa chambre avec un tas de tee-shirts bien pliés à la main. Elle les met dans sa valise et la referme.

– Tu fais quoi ?

– J'ai vu que tu jouais à vingt kilomètres de chez tes grands-parents ce week-end. Je me suis dit que ce serait bien qu'on y dorme.

– Mamie et Papy ?

– Pas les parents de ton père. Mes parents à moi.

Je cherche dans ma mémoire.

– Tu ne les as jamais rencontrés. Ce serait l'occasion.

– Pourquoi ?

– Pourquoi quoi ?

– Pourquoi on n'est jamais allés chez eux ?

Maman se racle la gorge comme si mes questions la mettaient mal à l'aise.

– On habitait loin et… ils n'aimaient pas particulièrement ton père. Ils avaient peut-être raison, au final…

Je fronce les sourcils.

– Pourquoi tu dis ça ?

– Pour rien. Ce sont des histoires d'adultes.

Encore et toujours la même excuse, j'en ai marre…

– Faut que j'attende combien de temps avant que tu m'expliques ?

– Je ne sais pas… dix-huit ans.

– C'est loin ! C'est dans huit ans !

– D'ici là, je peux profiter de mon petit garçon.

Elle me prend dans ses bras et me serre fort contre elle.

– Tu grandis trop vite ! me chuchote-t-elle. Allez, je finis nos sacs et ensuite on s'en va.

– On peut s'arrêter chez Cassandre en passant ? Je voudrais laisser un mot dans sa boîte aux lettres !

– Tu la vois lundi, ça ne peut pas attendre ?

– Non, faut que je lui écrive qu'on ne se retrouvera pas ce week-end.

Elle soupire.

– Tu n'as pas d'autres copains ?

– Si. Mais je préfère Cassandre. C'est ma meilleure amie.

Un nouveau soupir.

– Bien. On va s'arrêter, c'est d'accord.

Cassie, c'est Soan.

Maman m'emmène au foot et chez mes grands-parents. Je ne les ai jamais rencontrés, c'est bizarre, tu crois pas ! Bref, je voulais te prévenir de pas t'inquiéter, je ne pourrai pas venir au city demain soir, ni dimanche. Je suis désolé. Mais on se voit lundi. J'aurai sûrement des tas de choses à te raconter. Et je te rapporterai ma médaille, promis. Je suis sûr qu'elle sera trop belle.

À lundi,

Soan.

– Tu lui écris un roman ! Tu viens de la voir, qu'est-ce que tu peux bien lui dire ?

Je pourrais cacher à Maman ce que j'ai mis sur le bout de papier, mais elle ne le prendrait pas très bien. Je n'ai pas envie d'être puni. Je lui montre.

– Tu ne vas pas lui donner ta médaille !

– Si. Pourquoi ?

– Elle est à toi ! C'est toi qui vas la gagner…

Je fronce les sourcils. Pourquoi je ne pourrais pas en faire cadeau à Cassandre ?

– Tu ne m'as pas dit qu'elle n'aimait pas le foot ?

– Si.

– Alors, pourquoi lui offrir une médaille de foot ?

– Parce qu'elle aime jouer avec moi. Et parce que je veux lui montrer que je suis fort. Et que je vais en gagner plein.

– Tu lui en as déjà donné ?

– Oui. Presque toutes.

– Mais...

Maman semble perdue. Je ne les donne pas toutes à Cassandre, j'en garde quelques-unes pour me rappeler mes victoires, mais j'aime bien partager mes récompenses avec ma meilleure amie. C'est un peu comme si je la faisais gagner avec moi. Comme ça, le jour où je serai loin, je penserai toujours à elle, elle ne pourra pas en douter.

Ça fait deux ans qu'on se connaît, deux ans qu'on passe des après-midi entières soit à jouer au ballon, soit à faire du vélo, soit à travailler. Je n'ai jamais eu de copines aussi gentilles. Là où j'étais avant, mes copains changeaient tout le temps d'avis à mon sujet. Parfois ils voulaient bien de moi, le plus souvent ils me regardaient et rigolaient. Mon père a piqué des crises devant la directrice, mais c'était toujours la même chose après. Chaque fois qu'il y avait une bêtise en classe, la maîtresse croyait toujours que c'était moi. Dans la cour, pareil : quand quelqu'un se faisait pousser et que je traînais pas loin, on m'accusait. J'étais content de déménager. J'avais un peu peur de tomber sur des copains du même genre, mais en fait, ça va. Ils ne me rejettent pas. Au début, les garçons ne voulaient pas trop jouer au foot avec moi, parce que je suis petit, puis je suis entré en club et là, ils m'ont accepté.

Ça s'est fait petit à petit. Avec Cassandre, on est tout de suite devenus amis. C'est elle qui est venue me chercher à la rentrée, elle qui s'est assise à côté de moi à l'école. Depuis, on ne se quitte plus. Cette année est différente puisqu'elle est dans la classe au-dessus, donc au collège, mais dès que les cours se terminent, on se retrouve.

Elle non plus, les grands ne sont pas tendres avec elle. Elle me dit que c'est à cause de ses vêtements. C'est vrai qu'à notre toute première rentrée, j'ai vu qu'elle était très très bien habillée. Elle avait un nœud dans les cheveux, un serre-tête, des chaussures de ville à la place des baskets, une jupe au lieu d'un jean, et un chemisier. Elle m'a dit qu'en primaire, les plus grands la traitaient de « catho ». Et comme elle a dû sauter une classe, elle s'est retrouvée au collège avec eux, en sixième. Je n'ose même pas imaginer ce que ces bouffons doivent lui faire subir tous les jours. Elle répète qu'elle s'en fiche, que tant que je suis ami avec elle, elle peut tout affronter. Elle est forte, Cassandre. Mais moi, j'aimerais devenir deux fois plus fort, pour pouvoir la protéger. C'est comme ça qu'on fonctionne : on se protège l'un l'autre. Quand on me regarde bizarrement à la caisse d'une épicerie parce que je suis métis. Quand c'est elle qu'on insulte parce qu'elle a l'allure d'une petite fille bourge, catholique, de bonne famille. Dans le premier cas, c'est elle qui dit tout fort – et innocemment : « On a parlé du racisme passif aujourd'hui à l'école. Eh bah, c'est pas beau. » Je lui demande : « C'est quoi, le racisme passif ? » et elle d'expliquer, toute fière : « C'est lorsqu'on est témoin que quelqu'un a des préjugés sur une personne à cause de son origine ou de sa religion et qu'on n'intervient pas. Il y a encore trop de gens qui croient, parce qu'ils ont entendu à la télévision qu'un Marocain avait volé un bracelet dans une bijouterie, que tous les Marocains sont des voleurs. Ou qui traitent les Japonais, les Thaïlandais ou les Vietnamiens de Chinois. Tu vois, ce genre de trucs ! » Moi, quand il faut défendre Cassie face à un grand qui imite un chant religieux tout en en déformant les paroles, je le fais. Je me suis battu plusieurs fois – parce que les mots rentrent pas dans leurs têtes vides. C'est aussi pour ça, en plus de sa religion dont elle ne connaît rien, que Maman n'aime pas trop trop Cassandre. Mais je m'en fiche d'être puni tant que ma meilleure amie garde le sourire. Donc, ouais, on se protège. Et on se protégera toujours. Quoi qu'il arrive.

16

Cassandre

Nous avons reconduit Frédéric à sa voiture. Comme on pouvait s'y attendre, notre trio n'a pas été très loquace. Mais avant que son père ne pénètre à l'intérieur de l'habitacle, Soan l'a arrêté et lui a promis de lui rendre visite à son appartement un jour. Un autre jour. Je crois qu'il a besoin de digérer l'idée de leurs retrouvailles. Quand il est parti au centre de formation, Soan a tenu Frédéric pour responsable de tous ses maux, et il découvre aujourd'hui qu'il était simplement malade.

– Je l'accompagnerai à la prochaine réunion si tu veux bien, annonce Soan, le regard perdu, alors que la voiture vient de disparaître au loin.

– Ce serait bien.

Ses yeux se fondent dans le vide, ses sourcils se creusent. Devinant les émotions qui doivent l'assaillir, je tente de détourner son attention.

– Est-ce que tu veux… me raccompagner jusque chez moi ?

– Bien sûr ! Mais est-ce que tu crois que je pourrais prendre une douche avant ?

– Ton hôtel n'est pas loin de mon appartement, on s'y arrêtera au passage.

– Tu t'es renseignée, à ce que je vois.

C'est avec un petit sourire satisfait qu'il me conduit au centre-ville.

Il loge dans le seul établissement trois étoiles du coin. Je n'étais jamais entrée, mais le hall est immense. Des lustres majestueux pendent du plafond. Les murs sont crème, et de larges piliers montent aux quatre coins de la pièce, entourés de filaments dorés. Soan récupère sa clé à l'accueil puis m'invite à le suivre. Au quatrième, il nous mène dans une chambre spacieuse, ressemblant à s'y méprendre à un studio. Il ne manque que la cuisine.

– Mets-toi à l'aise, j'en ai pour cinq minutes.

Il se dirige vers ce que je devine être la salle de bains, faisant passer son tee-shirt par-dessus sa tête. Je détourne le regard et inspecte l'endroit où il s'endort et se réveille chaque jour. Soan n'a laissé aucun bazar derrière lui. Il ne doit pas passer beaucoup de temps ici.

Comme il m'a prévenue, Soan réapparaît très vite. Je n'avais toutefois pas prévu que ce soit sans rien d'autre qu'une serviette autour de la taille. Il se déplace dans toute sa superbe semi-nudité, le corps tonique, torse bronzé et épilé. Je déglutis, les joues en feu, en prenant conscience que je l'ai suivi dans sa chambre et que notre situation devient intime. Soan s'en rend peut-être compte au même moment car, devant sa penderie, il se fige, la main posée sur un tee-shirt, et tourne sa tête dans ma direction. Je ne sais plus comment respirer.

– Tu veux que je t'attende dehors ? arrivé-je tout de même à demander.

– Je ne suis pas pudique. Je me change devant des mecs tous les jours.

– Oui, mais…

Je n'ai pas le temps de terminer ma phrase que sa serviette tombe sur le sol. Soan se tient de profil. Mes yeux dévalent la courbe de son dos, de ses épaules musclées à la chute de ses reins. Ma température grimpe encore. Mon cœur bat à tout rompre, menaçant de s'échapper de ma poitrine. Je me détourne avant de ne plus pouvoir décoller mon regard de son corps puissant. *Bon sang, ces cuisses !* Je n'avais jamais fantasmé sur des cuisses, mais les siennes sont magnifiques. Elles dégagent une vraie force. Je tente de chasser les images qui s'imposent dans ma tête, mais c'est chose impossible. Je respire vite. *Calme-toi, Cassie ! Non, ne pense pas à ses fesses !*

– J'ai terminé…

Je sursaute et jette un coup d'œil en arrière. Soan se tient à trente centimètres de moi, son tee-shirt encore à la main. J'ai le temps de détailler ses abdominaux sous le tissu, d'avoir envie de les toucher.

– Enfin presque prêt, corrige-t-il en enfilant son vêtement.

Fier de lui, il se marre. Je lui bourre l'épaule de deux coups de poing ridicules. Il me les bloque d'une main douce.

– Tu es… Tu es…

– Je suis quoi ?

Il approche son visage du mien. J'écarquille les yeux devant ce nouvel assaut.

– Je ne me souvenais pas que tu étais aussi entreprenant !

Il me sourit.

– J'ai grandi. Et je ne te prends pas par surprise, je t'ai dit que je comptais te draguer. Chose que tu as acceptée.

– Oui, mais…

– Tu croyais que j'allais la jouer à la loyale ?

– Évidemment !

– Pourquoi le ferais-je alors que toi, non ? Tu as déjà pris bien trop d'avance. Tu as mis ta vie en parenthèses pour venir m'aider, tu fais attention à mon père, tu me pousses à vivre mes rêves. Depuis toujours.

Il range des mèches de cheveux derrière mon oreille.

– Tu fais de moi un mec audacieux, optimiste. Auprès de toi, je me sens heureux. Comment veux-tu que je reste indifférent alors que tu es celle que je désire le plus ? La seule que j'ai jamais désirée.

J'entrouvre la bouche, estomaquée par sa déclaration. Je ne compte plus sur mon cerveau pour raisonner mon cœur. Soan vient de griller toutes mes chances de lui résister. J'ai l'impression qu'il le sait et cette sensation d'être à nu ainsi me ramène à ma réalité si différente de la sienne. Je pourrais accepter un baiser, voire des dizaines. Un dîner, une nuit, et – sûrement – beaucoup d'autres. Mais est-ce que je ne prends pas le risque que les choses se répètent ? Comme s'il sentait mon changement d'humeur, Soan s'écarte.

– On y va ? Je n'oublie pas que j'ai gagné le droit de voir où tu habites !

Muette, j'acquiesce. Je ne suis pas capable de lui offrir une réponse pour le moment.

Sur le chemin qui mène à mon appartement, je ne sais pas quoi dire. Le silence est apaisant, mais derrière lui, c'est comme si les dernières minutes se rejouaient. La main de Soan est à portée de la mienne et j'aimerais être assez courageuse pour la prendre, malheureusement ce n'est pas le cas. Je suis tout aussi lâche une fois arrivée en bas de mon immeuble.

– C'est ici.

« Veux-tu monter ? » J'ai envie de lui poser la question. J'aimerais qu'il monte, qu'il connaisse tout de ma vie. Je rêverais de m'allonger à côté de lui, de l'embrasser.

Je ne lui propose cependant pas : mes peurs l'emportent une nouvelle fois.

– Merci de m'avoir raccompagnée, me contenté-je de lui dire.

– Ah oui, ce n'est vraiment pas loin, constate-t-il, comme s'il se rendait compte du point auquel je l'ai maintenu à distance.

Soan lève les yeux sur la façade. Le bâtiment est joli, tout en pierres claires avec des vitres hautes, il s'intègre dans l'architecture historique du centre-ville.

– On se voit demain ? se renseigne-t-il.

– Oui… oui, bien sûr.

Je lui adresse un grand sourire, espérant lui transmettre mon impatience à l'idée de le retrouver. En guise de réponse, Soan me surprend. Il m'embrasse la joue. Je ferme les yeux. Sa bouche effleure ma peau.

– Bonne nuit, Cassie.

Ses mots se déposent sur mes lèvres comme un baiser. Je soulève les paupières, tombe sur une moue craquante, puis mon meilleur ami m'abandonne sur le trottoir.

En refermant la porte de mon appartement derrière moi, je suis perdue entre deux directions : je meurs d'envie de dévaler l'escalier pour le rappeler, pourtant je me contente d'enfermer mes sentiments, certaine qu'il me brisera sinon de nouveau le cœur.

– Tu rentres tard ! me lance Mégane depuis le canapé.

Elle met en sourdine la série qu'elle est en train de regarder.

– Oui, réponds-je pensivement.

Je parviens à m'extirper de ma torpeur, à me déshabiller et à avancer dans la pièce. Mais plus je pense à Soan qui s'éloigne dehors, plus je me sens seule.

– Qu'est-ce qu'il y a ? Tu as l'air toute triste.

– Soan m'a raccompagnée.

Son visage s'illumine d'intérêt.

– Et ? Raconte ! Il t'a embrassée ? C'est pour ça que tu es…

– Non. On s'est juste donné rendez-vous demain.

– Mais pourquoi tu ne l'as pas invité à monter ? Cassie, tu es amoureuse de lui !

– N'importe quoi ! Il appartient au passé. Il n'a pas été là quand ma vie a changé ! Donc… Je n'ai pas besoin de lui… C'est faux, je ne ressens rien.

C'est ce que je répète maintenant qui est faux.

– Cassie…

– Je devrais ne plus rien ressentir, reformulé-je. Mais ce ne sont pas des sentiments, c'est juste un écho à ceux du passé. De la nostalgie.

– De la nostalgie ? Vraiment ? C'est l'argument que tu utilises pour te convaincre qu'il n'y a rien entre vous ?

Je baisse la tête. J'entends ses pas sur le plancher, la fenêtre qui s'ouvre.

– Qu'est-ce que tu fais ? lui demandé-je, paniquée à l'idée de ce qu'elle est en train de faire.

Elle se penche dans le vide et crie :

– Soan !

Elle va ameuter tout le quartier à ce rythme-là !

– Soan ! T'es là ?

Il me semble discerner une voix grave qui répond.

– Attends ! lui ordonne-t-elle.

– Mégane…

Ma meilleure amie me dévisage comme une enfant qui mériterait d'être grondée.

– Il revient. Va lui ouvrir, Cassie, tu en meurs d'envie.

17

Soan

C'est une Cassie haletante qui me rejoint sur le bord du trottoir. Elle sort du hall en trombe et me cherche des yeux. Elle maintient la porte ouverte quand elle me voit avancer d'un pas lent.

– On dirait que la soirée n'est pas terminée, finalement… C'est Mégane qui m'a appelé ?

Elle opine. Je fourre les mains dans mes poches et m'immobilise devant elle, comme pour attendre son feu vert.

– Est-ce qu'elle le fait contre ton gré ?

J'ai besoin de m'en assurer. Il faut que je sache ce qu'elle veut vraiment.

– Non. Disons qu'elle me connaît par cœur. Elle agit à ma place quand je réfléchis trop. J'en ai envie, Soan. J'aimerais que tu montes. J'aurais dû te le dire tout à l'heure.

– Mais tu avais peur.

– Ça me terrifie. Cette situation… Notre relation. J'ai… je ne sais pas où on va.

– Je dirais : sur un terrain de foot, au sommet d'un toboggan, ou dans une salle de soccer.

Elle secoue la tête, réfute mes paroles.

– Tout ça, ce ne sont que des souvenirs, qu'une routine qu'on essaie de retrouver. Mais, je ne suis plus une enfant. Même si je n'ai pas encore l'impression d'être tout à fait adulte. Je sais d'où on vient, Soan. Mais je me demande où on va. Tu finiras par repartir et me laisser une nouvelle fois ici. Je ne veux plus avoir le cœur brisé. Je ne peux pas me permettre d'être au fond du trou…

– Cass…

– Mais je me rends aussi bien compte que je ne peux pas lutter, me coupe-t-elle sur le ton le plus sincère qui soit. J'aime passer du temps avec toi, espérer te croiser au coin d'une rue et fondre de bonheur quand on arrive à discuter. Alors je te demande de monter chez moi et de profiter simplement de cette soirée en ma compagnie en mettant de côté tout le reste.

– Comme une parenthèse, déduis-je.

– C'est ça. Une parenthèse où j'arrêterais de me poser des questions. Je ne cesse de me dire que je refuse de souffrir quand tu partiras, et je m'inflige pourtant cette torture à longueur de journée. Je veux pouvoir te toucher sans avoir peur de ne plus pouvoir le faire dans six mois. Je veux pouvoir être avec toi ce soir, sans me demander s'il y en aura d'autres…

Il y en aura d'autres. Je ne peux me résoudre à me contenter d'une seule nuit à ses côtés. N'y tenant plus, je prends sa joue dans ma paume et me rapproche à un pas d'elle.

– Tu ne pourras pas éloigner ce genre de pensée. J'ai les mêmes constamment. Je ne crois pas que tu sois prête à les écouter, mais sache que j'ai déjà toutes les réponses à tes interrogations.

Mais comme je ne veux pas l'effrayer de nouveau, j'enchaîne :

– Voyons où nous conduit cette soirée, d'accord ?

– D'accord, abdique-t-elle avec soulagement. Tu viens ?

– Je te suis.

Lorsqu'elle appuie sur le bouton de l'ascenseur, je sens Cassie fébrile. La cabine est petite, avec mon mètre quatre-vingt-huit, ma tête frôle le plafond. Je ne suis pas certain qu'on tiendrait à quatre là-dedans. À deux, c'est déjà juste. Je vois bien que ma meilleure amie essaie de regarder devant elle, d'oublier ma présence, mais je n'ai pas décidé de la jouer fair-play. Pas sur ce terrain-là ! Alors j'avance d'un pas. Son dos frôle mon torse. Je me courbe, mon souffle échoue sur son oreille, Cassandre lève la tête vers moi… *Est-ce qu'elle permettrait que je l'embrasse maintenant ?* Les portes s'ouvrent. Elle s'exfiltre immédiatement, non sans m'avoir lancé un coup d'œil, les joues rougissantes. *Ça m'apprendra à réfléchir trop longtemps !*

L'appartement est comme je me l'imaginais : cosy, bien rangé, sobre. La pièce de vie est petite, mais elle contient le strict minimum, le tout dans une atmosphère confortable. La table est repliée près de la fenêtre pour gagner de la place, la cuisine se trouve un mètre derrière le canapé, cloisonnée par une verrière à mi-hauteur. Mégane et Cassie ne sont, a priori, pas fans des bibelots en tout genre. En revanche, il y a des photos, beaucoup de photos et de polaroïds disséminés un peu partout. Je suis trop loin de celles exposées sur le meuble télé pour pouvoir les détailler. Cassandre intercepte mon regard dans leur direction et se mord la lèvre. Elle m'invite à m'installer sur le canapé et je comprends que je ne pourrai pas jouer les curieux tout de suite. Mégane sort de la cuisine, chargée d'un plateau sur lequel sont posés sodas et cacahuètes. Elle le dépose, et m'inspecte comme si elle me voyait pour la première fois.

– Tu parais tellement plus grand que sur un écran !

J'accepte la remarque avec un sourire.

– Impressionnée ?

– Tu ne dois pas être bien différent d'un mec lambda. Tu cours plus vite et plus longtemps, c'est tout.

– Mon agent ne serait pas d'accord ! m'amusé-je en pensant à la mine horrifiée qu'Alfredo afficherait si quelqu'un lui balançait que je ne fais que courir vite et longtemps !

– Eh bien, ce soir, il n'est pas là.

– Mais tu as raison, je suis un mec ordinaire.

Je me souviens de cette fille. Elle était inscrite dans les mêmes écoles que nous, mais ce n'est que quelques mois avant que je parte que Cassandre et elle se sont rapprochées. Quand je suis revenu, j'ai bien vu que leur relation s'était approfondie, mais je n'ai jamais cherché à parler avec Mégane. Pour moi, elle était l'amie de ma meilleure amie et je n'avais pas besoin de la connaître. De toute façon, je finissais toujours par retourner au centre de formation. Parfois, je manquais même à ma parole de revenir vite. J'ai déçu Cassandre à de nombreuses reprises durant ces années-là. Je suis reconnaissant envers cette fille d'avoir pris le relais à ses côtés.

– Si on m'avait dit un jour que tu te tiendrais dans notre salon !

– Si tu revends le verre dans lequel je bois, il paraît que tu pourrais en tirer une petite fortune !

Ses yeux s'illuminent de convoitise avant qu'on en rie tous les trois.

L'ambiance est légère. Mégane entretient la conversation quasiment à elle seule, parlant d'abord de choses futiles comme de l'évolution de la ville, de notre collège, de leur lycée. Elles évoquent des professeurs, des camarades, me demandent si je me souviens d'eux. Puis la discussion bascule à nouveau sur moi.

– Alors Soan, qu'est-ce que ça fait de faire partie des joueurs préférés des Français ?

– Tu es certaine que je n'ai pas quitté le classement ? Pas sûr que le fait de ne plus être titulaire joue en ma faveur !

J'essaie de prendre ça à la légère, mais la pression qui empêche mon cœur de battre comme il le faudrait me ramène à ma condition.

– Est-ce que ce n'est pas dur ? De ne pas retourner sur le terrain ? se radoucit-elle.

– Ça l'est. Beaucoup trop, par moments. Mais je n'ai pas encore abandonné.

– Est-ce que c'est toujours douloureux ? se renseigne Cassie, pleine de compassion.

– Ce n'est pas mon corps qui me fait mal, précisé-je. C'est mon cerveau qui me dit que je vais avoir mal, et du coup…

– Tu as mal.

– Mais je crois qu'il y a du progrès depuis que je suis ici. Je ressens moins de pression. J'ai envie de jouer. Mon kiné a parlé avec Nabil, il a dit que j'étais prêt à participer à un match amical avec mon ancienne équipe, en faveur d'enfants handicapés, qui doit se tenir la semaine prochaine.

– Ton agent est au courant ? s'inquiète ma meilleure amie.

– Bien sûr. Je raconte tout à Alfredo.

– Tu risques de braquer tous les projecteurs sur toi ! s'exclame Mégane. Tu n'as jamais eu de problèmes avec les journalistes ?

– À Liverpool, non. Ils aiment trop leurs joueurs pour les emmerder. Ici, on verra bien. Mais je ne pense pas que ma présence à la campagne soit très vendeuse.

Elle comprend et acquiesce d'un signe de tête.

– Et toi, alors ? Tu es avocate ?

Cassie m'a déjà parlé de ses deux boulots, alors ce soir, je suis curieux de découvrir le parcours de sa meilleure amie. J'obtiendrai peut-être des clés supplémentaires pour comprendre ce qu'elles ont traversé toutes les deux.

– Pas encore. Je termine mon master, ensuite il faut que j'aie mon concours, puis, si je suis prise, que je suive une formation de dix-huit mois dans une école spécialisée, avant de passer le barreau… Après ça seulement, je pourrai exercer !

– Et tu vas t'occuper de quoi ?

– Des affaires familiales. Je voudrais me spécialiser dans le droit des enfants. Je lis beaucoup trop de trucs qui me rendent cinglée pour rester les bras croisés.

Cassandre et Mégane échangent un regard. Il y a quelque chose qui m'échappe. Un je-ne-sais-quoi que Cassandre se retient de me dire.

La soirée se poursuit autour de nos verres de soft. Je suis heureux que Mégane n'ait pas sorti d'alcool pour elle. Elle aurait pu, mais elle me témoigne son respect en ne le faisant pas.

– Bon, je vais aller me coucher, nous indique-t-elle avec un bâillement, après deux heures de discussion. La nuit risque d'être courte si je reste. Amusez-vous bien.

Le départ de Mégane me ramène à mes contraintes matinales du lendemain.

– Je devrais rentrer aussi, déclaré-je en avisant l'heure sur ma montre. Est-ce que je peux utiliser tes toilettes ? J'ai abusé du soda et je n'ai pas envie qu'on me photographie en train de pisser contre un mur dans la rue sur le chemin du retour.

Cassie rigole doucement et m'emmène à l'entrée du couloir à droite du séjour.

– Première porte, précise-t-elle.

Je souris en avisant du coin de l'œil les produits cosmétiques féminins au bord de l'évier, sur une étagère dans mon dos, et même sur la baignoire. Puis mon regard s'attarde sur un gel douche pour enfant, des jouets dans un filet de bain… Mille questions m'assaillent soudain.

Je sors de la pièce, m'immobilise dans le couloir et fronce les sourcils. Je tourne la tête vers les trois portes supplémentaires. La plus proche de moi est entrouverte et la lumière qui y est allumée me permet de distinguer un poster de moi accroché au mur, un autre de l'équipe de France. Ma curiosité l'emporte, je m'approche et pousse légèrement le battant. Je note les deux coffres à jouets, la bibliothèque bourrée de livres colorés, le lit une place avec une couette à l'effigie de Spiderman. *Une chambre d'enfant…* Je me tiens sur le seuil d'une chambre d'enfant. Un garçon, certainement.

« Amir » est écrit sur une guirlande pendue sur une des étagères au-dessus des bouquins. Mon cerveau enregistre l'origine du prénom. Mes yeux se posent sur la silhouette sous les draps. Je distingue une masse de cheveux bruns, un visage de petit garçon chaudement emmitouflé sous la couette. Mon regard vogue de peluche en peluche jusqu'à la photo qui trône sur la table de chevet. Mégane, Amir, Cassandre. Laquelle des deux femmes est la mère de cet enfant ?

Perdu, je referme la porte, reviens dans le salon dans un état second. Cassie le remarque.

– Ça va ? s'inquiète-t-elle. Tu es resté enfermé un long moment…

On dirait qu'elle n'ose pas aborder le sujet.

– Oui, tout va bien, la rassuré-je. Je vais rentrer, la fatigue de la semaine vient de me tomber dessus. Je dois me lever aux aurores demain, j'avais un peu oublié.

– Est-ce que tu t'entraînes aussi durement avec ton équipe ?

– Non. Mais je veux leur montrer que même à distance, je suis sérieux.

Je me dirige vers mon manteau, et me rhabille tandis qu'elle semble chercher un moyen de me retenir.

– Je te raccompagne en bas ? me propose-t-elle, mal assurée.

– Ne t'embête pas. Reste au chaud. On se revoit vite. Je serai là quand tu prendras ton service, demain.

Malgré un sourire un peu forcé, lorsque j'ouvre la porte, Cassandre affiche une moue déçue. En la découvrant, je comprends que je ne veux plus être le type responsable de cette triste mine. Je fais volte-face sur le palier et fourre mes mains dans mes poches pour me donner une allure. *Pour me retenir de la toucher serait plus juste.*

– Finalement, je crois que notre résolution ne pourra pas être tenue.

Elle me dévisage sans comprendre. J'avance, elle lève la tête. Ses lèvres sont si proches…

– Je serai incapable de me contenter d'une soirée.

– Je… je n'ai pas envie que tu te contentes d'une soirée, me confirme-t-elle d'une petite voix.

Cet aveu a l'air de lui coûter.

– Alors, j'espère vraiment que ta réponse sera différente cette fois-ci…

Silence. Je ménage le suspens.

– Est-ce que tu veux bien dîner avec moi demain ?

18
Cassandre

Je ne tiens pas en place. Il est 21 heures, Soan va arriver dans quelques minutes, voire dans quelques secondes, et je ne me suis jamais sentie aussi peu confiante. J'en ai des palpitations, la bouche pâteuse et les jambes en coton. Je viens de coucher Amir, et j'ai juste envie d'aller m'allonger avec lui et de remonter la couette sur nos têtes. On serait des pirates se cachant d'une pieuvre géante. Je ne serais pas sur le point d'aller m'exposer au danger que je redoute le plus ! J'ai l'impression que mon monde va être chamboulé, ce soir. Soan a bouleversé mes certitudes depuis le jour de notre rencontre, mais là, c'est le cataclysme. Je ne pourrai plus jamais me le sortir de la peau.

– Calme-toi, Cassie ! Tu t'agites depuis tout à l'heure ! Tu me donnes le tournis !

Comme je suis nerveuse, je m'active en cuisine. J'ai rempli et lancé le lave-vaisselle, nettoyé la table, rangé les jouets qui traînaient, essuyé les poêles qui restaient sur l'évier. *OK, j'ai un grain !* Je me rince les mains, les essuie et reviens dans le salon.

– Si je ne fais rien, je vais finir par décommander.

– Oh ! Non, tu ne feras pas ça ! Je t'en empêcherai !

Sûrement agacée par mon comportement, Mégane quitte le canapé où elle était installée et vient poser ses mains sur mes bras dans un geste réconfortant.

– Qu'est-ce que tu as ? Je ne t'ai jamais vue aussi stressée, et pourtant on en a connu de belles, toi et moi.

Je lui souris, hausse les épaules.

– Il a vu les jouets dans la salle de bains, déclaré-je, impuissante. J'ai réfléchi quand il est parti et il les a forcément aperçus !

– Et il t'a invitée ensuite… De quoi as-tu peur ?

– Je vais devoir lui en parler.

– Et c'est très bien. Tu aurais dû le faire bien avant !

– Je sais, mais j'ai l'impression de lui donner un pistolet et de lui dire de me braquer avec !

– C'est un peu extrême…

– Peut-être. Mais, j'ai de bonnes raisons. Il y a cinq ans, je n'aurais pas hésité à lui tendre ce pistolet, j'avais la conviction que jamais il n'appuierait sur la gâchette. C'était la personne en qui j'avais le plus confiance !

– Puis il a appuyé.

– Il a appuyé alors que j'étais déjà au sol…

– Mais il n'en avait pas conscience. Tu ne lui as jamais donné l'occasion de tout savoir. De te secourir.

Je me dégage à regret de ses mains.

– Je n'ai pas besoin d'un prince charmant pour me secourir.

– Pardon, je reformule, tu ne lui as jamais donné l'occasion d'alléger ton fardeau. Écoute Cassie, une relation de couple, c'est fait pour ça : pour parler, pour dévoiler tout ce que tu caches aux autres de peur qu'ils te blessent. Crois-moi, je sais ce que c'est de se cacher.

Nous échangeons un sourire triste.

– Tu ne dois pas dissimuler tout ce qui fait que tu es toi à Soan si tu veux construire quelque chose de durable avec lui.

– Et là, tu pointes la deuxième chose qui m'effraie.

L'avenir.

– Est-ce que ça vaut le coup ? Que je lui donne tout ?

– S'il t'invite alors qu'il sait qu'il y a un enfant en jeu, c'est qu'il n'attend que ça.

– J'ai peur d'impliquer Amir. Que Soan me quitte, je… je serais dévastée, ce serait long, mais je finirais par le surmonter, mais lui… c'est son idole ! Si je le lui présente et qu'ensuite il disparaît ?

– Tu crois encore que Soan sera capable de te laisser derrière lui ?

– Il ne pourra pas rester. Je l'observe quand il s'entraîne, il se bat avec rage. Il l'a dit hier soir, il veut repartir. Et c'est normal. C'est son métier, son rêve, sa vie…

– Une vie de laquelle il ne pourra plus te gommer. Pas si tu lui racontes tout…

J'essaie de bloquer les émotions qui fleurissent en moi chaque fois qu'elle me rassure.

– Ne me donne pas trop d'espoir, je t'en supplie.

– OK, je retire ce que j'ai dit, une soirée à la fois, m'accorde-t-elle tout en se dirigeant vers la fenêtre du salon. Bien, maintenant tu vas décoller parce que ton prince… Non, ton footballeur t'attend en bas.

Elle se tourne vers moi et m'inspecte de haut en bas.

– Tu es sublime. S'il ne reçoit pas une flèche en plein cœur en te découvrant, c'est qu'il n'en a pas.

– J'aime ta logique !

– Est-ce que tu es prête ?

– Ton petit discours vient de me motiver pour la soirée !

– Je ne parlais pas de ça !

Sans rien ajouter, Mégane se rend à l'entrée, fouille dans son sac et en sort un lot d'emballages dorés. Des préservatifs !

– Nous n'allons pas… Pas autant !

Mais qu'est-ce que je dis ?

– Ah oui ? Pas autant ? Tu vois que tu y as pensé ! Tiens !

Elle les glisse dans la poche intérieure de mon manteau posé sur le canapé.

– Ça devrait suffire pour une première nuit.

– Tu es impossible !

– Je garde Amir pendant que tu vas batifoler alors je ne veux entendre aucune remarque désobligeante !

J'enfile ma veste. Courte au niveau de la taille, elle ne cache que partiellement la jolie robe noire que je porte. Je l'ai choisie assez classique, au décolleté discret carré sur la poitrine. J'aime beaucoup cette tenue. Savoir comment m'habiller n'a jamais été évident, mais je suis heureuse d'être la seule qui puisse décider, maintenant.

Sur le pas de la porte, une fois prête, je ne peux m'empêcher de me tourner vers ma meilleure amie une dernière fois. Que ressent-elle ?

– Je devrai lui parler de toi…

– Je le sais.

Je la rejoins et la prends dans mes bras. Mégane me serre fort contre elle, comme si elle se rappelait quelque chose de douloureux et avait subitement besoin de moi.

– Je t'adore, lui déclaré-je au creux de l'oreille.

– Moi aussi.

Après un dernier regard chaleureux, je la quitte enfin.

Tandis que j'attends l'ascenseur, Soan arrive par l'escalier. Quand il me découvre, il marque une courte pause, la main sur la rambarde, puis termine son ascension. Un grand sourire prend possession de ses lèvres.

– Quelqu'un m'a ouvert, m'explique-t-il.

Ses yeux séduits descendent sur ma tenue. J'avais envie être jolie pour lui, ce soir. Pour moi aussi, parce que je ne suis pas sortie dîner avec un garçon depuis bien longtemps et que je voulais me sentir désirée. C'est chose gagnée à cette seconde. Le regard de Soan remonte jusqu'au mien et j'y découvre la même étincelle qu'à nos 17 ans, quand on a enfin su se dire qu'on s'aimait. Comprendra-t-il que je suis prête à tenter le coup pour retrouver plus que de l'amitié entre nous ? À recommencer ? Ses baisers me manquent…

– Tu es fabuleuse.

Je prends mon temps pour le détailler à mon tour. Il porte un costume noir, sobre, cintré et très élégant. Sa chemise est ouverte au niveau du col. Mon cœur bat comme un acharné. Mon ventre se creuse en une sensation délicieuse. Je repense aux préservatifs glissés dans ma poche et je remercie intérieurement Mégane. Un désir éteint depuis cinq ans se réveille en moi. Je me rends compte que je n'attendais que lui de nouveau. Je n'ai jamais eu envie de quelqu'un d'autre.

– C'est la première fois qu'on fait autant d'efforts pour moi, lui avoué-je.

– Tu me trouves à ton goût, si je comprends bien.

– Tu es… parfait.

Il est si beau, grand, captivant. Je pourrais me noyer dans l'abysse de son regard, me baigner dans son odeur, disparaître entre ses bras.

– On y va ?

Soan me tend la main. Les portes de l'ascenseur s'ouvrent et il nous guide à l'intérieur. Hier, je le sentais joueur, cherchant à me déstabiliser, ce soir, c'est l'inverse. Ses doigts ne quittent pas les miens jusqu'à sa voiture. Nous y montons chacun notre tour, et prenons la route en silence. Au premier feu rouge à la sortie de la ville, je me montre curieuse.

– Où est-ce que tu m'emmènes ?

– À quelques kilomètres. J'ai trouvé une auberge qui a gagné une deuxième étoile cette année grâce à des plats exclusivement végétaux, frais et de saison. Je me suis dit que ce serait un peu dépaysant de manger quelque chose de raffiné. Je n'ai pas l'habitude de fréquenter ce genre de restaurant et je ne savais pas si ça pouvait te tenter, mais il paraît qu'on a encore le goût des aliments d'un gastronomique des jours après même si la portion dans l'assiette est petite. Que c'est une expérience à vivre une fois dans sa vie. J'avais… envie de découvrir ça avec toi.

– Ça me semble parfait.

Les routes de campagne s'ouvrent sous les roues de l'Audi. Je connais le village où l'auberge se trouve sans jamais y être allée. Soan se gare sur le parking. Nous descendons, puis il m'invite à le précéder à l'intérieur. Je lui tiens la porte, lui souris.

– La galanterie n'est pas réservée aux femmes.

Soan rit en passant devant moi. L'atmosphère de la salle est très chaleureuse. Une grande cheminée trône au centre du restaurant. Des bougies sont allumées sur les tables. La déco mélange bois, pierres et plantes suspendues. C'est magnifique, authentique et intime. Les groupes de convives sont assez éloignés les uns des autres. Soan a dû demander à être placé à l'écart, car nous nous retrouvons dans un coin. Le feu qui ondule dans l'âtre est dans ma ligne de mire.

– Ça te plaît ?

– Je ne veux plus jamais partir d'ici !

S'il était nerveux, mon ravissement vient de le décoincer. Soan se détend, retire sa veste, la pose sur le dossier de sa chaise et remonte ses manches. À mesure que sa peau apparaît, mon pouls accélère, mais je ne montre rien. Du moins, j'essaie.

– Tu as déjà chaud ? Tu rougis, m'informe-t-il.

D'un doigt, il me caresse la joue.

– Je suis heureux de te perturber, m'avoue-t-il sans détour. J'ai l'impression d'avoir encore toutes mes chances avec toi.

– Tu doutes de tes chances ?

– J'ai compris que tu étais réticente. Je n'osais plus croire que tu accepterais de dîner en ma compagnie.

– J'ai peut-être fait ça pour avoir la paix… le taquiné-je avec un sourire complice.

– Vraiment ?

Je ne peux jouer double jeu avec lui. Je nie.

– Je suis heureuse d'être avec toi. Je n'ai juste pas l'habitude de sortir.

– Je pensais que tu avais eu des petits amis.

On dirait qu'il l'a encore en travers de la gorge.

– J'ai eu des rendez-vous, mais trop peu, et trop brefs pour que ces hommes comptent comme des « petits amis ».

– Alors tu as menti ?

– J'avais peur que tu me regardes autrement que comme je suis.

– Je ne te regardais pas… je ne t'ai jamais…

Il en perd ses mots.

– Tu me considères comme une sainte, Soan. Et ce n'est pas le cas. Je n'ai pas envie de l'être. Je veux juste être humaine, ressentir des émotions dévastatrices, me planter pour mieux grandir. J'ai envie que tu me touches, comme n'importe quelle autre fille, pas que tu me mettes sur un piédestal inaccessible…

– Tu veux que je te touche…

– J'ai des désirs, comme tout le monde.

– Comme toutes les autres filles ? raille-t-il en terminant sa phrase.

Je grimace.

– Non. Bien sûr que non. Est-ce que je vais être moins désirable à tes yeux maintenant que tu sais que je n'ai qu'une piètre expérience des hommes ?

– Est-ce que moi, je le serais ?

– Est-ce que tu serais quoi ?

– Je te retourne la question. Est-ce que je serais moins désirable, si j'avais si peu d'expérience, moi aussi ?

Je déglutis. *C'est impossible, n'est-ce pas ?* Soan est un joueur de foot adulé, des filles, il doit y en avoir des dizaines à attendre de passer dans son lit. *Cliché. Cliché. Cliché !*

– Non. Tu serais le même.

Je serais toujours folle de toi. Je joue une longue minute avec mes couverts. Le silence s'éternise. Quand je relève les yeux, Soan n'a pas bougé d'un pouce.

– Pourquoi tu ne dis rien ?

– J'étais en train de réfléchir que… Je crois qu'on a perdu bêtement cinq ans de notre vie commune.

– Pourq…

– Je n'ai eu personne, moi non plus.

J'en reste perplexe. Il hausse les épaules.

– Il n'y a que toi qui m'aies fait ressentir quelque chose. Je me fous de pas être un mec expérimenté, et peu importe ce qu'on peut penser de moi si ça se sait. Je n'ai pas besoin d'être un type sexy sur lequel toutes les nanas fantasment parce qu'il s'en est tapé des dizaines.

– Je trouve au contraire que ça te rend deux fois plus sexy.

Qu'est-ce que je dis ?

– Pardon, je…

Je m'empourpre de nouveau, incapable de ne pas imaginer la fin de cette soirée sans apaiser mes envies.

– Ne t'excuse pas. On est là pour ça, ce soir, non ? Pour parler de nous.

J'ai toute la nuit, toute la vie pour lui, s'il le veut. Mais le veut-il ? Le voudra-t-il quand il sera guéri ?

– Madame, monsieur, désirez-vous boire quelque chose ?

Le serveur interrompt notre moment. Soan commande deux softs, un assortiment de hors-d'œuvre mélangeant graines grillées et légumes marinés. Notre conversation a eu le mérite de détendre l'atmosphère ; nous savons tous les deux ce que nous espérons de notre rendez-vous.

– J'ai vu le petit garçon dans son lit, hier soir, me lance-t-il au bout de quelques minutes de réflexion.

Mon sourire se fige sur mes lèvres. Même si j'ai eu raison, je crains ce qu'il compte dire maintenant.

– Je t'avoue que je m'interroge beaucoup.

– Pose-moi tes questions, je te répondrai.

– Tu ne me mentiras pas ?

– Pourquoi ferais-je ça ?

– Parce que tu ne m'en as pas parlé jusqu'à maintenant.

– Je… je le protégeais.

– N'est-ce pas toi plutôt que tu protégeais ?

Il soupire.

– Ça me tue, que tu aies à ce point peur de moi… que tu n'aies plus confiance… Je suis vraiment un abruti. J'ai tout fait foirer entre nous.

Je secoue la tête.

– Soan… S'il te plaît, je n'ai pas envie qu'on repense à tout ça maintenant.

– OK. Alors… Quel âge a-t-il ?

– Il va avoir cinq ans.

Soan m'inspecte comme s'il réfléchissait en même temps.

– Nous avons fait l'amour il y a cinq ans. Et on ne s'est pas protégés…

Je comprends ce qu'il en déduit.

– Pose la question qui te turlupine !

Il se lance dans un souffle, comme prêt à entendre le pire :

– A-t-il un père ?

Je lui fais signe que non, avant de compléter :

– Il n'a plus de mère non plus.

19

Cassandre

10 ans

Le jour de la rentrée est arrivé. Maman m'a bien habillée. Pour elle, je suis aussi jolie que pour aller à la messe, mais mes vêtements sont devenus mes pires ennemis. Je lui cache que je me change dans les toilettes du collège. Avec mon argent de poche, j'ai acheté un lot de tee-shirts dans un magasin. Je les ai dissimulés tout au fond de mon armoire. J'en mets un dans mon sac chaque matin. Je les lave avec du shampoing, et je les étends derrière ma porte, la nuit. Pour qu'ils ne soient pas pleins de plis, j'essaie de les ranger sous des boîtes lourdes une fois qu'ils sont secs. Mieux vaut des tee-shirts froissés que des chemisiers de petite fille sage ! Ils m'ont fait vivre un enfer l'an dernier, je ne veux pas que ça recommence. Je prends donc la même habitude, j'en ai de nouveau tassé un au fond de mon sac. Je suis pressée de retourner au collège, parce que je pourrai enfin voir Soan tous les jours.

– Tu cherches quelqu'un, ma chérie ? me demande Maman.

Je ne suis pas encore descendue de la voiture, et j'ai le nez pointé contre la fenêtre pour essayer d'apercevoir Soan.

Est-ce que je devrais mentir ? Je décide que non. Ce ne serait pas bien.

– Soan. Il rentre au collège cette année.

Le ton de ma mère se durcit.

– J'espère que ce n'est pas pour être avec ce garçon que tu as tout fait pour redoubler.

– Je n'ai pas tout fait pour redoubler…

Je ne dois pas être très convaincante car elle continue de se fâcher.

– Tu avais les meilleures notes de ta classe, et du jour au lendemain, la directrice m'a convoquée parce qu'elle s'inquiétait.

Oui, la directrice. Pas elle. Elle, elle a juste vu ses espoirs que sa fille devienne avocate, chirurgienne, ou ingénieure s'envoler… Alors elle m'a crié dessus, sans se dire que quelque chose clochait. Si elle avait cherché à comprendre, je lui aurais parlé des moqueries des troisièmes, des regards méchants des quatrièmes, de ma solitude et de mes regrets d'avoir sauté la dernière classe du primaire. D'avoir perdu Soan.

Une part de moi la tient pour responsable de tout ça. On est proches, pourtant quand j'ai eu des encouragements au lieu des félicitations, quand mes notes ont chuté et que les profs ont commencé à mettre des mots dans mon carnet de correspondance, elle ne s'est pas inquiétée de savoir si j'étais bien dans ma vie. Pour elle, c'était de la faute de Soan. Il avait une mauvaise influence sur moi. Alors, plutôt que de me permettre de respirer un peu le week-end, de reprendre des forces, aux côtés de mon ami, avant la venue d'une nouvelle semaine de calvaire, elle m'a interdit de le voir. Je l'ai défendu. J'ai expliqué que c'est un garçon gentil et sérieux, mais elle n'a rien voulu savoir. Donc, je me suis mise à lui mentir de plus en plus souvent.

– J'aurais dû t'inscrire dans un collège privé, cette année…

– Je t'ai dit que mes notes allaient remonter.

– Il y a intérêt. Sinon, c'est l'internat. On a un deal, jeune fille.

– Je sais, Maman. À ce soir.

J'ouvre enfin la portière et chemine vers la cohue bloquée devant la grille d'entrée. C'est peut-être le seul moment où je pourrai me fondre dans la masse, et où personne ne pointera du doigt mes chaussures trop vernies ou la croix que je porte autour du cou. Je ne regarde pas les cinquièmes, mes anciens camarades de classe qui me paraissent trop grands tout à coup, ni les nouvelles troisièmes, fières d'être les plus âgées, prêtes à cracher leur venin. Je me hisse sur la pointe des pieds pour voir toutes les têtes mais je suis vraiment trop petite. Soudain, une main se pose sur mon épaule.

– Je t'ai trouvée ! dit la voix de mon meilleur ami dans mon dos.

Je me retourne et m'empêche de lui sauter dans les bras devant tout le monde, même si j'en ai envie. Je n'ai jamais été aussi tactile avec lui, je ne sais pas comment il réagirait.

– Soan !

Je l'embrasse sur la joue. Et il me répond sur l'autre. Mon cœur s'apaise d'avoir senti sa peau contre ma peau. Le visage de mon ami s'illumine. Je distingue des petites paillettes dans ses beaux yeux chocolat noir. Je trouve qu'il a le plus beau sourire du monde. Il est entouré de six garçons un peu plus grands que nous, mais pas autant que les cinquièmes. Ils me détaillent de bas en haut, et j'en vois deux échanger une messe basse, ce qui me peine.

– Je dois aller aux toilettes. Je reviens, préviens-je Soan.

Quand je pars m'enfermer dans une cabine à l'abri des regards, je pense que mon meilleur ami ne remarquera rien à mon changement de vêtements, mais c'est mal le connaître.

À peine, je me repositionne à côté de lui, en attendant la sonnerie, que ses yeux tombent sur mon haut. Il écarte mon blouson d'une main.

– Qu'est-ce que c'est que ça ?

Je hausse les épaules.

– C'est un tee-shirt !

– Ce n'est pas ce que tu portais y'a cinq minutes.

– Si, pourquoi ?

Je devrais pas lui mentir. Ses sourcils se froncent. On dirait qu'il est en colère.

– Tu avais une chemise rose avec un col arrondi et une grande fleur blanche.

Il a fait attention à ça ?

– Montre-moi ton sac !

– Non !

Je plaque l'objet de mon mensonge contre moi.

– Si t'as rien à cacher, montre-moi.

– T'es pas mon père !

Les garçons à côté de lui se moquent de moi. Je les entends dire que c'est une réponse de gamine.

– Taisez-vous ! leur intime Soan d'un ton acide.

Mon attention se relâche un instant quand je me dis qu'il a de la classe d'oser leur donner des ordres comme ça, et il en profite pour prendre mon cartable.

– Eh ! T'as pas le droit !

Il fouille dedans et en sort mon vêtement, honteusement caché au reste du monde. Il me rend mon sac, et m'inspecte comme si je le décevais. *Non ! Je ne veux pas le décevoir. Pas lui !*

– Tu me mens ! T'as pas le droit de me mentir ! Pas toi !

Je sais à quel point il déteste le mensonge. Son père a caché son alcoolisme maladif à sa mère pendant des années. C'est à cause de ça que ses parents se sont séparés.

– Je suis désolée, Soan, je…

Mes larmes coulent. Je ne parviens pas à les retenir. Elles m'irritent trop la gorge. Elles me brûlent le cœur.

– Cassandre…

J'en ai marre de cette situation. Des vêtements, ça ne devrait pas être important dans la vie d'un ado. On ne devrait pas se juger sur un tee-shirt, une veste un peu trouée, un baggy sans forme… Apprendre à se connaître devrait primer. En pensant ça, je me dis que je ne suis vraiment qu'une catho trop naïve.

– Cassie ? Explique-moi ce qui va pas, chuchote Soan.

– Je suis désolée. Je ne voulais pas te mentir mais… Je me sens bête.

Je me frotte les yeux, mais plus je me les frotte et plus ils pleurent.

– Cassie…

– Ils se moquent de moi.

– Qui ?

– Tous. Tous sans exception.

Je suis l'attraction qui leur permet d'oublier qu'ils sont insignifiants dans ce bahut. Le fait de me pointer du doigt les rassure. Ils se disent qu'ils sont meilleurs que moi. Pourtant, être « meilleur », ce n'est pas pousser son prochain dans une flaque alors qu'il est déjà couvert de boue ! À travers mes mains, je peux voir mon meilleur ami parcourir la foule des yeux, sûrement à la recherche d'un regard de travers.

– J'ai essayé de les ignorer, mais ils n'arrêtent pas de m'insulter ou d'insulter mes parents.

C'est comme si je n'étais pas un être humain, mais un mannequin dans une vitrine. Un mannequin mal habillé devant lequel on ferait la grimace ou on se marrerait parce que les fringues présentées seraient trop démodées ! Plus je parle, plus j'ai l'impression que la colère de Soan monte. J'ai peur pour lui. Il n'a que onze ans. Ici, quatre-vingts pour cent des élèves sont plus âgés que lui, il n'aura pas le dessus. Il pose sa main sur mon bras.

– Je suis là, maintenant. J'éclaterai tous ceux qui te manqueront de respect.

Je secoue la tête.

– Je ne veux pas que tu te battes.

– Ils ne comprennent que ça.

– Peut-être, mais si tu fais ça, on te cataloguera comme « Maghrébin à problèmes ».

– Je m'en fous.

– Pas moi.

Je relève enfin la tête et le défie du regard. Il ne change pas d'avis.

– Si je dois prendre ta défense, je la prendrai. Point.

Une dernière larme coule sur ma joue. Mais de joie, cette fois. Mon meilleur ami est enfin avec moi au collège. C'est comme si Dieu avait entendu mes prières et les avait exaucées. Reconnaissante, je serre Soan dans mes bras. Ses copains ne font aucune remarque. Ils se détournent même, l'air gêné. Quand je m'écarte, des voix que je reconnaîtrais entre mille retentissent :

– Tu as un mec, la catho ! On ne savait pas ! Il s'appelle comment ? Jésus ?

– Si tu veux mon avis, c'est plutôt Abdel !

Ils ricanent, ricanent et ricanent encore. J'ai l'impression d'avoir entendu ces rires à longueur de journée l'année dernière. Ils m'ont poursuivi chez moi, dans ma tête, quand je peinais à me concentrer sur mes devoirs. Ils sont en troisième, maintenant. J'étais la seule à avoir sauté une classe l'an passé, c'était facile pour eux de s'en prendre à une fille de dix ans, seule. Rassurée par la présence de Soan, je commence à répondre.

– Espèce de… commencé-je sans avoir peur des représailles.

La main de mon meilleur ami me tire derrière lui.

– Eh ! hèle-t-il ceux qui l'insultaient tout à l'heure.

Ces derniers s'arrêtent, apparemment pas très heureux de s'être fait interpeller par un gamin.

– Le « Abdel », comme tu dis, il connaît du monde. Et pas que des gens sympas, tu piges ? Si tu l'emmerdes encore, je n'hésiterai pas à demander à mon grand frère de ramener ses potes. Ils ont 18 ans, si tu vois le topo…

– Tu n'as pas de frère ! murmuré-je entre mes lèvres.

– Ils n'en savent rien, me répond-il de la même façon.

Comme pour parfaire ses dires, ses copains se resserrent autour de nous. Je ne les connais pas encore, mais je les aime déjà ! Enfin presque. Leur regard sur ma tenue m'a un peu blessée. Notre supériorité numérique et les paroles de Soan ont l'air de faire effet. La bande de troisièmes grimace, hésite et parlemente avant de s'éloigner.

– Abrutis.

Je pouffe contre son épaule.

– Ces mecs-là ont deux de QI, Cassie, sérieux ! Pourquoi tu écoutes leurs conneries ?

– Parce qu'ils les répètent. C'est comme une mauvaise chanson, à force de l'entendre, tu finis par connaître les paroles. Bah là, c'est pareil.

– Ce sont des bouffons !

Je suis bien d'accord.

– Au moins, ils réfléchiront, maintenant, avant de m'insulter…

– Faut espérer…

Il se désintéresse des troisièmes pour me prendre les mains. C'est très intime, comme geste : sa paume contre ma paume, sa peau contre ma peau. Je rougis parce que les grands entrelacent leurs doigts comme ça quand ils sortent ensemble, et que ceux de Soan sont encore plus doux que mon pull préféré.

Lorsqu'il plonge son regard dans le mien, l'air sérieux, c'est comme s'il se mettait à lire en moi, mais il ne remarque pas, ou ne veut pas remarquer, ma bouche ouverte et mes joues en feu. Il est là, près de moi, pour me faire une promesse.

– Lorsque je serai devenu le meilleur joueur de tous les temps, ces connards pourront aller pleurer chez leur mère pour que je leur accorde une miette d'attention quand je viendrai te voir.

– Tu viendras toujours me voir ?

C'est tout ce qui m'importe.

– Toujours.

20

Soan

12 ans

Je me ronge les ongles. C'est une vilaine manie, Maman n'arrête pas de me le répéter. Déjà, tout petit, lorsque j'avais peur de demander aux copains de maternelle si je pouvais jouer avec eux au foot, je me cachais derrière mes doigts le temps de trouver le courage d'ouvrir la bouche. Après avoir rencontré Cassandre, j'ai arrêté. Parce que dès que j'ai entendu les moqueries sur son compte, j'ai voulu la protéger, et que je ne pouvais pas le faire avec les mains dans la bouche ! Mais c'est aussi à cause d'elle que j'ai repris. Enfin, pas vraiment à cause d'elle, plutôt à cause de la nouvelle que je dois lui annoncer. Nouvelle que je lui cache depuis trois semaines. Je n'ai jamais caché quoi que ce soit à Cassandre. Je lui raconte tout, même les trucs dont je ne suis pas fier, comme la fois où j'ai pris un hamburger avec du bacon chez mon père, et que je ne l'ai pas dit à Maman…

Une tape sur la main me tire de mes pensées. Cassandre m'a rejoint pour manger au self. Depuis mon entrée au collège l'année dernière, ça fait deux ans qu'on partage tous nos repas ensemble. On pioche même dans l'assiette l'un ou de l'autre.

– Arrête ça ! Tu vas avoir des boudins à la place des doigts !

J'inspecte mes phalanges.

– Tu trouves mes mains moches ?

– Pas encore ! Si tu continues, oui, elles le deviendront. Qu'est-ce que t'as ? Tu le faisais jamais, avant ?

Elle passe devant moi sans se retourner. Elle fait son choix, je marche vite pour la rattraper. Dans le réfectoire, elle s'installe à notre place habituelle.

– Max et les autres ne sont pas là ? s'étonne-t-elle tandis que je m'assieds en face d'elle.

– Ils ont déjà fini.

– Sympa, tes potes !

– Je leur ai dit d'avancer, tu n'étais pas censée mettre dix plombes pour arriver ! Ça fait une heure que je t'attends, qu'est-ce que tu faisais ?

Mon genou s'agite sous la table. *Pourvu qu'elle ne me sorte pas qu'elle bécotait un mec dans un couloir…* Cette pensée, en plus de celle de mon départ, m'empêche de dormir certains soirs.

Indifférente à mon impatience, Cassie inspecte d'un œil suspect sa salade de choux baignant dans une sauce non identifiée, avant de me répondre comme une évidence :

– Je finissais un livre !

– Un livre ? Quel genre de livre ?

Elle en dévore au moins dix par semaine. Et pas des romans pour s'évader, mais des bouquins aussi gros que des dicos sur des sujets scientifiques. La dame du CDI cligne toujours des paupières quand elle voit Cassie emprunter ce genre de livres. Le niveau est élevé pour une cinquième, mais ma meilleure amie est méga-intelligente !

– Un truc sur les insectes. Tu savais que la mante religieuse bouffait le mâle pendant la reproduction ?

– Non.

– C'est carrément glauque !

– C'est un insecte…

– Les insectes sont les êtres les plus importants de cette planète ! Tu n'existerais pas sans eux !

Je soupire. Je me fous pas mal des insectes. Je dois trouver les bons mots pour lui annoncer que…

– Faut que t'arrêtes de te passionner pour tout et n'importe quoi, c'est grave !

Ces mots-là n'étaient carrément pas les bons ! Je les regrette dès que son visage pâlit. Mon stress augmente encore, mon genou ne va pas tarder à cogner contre la table ! *Qu'est-ce qui me prend ? J'ai le cerveau qui vrille ou quoi ?* En face de moi, Cassie attend que je développe. Et je ne la sens pas très ouverte à mes remarques. Je pourrais me dégonfler, mais nous nous sommes toujours tout dit de manière franche.

– Dès qu'un truc te plaît, t'en fais une obsession !

– C'est pas vrai !

– Si, c'est vrai !

Elle est énervée, je le vois dans ses yeux. Mais comme elle est bien élevée, elle se retient. Je m'attends à ce qu'elle boude jusqu'à ce que je m'excuse, mais elle se relève. Elle n'a pas touché à son assiette mais embarque son plateau et s'en va.

– Qu'est-ce que tu fous ?

Je lui cours après.

– J'ai plus faim.

Je me poste devant elle.

– Arrête, je veux pas que tu te barres fâchée !

Elle pose son plateau sur la première table à disposition. Des dizaines de paires d'yeux se braquent sur nous. La « catho » et le « Rebeu » qui se donnent en spectacle, ça a de quoi faire jaser tout le bahut jusqu'à juin !

– OK, apparemment, tu as des choses sur le cœur, alors vas-y, c'est le moment de les sortir ! me balance-t-elle, les poings sur les hanches.

Je n'aime pas quand elle prend cette pause, même si elle est mignonne comme ça.

– Ici ? Maintenant ?

– Je ne retournerai pas m'asseoir tant que tu ne m'auras rien dit ! Donc…

Je grimace. *J'aurais vraiment besoin de me ronger les ongles, là !* Puis je me rappelle que c'est Cassandre, et que je n'ai jamais pris de pincettes avec elle. *Elle devrait encaisser, non ?*

– Ça me saoule, parce que… C'est comme si tu n'étais jamais satisfaite. Un coup tu essaies la danse, un coup tu dessines, un coup tu tentes la photographie…

– J'ai douze ans, j'ai le temps de savoir ce que je veux faire de ma vie.

– Oui, mais chaque fois, tu dis que t'es sûre de toi, que c'est ce que tu feras plus tard. Et deux semaines après, tu changes d'avis. En ce moment, tu bouffes les bouquins comme des chocolats, ça sera quoi, après ?

– En quoi ça te dérange ?

– Je voudrais juste… Je voudrais juste que tu trouves ton truc et que tu t'y tiennes. Que tu mettes tout ton cœur dans ce qui vaudra vraiment le coup et pas que tu t'éparpilles comme ça. Qui va s'intéresser aux insectes, sérieux ? On s'en balek ! Franchement, on dirait que tu piques des idées à droite à gauche, c'est quoi ton truc à toi, putain ?

Si les poings sur les hanches lui donnent un petit air adorable, les bras qu'elle croise devant elle n'annoncent rien de bon. Cassie est plus qu'énervée.

– Tu voudrais quoi ? Que je monte une équipe de pom-pom girls et qu'on vienne t'encourager tous les week-ends ?

– C'est quoi le rapport ?

– Le rapport, c'est que toi, tu vis ta passion depuis toujours, et que tu auras toujours la même quand je ferai plus partie de ta vie.

– Mais…

– Tout ne tourne pas autour du foot ! me coupe-t-elle.

– J'ai jamais dit ça !

– Alors, laisse-moi faire mes propres expériences !

Sur ce, elle reprend son plateau, me bouscule et me dépasse. Je reste la bouche ouverte. *J'ai rien compris !* Je lui cours après.

– Cassie ! Cass, arrête ! Tu vas pas partir sans manger !

– Si !

Et pour me prouver qu'elle en est capable, elle renverse ses aliments intacts dans la poubelle la plus proche.

– C'est du gaspillage ! m'offusqué-je.

– Je ferai une prière de plus ce soir pour ne pas aller en Enfer !

Je ne sais pas quoi lui répondre. Sur la table voisine, un gros naze croit bon de se moquer de moi.

– Alors, on a des problèmes de couple ?

– Ta gueule !

C'est fou comme notre amitié avec Cass dérange. Malgré nous, nous sommes fournisseurs officiels de ragots pour tout le collège. *Ils me font chier !* Je balance ma bouffe dans la poubelle, moi aussi.

Le premier cours de l'après-midi passe à une lenteur infinie. L'anglais, les maths et la bio, ça me branche, mais la musique, pas du tout. Même si elle a arrêté le piano – comme tant d'autres passions –, Cassie est douée pour ça. Elle a une jolie voix, et l'oreille musicale. L'avoir à côté de moi alors qu'elle m'ignore est une torture. Je voudrais m'excuser mais je pensais ce que j'ai dit, alors je ne le fais pas. À la fin des deux heures, elle sort de la salle sans m'attendre et fonce au gymnase. Une fille d'une autre classe avec qui on fait sport, Mégane si je me souviens bien, la rejoint. Elle lui chuchote quelque chose à l'oreille. Cassandre lui répond et elle se retourne vers moi. *Génial, encore des ragots !*

J'aimerais bien parler à Cass, mais sitôt la porte du gymnase passée, elle disparaît dans les vestiaires. Et à la sortie, c'est le foutoir : il y a trop de monde pour qu'on puisse discuter. Quand je m'approche enfin, elle retrouve sa nouvelle copine. *Qu'est-ce qui lui prend ?*

– On s'échauffe, vous me faites trois fois le tour de la salle, ordonne le prof de sport.

C'est parti pour deux heures de volley. Comme je suis sportif, j'ai de bonnes notes dans cette matière.

– Soan, Maximilien, Lucas et Chloé, vous êtes chefs d'équipe.

En rang, chacun commence à citer des prénoms. C'est toujours pareil, tout le monde préfère commencer par les plus forts. Pas moi.

– Cassandre.

Un brouhaha de commentaires retentit aussitôt. Le prof calme les esprits. *Qu'est-ce qu'ils ont encore tous ? Oui, je prends une fille, et alors ?*

– Tu triches ! murmure ma meilleure amie à mon oreille en venant se placer juste derrière moi.

– Tu vas être obligée de me parler !

– J'ai pas envie… capitaine.

Je grimace, et balance un autre prénom. Hector. Il a une bonne détente.

– Choisis Mégane, au prochain tour.

– Pourquoi je choisirais cette meuf ? Je sais même pas comment elle joue.

Cassandre est si près de moi. Quand elle me parle, sa bouche me caresse presque l'oreille, quant à son souffle, il se dépose sur ma nuque. J'en ai des frissons.

– Tu crois que je joue bien, moi ?

– Soan ? m'interpelle le prof pour que je continue.

– Paulo.

– Soan, choisis Mégane. Je veux jouer avec elle.

Je soupire. *OK! Je sais que j'ai déjà perdu.* Je finis par désigner sa nouvelle meilleure amie. *Youpi!* Dès que l'autre intègre notre équipe, Cassandre s'éloigne avec elle, sans un merci. *Génial, t'as tout gagné, mec!* Lorsque les matchs commencent, Cassandre a la rage. Je le sens à sa manière de cogner le ballon, et de crier. Quand elle marque un point, elle se retourne vers moi et balance à voix haute pour que tout le monde l'entende :

– Si je m'amuse trop, tu crois que je vais me passionner pour ce sport ?

– OK. Attendez ! crié-je à l'ensemble de l'équipe.

Je parcours la distance entre elle et moi.

– OK. Cass, excuse-moi.

– Cassie, me corrige-t-elle.

– Hein ?

– Cassie. Quand tu m'appelles Cass, c'est que je t'énerve.

– C'est n'imp…

Et puis, je réalise qu'elle a raison.

– Excuse-moi, Cassie.

– Hum… Excuses acceptées. Mais ça ne suffira pas à ce que je te reparle.

– Mais c'est pas juste !

– Bienvenue dans la vraie vie !

Mais quel caractère de m…

***

Cassie,

Je ne sais plus quoi faire pour que tu me pardonnes…

Ça fait deux jours que j'essaie, que je m'excuse, mais tu me repousses.

Je ne sais pas quoi faire d'autre. Alors, je te le demande une nouvelle fois, excuse-moi. J'aurais pas dû te parler comme ça.

Ma vie n'est pas pareille sans toi.

S'il te plaît, réponds-moi.

Soan.

***

Cassie,

C'est le troisième mot que je glisse dans ton casier. Je ne sais plus quoi t'écrire. Je veux juste passer du temps avec toi.

Soan.

***

Je frappe dans le ballon, il rebondit sur le mur. Je le renvoie, et cours pour le récupérer. Je shoote, je contrôle, je jongle… En revenant vers le centre du parc, je la vois. Elle avance, les mains dans les poches. Ses cheveux longs sont défaits, c'est rare.

– Qu'est-ce que tu fais là ? l'attaqué-je en la rejoignant. T'as fini de bouder, ça y est ?

– J'ai eu tes mots.

Oui, ça, je m'en doutais. Mais qu'elle décide enfin de réagir est une bonne nouvelle.

– J'aime bien ton écriture. On devrait s'envoyer des messages plus souvent.

– Donc tu me reparles comme s'il s'était rien passé ?

Elle hausse les épaules.

– Tu n'as pas été sympa avec moi.

– Je t'ai dit ce que je pensais. Depuis quand tu m'en veux pour ça ?

– C'est pas ce que tu as dit, c'est la façon dont tu l'as fait et aussi…

– Quoi ?

Elle me prend le ballon et commence à donner de petits coups dedans.

– Tu sais comment j'ai rencontré Mégane ?

Non.

– En fait, elle était avec nous en primaire, mais on ne s'est jamais parlé parce que je jouais toujours avec toi. Je la croisais aussi à la messe. Sa mère et elle font partie de la même paroisse que ma famille. Elle est venue me voir parce que… tu aurais embrassé Emma après un match. Et comme elle pensait qu'on sortait ensemble, elle voulait me prévenir.

– Qu'est-ce que c'est que ce délire ? Je n'ai jamais embrassé Emma !

– Elle le raconte partout, pourtant.

– Cette fille est folle ! Je ne la connais même pas !

– Elle était dans notre classe l'année dernière. Me dis pas que tu as oublié ! Tous les garçons ont envie de sortir avec elle !

– Bah, pas moi !

– Tu n'as jamais eu envie de sortir avec quelqu'un ?

Je reste la bouche ouverte. Je ne m'attendais pas du tout à avoir cette discussion aujourd'hui.

– Hein ? Je… Bah… Non.

Mon air dégoûté la fait rigoler. Je rougis malgré moi. Ça ne me dérangerait pas de sortir avec elle. Juste avec elle.

– Tu as envie de sortir avec quelqu'un, toi ?

Je ne sais pas si j'ai envie d'entendre sa réponse. Je crois que j'ai peur qu'elle trouve un autre garçon mignon.

– Non. Personne.

On s'échange la balle en silence. Cassandre n'ouvre pas beaucoup la bouche. Elle ne me regarde pas, elle est concentrée sur nos passes.

– Cassie, si tu veux aller jouer avec quelqu'un d'autre, Mégane ou même… un mec, tu peux. C'est pas parce qu'on est amis que tu dois ne voir que moi…

– Je sais.

Elle me sourit, ses yeux rencontrent les miens puis elle baisse la tête.

– Mais je ne sais pas encore si Mégane sera une amie ou pas…

– OK.

On se tait. Il n'y a rien de bien excitant à nos échanges du pied, mais au moins, elle n'est plus fâchée. Après un énième aller-retour, sa semelle immobilise le ballon.

– Je suis au courant.

– Tu es au courant de quoi ? la questionné-je, perdu.

Cassie ramasse la balle, la glisse sous son bras à la manière d'un footballeur, et vient se planter en face de moi, comme pour m'empêcher de fuir après ce qu'elle va dire.

– Que tu vas partir.

J'ouvre la bouche comme un abruti.

– Hein ? Que…

– Tes copains de foot sont tous au courant, m'annonce-t-elle. Apparemment, ton entraîneur s'est vanté à tous les parents d'avoir le futur Lionel Messi dans son équipe. Ça a fait le tour du collège. C'est pour ça qu'Emma dit à tout le monde que tu l'as embrassée. Ses amies sont venues me voir parce qu'elles voulaient un autographe, au cas où il vaudrait des millions plus tard… Sérieusement, Soan, ils sont tous au courant, mais pas moi ?

– Je…

– En plus, ces filles se sont foutues de moi quand elles ont compris que je ne savais pas !

– J'allais te le dire.

– Quand ? Dans un mois, à la fin de l'année, quand tu devras préparer tes affaires pour l'internat ?

– Je suis désolé. Je ne trouvais pas comment te le dire. Maman a hésité longtemps avant d'accepter. Elle m'a expliqué que j'allais devoir tout quitter et j'ai eu peur de t'en parler.

– On se dit tout. C'est pas ce que tu m'as sorti au volley ?

– Si…

Je ne lui dis pas tout. Par exemple, je ne lui dis pas que j'ai envie de l'embrasser pour voir comment ça ferait, un vrai baiser.

– Tu n'avais pas tort quand tu m'as balancé que je cherchais un rêve… C'est parce que… Depuis qu'on se connaît, toi, tu sais où tu vas. Tu as un objectif, et tu t'accroches car tu es sûr de le réaliser un jour.

– Je ne suis pas sûr… tenté-je.

– Si. Tout le monde te le dirait.

Je n'ai envie de rien d'autre, c'est tout.

– Moi, mes rêves, ce sont mes parents qui les ont pour moi. J'ai un cerveau qui fonctionne mieux que les autres, alors il faut que je sois avocate ou docteur. Je n'ai que ces deux possibilités-là. Et je n'en ai pas envie, j'essaie de découvrir plein de choses maintenant parce qu'après… je ne pourrai plus vivre mes rêves à moi, je devrai vivre leurs rêves à eux.

– Tu n'es pas obligée…

– Je dois respect et obéissance à mes parents, ce sont les commandements de l'Église. Il n'y a pas de verset de ce style dans le Coran ?

– Respect et obéissance. Si j'avais obéi à ma mère, on se serait beaucoup moins vus, toi et moi.

– Elle ne m'aime vraiment pas?

– C'est pas ça, mais notre relation lui fait penser à celle qu'elle a eue avec mon père. Elle a préféré un homme dont elle était tombée amoureuse plutôt qu'écouter ses parents. Elle a perdu sa famille, et aujourd'hui, mon père a tout foiré alors… elle ne veut pas que je commette la même erreur.

– Pourquoi elle a perdu sa famille?

– Je ne connais pas bien mes grands-parents, mais je crois que c'est une question de religion. Ils sont très traditionnels et mon père est athée.

– Hum… Alors ce n'est pas la faute de ton père. C'est de leur faute à eux.

– Je suis d'accord. Mais va lui dire ça maintenant qu'il a merdé…

– Est-ce que tu crois qu'elle sera aussi en colère si tu ne choisis pas une femme comme elle veut?

– On verra plus tard. Pour l'instant, tout ce qui compte, c'est le foot.

– Oui…

Elle se tait. Tête baissée, elle semble réfléchir.

– J'ai regardé le parcours des grands joueurs. Ils expliquaient comment ils vivaient à treize ans, les sacrifices qu'ils ont dû faire. Leurs proches ont beaucoup souffert qu'ils partent si tôt.

– On s'écrira.

Elle relève le nez de ses pieds.

– Ce ne sera pas pareil.

– Je vais revenir. À Noël. Pendant les vacances…

– Aux grandes vacances, Soan! Ça veut dire qu'après cet été, faudra que j'attende un an avant de te revoir.

– Tu oublies Noël, lui rappelé-je.

– Hum… Ça fait trois mois quand même, pour ne se retrouver que quinze jours.

Guidé par une pulsion, je lui prends la main. Cassie sursaute et baisse les yeux. Moi, je scrute son visage : il est tout rouge.

– Je t'écrirai tous les jours, si tu veux.

– Plus personne n'écrit de lettres, tes copains vont se moquer de toi…

Plus personne n'écrit de lettres parce que tout le monde possède un portable. Mais Cassandre n'en a pas.

– Tu devrais redemander à tes parents de t'acheter un téléphone.

– Malgré tout ce que je te raconte, on dirait que tu ne connais pas ma mère.

D'après le portrait qu'elle m'en fait : plus butée que sa mère, ça n'existe pas !

– Je m'en fous qu'ils se moquent de moi. T'es ma meilleure amie, Cassie. Si tu crois que je vais t'oublier, tu rêves !

Je la prends dans mes bras.

– On se reverra dès que je pourrai, c'est promis.

21
Cassandre

12 ans

– Maman, s'il te plaît. Je ne reverrai pas Soan pendant des mois après son départ !

– Il va revenir et vous allez vous écrire. Ce n'est pas comme si vous vous disiez adieu.

– Mais…

– Ça suffit, Cassandre, je ne te conduirai pas à l'aéroport. Tu as douze ans !

Qu'est-ce que mon âge change au fait que je veuille voir mon meilleur ami ?

– Et Pierre a son permis, il pourrait…

– Pierre doit préparer sa rentrée, il a autre chose à s'occuper que les caprices de sa petite sœur !

– Ce n'est pas un…

– La discussion est close. Tu n'accompagneras pas Soan à l'aéroport, point.

Cela fait plusieurs jours que je la supplie, mais elle ne veut rien entendre. Je suis gentille depuis toujours, obéissante ; j'ai de nouveau de bonnes notes à l'école ; j'ai fait ma confirmation ; je l'aide à la maison, et pourtant, Maman me considère comme une enfant, une fille capricieuse ou irresponsable à qui on ne peut pas faire confiance.

– Maman, il va passer deux heures à l'aéroport avant de s'envoler, je pourrais être avec lui…

– J'ai dit non.

– Mais…

– Ne me pousse pas à bout ! finit-elle par crier. Je ne t'emmènerai pas. Ton père ou ton frère, non plus. Fin de la discussion.

Elle repart dans la cuisine, très énervée. Moi aussi je suis en colère, je me dirige d'un pas rageur vers la porte d'entrée et, pour la première fois, je la claque dans mon dos.

– Cassandre ! Reviens ici ! crie-t-elle en ouvrant derrière moi.

Non ! Je cours sur le chemin dans le jardin, puis sur le trottoir. Mon père est à la maison, mais j'ai un peu d'avance, il ne me rattrapera pas tout de suite. Je vais me faire disputer en rentrant, c'est sûr, pourtant, je m'en fiche, je compte voir Soan une dernière fois avant son départ. Peu importe la punition qui viendra après !

Je ne suis pas une grande sportive. Jouer au foot avec Soan et l'entraîner ne développe ni mon endurance ni ma rapidité. Je suis essoufflée, mes cheveux me collent au visage. Par trente degrés, ma fuite n'était clairement pas une bonne idée.

– Eh ! Cassie…

Mon ami sort de chez lui lorsque j'arrive devant son portail. La voiture a le coffre ouvert, sa mère y charge des valises. Je vois le regard en coin qu'elle me lance avant de se détourner sans me saluer. Je suis touchée par cette attitude, mais Soan, comme à son habitude, efface tous mes sentiments négatifs.

– Tu arrives pile à l'heure, on allait partir !

– Je croyais que c'était ton père qui t'emmenait…

Il perd son sourire, me faisant penser que j'ai dit une bêtise.

– Il devait, oui… Mais il était torché quand Maman l'a appelé. Il ne peut pas prendre le volant. Je me demande s'il en avait vraiment envie… Mais peu importe, il ne vient pas et c'est bon débarras. Heureusement que je pars, parce que je n'ai plus envie de le voir pour le moment.

C'est la première fois que Soan me montre cette facette de son caractère. Il est déçu et en colère, et je sens qu'une simple demande de pardon de son père ne suffira pas. Lorsque son téléphone sonne dans sa poche, son expression s'assombrit. Il raccroche d'un doigt rageur.

– Je vais finir par le bloquer. Ses excuses, je m'en fiche. Je voulais qu'il soit là pour moi aujourd'hui.

Ce n'est pas la première fois que son père lui pose un lapin. Je me souviens d'un tournoi très important où j'ai dû supplier mon père de l'amener, et aussi des essais dans son futur centre de formation, auxquels il est arrivé en retard. Il a failli être recalé à cause de ça. Soan reprochait déjà à son père le divorce de ses parents, mais on dirait que cette fois est celle de trop… Tout à coup, j'ai peur, parce qu'aujourd'hui, c'est à mon tour de lui poser un lapin. Et s'il ne voulait plus me parler, non plus ? Les mains de Soan se cramponnent aux miennes.

– Ça va, Cassie ? T'es toute blanche ! Tes yeux brillent… Tu… tu pleures ?

Pas encore. Je sais que je ne vais pas pouvoir me retenir. J'avais imaginé faire la route avec lui, profiter de l'heure nécessaire pour nous rendre à l'aéroport, puis des deux heures sur place. Je n'ai pas assez d'images de lui en tête, pas assez de mots dans ma trousse, pas assez de clichés sur les murs de ma chambre.

– Je voulais qu'on fasse une photo avant ton départ, et je n'ai rien pour…

Il sourit, passe un bras sur mon épaule, colle sa tête à la mienne et utilise son portable pour immortaliser cet instant. Il sourit car il ne sait pas encore que je ne monterai pas dans cette voiture avec lui. Alors que les larmes menacent de couler, je respire un grand coup dans son cou. Soan fronce les sourcils en revenant face à moi, et entrelace ses doigts aux miens. Je voudrais que ses mains ne se séparent jamais des miennes. Je voudrais ouvrir les yeux chaque jour et le voir dans notre city, à m'attendre. Mais ce que je voudrais surtout… c'est qu'il réalise son rêve. Et voilà, de grosses larmes coulent sur mes joues.

– Tu vas réussir, lui dis-je. Tu vas devenir le meilleur joueur de l'équipe de France. Tu vas faire partie d'une grande équipe et tu vas remporter plein de coupes.

– Je sais, se marre-t-il.

– Tu auras plein d'argent, tu pourras voyager où tu veux, et je pourrai te regarder à la télé. Tu me l'as promis.

– Cassie, qu'est-ce que tu as ? Pourquoi tu pleures autant ? Pourquoi tu trembles ?

– Mes parents…

Je n'arrive pas à lui répondre. Je frotte mes yeux, essuie mes larmes sans qu'elles s'arrêtent. Dans ma poitrine, j'ai l'impression qu'une balle cloutée rebondit sur mon cœur. Soan desserre un peu sa prise autour de mes mains.

– Ton père est là-bas.

En regardant par-dessus mon épaule, je vois bien papa s'arrêter – lui aussi essoufflé – au croisement. Il ne cherche pas à aller plus loin. Il m'attend. Et plus il attend, plus la punition risque d'être salée. En plus de perdre Soan, je vais me faire disputer. Vraiment, vraiment disputer. Les doigts de mon meilleur ami se referment de nouveau sur mes mains.

– Il ne t'emmène pas à l'aéroport, c'est ça ?

Je secoue la tête. Je n'ose pas le regarder.

– Tu vas me détester, moi aussi ?

– Quoi ? Bien sûr que non ! Tu compares deux trucs totalement différents. Mon père a des problèmes, et je voulais juste être assez important pour qu'il les surmonte. Ça me fait mal que ma mère ait eu raison, c'est tout…

– Tu es important pour moi, Soan, lui avoué-je.

– Je sais, répète-t-il, cette fois sans rire.

Il soupire. Mon cœur se serre un peu plus.

– Ne pleure pas. Je n'aime pas quand tu es triste.

– Je voudrais déjà être grande. Comme ça, je pourrais prendre les décisions à la place de mes parents.

– Ils ne voulaient vraiment pas, alors… semble-t-il réaliser soudain.

– Tu sais, parfois, je ne les comprends pas. Tu es quelqu'un de bien, Soan. Et moi aussi. Ils devraient nous faire confiance…

– En attendant, ce n'est pas le cas. Et ce sont eux qui commandent.

Ses mots font grandir ma peine.

– Je suis désolée.

– C'est pas grave, Cassie.

Il me reprend contre lui. J'adore qu'il devienne de plus en plus tactile avec moi.

– On se revoit dans trois mois.

– Je pensais avoir encore un peu de temps avec toi.

– On l'aura.

Il me garde dans ses bras. Il ne me faisait jamais de câlins avant. Mais pendant tout l'été, il n'a pas arrêté. Maman n'était pas au courant. Papa va sûrement le lui dire ce soir…

– On aura tout le temps que tu veux.

Soan a un peu grandi ces derniers mois. Je l'ai toujours dépassé, mais je me rends compte qu'il commence à me rattraper.

Je ne dois plus baisser la tête pour me tenir à hauteur de ses yeux. Et quels yeux… À la fois sombres et clairs. Quand la lumière du soleil est aussi forte dans le ciel qu'aujourd'hui, les contours s'éclaircissent. Quel visage… Son métissage lui a donné une jolie peau mate, des cheveux très sombres comme ceux de sa mère, même si elle les lui coupe ras dès qu'ils repoussent. Tout est doux chez Soan, de son physique à sa personnalité.

Lorsqu'il me lâche, je vois tout de suite qu'il ne me regarde pas comme d'habitude. Il hésite, ses yeux descendent et remontent, il se pose des questions. J'aimerais savoir lesquelles sans oser le lui demander. Soudain, ses lèvres coupent court à mes pensées. Soan s'est approché, Soan s'est penché, Soan… m'embrasse. Il m'embrasse vraiment, comme j'ai vu faire Mégane avec un garçon. Mais elle, elle avait les paupières fermées. Moi, mon corps ne répond plus. Le baiser de mon meilleur ami s'évanouit aussi vite qu'il m'est tombé dessus. Je reste figée face à Soan qui me lance un sourire bizarre.

– J'aurais peut-être pas dû… Excuse-moi.

Pourquoi ? C'était… magique ! J'aimerais le lui dire mais quand j'avance d'un pas, il recule et se tourne vers la voiture et sa mère. Celle-ci fronce les sourcils. Derrière moi, je n'ose imaginer la réaction de mon père.

– Soan ?

Il a l'air de vouloir partir très vite tout à coup…

– Je reviens rapidement, d'accord ? En attendant, on s'écrit. OK ?

Et ce bisou ?

– OK.

Voilà tout ce qui sort de ma bouche tandis qu'à l'intérieur de moi, c'est l'hécatombe. Soan s'en va. Il s'en va. Et tout ce que je peux faire, tout ce que j'ai le droit de faire, c'est fixer la voiture du regard pendant qu'elle s'éloigne. J'ai l'impression de le perdre pour toujours alors qu'il a promis… Il se retourne une fois. Puis je sens la présence de mon père dans mon dos.

– On rentre.

Je baisse la tête en entendant ce ton froid.

22

Cassandre

– Tu n'es pas sa mère ?

L'information a l'air de le laisser pantois. De toute évidence, Soan ne s'attendait pas à une telle réponse. Il avait imaginé une autre version.

– Je suis sa tutrice.

– Où est sa mère ?

– Samia est morte, il y a deux ans. Elle était pompier volontaire en parallèle de ses études. Un soir, en pleine intervention, avec ses collègues, ils ont voulu défendre une fille qui se faisait agresser. Elle a pris un mauvais coup puis a fait une chute…

Ma voix se perd sous la brûlure au fond de ma gorge. Je me souviens de l'appel de l'urgentiste, d'avoir tout lâché quand il m'a annoncé la nouvelle. Je me suis écroulée à terre, Mégane m'a rejointe, en pleurs. Amir était au lit. *Un si petit garçon…*

– Elle ne s'est jamais relevée.

Avant que je réalise, une larme coule sur ma joue et la main de Soan cherche à m'apporter du réconfort. Il l'essuie. Je le remercie d'un sourire.

– Je ne sais pas qui est le père d'Amir, ajouté-je. Samia n'a jamais voulu nous le dire. Elle avait déjà beaucoup de choses à gérer. Je crois qu'elle ne voulait pas s'ajouter une contrainte.

– Il aurait pu l'aider.

– C'était son choix. Je l'ai respecté. Je continue de le faire.

– Tu étais très jeune. Elle n'avait pas de parents qui…

– Elle est tombée enceinte à 18 ans. Ses parents n'ont pas franchement apprécié.

– C'est dingue qu'on puisse encore réagir de façon aussi extrême de nos jours.

Je ne pourrais pas être plus d'accord avec lui…

– Ils le regrettent amèrement aujourd'hui. Ils ont repris contact avec moi, et ils voient leur petit-fils un week-end par mois. Je trouve important qu'il possède encore une famille de sang.

En prononçant ça, une lueur que je crois reconnaître apparaît dans ses yeux.

– Si tu oses me traiter de sainte, je t'enfonce ce nem végétal dans le nez !

Soan rigole assez fort. Des regards se tournent dans notre direction. Je m'en moque, j'aime le voir pleinement épanoui. Son sourire me fait oublier ma peine et les problèmes que j'ai dû surmonter avec Mégane pour être certaine d'obtenir la garde d'Amir. Vu le métier qu'elle visait, les risques qu'il entraînait, et le rejet de ses parents, Samia avait tout prévu. Mais quand je suis devenue légalement la tutrice de son fils, je n'étais pas heureuse, car cela signifiait qu'elle avait eu raison de s'inquiéter, qu'elle était morte. Soan se calme quand le serveur dépose nos entrées devant nous et redevient sérieux.

– Quand je l'ai vu hier, je me suis dit que c'était pour ça que tu ne me parlais plus. J'ai tout de suite pensé qu'il était ton secret et que j'étais…

– … son père, déduis-je.

– C'est ça.

– Est-ce que ça t'a fait peur ?

– Un peu. Mais je me suis surtout senti coupable. Je ne t'aurais jamais lâchée si j'avais su que tu étais enceinte. J'aurais été là.

– À des milliers de kilomètres ?

– J'aurais fait d'autres choix, assure-t-il.

– Et moi je ne te l'aurais jamais imposé.

Soan secoue la tête.

– On fait la paire, toi et moi…

Aussi irrécupérables l'un que l'autre quand il s'agit de se protéger…

– La question ne se pose pas, commenté-je. Amir n'est ni mon fils ni le tien.

J'évite son regard, accaparée par la salle et le ballet de flammes hypnotisant.

– J'aurais pu faire d'autres choix pour toi aussi, déclare-t-il doucement.

Mon attention se focalise à nouveau sur lui.

– Je ne te l'aurais pas demandé.

Parce que lorsqu'on aime quelqu'un comme j'ai aimé Soan, on ne le retient pas. On ne l'empêche pas de réaliser ses rêves.

– La vie s'est chargée toute seule de nous séparer… se plaint-il, les yeux dans le vague.

Je décide d'abaisser mes barrières, je lui prends la main. Soan regarde notre étreinte en silence, comme désorienté.

– Ce n'est plus le cas.

Nous n'en disons pas plus pour le moment. Il y a encore tellement de choses à évoquer, mais je ne suis pas pressée. Demain peut attendre.

Nous passons le dîner dans cette position. Heureusement, les portions sont petites et pratiques à manger. Aucun de nous ne veut lâcher l'autre. La chaleur dans ma paume monte jusque dans mon cœur, elle m'englobe tout entière. Je souris durant le repas. Celui-ci est divin, mélange harmonieux de fraîcheur des légumes, et assaisonnements relevés. Je savoure. Soan pioche dans mon assiette, je l'imite, et ainsi de suite de l'entrée au dessert.

Lorsque nous quittons le bâtiment, j'ai encore le goût des herbes aromatiques tapissé sur la langue, et l'odeur des épices dans les narines. Mon meilleur ami nous ramène à sa voiture. Je crois qu'il n'est pas pressé de rentrer. Il fait un temps froid et sec, le ciel est dégagé. Je m'adosse contre sa portière, la tête levée vers les étoiles, avant de scruter un Soan réservé, s'installant à côté de moi, les mains dans les poches.

– Alors, le dîner t'a plu ? me questionne-t-il.

– C'était succulent. Il mérite amplement ses distinctions.

– Je trouve le pari de ne proposer que des plats végétaux à leurs clients réussi.

– Oui, très. Ça m'a donné des idées de repas. On ne mange pas beaucoup de viande à la maison.

– Ah ! Oui ?

– Oui. Mégane est végétarienne. Et Amir… j'essaie de faire attention à ce que je lui fais à manger.

Il comprend tout de suite à quoi je fais référence.

– Il est…

– … musulman. Comme toi. Oui. Samia aimait sa religion et elle la lui aurait transmise…

J'ai encore tellement de mal à parler d'elle.

– Je ne suis pas la mieux placée pour l'élever dans cette foi. Ma vision des choses est très extérieure. J'ai lu des livres et je pense être prête pour le jour où il me posera des questions. Mais il est trop tôt, il n'a que cinq ans. Tout ce que je peux faire, c'est me préparer. Ce sont ses racines et j'espère pouvoir compter sur ses grands-parents pour le guider, car à part

Mégane, Sandra et moi, il n'a personne. J'ai peur qu'il ne sache pas qui il est si je ne lui fournis aucune base.

– Tu as l'air de bien t'en tirer.

Comme il en a pris l'habitude depuis son retour, Soan glisse une de mes mèches derrière mon oreille.

– Moi qui ai une mère musulmane, je ne serais pas mieux placé que toi pour lui parler d'islam. J'ai renié ses valeurs allègrement ces derniers mois.

– Tu étais anéanti, l'excusé-je.

– Pour un genou blessé ? Beaucoup de personnes affrontent bien pire que ça. Et j'ai été lâche… Je redoute d'en parler à ma mère.

– N'est-ce pas plutôt à ton Dieu que tu dois en parler ? Seul à seul, je veux dire ?

– Si. Il est le seul à pouvoir me pardonner. Mais je ne suis pas un très bon pratiquant. Je me vois mal réclamer son pardon alors que je ne lui parle plus depuis des années.

– Je crois que tant qu'on est sincère et respectueux, Dieu ne peut pas ne pas nous écouter.

Soan me dévisage, pensif.

– C'est dingue, le temps a beau s'écouler, tu as toujours les mots qu'il faut pour me rassurer. Tu n'as jamais été comme les autres. Parfois, je me demande si tu n'es pas un ange qui a été envoyé sur ma route pour que je reste dans le droit chemin.

– Je ne pense pas être un ange. Et je suis sûre d'une chose : si tu as été mis sur ma route, c'était pour y donner un sens. Je crois qu'un des rêves de ma vie a toujours été d'être avec toi…

Et voilà, je l'ai dit. Comment va-t-il réagir ? Je lui ai présenté mon cœur sur un plateau, est-ce que je ne prends pas le risque qu'il plante un couteau dedans ? L'instant se suspend entre nous. Je n'ose plus parler. Les yeux sombres de Soan me clouent sur place, m'astreignent au silence. J'ouvre la bouche, ne sachant pas si je veux lui demander d'achever mon attente ou au contraire, ne rien engager. Il scrute ma bouche, mon ventre se contracte, tout bascule. Tout reprend vie. Soan pose ses deux mains sur mes joues et m'attire à lui, contre ses lèvres. Il m'embrasse.

23
Cassandre

Je ressens tout : le métal dur de la voiture contre mon dos, le froid de cette nuit d'hiver, les mains brûlantes de Soan sur mes joues, sa bouche tendre contre la mienne. Il ne me lâche pas. Je me demande s'il en serait capable si quelqu'un criait son nom. C'est le baiser le plus long, le plus doux, le plus révérencieux qu'on m'ait donné. À travers ses lèvres, j'entends tout ce qu'il tait. Ses sentiments m'atteignent, faisant écho aux miens, et je ne souhaite que répondre, lui transmettre le désir qui monte en moi. Lorsque j'ouvre la bouche sous son intrusion, Soan, essoufflé, parvient à poser son front sur le mien et à s'écarter.

– Excuse-moi, je ne t'ai pas demandé si…

– Ne t'arrête pas, s'il te plaît.

Ma supplique semble le plonger dans un état second. Il me colle contre la portière avec un gémissement divin, comme s'il n'avait espéré que cette réponse de ma part. Ses mains me tiennent les hanches, son bassin pèse sur le mien, ses cuisses encadrent mes jambes. Il m'emprisonne sous son corps, m'empêche de m'échapper. Chose que je n'envisage pas une minute. J'enroule mes bras autour de son cou, mes doigts découvrent pour la première fois la texture épaisse mais soyeuse de ses cheveux. Je m'y cramponne, me dresse sur la pointe des pieds pour appuyer mes lèvres sur les siennes. J'aimerais qu'il sente mon envie de me fondre en lui, de ne jamais plus quitter son étreinte.

Quand mes gémissements commencent à répondre aux siens avec ferveur, que ses mains osent dériver sur mes fesses et me plaquer plus étroitement contre lui, Soan retient un cri de frustration et se glisse hors de mes bras. Interloquée, je le regarde souffler et se plier en deux. Un simple coup d'œil lui indique que je suis perdue.

– Merde, attends. J'ai besoin de… Faut qu'on arrête cinq minutes. Laisse-moi gérer.

Soan est rouge jusqu'aux oreilles. Il se frotte le visage, s'empoigne les cheveux. J'ai l'impression qu'il fait tout pour se retenir de me déshabiller sur place.

– Tu me fais trop d'effet. Cinq ans, c'est long… On devrait…

– Boire un dernier verre ? proposé-je pour l'empêcher de prononcer qu'on devrait se calmer, ralentir.

Je sais ce que je veux. Et je te veux, toi. J'en ai marre de réfléchir. Marre d'avoir peur !

– J'en serais plus qu'heureux.

Je suis soulagée, Soan n'a pas envie d'écourter la soirée. Son sourire parle pour lui.

Je remonte en voiture, tandis qu'il reprend place derrière le volant. Nous n'échangeons pas beaucoup, comme si un simple mot pouvait tout embraser. À chaque ralentissement, Soan tourne la tête vers moi. Je ne le quitte pas des yeux en m'efforçant d'être discrète. Au premier feu rouge, nos regards se cherchent et s'entrechoquent. Nous nous penchons au même moment. Je n'arrive pas à me tenir éloignée de ses lèvres et je crois que mon désir est réciproque. Elles sont si douces, si pulpeuses. Je suis une rescapée d'un naufrage en train de croquer dans un fruit mûr, juteux et délicieux.

– Faut que je conduise, tente Soan pour nous freiner.

– Je sais.

Pourtant ni l'un ni l'autre ne mettons un terme à notre baiser. J'explore sa bouche, je savoure sa chaleur. Les plats gastronomiques ont vite disparu de mon esprit, ne reste que le goût unique de Soan sur ma langue.

– On n'a plus que cinq minutes de route, Cassie…

Quand il dit ça, je raffermis ma prise autour de son cou pendant que sa main se déploie dans mon dos, et tente de m'attirer à lui, ce que ma ceinture rend impossible. Un klaxon nous interrompt.

– Les gens ne sont pas couchés à cette heure-là ? me plains-je en me réinstallant contre mon dossier.

J'entends le rire de Soan. La voiture repart.

J'essaie de respirer calmement en observant la ville à travers la vitre, mais c'est peine perdue. Je me sens fiévreuse, impatiente et frustrée. Je ne me rends même pas compte que Soan s'est garé. Il ouvre ma portière et je sursaute. Nous sommes dans ce que je devine être le parking de l'hôtel. Le footballeur me tend sa main.

– Tu étais perdue dans tes pensées. Toujours partante pour un dernier verre ?

Le cœur battant, je noue nos doigts, et je m'accroche à cette étreinte tout au long de notre chemin.

Lorsque les portes de l'ascenseur s'ouvrent, tout se déroule au ralenti. Je me tourne vers lui, il avance, se penche vers ma bouche. Les portes se referment. Mon sac tombe sur le sol, ses mains s'égarent sur ma taille, mes fesses, mes cuisses. Je ne me suis jamais conduite de façon aussi débridée. Et nul doute que cela n'arrive pas fréquemment dans cet hôtel un peu guindé. Les doigts de Soan froissent le bas de ma robe et mes collants, comme s'il voulait s'empêcher de les arracher. Lui porte toujours son costume. Il est impeccable alors que je ressemble à une femme sur le point de se donner dans un lieu public.

– J'ai tellement envie de toi, me chuchote-t-il.

L'ascenseur s'arrête à son étage. Cette fois, il ne prend pas ma main. Je crois qu'il a besoin de faire redescendre la tension un instant. Je le suis, mon sac ramassé et placé devant moi, à l'image d'un bouclier. Je m'y accroche pour ne pas me jeter sur lui alors qu'il ralentit l'allure. La chambre s'ouvre. J'entre après lui et me fige. Le silence s'étend. Un mètre nous sépare. Un tout petit mètre aussi grand qu'une faille entre nous. Je pourrais le réduire à néant pour me blottir contre lui, mais j'attends.

– Tu te souviens de notre première fois ? me questionne-t-il.

Tout en se débarrassant de la carte d'accès à la chambre et de son téléphone, Soan me fait face. Il retire sa veste, la pose sur la chaise près de la tablette faisant office de bureau.

– Tu étais morte de trouille.

– Oui, je me rappelle.

Soan attend que je développe.

– Le problème n'était pas d'avoir mal, ni de découvrir ton corps. J'avais peur que tu n'aimes pas le mien.

– Tu te souviens de ce jeu que tu as inventé pour qu'on se déshabille ?

Pour affronter mes angoisses, je lui avais proposé un deal : un vêtement contre un vêtement. Je me rappelle avoir retenu mon souffle lorsque son boxer est tombé à ses pieds. Il s'est tenu devant moi, offert, magnifique, façonné par les années de sport, impudique, et je l'ai contemplé sans vergogne. Il s'est approché de moi, a remonté sa main sur mon bras, a souri et m'a dit que j'étais la plus belle fille qu'il connaissait avant de m'embrasser.

Je ne suis plus l'adolescente que j'étais, mais ce soir j'ai de nouveau envie d'être la plus belle fille qu'il connaisse. Alors, pour lui prouver que je suis prête à jouer, je me déchausse.

– Tu triches… murmure-t-il. Ce n'est pas un vêtement…

Je n'ai peut-être retiré que mes escarpins, il n'empêche que sa façon de me regarder me donne l'impression que je suis déjà nue.

– Je lance les enchères, rétorqué-je, essayant d'être provocante.

Il est le seul à faire ressortir cette facette de moi. Parce qu'avec lui, je me sens moi-même. Je sais qu'il n'utilisera pas mes peurs pour me blesser, il ne se moquera pas. Ses doigts se portent sur les boutons de sa chemise. Il en détache un. Puis deux. Puis trois. Avant de s'arrêter. Je déglutis, le regard attiré par le haut de son torse apparent. Je retire mon manteau. Lui déboucle sa ceinture.

– Est-ce que tu as besoin d'un coup de main pour que je te montre comment ouvrir ton pantalon et ta chemise ?

– Ils sont ouverts.

– Le deal n'est pas de ne dévoiler qu'un bout de peau…

– Parfois, un bout de peau est bien plus excitant.

Je le prends au mot. Je porte mes mains à mon dos, fais glisser la fermeture de ma robe depuis ma nuque jusque sous mes omoplates. Mon épaule droite se dénude. Mon décolleté s'offre à sa vue. Le regard de Soan s'aiguise. Il se mord la lèvre, ferme les yeux puis les rouvre.

– T'es en train de me tuer.

– C'est toi qui as voulu jouer, le nargué-je. Je ne suis plus une ado.

Je n'ai pas beaucoup d'expérience avec les garçons, mais la vie s'est chargée de me montrer que tout peut basculer très vite, il faut savoir profiter des occasions lorsqu'elles se présentent. Soan peut repartir du jour au lendemain. Et je veux un autre souvenir de lui, un qui nous liera à jamais. *Ne pense pas à l'après, Cassie. Savoure l'instant!* J'enfouis mon appréhension sous mon désir grandissant et me laisse guider par mes sensations. Soan avance tout en défaisant les boutons restants de sa chemise. Je suis troublée au point de perdre mon souffle.

– Je crois que j'avais envie de te regarder te déshabiller, m'avoue-t-il.

Il approche, dépose un baiser sur mon épaule nue, puis au creux de mon cou. Je penche la tête, ferme les paupières. Des langues de feu se propagent à l'intérieur de moi. Mes jambes flageolent, mais je résiste. J'embrasse sa mâchoire, cherche sa bouche.

– Je crois que je préférerais que tu me déshabilles.

Aussitôt, ses doigts partent à l'assaut de ma robe. Il descend la fermeture jusqu'à mes reins, en écarte les bords pour qu'elle tombe sur le sol, où mes collants la rejoignent. Soan me détaille d'un œil émerveillé, puis ses mains se posent sur ma taille, mais cela ne semble pas lui convenir. Il grogne, retire sa chemise d'un geste rageur et l'envoie balader quelque part. Ma peau renaît contre la sienne. J'avais oublié les frissons, la douceur, les frôlements. J'apprends à reconnaître les courbes de son corps. Même s'il est plus massif, plus développé, plus ferme, il reste ce garçon avec qui j'ai grandi, celui qui m'a aimée, désirée, et qui me le montre de nouveau ce soir.

En s'emparant de nouveau de ma bouche, il me porte et nous conduit près du lit. Il m'y dépose en douceur, calme l'ardeur de nos baisers. Ils deviennent une caresse, aussi légère que frustrante. Sa langue me taquine, sa bouche butine ma poitrine, aspire un de mes tétons sous mon soutien-gorge. Je me mords les lèvres pour me retenir de crier. Comment peut-il être aussi patient alors qu'il n'en a connu aucune autre depuis moi ? Il doit m'entendre penser car il s'arrête pour me répondre.

– Je veux prendre mon temps. Pour que ça ne finisse pas…

Il effleure mes seins, revient m'embrasser avant de redescendre dans une ligne de baisers chastes jusqu'au-dessus de mon nombril, autour, en dessous. La seconde suivante, Soan a posé sa bouche entre mes cuisses et me goûte, me respire, me caresse de sa langue. Je ne sais plus où je suis. Toute mon attention est portée sur cette connexion si intime entre lui et moi. Je me demande si je dois écarter les jambes ou les resserrer pour que la pression augmente, si je dois respirer ou crier. C'est trop bon. Il n'a pas pris la peine d'enlever ma culotte, il l'a juste décalée pour atteindre son but. Il m'inflige ce traitement si longtemps que je crois que ma tête va exploser, emportant mon cœur avec elle.

– Soan…

Quand je suis à deux doigts de basculer, mes jambes le tirent vers le haut. Soan se remet à quatre pattes au-dessus de moi. J'encercle son visage de mes paumes et ramène sa bouche contre la mienne.

– Ça n'a jamais été fini entre nous, lui murmuré-je entre deux baisers.

La suite devient plus précipitée. L'intensité de ce moment me ravage. Je suis amoureuse de Soan depuis tellement d'années. J'avais enfermé mes sentiments, renoncé à le revoir un jour tout en l'espérant de toute mon âme, et voilà qu'il me tient de nouveau contre lui, qu'il m'embrasse, qu'il me déshabille totalement. Je me retrouve nue. Il retire son pantalon et se replace entre mes jambes. Mes mains caressent son dos, s'égarent sous son boxer. Je trouve son érection, le supplie presque de venir en moi. Soan ôte son sous-vêtement et reste à genoux à mes pieds comme pour me prouver quelque chose. *L'effet que tu as sur lui.*

– Tu n'as vraiment couché avec personne d'autre ? demandé-je d'une voix mal assurée.

Mes yeux remontent de son sexe dressé à son regard enfiévré.

– Pour quoi faire ?

Avec la souplesse d'un félin, Soan s'abaisse de nouveau vers moi, et me surplombe. Nos visages se réalignent. Ma bouche est avide de ses baisers. Mon corps voudrait qu'il assouvisse mon désir…

– Tu es la seule à me faire ressentir ça, complète-t-il.

Je n'en peux plus de cette attente.

– Te faire ressentir quoi ?

– Ça.

Il plonge en moi. Je ne peux pas soutenir son regard. Je ferme les yeux, ouvre la bouche sur un gémissement qui ne vient pas. Soan me dévore. En moi, il s'impose. Il est partout. Même quand il fait mine de partir, il revient. Au début avec lenteur, puis avec force. J'accueille toutes ses variantes, toutes ses nuances. Je suis prête à l'aimer en entier. Jusqu'à ce qu'il ne reste plus rien de moi.

24

Cassandre

J'ai perdu toute notion des réalités. Je dois me rendre à l'évidence, j'ai abandonné mes responsabilités de tutrice pour me retrouver là, à me réveiller dans ce lit, contre Soan. *Quelle idée de sortir un lundi soir?*

Avec le plus de précautions possible, je m'extirpe de l'étreinte de mon amant. Il grogne lorsque je repose son bras sur le matelas. Je souris quand il se réinstalle. Enfilant sa chemise, je fouille mon sac et récupère mon téléphone. Mes yeux tombent sur la plaquette de préservatifs non déballés. *Nous n'en avons même pas parlé,* pensé-je subitement. C'est comme si notre histoire avait repris là où elle s'était arrêtée. Nous étions vierges à l'époque et nous n'avons pas eu d'autres partenaires depuis. Sauf que cette fois, je suis sous implant contraceptif. Je reviens dans la chambre, me rassieds tout en pianotant un message pour Mégane.

Cassandre : Je serai encore une tutrice pitoyable aujourd'hui... Tu peux emmener Amir à l'école ?

Mégane : Tu crois que je n'avais pas déjà prévu le coup ?

Je souris devant mon écran. Même si elle ne l'est pas sur le papier, ma meilleure amie se sent aussi responsable d'Amir que moi. Je me suis toujours demandé pourquoi ce n'est pas à elle que Samia a souhaité en confier la garde. Mégane pense que le rejet de nos parents nous a beaucoup rapprochées. Ce triste point commun nous mettait dans le même bateau, elle et moi. Elle était sûre que jamais je n'infligerais un tel traitement à son fils. Ces derniers jours, pourtant, je n'ai pas l'impression d'être très présente pour lui. Physiquement, oui. Mentalement, c'est une autre histoire. Je jette un coup d'œil par-dessus mon épaule vers mon bel endormi. Maintenant qu'il sait que sortir avec moi inclut un bagage de cinq ans, va-t-il avoir peur ? Hier, il était embrumé par le désir, par cette nuit pleine de promesses, mais qu'en sera-t-il à son réveil ? Mes épaules s'affaissent. Je n'en peux plus de tous ces doutes.

– Salut, m'interpelle-t-il de sa voix rauque. Tu as bien dormi ?

Derrière moi, Soan s'est redressé, les cheveux en bataille et les yeux ensommeillés. Il bâille, se frotte le visage.

– Il y a bien longtemps que je n'ai pas dormi aussi bien, réponds-je sincèrement.

– Le sport, c'est toujours bon pour te claquer.

Un sourire coquin s'affiche sur son visage, jusqu'à ce qu'il prenne conscience que je suis assise et pas allongée auprès de lui.

– Est-ce que tu dois partir ? s'inquiète-t-il.

Je lorgne du côté du réveil en même temps que lui. Il est 7 heures. Je ne prends mon poste au garage qu'à partir de 9 heures.

– Non. Je devais prévenir Mégane ce matin. Pour… la logistique.

Je repose mon téléphone sur la table de chevet.

– La logistique ? C'est comme ça que tu l'appelles ?

Je n'ose ni répondre ni bouger.

– Tu peux parler de lui, Cassie.

Soan vient s'asseoir contre mon dos, il m'embrasse la joue, puis le coin des lèvres.

– Je prends tout de toi, maintenant.

À ces mots, je sens une vague de soulagement me traverser. La pointe dans ma poitrine s'évapore, mon souffle s'apaise.

– Est-ce que tu avais peur que je parte en courant ?

– Oui, lui murmuré-je, un peu honteuse.

Il fronce les sourcils, s'écarte pour mieux me regarder, attendant que je m'explique.

– Je ne pense pas que tu avais envisagé de devoir me partager avec un enfant.

– Je t'ai invitée en connaissant ton secret. Je t'ai fait l'amour en sachant qui tu es et qui compte sur toi. N'oublie pas que nous avons été meilleurs amis. Nous le sommes toujours. Je veux te protéger, pas te faire du mal.

– Nous vivons à distance depuis dix ans. Ces cinq dernières années, nous ne nous sommes pas parlé. Tu reviens et c'est comme si je te mettais un nourrisson dans les bras et que je te disais de t'en occuper.

– Cass.

Je grimace, cherche à détourner le visage à cause de ce surnom qu'il n'utilise que lorsque le sujet abordé ne va pas me plaire.

– Regarde-moi.

Je lui obéis.

– Je ne vais pas m'enfuir. Je ne vais pas disparaître parce que tu as un enfant.

Il pose son front contre le mien.

– Si j'étais un bateau, tu serais mon port. Tu es mon port.

Ses lèvres fondent sur les miennes et m'imposent un rythme doux.

– Tu as combien de temps devant toi ? me chuchote-t-il, à nouveau excité.

– Un peu plus d'une heure.

– Il va falloir qu'on envisage de remettre à plus tard le deuxième round…

– Ça dépend.

– De quoi ?

– Je dois prendre une douche…

Je me lève, marche à reculons vers la salle de bains et, comme lui hier, je défais les boutons de sa chemise un par un. J'ai à peine posé le talon sur le carrelage que Soan me rejoint.

Je suis en train de terminer de me maquiller – je l'ai caché à ma meilleure amie, mais j'ai emporté un mascara dans mon sac, une brosse à dents et une crème teintée, au cas où je découcherais – quand un Soan fraîchement habillé d'un jean et d'un tee-shirt se cale contre le bâti de la porte.

– Un petit déjeuner avant de filer, ça te tente ? Je peux faire monter un plateau.

– Je suis partante pour un petit déjeuner. Mais je préfère descendre. Sinon, je ne quitterai jamais cette chambre !

– Ça ne me dérangerait pas, constate-t-il, espiègle.

– Mais je crois que ça dérangerait mon patron.

– Dis-lui que tu es malade…

– Un mois après avoir déserté mon poste sans préavis ? Je pense qu'il n'apprécierait pas !

– OK, on bouge, mais à une condition !

– Laquelle ?

– Je te paye ton petit déjeuner XXL dans ta boulangerie. Ça m'a porté chance la première fois.

– Chance ?

– Tu as accepté de dîner avec moi, ensuite.

– La chance n'a rien à voir là-dedans.

– Ah oui ?

Je me colle à lui, l'embrasse du bout des lèvres sur la joue puis sur la bouche.

– J'avais envie de sortir avec toi.

Je suis installée dans la salle de ma boulangerie, à la même place que celle que nous avons déjà occupée avec Soan, espérant transformer ces deux moments volés en une nouvelle routine. Mon meilleur ami attend au comptoir que le serveur termine sa commande. Il a retiré sa capuche, car nous sommes à l'intérieur et, malheureusement pour sa tranquillité, je vois des enfants se diriger vers lui. Comme à son habitude, Soan les salue avec un sourire. Deux ados succèdent aux premiers fans, puis deux autres et encore deux autres. Soan me lance un regard rempli d'excuses.

Le temps passe. Je ne pourrai pas partager son repas ce matin, cela ne deviendra finalement pas notre routine. La réalité me frappe de plein fouet. Soan ne retrouvera jamais la vie qu'il a connue autrefois. Il est adulé par des millions de gosses et des sportifs fans de foot. Il vit son rêve. Un rêve sur une parallèle éloignée de ma vie. Est-ce que j'y ai ma place, moi, la simple campagnarde ?

– Excuse-moi, ils ne voulaient pas me lâcher et…

Je relève la tête. Soan perd son sourire à la seconde où il voit mon visage.

– Tu es triste ?

– Non ! Non, non, je ne suis pas triste.

Je crains qu'il s'inquiète alors qu'il n'y a aucune raison. Je ne dois pas réagir de manière égoïste.

– Je suis désolé, Cassie, soupire-t-il tout de même. On dirait que cet endroit regroupe tous les supporters du coin !

– Ce sera toujours comme ça où que tu ailles, non ?

– À part à Liverpool, c'est possible, oui.

Je comprends que Liverpool est sa nouvelle maison. Il n'est plus chez lui ici.

– Je suis sûre que ce soir, Amir va me parler de ta présence dans les parages, lancé-je pour aborder un sujet moins douloureux. C'est même étrange qu'aucun de ses copains ne lui ait dit que tu es là ! Il y a forcément des parents qui sont au courant.

Soan n'est pas dupe de ma tentative de diversion, mais il va dans ma direction.

– S'il t'en parle, on pourrait peut-être lui faire une surprise.

– Genre : « Mon chéri, je t'ai amené une star pour ton anniversaire » ?

Mon ton est trop acide. Mais je n'aime pas qu'il sous-entende que leur relation sera quelque chose d'éphémère. À notre image…

– Non, rétorque-t-il. Je n'envisage pas d'apparaître dans un gâteau géant et de disparaître une fois la fête terminée. J'aimerais le rencontrer. Je veux dire… « officiellement ».

Pourquoi trouve-t-il toujours les mots justes ? Devant ma mine effarée, il enchaîne rapidement :

– Enfin, « officiellement » ne signifie pas que je te mets une quelconque pression. T'es pas obligée de me présenter comme un beau-père potentiel. Je suis seulement ton ami et ça me ferait plaisir de faire partie de sa vie, comme Mégane. Comme un oncle, au départ, si tu préfères.

Plus Soan me fait des déclarations de ce genre et plus mon cœur fond pour lui. Je ne pourrais pas rêver un homme aussi compréhensif, patient et merveilleux. Un pas après l'autre, il annihile mes doutes, éteint mes peurs, répare mes blessures, me donne confiance en l'avenir.

– Alors ? me questionne-t-il.

– Je suis d'accord. Comme Mégane, si tu veux bien.

– Mégane t'embrasse sur la bouche, elle aussi ?

– Pardon ?

Je suis confuse. Soan rigole.

– La question est de savoir si je devrais me réfréner devant lui ou si je pourrais continuer ce que nous avons commencé.

– Si tu parles de ce qui s'est passé ce matin sous la douche ou hier soir, je ne crois pas que ce genre de comportement soit très recommandé devant un enfant !

Mes mots lui tirent un grand éclat de rire. Lorsqu'il se sent à l'aise avec quelqu'un, Soan est très expressif. Il l'a toujours été avec moi et j'aime voir que je peux encore le faire réagir de la sorte. Il secoue la tête.

– Si tu savais à quel point je t'ai…

Il s'arrête avant de finir. Mes sourcils se soulèvent. Mon cœur devient fou. Nous nous regardons un long moment. Lui, perturbé. Moi, croyant mal interpréter son demi-aveu. Puis, comme s'il se disait qu'il ne peut nous laisser sur un non-dit, Soan s'apprête à reprendre la parole, mais des bips répétitifs attirent son attention. D'un geste nerveux, il s'excuse, extirpe son portable de sa poche, le déverrouille et l'inspecte. Longtemps. Il ne bouge plus et cela m'inquiète.

– Qu'est-ce qui se passe ?

Ma question le sort de sa contemplation. Il cille, me détaille d'un œil coupable.

– Rien, élude-t-il alors que je sais qu'il ment. Il faut que j'appelle Alfredo.

Il quitte la table et se rend à l'extérieur. Je contemple notre petit déjeuner, prends un donut, mais ne parviens pas à le manger. Quelque chose se passe dehors. Quelque chose d'important. Être dans l'incertitude me coupe l'appétit. J'observe mon meilleur ami. Il tourne en rond, dans un sens, puis dans l'autre. Il se passe la main dans les cheveux, sur la nuque. Il me cherche au travers de la vitre, se détourne, me regarde encore avec un air de chien battu. Que veut dire cette mine triste ?

Il raccroche et je le vois se retenir de fracasser son téléphone au sol. Soan n'est pourtant pas sanguin.

– Excuse-moi d'être parti si vite, me souffle-t-il en revenant à notre table.

Il n'ajoute rien et commence à manger ce qui se trouve sur le plateau. On dirait qu'il le fait uniquement pour avoir quelque chose dans la bouche et ne pas me raconter. Je deviens folle.

– Tu ne vas pas m'expliquer ce qui se passe ? Je croyais qu'on ne se cachait plus rien.

Il souffle, hésite, me dévisage, baisse les yeux sur sa nourriture, puis finit par se lancer.

– Apparemment, on a été filmés par un client, hier soir, au restaurant et… sur le parking.

Je comprends aussitôt.

– Le mec a posté la vidéo en story et ça a été partagé par des millions de personnes. Il était loin, on nous distingue mal. On ne voit pas ton visage, mais on me reconnaît. Un journal sportif français a tout de suite sauté sur l'occasion pour pondre un article demandant si je ne suis pas en train de prendre du bon temps plutôt que de me remettre d'une prétendue blessure…

– Oh ! Non.

– Mes dirigeants apprécient moyennement la pub.

Il repousse les aliments loin de lui. Il n'a plus faim. Tout comme moi.

– Ça me tue parce que j'ai toujours été un mec exemplaire. Je n'ai jamais manqué de respect, ni aux journalistes, ni aux supporters, ni au coach, ni aux adversaires, et on me pointe du doigt comme si je faisais quelque chose de terrible. Être blessé ne veut pas dire que je n'ai pas le droit d'avoir une vie… Ce comportement me débecte.

Je saisis sa main pour le soutenir.

– Qu'est-ce que tu dois faire ?

Il accentue le contact entre nous puis me lâche.

– Alfredo pense que je devrais garder mes distances avec toi en public.

Ça fait mal à entendre, mais j'encaisse.

– Quant à mes dirigeants, ils ont avancé mon rendez-vous de mi-parcours. On verra ce qu'ils me proposent.

– Mais tu n'es pas guéri, si ?

– Loïc, mon kiné, viendra avec moi. Ça fera peut-être une voix supplémentaire en ma faveur…

Je ravale les larmes qui menacent de couler. Il ne précise pas combien de temps il nous reste, mais je sais déjà que ce sera trop court. Il va s'en aller alors qu'on vient à peine de se retrouver. La réalité et ses responsabilités nous rattrapent. J'ai misé mon cœur trop tôt, Soan va de nouveau s'envoler.

25

Cassandre & Soan

Cassandre - 13 ans

Je me suis fait méchamment disputer par mon père, puis par ma mère. Mais j'ai tout de même réussi à écrire à Soan, une fois enfermée dans ma chambre. Il me manquait déjà tant que les mots sont sortis tout seul. C'est tellement simple de parler avec Soan.

Soan,

Je me suis fait disputer par Maman. Elle n'a pas aimé que je vienne te voir alors qu'elle m'avait dit non. Elle n'a pas du tout apprécié non plus que je claque la porte en partant ! Je ne te l'avais pas expliqué ? Ouais, j'ai un peu claqué la porte. Je ne sais pas ce qui m'a pris. Ça ne m'arrive jamais de me conduire comme ça, mais… Tu allais partir et je ne pouvais pas ne pas te dire au revoir.

Alors tant pis si je dois l'accompagner partout dès qu'elle quitte la maison, tant pis si je dois rester dans ma chambre sans carnet à dessin, sans musique ou sans livres... Au moins, je peux t'écrire pour te dire que tu me manques.

Au collège, les élèves commencent déjà à me regarder de travers. Ils avaient oublié ma présence parce que tu étais là, mais mes vêtements font à nouveau parler tout le monde. Et Maman ne veut rien entendre. J'ai beau lui expliquer, elle croit à un caprice d'adolescente. Surtout maintenant. Elle refuse de m'acheter des habits plus modernes. Je dois continuer de porter les robes ou les jupes de ma sœur.

Je ne lui demande même pas pour le téléphone, je connais sa réponse. Pierre a dû attendre la fin du lycée pour en avoir un. Elle croirait que c'est pour t'envoyer des messages inappropriés...

Papa lui a raconté comment tu m'as dit au revoir. Elle est entrée dans une colère, tu aurais vu... Je ne me comporte pas bien, d'après ses mots. Elle dit que je vais devenir une fille « comme les autres ». Ça veut dire quoi, « comme les autres », d'ailleurs ? Toutes les filles de mon âge ne pensent pas qu'à désobéir à leurs parents et à sortir avec des garçons, si ? Bref. D'après elle, je ne suis plus aussi sage qu'avant depuis que je te connais. Elle te met tout sur le dos. Elle est heureuse que tu sois parti. Je ne lui dis pas que tu vas revenir. Au moins, elle me laisse ces lettres. De toute façon, elle doit se douter que je trouverai toujours le moyen de t'écrire...

La seule chose qui m'embêterait, c'est qu'elle se mette à lire mes courriers. Ce jour-là, je commencerai vraiment à lui mentir...

J'espère que tu n'as pas eu de problèmes avec ta mère. Je sais que ce n'est pas facile pour toi non plus.

Tu as eu des nouvelles de ton père ? Ou tu n'en veux plus jamais ?

Soan... Pourquoi tu m'as embrassée ?

À bientôt,

Cassie.

Tellement simple, et pourtant... Son baiser me hante et me perturbe. Je ne sais pas quoi en penser. Est-ce qu'il pourrait être amoureux de moi comme je le suis de lui ?

Cassie,

J'ai adoré ta première lettre. C'était une bonne idée. Au moins, tu peux me parler tant que tu veux. C'était parfois difficile, en face à face, de te tirer les vers du nez. Je sais que tu es discrète avec les autres, mais avec moi, tu n'as pas besoin de cacher ce que tu penses.

Ma mère a piqué une crise, elle aussi. Elle m'a reparlé de mon père, de l'erreur de l'avoir épousé, d'avoir renié sa famille et sa foi pour lui... C'est toujours la même rengaine. On dirait qu'elle n'a pas vraiment tourné la page...

Quand je lui ai répondu que sans lui elle ne m'aurait pas eu, elle a eu l'air de réfléchir... Cela dit, elle n'a pas tort, mon père est irrécupérable. J'ai essayé, tu sais. Je suis jeune, mais j'ai essayé. Je pensais que le foot nous rapprochait, mais je me rends compte que tout ce qui lui importait, c'était plutôt l'après-match. Maintenant, je n'ai plus envie de l'aider. Comme je te l'ai dit, je ne veux plus lui parler pour le moment. Il a essayé de me joindre, mais je l'ai bloqué. J'ai pas besoin de penser à tous ces problèmes alors que je dois bosser à fond. Je t'ai promis que je passerais à la télé et je compte bien réussir...

Quant à ce bisou... C'était ma manière de te dire au revoir. Pardon si je m'y suis mal pris, si je t'ai choquée. Je n'ai trouvé que ça pour te montrer à quel point tu allais me manquer. Encore désolé.

À très bientôt, Cassie,

Soan.

Je me sens déçue lorsque je reçois sa réponse. Une part de moi espérait qu'il me demande de sortir avec lui. *C'est ça de se faire des films, Cass!* Je prends un crayon, hésite, écris, efface.

~~Soan,~~

~~Ça ne voulait rien dire alors~~?

Je ne peux pas lui poser encore la question et lui dire ce que je ressens. On est trop loin l'un de l'autre. Il a de nouveaux copains, une nouvelle école... J'ai peur de sa réponse. Alors je lui envoie une nouvelle lettre. Une dans laquelle il ne pourra pas comprendre que je le vois différemment.

Cassie,

J'ai bien reçu tes dernières lettres. J'aime bien que tu me racontes tes journées, ça me donne l'impression que je passe du temps avec toi.

Mes coéquipiers ont découvert que je t'écrivais. Tu avais raison, ils se sont foutus de moi. Mais je m'en fiche. Tu sais bien que je me suis toujours moqué de ce qu'on pouvait dire sur moi. Du coup, ils croient que tu es ma petite amie. Si tu viens nous voir un jour, c'est sûrement comme ça qu'ils t'appelleront ! Ne t'en formalise pas. Ils cherchent juste à me titiller. C'est de bonne guerre. Au moins, on s'entend bien, tu vois. Tu n'as pas à t'inquiéter.

Les journées passent vite, elles sont bien remplies. Et même si c'est dur d'être loin de ma mère, loin de toi, le foot compense. Je n'ai pas oublié pourquoi je suis ici.

J'ai tout de même hâte d'être à Noël. On aura plein de choses à se raconter. Les lettres sont un bonus, mais je suis impatient de te parler de vive voix. Je ne sais pas encore combien de temps je pourrai rester, mais tu seras la première personne que je viendrai voir après avoir posé mon sac.

Vivement qu'on se retrouve,

Soan.

Vivement, oui.

***

Soan - 14 ans

Je saute sur le courrier lorsqu'il arrive et file m'installer sur mon lit pour découvrir la nouvelle lettre de Cassie. Cet été est passé trop vite. À peine suis-je arrivé que j'ai eu l'impression de repartir. J'aurais aimé qu'on passe encore plus de journées ensemble, mais à cause de ses parents, à cause de ma mère, c'était compliqué. Et puis, il y avait les copains… On n'a pas pu parler comme on voulait. Aucun de nous n'est revenu sur notre baiser de l'année dernière et quand je suis parti, j'ai dû résister à l'envie de recommencer. Max n'était pas loin, je n'avais pas envie qu'il regarde. *Je suis trop con.* Elle me manque déjà. Et le fait que je quitte une partie de foot pour courir après le facteur le prouve. Je ne sais pas ce qu'elle va me dire. Va-t-elle parler de cet été, me dire que je lui manque ?

Mon sourire se fane et un sentiment sombre me plombe soudain l'estomac après les premières lignes.

Soan,

Je crois que j'ai fait une bêtise ce soir. Maman voulait à tout prix que je les accompagne à l'église prier pour Hector, un garçon qui était dans ma classe l'année dernière et qui a eu un accident de scooter cet été. J'ai répondu que je n'en avais pas envie. Elle s'est mise en colère, tu l'aurais vue… Mais est-ce de ma faute si je ne l'aimais pas, ce garçon ?

Tu te souviens de lui? Max nous a parlé de son accident cet été quand on jouait au city. C'était celui qui harcelait des filles en sixième et cinquième. Cette année, en plus de tricher en classe, il rackettait pour que certains fassent ses devoirs. Et il m'a insultée comme les autres alors qu'il parle autant à Dieu que moi… Je crois qu'il avait honte devant ses potes. Mais ce n'est pas une raison. Je ne comprendrai jamais les gens capables de devenir méchants juste pour être acceptés…

Alors, non, je ne voulais pas y aller. Mais Maman m'a obligée. Je l'ai même vue me surveiller du coin de l'œil dans l'église pour être sûre que je chante et que je prie. J'ai fait comme quand j'étais petite: j'ai remué les lèvres, mais aucun son n'en est sorti.

Je lui en veux de m'avoir forcée à prier. J'ai eu l'impression de trahir ma foi. Il y a tellement de belles choses que je veux confier à Dieu. Tellement de choses injustes, aussi. Pourquoi lui aurait mérité de mon temps alors qu'il ne me respecte pas? Qu'il ne se respecte pas lui-même?

Dis-moi, Soan, est-ce que ça t'a déjà fait ça? Je sais que tu n'es pas très croyant, mais qu'il t'arrive de prier, alors j'aimerais avoir ton avis. Je pensais que Dieu était amour, mais quand je vois Maman me regarder comme si je lui faisais honte, me hurler dessus pour un garçon qu'elle ne connaît pas, parfois je doute... Et je n'ai pas envie de douter.

Avant tu étais là, c'était facile de me dire que la vie était belle. Maintenant, ce n'est plus pareil.

Quand est-ce que tu reviens ? Je sais que l'été vient de se finir, mais c'était trop court. J'ai vu ta mère partir samedi avec une grosse valise. Est-ce que vous allez déménager ? J'ai si peur de ne plus te voir. J'ai si peur que tu me laisses avec ces gens. Je ne les comprends plus... J'en ai marre, Soan, si tu savais. Marre qu'ils jugent les autres sans les connaître. Marre qu'ils s'arrêtent à l'apparence. Marre qu'ils se prennent pour des « saints » alors que ce n'est pas la bienveillance qui les étouffe ! Marre de devoir vivre ma foi à leur rythme et non au mien... Le fait que je n'aille pas à l'église pour ce garçon ne devrait pas entrer en compte. Je ne veux pas gagner des points pour me garantir une place dans un paradis qui n'existe peut-être pas... Mon Dieu, je ne devrais pas écrire ça...

Pardonne-moi, Soan, de te parler de tout ça. Je ne devrais pas alors que tu vis certainement les plus beaux moments de ta vie...

Comment se passe ton internat ? J'aimerais tant te revoir ne serait-ce que cinq minutes. Peut-être à Noël ? Je sais que nous ne sommes qu'en septembre, mais j'ai déjà le cadeau que je vais t'offrir dans mon sac.

Tu me manques. J'espère que tu es heureux. Je souhaite tous les soirs en secret que tu réalises ton rêve. J'aurais un peu l'impression que c'est le mien.

À bientôt, Soan.

Ne m'oublie pas,

Cassie.

J'attrape le premier stylo qui me vient et déverse ma colère sur le papier.

Cassie,

J'ai dû relire ta lettre. Je suis désolé que ta mère ait fait ça. Tu as raison, personne ne doit te dire comment prier. J'espère que tu le sais. Parfois, les parents font de drôles de choses. Maman a repris contact avec sa famille, par exemple. C'est pour ça qu'elle a pris quelques congés et que tu l'as vue partir. Elle va revenir, ne t'inquiète pas. Et moi avec.

Je t'avoue que j'ai un peu peur. Ils sont plutôt conservateurs, et très pratiquants, ses parents. Je ne voudrais pas qu'ils l'influencent. Elle vivait sa foi comme elle l'entendait jusqu'à maintenant... Je verrai bien ce qu'il en est à mon retour.

Pour répondre à ta question : ici, c'est cours et entraînement sur cours et entraînement. Matchs tous les week-ends. (Si un jour on n'est pas loin, je compte sur toi pour venir au stade !) Je me suis fait des potes. Personne ne me fait chier sur mes origines, ce n'est pas un sujet. Je suis bien intégré. Mais j'aurais aimé que tu sois avec moi. Tu verrais les terrains ici, et mes coéquipiers... Ils sont trop forts ! Là, tu aurais pu travailler ton tir du gauche !

Je plaisante, mais tu me manques aussi. Je ne pensais pas que ce serait si dur d'être loin de ma famille, de toi. Mon entraîneur m'avait prévenu, pourtant. Je sais que tu vas me répondre que c'est le meilleur choix que je pouvais faire pour ma carrière, seulement, *je m'en veux de pas être à tes côtés quand tu ne vas pas bien.*

Promets-moi de m'écrire tout le temps quand ça ne va pas, OK? On se dit tout. C'est pas parce que je suis loin que ça va changer. T'es sûre que ta mère ne peut pas te prendre un téléphone? Même basique? Comme ça, je pourrais t'appeler et te rassurer... Tu es toujours avec moi, Cassie. N'en doute pas une seule seconde. Je te laisse le numéro de l'internat. Au cas où.

Prends soin de toi en attendant qu'on se voie. Si tout va bien, ce sera pour les vacances d'hiver. J'ai un cadeau pour toi, moi aussi.

À bientôt, Cassie,

Soan.

J'espère que mes mots la feront se sentir mieux. C'est nul d'être loin l'un de l'autre. Vivement décembre!

***

Cassandre - 14 ans

Je ne reçois pas une lettre aujourd'hui mais un colis. Heureusement, je rentre avant Maman, je peux lui cacher que Soan m'a envoyé un cadeau. Sinon je suis sûre qu'elle l'aurait ouvert. Peut-être même confisqué… Découvrir l'écriture de Soan sur le papier me colle des chatouilles dans le ventre chaque fois. Il me faut une grande inspiration avant de dévorer la lettre glissée à l'intérieur du paquet.

Joyeux Noël Cassie,

J'avais dit que je serais là avec toi, mais Maman a décidé à la dernière minute de passer les vacances chez ses parents. Je crois qu'elle avait envie d'être loin de mon père… J'espère que tu ne m'en veux pas. Je n'arrête pas d'essayer de la convaincre de rentrer un jour ou deux, mais elle ne m'écoute pas. Ça me saoule vraiment.

L'adolescence, c'est la merde, vivement que je puisse prendre les décisions tout seul… J'aimerais avoir 18 ans, ou un scooter, comme ça, je pourrais venir te voir. Au moins pour découvrir ta réaction en ouvrant ton paquet. Je l'ai posté avec cette lettre. Je l'ai acheté avec les sous que ma famille m'a donnés à mon anniversaire, j'espère que le modèle te plaira. Moi, j'ai déjà hâte que tu l'utilises !

À très bientôt, Cassie,

Soan.

Je n'en reviens pas. *Un portable ! Soan m'a offert un portable !* Mais comment ? J'ouvre la boîte, découvre le clavier sous l'écran. Il est petit mais fonctionne avec une carte apparemment, et je peux la recharger avec mon argent de poche. Je n'y connais rien. Mais Soan a inclus un autre papier dans la boîte et il m'indique comment m'en servir. Je dois bien rester une demi-heure à configurer mon nouveau jouet. Je le teste durant plusieurs jours, sans oser envoyer de message à son nom, trouvé dans le répertoire. Puis, quand j'en ai marre de tourner en rond, je réponds à Soan. Il faut qu'il sache à quel point je suis heureuse d'avoir un autre moyen de le contacter.

Soan,

Je ne sais pas quoi dire. Merci. Merci. Merci pour le portable ! Il a dû te coûter si cher ! Ça me gêne que tu aies mis tous tes sous d'anniversaire dans mon cadeau ! Je l'adore. J'en prends soin. Je le cache dans ma table de chevet, même si ma mère ne fouille pas mes affaires. Elle n'est pas tombée aussi bas.

Je ne l'ai pas encore utilisé. Je suis désolée, Soan, mais si je ne t'écris plus, Maman trouvera forcément que c'est bizarre, non ? Elle me posera des questions, et je n'ai pas envie de lui mentir. Alors je préfère continuer avec des lettres. Tu ne m'en veux pas ?

J'espère que tes potes ne se moquent plus de toi à cause de ça. Le portable, je sais que c'est bien, que tu es tout de suite disponible, et je t'avoue… que c'est ce qui me retient de t'envoyer des textos… Si je le fais, j'aurai *l'impression de te parler en face à face. Je perdrais mes moyens, j'en suis sûre. Je suis moins douée pour parler aux gens que pour taper dans un ballon ! Tous les messages que j'ai commencé à rédiger j'ai fini par les effacer. Peut-être qu'un jour j'oserai enfin appuyer sur Envoyer… Vu que je m'améliore au foot, j'ai de bonnes raisons de croire que je peux m'améliorer aussi pour ça…*

Pour l'instant, je garde toutes ces choses que je voudrais dire pour nos lettres. Chaque fois que j'en attends une de toi, mon cœur bat très vite. J'aime bien cette sensation.

Tu préfères le téléphone, toi ?

À très bientôt, Soan,

Cassie.

Soan : J'ai reçu ta lettre…

Soan : Quel genre de texto tu effaces ?

Soan : Tu veux vraiment pas me répondre ?

Soan : Tu sais que je peux continuer de te harceler pendant mille ans !

Cassie : Tu seras un vieux squelette cassant dans mille ans.

Soan : Ah ! Tiens…

Cassie : Qu'est-ce qu'il y a ?

Soan : Maintenant, je sais que tu sais répondre à mes textos !

Cassie : Ne commence pas à faire le malin !
Soan : Tu n'as pas répondu à ma première question ?
Cassie : Je ne compte pas le faire.
Soan : Envoie-moi une lettre pour m'expliquer, alors.
Cassie : Envoie-moi d'abord la tienne !

***

Cassandre - 16 ans

Malgré la régularité de nos lettres, malgré nos textos quasi journaliers, une distance se creuse entre nous. J'arrive à un âge où soit les garçons m'insultent, soit ils me regardent. Mais pour moi, une seule paire d'yeux compte. Et elle est absente. Je suis un peu triste ce soir. Parce que pour la troisième année consécutive, Soan n'est pas avec moi pour mon anniversaire. Parce que, même si je suis devenue proche de Mégane depuis le départ de Soan, je dois encore affronter des messes basses, des jugements, des moqueries. Je crois que mon humeur se ressent sous mon stylo.

Soan,

J'ai fêté mon anniversaire et tu n'étais pas avec moi. Je ne t'en veux pas, tu sais. Je ne t'en veux jamais. Ce soir, je suis juste un peu triste parce que les mecs au lycée n'arrêtent pas de me traiter de prude, de ringarde… Ils utilisent des mots si violents. Si tu étais là, tu aurais du mal à te retenir, crois-moi. Moi, je marche toujours la tête haute, je les ignore, comme depuis des années. Ils ne sont pas plus intelligents qu'au collège, c'est désolant. Je suis tellement heureuse d'avoir pu te rencontrer. Tu rehausses à toi seul leur QI.

Ils me provoquent, je sais bien, mais parfois leurs mots me font vraiment mal. J'en viens à me dire que j'aurais préféré ne pas grandir au sein d'une famille si pieuse... Après je m'en veux parce que j'aime ma famille. Elle a des défauts, bien sûr, mais je fais avec.

Je ne peux même pas compter sur tes anciens coéquipiers. Depuis que tu es parti, ils ont oublié mon existence. Cette année, c'est encore pire. Je crois que la première, le fait de ne plus être les plus jeunes au lycée et de pouvoir trouver des filles prêtes à coucher, leur est montée à la tête !

Si seulement tous les sportifs pouvaient être comme toi !

Je ne fais que me plaindre, je suis désolée. En échange, tu as le droit de m'envoyer une lettre entière sur quelque chose qui te saoule profondément !

Merci d'être toujours là pour moi. De ne pas changer. De ne pas m'oublier.

À très bientôt,

Cassie.

Je reçois un texto de Soan, quatre jours après l'envoi de ma lettre.

Soan : J'ai envoyé un message à Max. Je lui ai dit que ce n'était qu'un con !

Cassie : Ah ! C'est pour ça...

Soan : Quoi ?

Cassie : Il prend ma défense depuis le début de la semaine. Et aujourd'hui, il m'a proposé de sortir avec lui.

Soan : Ah ! Et tu lui as répondu quoi ?

Cassie : Je n'ai pas encore répondu.

Soan : Et tu sais ce que tu vas lui dire ?

Cassie : Non. C'est la première fois qu'un garçon me demande ça. Tu crois que je devrais dire quoi ?

Je le relance lorsqu'il ne répond pas.

Cassie : Soan ?

Soan : C'est pas à moi de te dire ce que tu dois faire. T'as 16 ans, t'es assez grande pour sortir avec des mecs.

C'est quoi ce ton ?

Cassie : Tu es sorti avec des filles, toi ?

Pourvu que non...

Soan : Non. J'ai pas le temps.

Cassie : Mais si tu l'avais fait ?

Soan : J'en sais rien.

Je n'aime pas qu'il ne sache pas…

Mon humeur n'est pas au beau fixe les jours suivant cet échange. Je me sens stupide, curieuse et surtout jalouse. Peut-être que Soan a une copine et qu'il ne m'en parle pas. Peut-être que d'ici un an je ne serai plus rien… ou peut-être juste un obstacle. Je ne parviens pas à détourner mon regard et mon esprit de ses derniers mots. *Il ne sait pas…* Il ne sait pas ? Vraiment ? Quel garçon de 16 ans ne saurait pas s'il a envie de sortir avec une fille ou non ? Quand l'heure vient d'écrire une nouvelle lettre, je la joue enjouée, indifférente, mais je me cache derrière une façade mensongère.

Soan,

Ils ont parlé de toi à la télé. Je ne le savais pas avant qu'une fille de ma classe, Mégane, me dise de regarder le replay. Tu te rappelles qui est Mégane ? Elle était avec nous en primaire. Puis dans notre collège. On faisait sport en même temps. Cette année, je suis assise à côté d'elle en maths. Bref. Pourquoi tu ne m'as pas dit que des journalistes t'avaient filmé avant un match de coupe ?

En tout cas, c'était impressionnant, j'étais comme une folle devant mon écran. J'étais même à la limite de t'encourager ! J'ai bien vu que tu n'avais pas besoin de moi, tu parles très bien. Et quand ils ont montré des séquences de toi en plein match, je n'ai pas réussi à détourner mes yeux de tes pieds. Tu es un magicien.

Du coup, quand ça s'est fini, j'ai fouiné sur Google, et je suis tombé sur des photos de toi. Plein, plein de photos de toi ! Ils parlent de toi comme du nouveau Messi. Je n'y connais pas grand-chose en foot, mais ça, je sais ce que ça veut dire et waouh... j'ai toujours cru en toi, Soan, je suis tellement fière que les autres se rendent compte que tu vas décrocher les étoiles !

À bientôt, champion,

Cassie.

Comme la fois d'avant, Soan préfère me répondre par téléphone plutôt que par écrit. Son message me parvient un soir alors que je suis en train de travailler sur un devoir maison.

Soan : J'ai reçu ta lettre. Je suis désolé de ne pas t'avoir parlé de ce reportage. J'avais un peu peur de ce que tu dirais...

Cassie : Peur ?

Soan : Non, enfin... J'étais intimidé.

Intimidé ?

Cassie : Mais c'est rien que moi !

Soan : Non, c'est pas « rien que toi ». C'est justement parce que c'est toi.

Mes yeux s'arrondissent de surprise et mon cœur frôle l'arrêt cardiaque. Que veut-il me dire ? Je relis son message au moins trois fois avant de répondre.

Cassie : ? Je ne comprends pas !
Soan : Laisse tomber.
Soan : Tu as dit quoi à Max finalement ?

Pourquoi il me relance avec ce satané Maximilien ? Est-ce que je devrais lui dire que dans un moment de faiblesse, en l'imaginant peloter une autre fille, j'ai cru qu'il serait judicieux de l'oublier avec un autre ?

Soan : Cassie ?
Soan : Cass ?

Je prends une inspiration – une dose de courage – avant de lui répondre.

Cassie : On est allés à la fête foraine.
Soan : Et ?
Cassie : Il a voulu m'embrasser, mais je n'ai pas ouvert la bouche.
Soan : OK.

Mince, pourquoi il me semble en colère tout à coup ?

***

Soan - 16 ans

Enfoiré de Max... J'ai envie de péter mon téléphone en découvrant les derniers messages de Cassandre. Elle a vraiment embrassé un autre garçon ? Je ne suis pas seulement en colère, je suis triste. *C'est ma faute, si je lui avais dit… Rectification : si je lui disais…* Je chope une feuille de mon sac de cours et me cale sur mon bureau. Je déverse ma jalousie avant de me rendre compte que je ne pourrais jamais envoyer cette lettre. Alors je continue. Jusqu'au bout. Je lui dis tout. Ensuite, je déchirerai la feuille. *Je ne peux pas lui dire maintenant.*

Cassie,

Je ne sais pas vraiment quoi t'écrire ce soir. Tu me manques. Rien n'est pareil ici sans toi. Les journées sont plus longues, le temps me paraît constamment maussade. Je n'avais pas réalisé en partant que je renonçais totalement à ma vie d'avant. Je suis trop loin pour que tu viennes me voir, trop loin pour être le genre de garçon qui te mérite.

Si j'avais été plus près, je crois que tes parents n'auraient plus accepté que je vienne chez toi, dans ta chambre. Ils auraient vu dans la manière dont je t'aurais regardée…

Je ne t'enverrai jamais cette lettre, Cassie. Il y a trop de moi dedans. Trop de choses que je préfère garder secrètes encore un peu. Je n'ai pas le droit de te dire que je suis fou amoureux de toi, sûrement depuis *nos premières passes, quand tu ne savais pas ce que tu faisais. Sûrement parce que tu m'as toujours soutenu, tu m'as entraîné alors que tu détestes le foot, tu m'as toujours défendu face aux enfoirés qui me balançaient mes origines à la figure.*

Je ne peux pas t'avouer ce que je ressens pour toi. Tu ferais quoi sinon ? Tu m'attendrais ? Alors que dans un an, on peut m'envoyer dans le sud de la France, en Angleterre ou en Espagne… Non, je ne peux pas te faire ça. Et puis je me goure peut-être totalement… Est-ce que tu voudrais de moi ? Est-ce que tu me laisserais t'emmener à la fête foraine, comme Max ? T'embrasser ?

Je te balance tout ça, mais je n'ai même pas le temps de rentrer un week-end, et quand je suis là, j'ai tellement de monde à voir qu'on passe à peine une après-midi tous les deux, alors sortir ensemble…

Ouais, ce serait nul de t'envoyer cette lettre. Le truc, c'est que depuis que je sais pour Max, je n'arrive pas à penser à autre chose. Je m'impose des entraînements supplémentaires, je dors mal, je suis plus agressif sur le terrain. Pas au point de cogner un mec, mais disons que le coach a vu que je rentre davantage dans le lard de nos adversaires. Il paraît que c'est l'adolescence... Mon cul, oui.

Le truc qui me plombe le plus le moral, c'est que je n'arrive même plus à te parler naturellement par message. J'ai peur de faire une boulette, d'être trop honnête avec toi. Mais comment je pourrais tout te dévoiler sans te bousiller ? Si tu m'aimes comme je t'aime, ce serait trop égoïste de ma part.

Je ne peux pas t'imposer une vie pareille. Alors, je vais laisser le temps passer. Je vais bien voir où ça va nous mener. Je maudirai sûrement d'autres Max, mais qu'est-ce que je peux y faire ? Est-ce que ça sert encore à quelque chose de signer cette lettre que tu ne recevras jamais, Cassie ?

Je t'aime,

Soan.

Les jours passent. Je n'ai pas déchiré ma lettre mais je l'ai laissée dans le tiroir de mon bureau. Je la détruirai plus tard. Quand j'aurais trouvé le courage d'en écrire une autre. Malheureusement, chaque fois que j'ai voulu m'installer devant une nouvelle feuille, ou même un cahier de brouillon, mes mots ont toujours dérivé vers mes sentiments.

Il s'écoule des semaines. Forcément Cassie s'inquiète.

Cassie : Soan, est-ce que tu vas bien ?
Cassie : Pourquoi tu ne me parles plus ?

Et je ne réussis pas à la rassurer. Je fais le mort. Je participe à deux fois plus d'entraînements pour être sûr de ne pas lui mentir quand je lui dis que je suis fatigué.

En recevant une nouvelle lettre, ce matin, je me sens comme un moins que rien. Mais je n'y arrive pas. Je me projette à cet été. En me promettant que quand je reviendrai dans notre ville d'enfance, je lui avouerai tout. Il ne reste plus qu'un mois à tenir. *Un mois à la faire souffrir…*

Soan,

Pourquoi tu ne m'as pas écrit depuis des mois ? Est-ce que tu vas bien ? Est-ce que tu t'es fait tellement de potes que tu m'as oubliée ?

Moi, je me suis rapprochée de Mégane. Tu sais, je t'en avais parlé dans ma dernière lettre. Nous avons discuté, elle et moi. Elle croit en Dieu, elle aussi. C'est agréable d'avoir quelqu'un qui ne me juge pas. Mégane est plus populaire que moi, elle dirige le club de théâtre. Elle s'exprime bien, elle est jolie. Tous les garçons aimeraient sortir avec elle. Elle en a encore repoussé cinq cette semaine. Elle me dit qu'elle est amoureuse, qu'elle sort avec quelqu'un. On ne se voit pas beaucoup en dehors du lycée parce qu'elle rejoint ce garçon plus âgé. Il doit être étudiant. Elle voulait m'inviter à une soirée, mais je n'ai que 16 ans. Maman n'accepterait pas et moi... je ne suis pas sûre d'en avoir envie.

Moi aussi, des garçons m'ont proposé de sortir avec eux, mais j'ai refusé.

Tu me manques, Soan. Tu me manques au point que je suis allée faire un tour au city, hier. Ceux qui jouaient là-bas et qui savent qu'on est amis m'ont demandé de tes nouvelles. J'ai hésité une seconde. Je n'arrive pas encore à croire que je l'ai fait. Mais la vérité est là: tu ne m'écris plus. Pourquoi? Est-ce que j'ai dit quelque chose qui ne t'a pas plu? Est-ce que tes cours sont trop intenses? Est-ce que toi aussi, tu as une petite amie qui t'accapare?

Réponds-moi, je t'en prie, Soan. Si tu ne le fais pas, je comprendrai que tu n'as plus envie d'échanger avec moi. J'arrêterai de t'envoyer des lettres, promis.

Plus rien n'est pareil sans toi. Et en même temps, je suis tellement heureuse que *tu poursuives ton rêve. Le mien, tu sais, je le cherche encore. Je crois qu'il ne se réalisera pas dans cette vie-là…*

À bientôt, j'espère,

Cassie.

À bientôt… Je me prends le crâne entre les mains. *Je suis vraiment un abruti.*

Cassie : Tu me manques.
Soan (non envoyé) : Tu me manques aussi.

Tu es la personne qui me manque le plus au monde.

26

Soan

Pas chassés à droite pour rejoindre le bout du terrain, pas chassés à gauche pour en revenir, talons fesses, course genoux levés, sprint, rotation des épaules, du bassin : voilà le parfait échauffement d'avant match. Je retrouve des sensations qui me faisaient encore peur hier. Mais depuis cette nuit passée avec Cassandre en début de semaine et la publication de cette vidéo, j'éprouve le besoin irrépressible de prouver que je ne profite pas de ma convalescence pour prendre du bon temps.

Je vais faire gagner ce tournoi caritatif à cette équipe, et ensuite j'irai soulever la coupe de Ligue des champions avec Liverpool. On ne pourra plus faire passer Cassandre pour un flirt éphémère. Je veux de nouveau me battre pour elle, pour la rendre fière. Cette rage de vaincre m'avait quitté ces derniers mois, il me manquait quelqu'un pour me booster. Il me manquait Cassie. Si j'espérais faire partie des meilleurs, c'était pour elle.

– Tu es motivé aujourd'hui, se moque Loïc après dix longueurs de terrain.

Le reste de l'équipe – les coéquipiers Régional 1[3] de Max – est en train d'arriver. Les joueurs me tapent dans le poing

3. Ligue régionale de football.

avant de se rendre dans les vestiaires. Maximilien s'arrête près de moi. Même si nous avons gardé contact, ce n'est plus forcément pareil entre lui et moi. Celui qui a été un de mes potes les plus proches a du mal à retrouver son naturel avec moi. J'ai beau l'apprécier, je suis parti depuis de trop nombreuses années pour que nos mondes ne soient pas déconnectés.

– Tu es là depuis longtemps ? me demande-t-il en tanguant d'un pied sur l'autre.

Vadim saurait que l'endurance, c'est ma came. Mon meilleur pote me manque.

– Je cours depuis une heure.

– Tu vas être crevé.

– J'ai l'habitude.

Il peine à dissimuler une grimace.

– Ah ! Oui, c'est vrai, j'avais oublié… T'es un pro, maintenant.

Son attitude amère me contrarie, je préfère ne pas rebondir sur le sujet.

– Comment est-ce que tu te sens ? s'informe-t-il comme pour effacer son comportement.

– Nerveux.

– À cause de ta blessure ?

– Étrangement, non. Je suis plutôt impatient de rentrer sur le terrain et de retrouver le ballon.

– Hum…

Il est très bizarre, aujourd'hui. Il regarde vers les tribunes. Celles-ci sont pleines à craquer. On dirait que la moitié de la ville assistera au match. C'est bon pour l'association.

– On n'a jamais eu autant de public. Ta présence est une aubaine. Une chance que tu te sois blessé, finalement…

Décidément, je ne comprends pas ce ton aigri.

– Cassandre va venir avec Amir, me précise-t-il.

– Je sais, oui.

– C'est vrai que vous êtes redevenus proches. Je pensais qu'elle t'en voulait à mort, mais elle a vite oublié.

Il soupire sans que j'ajoute quoi que ce soit. Pourtant son ton me plaît de moins en mois.

– Ne leur fais pas de mal. Ni à elle ni au gamin.

– Ce n'était pas prévu, me défends-je d'un ton sec.

– Bien sûr, t'es un mec bien. Tu l'as toujours été. Mais elle espère que tu vas rester, et ta vie n'est plus ici…

À côté de nous, Loïc semble se sentir de trop, il nous tourne le dos et s'éloigne de quelques pas.

– Je ne pense pas que mon histoire avec Cassandre te regarde, mais vu que tu la crois naïve, sache que je ne lui ai pas menti sur mes intentions. Elle est au courant de la raison de ma présence ici.

– Pour retrouver ton niveau ? Dans une ville de campagne loin de tes coachs ? Ne me raconte pas n'importe quoi ! Tu n'as pas perdu de temps pour l'inviter… finit-il avec un mouvement de tête en direction des gradins dans lesquels elle doit se tenir.

– Attends que je devine… tu as vu la vidéo.

– Tout le monde l'a partagée. Et Cassie a été pensive toute la semaine au soccer.

Sûrement parce qu'on s'est envoyé des textos plutôt que de se voir. Elle a dû croire que je regrettais notre nuit ou que je prenais déjà de la distance. Mais pas du tout. Je veux juste faire les choses bien. Pour mon club, et pour nous. C'est moi qui lui ai dit de venir aujourd'hui. J'espère passer le week-end avec elle, avec eux deux. J'ai bossé toute la semaine pour qu'Alfredo sache que je ne rigole pas avec mon avenir. Mais je compte profiter des deux jours pour me détendre auprès de ma meilleure amie.

– Tu y passes beaucoup de temps… lui fais-je remarquer en mettant le doigt sur quelque chose.

– Ouais.

– Il y a une raison particulière ?

J'ai comme un gros pressentiment.

– J'ai toujours eu un faible pour elle. Quand t'es parti, je pensais que la distance affaiblirait votre lien, que j'aurais peut-être une chance. Plein de mecs voulaient sortir avec elle, mais n'osaient pas l'approcher à cause de toi. Et puis, j'en ai eu marre d'attendre.

– Je me souviens que tu n'as pas hésité.

– Je ne savais pas que vous échangiez des lettres jusqu'à ce que je tombe sur Cassandre en train de t'en écrire une au CDI.

Les messages de Cassie au sujet de leur rencard sont encore incrustés dans mon crâne. C'était la première fois que je me torturais à l'imaginer dans les bras d'un autre. Max l'avait embrassée et je n'avais pas eu le courage de dire à Cassie ce que je ressentais, que ça me faisait disjoncter.

– Pendant des mois, elle est restée triste parce que tu ne lui répondais plus. Puis t'as pointé le bout de ton nez l'été de vos 17 ans. Tu jubilais, tu étais pris à Liverpool, et ça ne semblait même pas poser problème entre vous. Jusqu'à ce que tu ne reviennes plus. T'as tout fait foirer avec elle. Ça fait cinq ans que j'essaye de me rapprocher d'elle, tu débarques, et en un mois elle retombe dans tes bras… Qu'est-ce que tu lui racontes pour qu'elle te croie encore ?

– La vérité ?

Je serre les dents au lieu de le rembarrer méchamment. Je me tiens droit, plus grand que lui, alors que ça a toujours été l'inverse à l'adolescence.

– Je ne comprends pas, pourquoi tu m'as donné son numéro si tu ne voulais pas qu'on se parle de nouveau ?

Il hausse les épaules. Son regard fend la foule.

– Je pensais qu'elle t'ignorerait, pas qu'elle accourait comme un toutou pour te voir.

Comme si un fil tendu me reliait à Cassandre, je scrute les gradins à mon tour, et la repère immédiatement. Elle est accompagnée de Mégane et d'un enfant. Elle ne me quitte pas des yeux tout en installant le petit sur un siège en plastique. Un sourire erre sur ses lèvres, une douce couleur rosée sur ses joues. Je m'intéresse de nouveau à Max.

– Si t'as pas compris qu'elle n'était pas un toutou mais une fille extraordinaire prête à tout abandonner pour les gens qu'elle aime, c'est que tu ne la connais pas, mon frère.

Un sourire énigmatique étire ses lèvres.

– C'est toi qui ne connais pas encore tout.

Les mains dans les poches, Maximilien se comporte soudain comme s'il avait remporté une victoire et emprunte le tunnel en direction des vestiaires.

– Ce regard ne me dit rien qui vaille… m'indique Loïc qui a repris place à mes côtés. J'ai entendu ce qu'il a dit, et je crois que c'est juste le cœur d'un homme jaloux qui parle. Tu es sur la bonne voie pour guérir, tu es un champion, ne te laisse pas pourrir par des questions qui n'ont pas lieu d'être sur un terrain. Reste concentré pour ne pas te blesser.

– Je sais tout ça.

Pourtant, dès que ça concerne Cassandre, mes émotions prennent le pas sur ma raison. Quand Max l'a embrassée, je suis devenu plus agressif lors des matchs ; je n'ai jamais été meilleur que quand nous sommes sortis ensemble. J'ai remporté ma place de titulaire grâce à elle. Après notre séparation, j'ai enchaîné les entraînements pour l'oublier. Je n'ai plus pensé qu'au foot, à la victoire, et j'ai écrasé mes adversaires. Aujourd'hui, j'ai envie de la rendre fière, qu'Amir ait des étoiles plein les yeux, de pouvoir lui offrir mon maillot après avoir remporté la Coupe du monde, mais les mots de Max tournent en boucle dans mon esprit. Il a mis le doigt sur quelque chose : Cassie ne m'a pas encore tout dit.

Le match commence. Étant donné mon expérience, le coach m'a placé en pointe. Il a organisé l'équipe en 4-5-1. Je suis habitué à un système plus offensif, sur une ligne avec un ou deux autres attaquants, mais je sais m'adapter. On forme une équipe, je ne la joue donc pas perso. Après quinze minutes, et peu de possession de notre côté, je visualise enfin une opportunité. Je réceptionne le ballon sur la poitrine, l'amortis. Les deux défenseurs centraux adverses cherchent à me bloquer. Je fais passer la balle d'un pied à l'autre. Je cours comme si j'avais tissé une toile autour de lui. Le latéral gauche me tacle de façon propre. Je l'évite néanmoins.

La cage se rapproche. Mes coéquipiers sont bien placés. Un centre ramènerait le ballon dans l'axe, mais je vois une ouverture. Je lève la jambe et tire, tandis que le dernier défenseur me fonce dessus. Les supporters crient. Lui ne parvient pas à freiner à temps. Il me percute sur le flanc. Son genou tape dans le mien. Un choc électrique traverse mon articulation. Je tombe à plat ventre, soufflé par l'impact. Mon cœur se met à pomper furieusement. Ma peur me rattrape. J'expire. J'inspire. Je serre le poing sur l'herbe, me rabats sur le dos. À côté de moi, le joueur souffre aussi. Le contact a été violent pour nous deux. Je secoue la tête pour essayer de chasser les étoiles blanches qui dansent devant mes rétines. Je crois que j'ai marqué, mais mes coéquipiers attendent que je me lève. Chose que je sais impossible dans la seconde.

– Soan !

Je reconnais cette voix. Un des mecs du club accourt avec une bombe de froid et une trousse de premiers secours. Je l'arrête d'une main. Mon regard tombe dans celui de Cassandre, debout au bord du terrain, comme si elle s'était précipitée pour me venir en aide. Je lui souris pour la rassurer. Et me relève.

– Allez Soan !

Je n'entends que sa voix parmi les cris de la foule. Je détends mes jambes, effectue de petits sauts. *On dirait que je n'ai rien !*

– Sacrée chute ! s'exclame Erwan, le défenseur central.

– C'était un putain de but ! renchérit un autre joueur.

Je tape dans les mains qu'on me présente, rends une accolade. Il s'est écoulé des mois depuis la dernière fois qu'on m'a félicité de la sorte, et ça me fait un bien fou. Je retrouve l'assurance de mener une équipe à la victoire, l'envie de m'amuser avec un ballon et de faire enrager les joueurs d'en face. Un sourire s'épanouit sur mes lèvres.

– Et si l'on offrait un spectacle digne de ce nom au public ? proposé-je au groupe.

Ma déclaration ravit mes partenaires. Nos adversaires, eux, tirent la tronche. Même si c'est un match amical pour la bonne cause, certains n'aiment pas perdre.

En me replaçant, je capte de nouveau l'attention de Cassandre focalisée sur moi. Entre ses jambes, le petit garçon est encore en train de crier sa joie. Bientôt, je n'ai plus qu'une seule pensée. Je vais les atomiser ! *Regarde-moi, Cassie ! Je vais retourner au sommet.*

– Allez Soan ! me crie-t-elle.

– Allez Soan ! imite le gamin.

Je leur adresse un salut de la main et me reconnecte à ce qui se passe sur le terrain. La suite du match, la suite de ma vie, c'est pour eux que je les joue.

27

Cassandre

Le match est terminé. L'équipe de Soan a gagné. Amir est heureux, ses poings se lèvent au-dessus de sa tête pour montrer sa joie. Il se tourne vers Mégane qui est venue nous rejoindre en bas des gradins. Je voulais contempler le jeu de Soan du plus près possible. Le constat est sans appel : il me fascine toujours autant. C'est encore pire maintenant que j'ai partagé son lit. En plus de ses passements de jambes experts, je suis subjuguée par la prestance qu'il dégage, sa concentration, sa détermination, son talent et sa beauté.

– Soan est trop fort, lance mon protégé à ma meilleure amie. C'est trop bien qu'il est venu jouer !

Son bonheur me comble. Je redoute toujours autant de le présenter au footballeur, mais quand je vois son regard, je me dis que je ne peux pas le priver de faire sa connaissance. Même si c'est pour une journée. *Mieux vaut un cœur brisé qu'un cœur qui n'a pas aimé…*

Un mouvement de foule se déploie vers les vestiaires, me faisant sursauter. En deux minutes, c'est la cohue. Amir, Mégane et moi restons spectateurs tandis qu'un tas de gamins se précipite avec ballons, maillots, bouts de papier vers les joueurs tout droit sortis de la douche.

– On va pouvoir le voir ? cherche à savoir Amir.

– Je ne sais pas… regarde le monde qu'il y a.

– Les gens ne sont pas gonflés ! commente Mégane. Ils sont venus l'emmerder alors qu'il participe à une œuvre de charité !

– Han ! Gros mot !

Je donne un coup de coude dans les côtes de ma meilleure amie.

– Pardon. C'est vrai, ils ne peuvent pas le laisser tranquille plutôt que « l'embêter » ?

Amir rigole. *Au moins, son air triste s'est volatilisé !*

– Je crois qu'on va devoir rentrer, fais-je remarquer.

Il va en avoir pour des heures. Je jette un coup d'œil à ma montre. Soan m'a dit qu'il voulait passer son week-end avec moi mais, à ce rythme, il ne sera libre qu'en soirée.

– C'est nul !

Mon petit garçon baisse la tête.

– Je suis sûre qu'il y aura d'autres occasions.

– On n'a qu'à se faire une sortie tous les trois cette aprèm ! propose Mégane, pleine d'optimisme, pour lui changer les idées.

– Ah ! Oui ! s'exclame Amir. On peut aller à Kidyland ?

Cet espace de jeux est son endroit préféré.

– Si tu veux. On rentre manger d'abord.

– Ou, on peut se payer un hamburger… surenchérit Mégane.

– Ouaiiiis ! Un burger ! Un burger !

Nous pouffons toutes les deux de rire.

– En route, p'tit monstre !

Ma meilleure amie a à peine esquissé un pas que Max apparaît dans notre champ de vision.

– V'là le pénible… soupire-t-elle sans chercher à masquer son agacement.

– Pourquoi tu l'appelles comme ça ?

– Ce mec se tape plus de filles dans la semaine qu'il n'existe de jours, et pourtant il se meurt d'amour pour toi depuis des années. Soit c'est l'homme le plus bête du monde de ne toujours pas avoir compris qu'il n'y aura jamais rien entre vous, soit il n'est pas sincère.

– Tu racontes n'importe quoi, il est toujours gentil avec moi.

– Tu ne vois que le bon côté des gens avant de tomber de haut ! N'oublie pas ce que je te dis. Je ne le sens pas. Quand t'es amoureux de quelqu'un, tu ne gâches pas toutes tes chances en allant t'envoyer en l'air comme un lapin avec des dizaines d'autres !

Je suis plutôt d'accord.

– C'est pour ça que tu ne couches plus avec personne en ce moment ? comprends-je grâce à sa remarque. Tu as quelqu'un en vue ?

– On ne parle pas de moi, là… Mais puisque tu fais ta curieuse, le week-end prochain, c'est moi qui pars baiser pendant que tu restes à la maison.

– Donc j'ai raison, déclaré-je, fière de moi et heureuse pour elle.

Amir tire sur la main de Mégane.

– Tata, ça veut dire quoi « baiser » ?

– Euh…

– Bravo ! la réprimandé-je.

– Un baiser, mon cœur, c'est comme un bisou.

Je rigole de la voir se rattraper aux branches. Il faut dire qu'il lui arrive souvent de laisser échapper des obscénités pareilles.

Pendant ce temps, Maximilien parvient jusqu'à nous.

– Cassie, salut ! Mégane. Coucou Amir.

Il frappe son poing contre celui, tendu, du petit garçon.

– Alors, prêt à venir jouer au club l'année prochaine ?

– Ouais, trop !

– Salut Max !

Ma meilleure amie fait bonne figure, mais le salue à peine avant de s'excuser rapidement et d'embarquer Amir vers la voiture.

– Vous avez disputé un joli match.

– C'est sympa de l'avoir remarqué, s'enthousiasme-t-il, la présence de Soan nous a un peu tous éclipsés.

Il rit jaune.

– C'est vous, qui lui avez proposé de participer, non ? Vous vous doutiez bien…

– Ouais, ouais, me coupe-t-il. Les gars étaient comme des fous. Bref. Je peux t'inviter à manger ?

Combien de fois vais-je devoir refuser pour qu'il ne s'obstine plus ?

– Désolée Max, mais on comptait passer la journée ensemble, Mégane, Amir et moi. On allait partir.

– OK…

Max se gratte la tête. Il cherche une alternative, j'en suis certaine. Je commence à bien le connaître.

– Et ce soir, quand il sera couché ? Je pourrais te faire découvrir une boîte sympa.

Par réflexe, je cherche de l'aide auprès de Mégane. Mais celle-ci est déjà loin.

– Je suis désolée, Max, mais les boîtes, c'est pas mon truc et euh…

– OK, répète-t-il. C'était pour te faire sortir un peu.

– Merci, mais je suis déjà sortie ces derniers temps et…

Un ricanement dédaigneux s'échappe de ses lèvres. Une grimace déforme ses traits.

– Avec lui.

Je ne démens pas. Il tire la conclusion qui s'impose et baisse la tête.

– Ce ne sera jamais fini, pas vrai ? Je pensais que t'avais compris que ça ne servait à rien, mais non…

J'ouvre la bouche, décidée à rétorquer que cela ne le concerne pas, mais il enchaîne d'un ton cinglant :

– Il va repartir. Toute cette mascarade, c'est de la poudre aux yeux. Il ne restera jamais ici.

– Je le sais.

– Et tu t'accroches à lui ? Il est juste venu chercher du réconfort dans les bras de celle qui ne le repousse jamais. Il va t'abandonner, comme la dernière fois.

Pour se protéger, mon cœur s'est recroquevillé au fur et à mesure de sa tirade.

– Je prends le risque, parviens-je à répondre.

– Je ne comprends plus rien aux filles, se plaint-il.

– Et si tu arrêtais de te dire qu'il existe une recette avec les filles ? Chacune est différente ! Si tu réfléchissais deux secondes, tu comprendrais que Cassandre n'aime pas les queutards, balance une voix derrière moi.

Mégane est revenue de la voiture. Elle a asséné ces mots comme un coup d'épée. Touché, peut-être même vaincu, Max détourne la tête.

– Tu viens, Cassie ? Amir commence à avoir faim, ajoute mon amie.

Je lui suis reconnaissante de me tirer encore une fois d'un mauvais pas. Je prends congé de Maximilien. On se verra sûrement encore au soccer.

Avant que je parte, mon regard dérive une dernière fois vers la foule un peu plus loin. Celle-ci est moins dense qu'il y a une demi-heure. Soan a relevé la tête. Désolé, il me scrute un long moment, un stylo en suspens dans la main. Ses yeux tombent ensuite sur Max, tout proche de moi. Je vois à quel point il est désolé d'être occupé. Ma meilleure amie me tire le bras.

– Viens.

Comme convenu, nous avons emmené Amir manger dans un fast-food, puis nous avons payé nos billets pour Kidyland. L'espace, situé dans un hangar réhabilité, est dédié aux enfants. On y trouve une infrastructure en plusieurs étages sécurisés par des filets pour que les petits puissent s'y défouler sans risque. Il y a même un terrain de foot sur une plateforme matelassée, où Amir s'est retranché avec des copains.

– On n'avait pas ça quand on était gosses !

Je sursaute en entendant cette voix. Un sourire immense s'épanouit sur mes lèvres alors que je découvre Soan à mes côtés, capuche rabattue sur le crâne. Les battements de mon cœur s'accélèrent.

– Soan… mais… comment tu as su que j'étais ici ?

– Tu as répondu à un de mes textos.

– Je n'ai pas mon portable, c'est…

Je cherche du côté de Mégane. Ma meilleure amie, restée près de nos affaires tandis que je surveille Amir, agite mon téléphone, fière de son coup.

– Je voulais te voir, m'explique-t-il. J'étais frustré de ne pas pouvoir te parler après le match.

– J'ai compris, ne t'en fais pas. Tu n'as pas mal au poignet ?

– Si ! C'est l'enfer !

Je ris en lui palpant la peau. Soan m'abandonne son bras avec plaisir avant d'entrelacer ses doigts aux miens.

– Je suis heureux de pouvoir enfin passer du temps avec toi. Ça n'a pas été facile cette semaine.

– Tu as réglé tes problèmes ?

À sa moue contrariée, je comprends que non.

– Disons que je ne leur ai donné pas donné matière à me reprocher quoi que ce soit.

Soan ne développe pas. Tout comme il n'a pas voulu me dire quand il devait rencontrer ses dirigeants. Cela ne semble pas avoir la moindre importance, quand mes yeux plongent dans les siens.

– Je peux rentrer avec vous, après ? murmure-t-il en caressant avec son pouce le dos de ma main toujours posée sur lui.

– Ça me plairait beaucoup.

Le haut de son corps se penche vers moi. Sa tête vers ma bouche.

– Est-ce que je pourrais…

– Cassandre ! appelle Amir d'au-dessus.

Surprise, je bondis en arrière.

– C'est qui ? s'interroge le petit garçon.

– Euh…

J'inspecte Soan, à la recherche d'une réponse convenable. Je n'ai pas envie d'attirer une nouvelle salve d'enfants autour de lui. Mais mon meilleur ami coupe court à mes réflexions, il me prend par la main et commence à se diriger vers l'entrée de la structure.

– Viens, on va le rejoindre ! m'invite-t-il, aussi excité qu'un gosse.

– Quoi ?

J'essaye de le ralentir. En vain.

– Soan, on n'a pas le droit !

– T'inquiète ! Personne fait gaffe, y'a trop de monde.

– On arrive, mon cœur, préviens-je Amir tandis que Soan retire ses chaussures.

Nous devons nous courber pour avancer, nous contorsionner entre deux énormes boudins pendus au plafond, puis escalader un mur en caoutchouc. Soan me tend la main pour que je le rejoigne. À côté, les enfants courent et sautent comme s'ils connaissaient le parcours par cœur.

– C'est des anguilles ou quoi ? s'étonne Soan face à leur souplesse.

Je pouffe et continue de grimper jusqu'à la plateforme dégagée où se situe le ridicule terrain de foot. On y trouve bien sûr deux cages opposées, mais le sol est meuble. On se croirait dans un château gonflable.

– On va traverser, craint Soan en testant les matelas avec la pointe de ses pieds.

– Je t'avais prévenu qu'on n'avait pas le droit d'entrer !

Amir me repère dès que nous arrivons sur le terrain. Il court comme si le sol était dur, tombe et se relève.

– T'es venue jouer ?

– Ouais, et j'ai amené quelqu'un.

La capuche de Soan glisse de sa tête quand il perd l'équilibre. Une expression de pur émerveillement prend place sur le visage d'Amir.

– Soan Pelletier.

Sa bouche reste ouverte de béatitude.

– C'est moi, confirme le footballeur, amusé. Je suis venu faire un match, ça te dit ?

– Soan ! Soan !

Tous les enfants de l'étage se réunissent autour de nous. Ils sont six. Quatre garçons, deux filles.

– Tu joues, Soan ? Ah ! Ouais ! Joue avec nous !

Ils parlent tous en même temps. Le numéro 10 répond par l'affirmative à chacun d'eux. Puis il me tend de nouveau la main pour nous emmener au centre du terrain.

– Bon, on va se faire un match. Une équipe de cinq et une autre de quatre, pour équilibrer le niveau.

– Ils vont tous vouloir jouer avec toi ! fais-je remarquer. Pour équilibrer vraiment, tu devrais être tout seul. Ou à trois, max !

– Tu cherches à me tuer ? Le sol est impraticable !

– J'aurais peut-être enfin une chance de te battre !

– OK. Va pour trois contre six.

Les enfants auraient pu tout faire pour se retrouver dans le même camp que le joueur de Liverpool, mais ils sont tellement stupéfaits de le voir qu'ils ne bronchent pas. Ils connaissent leur chance de partager un moment comme celui-ci. Le ballon est lancé. Les plus jeunes courent comme sur un vrai sol alors qu'au bout de trois allers-retours, je n'en peux plus. Je n'arrête pas de tomber, de rire, ça me donne encore moins de force pour la suite.

Épuisée et allongée, je regarde le match qui se déroule devant moi. Soan finit par affronter seul les enfants. Malgré leurs facilités, ils ne parviennent pas à atteindre les cages. Quant au footballeur professionnel, il utilise sa technique pour faire voler le ballon sur ses genoux et traverser le terrain. Il marque deux buts. Lorsqu'il s'approche une nouvelle fois des cages, je me remets debout et me place en défense pour l'en empêcher.

– Tu crois être capable de m'arrêter ? se moque-t-il, essoufflé.

Je fonce sur lui, essaye de récupérer le ballon sans y parvenir. Soan est un génie du football. Un génie très énervant quand il commence à me narguer.

– Alors c'est tout ce que tu sais faire ?

Mes jambes se collent aux siennes, nos genoux se croisent et c'est la chute. J'atterris sur le dos, Soan sur moi. Le sol rebondit sous notre poids. J'en ai le souffle coupé avant de déglutir en me rendant compte que son visage se tient à quelques centimètres à peine du mien, que ses yeux cherchent une réponse dans mon regard. Il attend une seconde pour voir si je le repousse puis se jette sur mes lèvres. Je m'agrippe à son cou, ouvre la bouche, accueille sa langue douce et chaude. Il m'a tellement manqué cette semaine. Je perds la notion du temps. J'oublie que nous ne sommes pas du tout dans un lieu approprié à ce genre d'effusion.

– J'ai envie de t'embrasser depuis tout à l'heure, me dit-il quand il se calme.

Puis c'est mon tour de prendre sa bouche.

– Aaah ! Beuuuurk !

Notre baiser n'enchante pas vraiment nos spectateurs. Nous nous arrêtons et Soan m'aide à me remettre debout. Amir se tient face à nous. Contrairement aux autres, sa mine est contrariée. Il ne comprend pas ce qui se passe.

– Vous êtes des amoureux ? questionne-t-il comme si c'était impossible.

Soan s'accroupit à son niveau.

– Oui. Et si tu me laisses t'acheter une glace, je pourrai te raconter comment on se connaît, Cassandre et moi. C'est une très longue histoire.

Le visage du petit garçon s'illumine. Et je ne suis pas sûre que ce soit la glace qui l'enchante autant. Pouvoir passer un moment avec son joueur favori lui importe plus. Mon cœur se remplit de joie. Puis panique. Ça y est. Amir est impliqué dans notre histoire. Combien de temps Soan va-t-il rester auprès de nous ?

28

Cassandre

– Oh ! Tu nous as battus ! T'es vraiment trop fort à ce jeu !

– Il a de la chance oui, maugrée Mégane en lançant ses cartes sur la table. Je n'ai pas eu une seule carte de la bonne couleur de toute la partie !

Amir pouffe de rire contre ma tête. Ma meilleure amie est adorable, mais elle n'aime pas perdre. Que ce soit contre un gamin de cinq ans n'y change rien. Heureusement, elle oublie vite ses défaites cuisantes. Les après-midi jeux de société sont assez fréquentes chez nous.

– Tu sais très bien qu'on se fait toujours avoir à ce jeu-là, la rassuré-je.

– Oui, mais à quatre, j'avais espoir…

– Eh bah non ! la nargue Amir.

– Fais pas trop le malin, toi ! Ça va être l'heure de se coucher.

– Non ! Je suis pas fatigué. Je veux rester avec Soan !

Amir s'accroche au cou du footballeur. Celui-ci l'enlace et lui embrasse la tempe.

– Tu me racontes une histoire ? réclame mon protégé.

– Il est tard, rappelé-je.

Soan regarde l'heure. 21 h 30. Moi non plus, je n'ai pas envie qu'il s'en aille.

– Les livres sont dans sa chambre ? me demande-t-il en se relevant.

– Tu n'es pas obligé, si…

– Ça me fait plaisir. Et… je ne suis pas pressé.

Il se penche vers moi, m'embrasse furtivement et me parle à voix basse.

– Si tu veux bien encore de moi…

– Ou… oui.

Lorsqu'il s'écarte, je rencontre les visages heureux d'Amir et de Mégane. Mon petit garçon rougit, ma meilleure amie affiche un air plus coquin. Je me racle la gorge. Soan, tout sourire, tend la main au bambin. Je les observe disparaître dans le couloir avec un pincement au cœur. *Combien de fois pourrai-je être témoin de cette scène ?* Soan tient mon cœur au creux de sa paume. Il lui suffirait de fermer le poing pour me briser. Rien qu'une petite pression. Je suis de nouveau folle de lui. Je ne sais même pas si j'ai arrêté de l'aimer un jour. Quoi qu'il en soit, je ne suis pas prête à lui dire au revoir une seconde fois. Je me demande comment je ferais pour m'en remettre.

– Il a l'air de bien s'y prendre avec les enfants, constate Mégane. J'ai cru que vous n'alliez jamais terminer cette partie de foot !

– On a eu de la chance de ne pas se faire virer.

Mégane saisit une de mes mains dans les siennes.

– Il est plein de qualités. Je ne me demande plus pourquoi tu n'as jamais pu tourner la page…

C'est comme si elle me donnait sa bénédiction.

– La façon dont il te regarde, Cassie… Il n'y a aucun doute sur ce qu'il ressent pour toi. J'aimerais qu'un homme me dévore des yeux comme ça. Qu'après des années, la flamme soit toujours aussi forte.

– Est-ce que celui que tu vois en ce moment pourrait te faire ressentir ça ? Être celui qu'il te faut ?

– Je l'espère. En tout cas, il se montre bien plus patient que tous les autres.

Mégane sort avec des garçons, mais il lui faut un certain degré de confiance avant de penser à faire l'amour avec eux.

– Je vais vous laisser seuls, je crois que vous n'attendez que ça, se moque-t-elle avec douceur. Je vais me coucher. Si vous sortez, tu m'envoies un message.

– Bien sûr.

Nous nous relevons en même temps.

– Tu peux miser ton cœur, Cassie. Je suis sûre qu'il ne te le brisera pas.

– J'espère pouvoir te donner le même conseil bientôt.

Elle m'adresse un clin d'œil et s'échappe.

Je range les cartes en silence, puis la boîte de jeux dans le meuble TV, avant de rejoindre la chambre d'Amir. La voix de Soan qui chuchote me parvient. Lorsque je pousse la porte, le petit garçon a le pouce dans la bouche, et les yeux rivés sur les images. Soan termine l'histoire qu'il lui lisait, referme le livre puis quitte le matelas sur lequel il était assis.

– Tu vas rentrer chez toi ?

Le footballeur me lance un regard. Nous n'avons pas encore abordé ce sujet. Je crois que l'un comme l'autre, on se laisse bercer par les événements. Mon meilleur ami m'a juste prévenue qu'il comptait se reposer ce week-end auprès de moi si j'étais d'accord, et je le suivrai, quoi qu'il ait en tête.

– Je reviendrai, assure Soan.

– Promis ?

– Oui. Promis.

Je m'approche pour embrasser Amir sur le front et lui souhaiter une bonne nuit.

– Il est tard, mon cœur, avertis-je. Il faut dormir.

Il obéit. Le temps que Soan et moi repartions vers la porte, sa respiration s'alourdit. Je colle mon épaule sur le bâti. Soan prend l'autre côté.

– Il est marrant.

– Oui. Il a grandi trop vite il y a deux ans, mais il s'est remis.

– Comment a-t-il réagi ? Est-ce qu'il a compris ?

– Il n'avait même pas trois ans donc ce n'était pas facile. Il n'avait pas la notion de la mort. On vivait toutes les trois ensemble, on avait une routine établie et en cela, rien n'a changé, mais c'était sa mère et il s'est aperçu qu'elle ne revenait pas. Il a commencé à demander où elle était, puis il est allé dans sa chambre pour la chercher. On a dû lui réexpliquer souvent. Ça a été horrible. Mégane n'arrêtait pas de pleurer. Les rôles s'inversaient. Je suis restée forte durant cette période. Pour lui. C'est après, quand la vie a repris son cours et qu'il a recommencé à jouer sans plus poser de questions, que j'ai pu faire mon deuil.

– Comment vous vous êtes connues ? Si elle t'a laissé la garde de son fils, c'est que vous deviez être très proches.

– Elle…

J'hésite et Soan le voit. Il fronce les sourcils, mais ne me brusque pas.

– Grâce à Mégane. Elles faisaient partie d'un même groupe de… d'amis, et on a sympathisé. Nous n'avons pas tardé à former un trio plutôt qu'un duo.

Je souris tout en sachant que je tais encore beaucoup trop de choses. J'ai tellement de mal à lui parler de ce qui est arrivé à ma meilleure amie.

– Tu as évoqué Mégane dans tes lettres, et je l'ai vue quand je suis revenu, mais je ne me rappelle pas…

– C'était après notre dernier été. On a connu Samia en août, après le bac. Tu étais déjà reparti. Sa situation était compliquée. La nôtre l'était aussi, alors… je ne l'ai jamais évoquée. Et même si j'avais fait sa connaissance plus tôt, je ne sais pas si je t'en aurais parlé. Cet été-là, tout ce que je voulais, c'était te voir et…

– Faire l'amour avec moi.

D'un pas assuré, le regard magnétique, Soan change de côté.

– Oui, soufflé-je, assoiffée de ses lèvres. Tu as effacé tout le reste. Je voulais juste profiter un maximum de tous nos moments avant que tu ne repartes. J'essayais de ne pas penser à l'après. Pour moi, il n'y en avait pas.

– Est-ce que tu es dans le même état d'esprit ?

Il s'arrête, son torse effleurant le mien. Je dois relever le menton pour le regarder dans les yeux.

– Parfois, oui. Mais j'ai des responsabilités, je ne peux pas me permettre de les oublier. Même si… c'est difficile. Avec toi.

Il se penche, marque une nouvelle pause.

– Est-ce que je te fais le même effet ?

– C'est dix fois pire… avoué-je dans un murmure.

Il rit, à quelques centimètres de mes lèvres.

– Quand tu es partie aux toilettes tout à l'heure, commence-t-il, Mégane m'a dit que je pouvais t'enlever ce soir si je voulais.

– Elle a dit ça ?

– Oui. Elle me l'a même fortement conseillé.

– Elle n'est pas croyable.

– On va se balader ?

– Où veux-tu aller ? Tu n'as pas peur d'être de nouveau filmé ?

– Pas si on reste dans des coins sombres…

– Que…

– Je ne te dirai rien de plus. Mets ton manteau, je t'emmène.

***

– Ils ont agrandi, non ?

Soan pensait m'emmener faire un billard dans une des seules salles existantes de la ville, mais quand il se gare sur le parking, c'est un complexe qui nous accueille. Il y a toujours eu un bowling ici, ainsi que des tables de billard et des jeux d'arcade. Récemment, les propriétaires ont étendu l'entrepôt. Le deuxième bâtiment accolé au premier pour former un L propose dorénavant un laser game et un escape game. Quand il voit les thématiques des salles codées « Survivre face à l'Apocalypse », le visage de Soan s'éclaire. Il se dit tout de suite que c'est un signe : il nous a bien trouvé un coin sombre. Même s'il n'est pas du genre auquel on pourrait penser en parlant de sortie en amoureux ! Je lui serre la main.

– Tu ne l'envisages pas sérieusement…

Je ne reçois qu'un clin d'œil comme réponse. Il me tire à sa suite pour entrer dans le bâtiment. À l'intérieur, les lumières vacillent. De chaque côté d'un long comptoir, on trouve deux arches : une qui donne sur un terrain de jeu immense plongé dans le noir, et une autre dans laquelle on aperçoit trois portes derrière lesquelles nous serons enfermés. Il y a un monde fou. Sous sa capuche, Soan inspecte la file devant lui. Une grosse moitié attend son tour pour l'espace de gauche, le laser game. Mais il reste encore une quinzaine de personnes avant nous.

– À ce rythme-là, on n'aura pas de place.

– Tu espérais quoi ? Il faut prendre rendez-vous pour une salle d'escape.

– Vraiment ?

– Tu ne te rappelles pas ?

– Je me rappelle que je n'étais pas du tout concentré !

Nous en avons fait un, à l'époque, l'été de ses 17 ans, et autant dire que nous avons été les plus mauvais de notre groupe.

Nous ne suivions rien, nous venions de nous mettre ensemble et nous étions plus occupés à nous bécoter ou à nous câliner qu'à trouver la sortie !

– Attends-moi, me demande-t-il.

Depuis ma place, je l'observe tandis qu'il se faufile jusqu'au type derrière son comptoir. Tous les deux parlementent cinq bonnes minutes avant de se frapper les poings comme deux potes. Soan revient.

– C'est bon, on aura une salle ce soir quand tout le monde sera passé, dit-il, aussi heureux qu'un gamin le soir de Noël.

– Dans combien de temps ?

– D'ici une demi-heure. Ils ont une salle en travaux qu'ils peuvent arranger vite fait. Je lui ai dit qu'on était des habitués des escape games.

– Et il t'a cru ?

– J'ai peut-être sous-entendu que je lui ferais envoyer des places pour un match de l'équipe de France, fait-il mine de se souvenir.

Comme il l'a annoncé, un des organisateurs vient nous chercher trente minutes plus tard, lorsque la file s'est dispersée entre les deux espaces jeu. Dès que nous passons l'arceau, nous nous retrouvons plongés dans le noir. Des guirlandes lumineuses au sol nous guident.

– Ça va être comme ça tout le long ? murmuré-je à Soan, agrippée à son bras.

– Non, répond le type en se tournant vers moi sans s'arrêter de marcher. À l'intérieur, ce sera pire. Mais nous vous offrons cette lampe.

Soan prend l'objet que le gars lui tend comme par magie. Au bout du tube ridicule, la lumière est jaune et clignote.

– Génial.

– Tu as peur ? s'enquiert mon meilleur ami, un peu trop content de lui.

– Je me demande vraiment pourquoi j'accepte tes surprises sans broncher !

Le modérateur prend alors un ton de scène.

– Vous êtes des rescapés d'une attaque nucléaire. Vous avez trouvé refuge dans cet abri, mais si vous n'en sortez pas, vous mourrez de faim. Vous avez une heure pour trouver le code et ouvrir la porte. Bonne chance…

Je me penche vers Soan.

– Je ne sais pas si j'ai vraiment envie d'entrer là-dedans.

– Je te croyais plus téméraire ! Ça sera drôle.

Drôle ? Se faire enfermer dans une pièce avec une lampe de poche et devoir en sortir en quelques minutes, ça me paraît bien plus angoissant que drôle ! Lorsque l'homme ouvre la porte sur le noir complet, Soan me chuchote à l'oreille :

– Tu vas devoir me tenir tout du long.

Pour lui donner raison, mes doigts s'entrelacent aux siens.

– Le décor est hyper-élaboré ! déclare Soan quand nous avons fait le tour de la pièce une première fois.

C'est vrai que le réalisme est frappant. Une table a été retournée. Des morceaux de chaises éclatées traînent sur le sol. Une étagère avec des bocaux de nourriture périmée est recouverte de toiles d'araignée. Le plafonnier est explosé. Il y a des cartes accrochées aux murs et d'autres indices éparpillés sur un bureau. J'ai mis la main sur une deuxième lampe de poche. J'éclaire un plan de bâtiment dans l'espoir de trouver quelque chose.

– Nous sommes mauvais ! plaisante Soan au bout de vingt minutes infructueuses.

– Est-ce qu'un maître de jeu ne devrait pas nous aider au bout d'un moment ?

– Hum… il le devrait, oui. Sauf que je lui ai demandé de ne pas intervenir.

Je me retourne vers lui. Contrairement à ce que je croyais, il n'est pas à l'autre bout de la pièce, mais juste derrière moi. Sa lampe tombe sur le sol. Ses mains chaudes se glissent de chaque côté de mon cou, il m'attire à lui. Ses lèvres ravissent les miennes, sa langue me caresse, me volant un gémissement. Je lâche ce que je tiens et me plaque à lui. Je m'abandonne entre ses bras. Il calme les choses.

– Je ne sais pas pourquoi je t'ai amenée ici, me raconte-t-il en posant son front contre le mien. Je voulais qu'on fasse un truc ensemble, mais au final… je n'arrive pas à me retenir.

Ses paumes resserrent leur étreinte sur ma nuque.

– Tout ce à quoi je pense, c'est t'embrasser. T'embrasser, te faire l'amour, me réveiller avec toi, t'embrasser encore…

Ses mots se tarissent, mais pas ses baisers. Ils reprennent possession de mes lèvres, de mon être tout entier. Ils embrasent ma peau, sous ma mâchoire, dans le creux tendre de mon cou.

– Oh ! Mon Dieu !

Je blasphème, mais c'est trop bon.

– Je croyais qu'on ne devait pas nous voir en public ? essayé-je de le raisonner, la tête rejetée en arrière.

– J'en avais trop envie et puis… on est seuls.

– Mais sûrement filmés !

– J'ai demandé au gars de ne pas filmer, qu'ils ne s'occupent pas de nous pendant une heure.

– À ce rythme-là, on aura le pire score de toute l'histoire de ce jeu !

– Ouais. Mais le meilleur souvenir de cet endroit.

On se jette de nouveau l'un sur l'autre. Je suis en manque de lui, de sa bouche. Trois jours sans pouvoir le voir ni le toucher, c'est trop. Soudain, au milieu de toute cette frénésie, alors que Soan me serre contre lui, comme effrayé que je me volatilise, j'ai peur. Peur de ne plus connaître ses bras, bientôt. Peur de ne plus discuter, rire, sortir avec lui. Peur de revenir au point de départ.

– Dis-moi que je ne crains rien avec toi, le supplié-je.

Les deux rais de lumière me permettent de discerner les traits de son visage, l'éclat de ses yeux.

– J'ai besoin d'être sûre que tu ne me feras plus de mal, que je ne risque pas d'avoir le cœur détruit…

– Tu ne le risques pas. Ton cœur m'est trop précieux.

Pour appuyer sa déclaration, Soan pose sa main sur ma poitrine. Il embrasse mon front. Je ferme les paupières, puis je le sens rire contre moi. Je l'étudie, interrogative. Soan se baisse et reprend sa lampe, il pointe le faisceau sur le mur, où une carte représente notre abri fictif.

– Je crois que j'ai trouvé comment sortir de là.

29
Cassandre

16 ans

Soan ne me répond plus. J'ai eu beau lui écrire une dizaine de lettres au cours des derniers mois, lui envoyer des textos, il reste silencieux. Il m'a juste répondu un « Je suis désolé, ils ne nous laissent pas une seconde de répit », et c'est tout.

Je me suis installée dehors, ce midi. J'ai mangé seule, je n'ai pas eu le courage d'attendre Mégane ou de répondre aux demandes incessantes de Max pour déjeuner avec lui. Nous sommes à la fin de l'année, il fait beau, nous avons passé notre bac de français, une pression s'est retirée de mes épaules et j'espère profiter de ce moment sans qu'on me pose mille questions sur ce que devient Soan. Je tourne mon téléphone sur la pelouse, comme s'il allait subitement sonner et me donner des nouvelles de lui. Tout ce dont j'ai envie, c'est de pleurer. *Il me manque tellement!* Ces trois dernières années, j'ai tenu, parce que nous avions nos lettres, parce qu'il revenait tous les étés et qu'on passait deux mois collés l'un à l'autre. Mais cette année?

J'aimerais être majeure, prendre le train seule, aller le trouver et me disputer avec lui. Lui reprocher cette attente interminable et destructrice. Je ne peux en parler à personne. Ma mère n'écoutera pas si elle sait qu'il s'agit de Soan, quant à Mégane, qui ne s'attache pas facilement aux gens, elle ne comprendrait pas que je me torture autant pour un garçon qui m'a peut-être oubliée… Même s'il m'a promis que non !

– Qu'est-ce que tu fais ici ?

Je lève la tête vers mon amie, elle affiche un air peu avenant. Les poings sur les hanches, on dirait une Wonder Woman venue régler ses comptes.

– Je t'ai attendue à midi et comme tu ne t'es pas pointée, j'ai commencé à chercher où tu étais. Tu as mangé toute seule ? Pourquoi ?

– J'ai fini à 11 h 30. J'avais envie de profiter du soleil.

– Sans m'en parler ?

– Je voulais être… un peu seule.

Je ne dois pas donner une image très glorieuse, car Mégane ne s'énerve pas. Elle prend plutôt l'air contrit.

– Oh… OK. Bon, eh bien, si tu as besoin…

Elle s'apprête à se détourner.

– Non, attends. Reste, s'il te plaît.

– Je n'ai pas envie de te déranger.

Nous avons une relation particulière, elle et moi. Nous passons du temps ensemble, nous nous supportons quand il le faut, nous nous entraidons pour les cours, mais nous ne parlons que très peu de nos vies respectives. On se contente de travailler, d'évoquer notre foi et ce que nous avons dû traverser pour pouvoir la pratiquer librement sans jugement. Nous ne sommes pas encore tout à fait amies. Je crois que Mégane souhaiterait que je me dévoile. Mais je ne l'ai jamais fait pour quiconque en dehors de Soan. Elle s'assied à côté de moi. Du coin de l'œil, je vois qu'elle examine mon téléphone et mon geste répétitif pour me détendre.

– Tu attends un message ?

– Oui. Depuis trois mois.

– Soan ?

– Qui d'autre ?

Parfois, je me dis que je suis pathétique. Je n'ai connu qu'une grande amitié dans ma vie. En même temps, je sais que la quantité d'amis n'est pas importante. Ce n'est pas une preuve que l'on est réellement aimé…

– L'été va arriver et il ne m'a pas dit s'il viendra, si on va se revoir un jour.

– À ce point-là ?

– Il n'avait jamais cessé de m'écrire. Que ce soit par téléphone ou par lettre, Soan a toujours trouvé du temps pour moi. Mais depuis trois mois… je l'appelle dans le vide.

– Tu as une idée des raisons pour lesquelles il est distant ?

Je secoue simplement la tête. Mes épaules s'affaissent. Je sens le regard de Mégane sur moi.

– Fais voir ton portable, me somme-t-elle en tendant la paume.

Je le plaque contre ma poitrine.

– C'est intime…

– Tu veux un conseil ou pas ? Je suis sortie avec des garçons, et je suis avec un mec depuis six mois, je sais repérer quand ils commencent à être cons.

Je lui pose l'objet dans la main, lui donne mon code. Mégane scrolle durant une éternité avant de me le rendre.

– Et les lettres ?

– C'est moi qui ai écrit la dernière. Avant, tout allait bien.

– Et tu parlais de quelque chose en particulier dedans ?

Je hausse les épaules.

– Je ne sais plus. Je crois que je lui disais que ses coéquipiers jouaient aux cons avec moi. Surtout Maximilien.

Elle remonte les messages jusqu'à ce fameux échange.

– Je vois…

– Tu vois quoi ?

Je tends le cou pour regarder l'écran. Son doigt s'immobilise.

– Ton meilleur ami est jaloux.

– Jaloux ?

– C'est évident, non ?

Je lui reprends le téléphone des mains et relis le message concerné. La froideur de ce « OK » me frappe en plein cœur.

– Soan n'aurait pas arrêté de me parler pour un simple rendez-vous.

Mégane réfléchit.

– Si tu veux mon avis, il s'est fait peur. Il a toujours été gentil, non ?

– Oui, confirmé-je.

– Eh bien, pour la première fois, je crois qu'il n'a pas dû se trouver très gentil. Si tu vois ce que je veux dire.

Pas du tout. J'ai l'impression d'être hyper-naïve par rapport à elle.

– S'il avait Max en face de lui aujourd'hui, je parie qu'il lui donnerait un coup dans la tronche.

– Soan n'est pas violent ! protesté-je pour défendre mon ami.

– Soan n'est pas violent, mais Soan est jaloux. C'est une certitude.

J'en reste interdite.

– Vous ne vous êtes jamais embrassés ? veut-elle savoir.

Je rougis en repensant à ce baiser chaste, mais bien réel, trois ans auparavant.

– Si. Quand il a intégré son centre de formation.

– Et rien depuis ? Pas même quand il revient pendant les vacances ?

– Non. Jamais. Dans une première lettre, il m'a expliqué qu'il n'aurait pas dû.

– Quel con !

– On n'avait même pas treize ans. Ce n'était pas franchement un baiser passionné. C'était un au revoir, comme il l'a dit. Pourquoi m'aurait-il menti ?

– Parce qu'il ne savait pas comment gérer. Parce qu'il avait peur que ce ne soit pas réciproque. Parce que vous étiez loin. Y'a dix mille raisons possibles. C'est à lui et à lui seul de t'expliquer.

– Je n'attends que ça…

– Et Max ? change-t-elle de sujet avec une expression malicieuse. Il embrasse bien ?

Je secoue la tête avec mon premier sourire du jour.

– Pas vraiment. C'était très rapide, et je n'ai rien ressenti. Ce n'est pas lui que j'ai envie d'embrasser.

– Si Soan revient cet été, j'ai une idée…

Nous passons toute l'après-midi à discuter de la manière dont je dois aborder Soan. Ce jour-là, pour la première fois, quelqu'un m'écoute déverser mes sentiments. Lorsque Soan pointera le bout de son nez, je compte lui en faire baver.

30

Soan

17 ans

Je suis nerveux. J'ai toujours imaginé que plus je grandirais, plus j'aurais confiance en moi, mais je me trompais. L'attitude de ma mère, de mes potes, et des nouvelles personnes qui traînent avec nous pourrait me donner la grosse tête. Je vis loin, je viens de soulever une coupe… ce qui me suffit pour être traité comme une sorte de héros national. Mais quand je pense à Cassie, au silence que j'ai imposé entre nous, et à mes sentiments que la distance semble avoir intensifiés, je suis loin de faire le fier. Je ne tiens pas en place. Mes genoux n'arrêtent pas de remuer tandis que je suis assis sur la bordure en bois du city, à côté de Max, en train de regarder le match qui s'y déroule. Je jette un coup d'œil par-dessus mon épaule, vers l'église plus loin, puis vers les rues menant jusque chez elle.

– Est-ce que tu sais ce que fait Cassandre pendant les vacances ? interrogé-je mon ami, l'air de rien.

– Nope. On ne traîne pas vraiment ensemble. Mais elle s'est renseignée pour faire du bénévolat dans une association, je crois. Pourquoi tu ne lui envoies pas un message directement ?

Je grimace.

– Je ne suis pas sûr qu'elle me répondrait. J'ai fait le con avec elle.

– Le con ? Comment ça ?

Je n'ai pas envie de discuter de ça avec lui. Je ne lui ai jamais révélé ce que j'éprouvais pour Cassandre, alors je ne peux pas lui tenir rigueur d'être sorti avec elle, mais une part de moi a encore du mal à l'accepter. *Même si ça n'a pas duré.*

– Laisse tomber.

– Sa copine, Mégane, c'est la meuf de Théo, précise-t-il. Tu veux qu'on lui demande si les filles sont dans le coin ?

Je suis certain qu'il adorerait que ça soit le cas pour voir s'il remporterait le cœur de Cassandre plutôt que moi. *Hors de question que j'assiste à ça !*

– Pas la peine. Je crois que je vais aller directement chez elle.

– OK. Tu me diras si tu as des news.

– Ouais.

Tu rêves !

Les mains dans les poches, je m'éloigne en direction de l'église. Je passe devant, pénètre dans le quartier le plus bourgeois de la ville. La maison de Cassie est un pavillon moderne, presque froid vu de l'extérieur. Dans le jardin, pas un brin d'herbe ne dépasse, pas une fleur fanée ne reste sur les rosiers. Je sais que le père de ma meilleure amie est passionné par les plantes. Quand on rentre chez eux, ça se ressent. Fébrile, un discours bien préparé dans la tête, je sonne à l'interphone. Il s'écoule à peine une minute avant que la porte d'entrée ne s'ouvre. Pierre et Noé sortent sur le perron. En rencontrant le regard noir du second, je regrette de m'être aventuré jusqu'ici. Les aînés de Cassandre sont étudiants et ils ont dû revenir pour le week-end.

– Cassandre, c'est pour toi ! crie le plus vieux.

Je prends ça comme une invitation et avance dans l'allée.

– On devrait attendre que Papa et Maman rentrent avant de lui ouvrir, maugrée le cadet d'une voix assez forte pour que je l'entende.

– On est adultes, non ?

– Salut !

Je serre la main de Pierre qui me rend la politesse avec un sourire. Noé a toujours eu plus de mal avec moi. Il m'accueille d'un signe de tête raide. Je ne sais pas s'il cherche à protéger sa petite sœur, s'il copie le comportement de ses parents sans se poser de question ou s'il est juste raciste. Un mélange des trois, sans doute…

– Soan ?

Cassie est arrivée et s'immobilise sur le perron. Elle me dévisage, la bouche ouverte.

– Mais qu'est-ce que tu…

Je lorgne ses grands frères. Je n'ai pas envie qu'ils assistent à nos retrouvailles ni qu'ils écoutent notre conversation. Nous deux, ça ne concerne que nous deux.

– Je voulais te parler. Tu as cinq minutes ?

Elle croise les bras. Elle ne se formalise pas du tout de la présence de spectateurs.

– J'ai eu cinq minutes tous les jours pendant trois mois. J'attends toujours que tu me répondes. Donc je ne vois vraiment pas pourquoi je devrais t'écouter…

Prends-toi ça en pleine face, Soan ! Tu l'as bien mérité !

Noé jubile et ne cherche pas à s'en cacher.

– Désolé, mec, me balance-t-il alors qu'il pense tout le contraire.

Il incite sa sœur à rentrer, mais celle-ci se dégage. Je dois me lancer. Rien à foutre que ses frères entendent, au final. Ça vaut mieux que de laisser passer ma chance !

– Cassandre, s'il te plaît. Je… j'ai agi comme un abruti, je le sais. J'ai écrit des dizaines de lettres sans pouvoir te les envoyer. J'ai commencé des textos, et je les ai tous effacés. Je te jure que je voulais te parler. Mais… je n'ai pas réussi.

– Pourquoi ?

– Parce que je suis un ami en carton.

Un ami qui s'imagine être bien plus que ton ami.

– Je te demande juste cinq minutes. Écoute-moi. Je te demande pardon. Je te promets que je ne me défilerai plus. Je veux tout t'expliquer.

Elle hésite. Puis ouvre la porte en grand devant moi.

– Tu peux entrer.

Noé bloque le battant.

– Attends… Qu'est-ce que tu comptes faire avec lui ? Tu n'es pas sérieuse ? Les parents vont criser s'ils savent que…

– J'ai 17 ans. Pas treize. Et ça ne va durer que quelques minutes.

– Tu n'as pas encore 17 ans, la corrige-t-il.

– Laisse-le passer, Noé, riposte Cassie.

Ce dernier secoue la tête et affermit sa position.

– On ne connaît pas ses intentions…

– Ce n'est pas à toi de dire quoi que ce soit. C'est ma vie.

– T'es mineure. Je suis majeur. J'ai le droit de t'interdire de voir un mec chez nous.

– Noé… souffle Pierre.

La situation s'envenime. J'aurais dû attendre.

– OK, finit par souffler Cassandre.

Elle commence à sortir de la maison.

– Qu'est-ce que tu fous ?

– Il faut savoir, soit il vient à l'intérieur, soit on va dehors. Dans tous les cas, j'écouterai ce qu'il a à dire. Et tu devras t'y faire, Noé.

– Papa et Maman ne seraient pas d'accord pour que tu sois seule avec un mec, insiste le cadet. Pas à ton âge…

Noé est peut-être le plus virulent, mais Pierre ne s'interpose pas pour autant.

– Papa et Maman devraient me faire confiance. Et toi aussi.

– Je te fais confiance. Mais pas à lui.

Cassandre laisse une minute à ses frères pour changer de comportement, mais rien n'y fait. Je n'entrerai pas dans cette maison. En dix ans, je n'y ai jamais pénétré. Mon amie perd patience et descend les marches dans ma direction. Sa main me saisit le poignet.

– Viens, Soan.

Du coin de l'œil, je distingue une silhouette féminine à l'intérieur. Sa sœur, sûrement. J'obtempère. Nous quittons le perron, puis l'allée.

– Qu'est-ce qu'ils ont contre moi ? cherché-je à comprendre, blessé.

– Des préjugés. Juste de stupides préjugés. Tu es un garçon et tu es musulman. Ils ont peur qu'un jour je renie ma religion pour toi.

– Ils ne me connaissent pas. Jamais je ne…

Cassie poursuit sa route sans commenter.

– Est-ce que tu es toujours en colère contre moi ? la questionné-je, mal assuré, après deux minutes.

– Oui.

Ses pas nous guident jusqu'au city. De loin, je vois le regard de Max se poser sur nous, mais elle l'ignore. Je l'imite, longe le terrain et entre dans le square à sa suite. Ma meilleure amie grimpe le toboggan à l'envers, puis s'assied, jambes ballantes, sur la passerelle menant à notre maisonnette. Je la rejoins et m'installe à ses côtés, mon flanc contre le sien. Elle ne dit rien. C'est à moi de faire le premier pas, mais je n'y arrive pas.

– J'attends, s'agace-t-elle. Je vais me faire disputer à cause de toi quand je rentrerai. Tes explications ont intérêt à être sacrément convaincantes.

– Je suis amoureux de toi.

J'ai lâché ça dans un souffle libérateur. Son inspiration se bloque. Cassie tourne la tête vers moi et me dévisage comme si elle avait mal entendu. Ses sourcils se haussent. Ses joues rosissent.

– Je suis amoureux de toi, répété-je avant que mon courage se fasse la malle.

Je fuis son regard, incapable de l'affronter. Je baisse les yeux sur nos pieds pendus dans le vide.

– Ça fait des années mais j'en ai pris conscience le jour où j'ai su que j'étais accepté au centre de formation. Je t'ai embrassée parce que je crevais de peur de partir loin de toi et que tu m'oublies.

– Tu m'as dit que ça ne comptait pas.

– J'allais vivre à des centaines de kilomètres. T'aurais préféré que je t'enchaîne à moi alors qu'on était des gosses ? Non. J'ai juste fui. C'était plus simple. Pour toi comme pour moi.

– En quoi c'était simple ? Est-ce que tu sais à quel point je me suis torturée avec ce baiser ?

– Je suis désolé. Je ne voulais pas t'empêcher de… sortir avec des garçons.

Elle détourne la tête.

– Comme si j'avais pu…

Sa nuque se dessine sous ses cheveux et sa mâchoire. Habillée d'un débardeur, Cassandre fixe désespérément droit devant elle, mais sa poitrine trahit son émotion. Elle monte et descend plus rapidement que d'habitude. Je me penche vers son épaule, guettant sa réaction.

– Mégane a dit que tu étais jaloux de Max.

– Elle a raison. Je suis jaloux de Max. Quand j'ai su qu'il t'avait embrassée, j'ai cru que j'allais tout plaquer pour venir te voir. Et je me suis rappelé que je n'avais pas le droit de faire ça.

– Je ne l'aurais pas laissé m'embrasser si tu m'avais avoué que tu voulais sortir avec moi…

– Tu serais sortie avec un mec à l'autre bout de la France ?

– Tu n'es pas un mec. Tu es mon meilleur ami et… oui. Simplement, oui.

– Je suis le dernier des crétins…

– Ce n'est pas moi qui vais te contredire ! Mégane m'a conseillé de pas tomber dans tes bras trop vite pour que tu comprennes que tu n'aurais pas dû agir ainsi.

– Elle a l'air trop intelligente, cette fille.

Elle reprend sa position initiale.

– Ça ne me ressemble pas de te faire souffrir…

– Alors que comptes-tu faire ?

J'attends, le cœur affolé. Je détaille son profil, espérant qu'elle revienne vers moi, qu'elle me pardonne. Quand elle le fait, je suis touché en découvrant ses yeux embués de larmes.

– Tu ne m'as pas parlé pendant trois mois, murmure-t-elle, blessée. Est-ce que tu sais le mal que tu m'as fait ?

Je ferme les paupières et m'éloigne à une distance qui permette à mes nerfs de s'apaiser.

– Je sais… je m'en suis voulu tous les jours, mais… si je t'avais répondu, je t'aurais dit combien je rêvais d'être à la place de ce mec. Et ça aurait été injuste de te forcer à m'attendre.

– Je t'attends déjà, Soan, je ne vois pas ce que ça aurait changé.

Avec son accord silencieux, j'essuie le coin de ses yeux. Le bonheur grimpe de plus en plus à l'intérieur de moi : Cassie ne me repousse pas.

– Oui, et puis je suis bête, on est plus forts que la distance ! Tu as le droit de m'en faire baver comme Mégane te l'a dit. Je suis prêt à galérer pour sortir avec toi.

Un soupir lui échappe.

– J'en suis incapable, avoue-t-elle en rendant les armes.

Un sourire sublime prend peu à peu possession de ses lèvres. Elle bascule la tête vers moi, sa bouche m'effleure, se retire et se pose enfin sur la mienne. Mes mains s'emparent de son visage. J'ouvre le passage. J'y vais à l'instinct. Je veux découvrir sa langue, sa douceur, son goût. Mon cœur pompe avec force. Mes sens s'embrasent. Me décoller d'elle me semble soudain impossible. Chaque fois qu'on reprend notre souffle, on retourne à nos baisers, enivrés, comblés.

– Tu restes combien de temps ? finit-elle par demander.

– Un peu plus d'un mois.

– Et ensuite ? Tu reviens à Noël ?

– Oui. C'est promis.

Cassandre réfléchit puis abdique.

– Je n'ai pas envie de perdre une minute à faire semblant de te détester, Soan… Je t'aime trop pour ça.

Mes sentiments pour elle me submergent. Moi aussi, j'ai envie de pleurer : de joie, d'euphorie, de désir. Je la plaque de nouveau contre moi. Si la définition du bonheur, c'est embrasser la fille de ses rêves, je veux bien rester sur ce terrain de jeu toute la vie.

31

Soan

« L'absence de Soan pelletier commence à se faire ressentir. Liverpool est dans une très mauvaise passe. Si le numéro 10 ne revient pas, il va falloir trouver une solution. L'entraîneur a apporté des changements à l'avant, mais l'équipe peine à être décisive en attaque, notamment dans les duels. Le duo Pelletier/Ivanovitch manque cruellement au club anglais. Et il en va de même en équipe de France… »

J'éteins la télé et balance la télécommande sur la table basse. Tout le monde dort encore dans l'appartement de Cassandre et Mégane. Je me suis levé tôt pour aller courir, puis je me suis installé devant l'émission sportive en continu sur une chaîne d'info. Je n'aurais pas dû. La situation de Liverpool se détériore et j'en prends ma part de responsabilité. Pas que je sois indispensable, mais nous formions une équipe soudée. Ma chute a déséquilibré toute la structure. Je me juge d'autant plus coupable que je me sens mieux, dans ma tête comme dans mon corps. Mon genou ne me lance plus à la simple idée de retourner sur le gazon. Je suis prêt à y aller, je le sais, pourtant…

– Alors ?

J'accueille Cassandre avec un sourire vacillant.

– Tu regardais la rediffusion du match ?

– Ouais. J'avais envie de me faire du mal, faut croire…

Hier soir, nous avons assisté en direct à la défaite de mes coéquipiers. La cinquième. Pendant toute la retransmission, j'ai mentalement essayé de leur insuffler un regain d'énergie. Je n'ai eu qu'un désir pendant quatre-vingt-dix minutes : les rejoindre et les aider. Je suis allé me coucher l'esprit accaparé par Vadim. Je ne crois pas avoir été très dispo pour mon pote car je me focalise sur Cassandre, et je m'en veux.

– Que disent les spécialistes ?

– Rien de plus que ces derniers mois.

Elle s'installe sur l'accoudoir du canapé.

– Tu veux en parler ? Hier soir, tu n'étais pas très loquace.

Je n'aime pas la voir marcher sur des œufs à cause de moi.

– Je vais être honnête : jouer me manque. Surtout quand j'assiste à ce genre de spectacle.

– Qu'en dit Loïc ?

Mon regard répond à ma place. Le formuler m'effraie. Cela me forcerait à affronter quelque chose que je redoute plus que de retourner sur le terrain en match officiel : la quitter. Voyant que je suis incapable de parler et comprenant sûrement ce que je tais, Cassandre se montre patiente. Elle me sourit et m'embrasse l'épaule.

– Je te prépare un petit déjeuner ?

Elle se lève sans attendre. Je mate sans vergogne ses jambes nues sous sa chemise de nuit. Trois semaines se sont écoulées depuis que nous avons recommencé à sortir ensemble. Autant de temps que j'envoie des messages évasifs à Alfredo qui s'agace de la situation. Je ne peux pas continuer comme ça, ma carrière est en jeu. Mais quand je vois la vie simple que je pourrais mener auprès de Cassandre, j'ai parfois le désir de tout abandonner, de rester dans cet appartement pour toujours.

J'aide Cassandre à installer le couvert du petit déjeuner et à répartir les aliments sur la table. Amir et Mégane nous rejoignent. Le visage du petit garçon s'illumine en me découvrant de nouveau chez lui un lundi matin. Il m'enlace avant de prendre place devant son bol rempli de lait. Je me contente d'un café, tandis qu'ils dévorent des tartines, des céréales ou de la brioche. Je souris devant le tableau qu'ils m'offrent. Amir raconte un rêve, Mégane réplique avec le sien, Cassandre rigole tout en surveillant mon moral du coin de l'œil.

– Est-ce que tu vas vivre avec nous, Soan ?

Ma tasse se suspend, à mi-chemin entre la table et mes lèvres. J'échange un regard avec ma meilleure amie. À côté d'elle, Mégane cache un rire dans son verre.

– Pourquoi tu me demandes ça, bonhomme ? me renseigné-je alors que je crois connaître la réponse.

– Chaque fois que je me lève, tu es dans le lit de Cassandre.

– Ah ?

J'ai peur de ce qu'il a pu voir.

– Oui, je suis allé faire pipi et tu étais endormi avec elle.

– Il va peut-être falloir penser à installer un verrou, chuchote Mégane à sa meilleure amie.

– C'est quoi un verrou ?

– C'est comme une clé, mon cœur, lui indique sa tutrice.

– Donc, Soan, tu vas rester avec nous ?

J'ai envie de répondre que oui, vraiment très envie. Quand je vois les semaines qu'on vient de passer, entre routine pro et retrouvailles douces ou passionnées, je ne pense qu'à m'installer là pour de bon. Mais… il y a un gros « mais » : j'adore Liverpool. *Et si…*

– Ça te plairait ?

J'intercepte le regard perplexe de Cassandre.

– Je voudrais trop que tu restes !

Un silence de plomb tombe sur la table.

– C'est l'heure d'aller à l'école, bonhomme ! s'exclame Mégane en quittant la pièce, attirant Amir avec elle.

– Oh ! Mais non !

Je les observe tandis que le gamin rouspète et qu'elle nous sauve d'une situation bancale. Situation que j'ai moi-même provoquée avec mes questions débiles. Je me tourne vers Cassandre. Son regard s'est voilé de colère.

– Cassie, je suis désolé, je…

– Ne lui dis pas ce genre de chose si tu ne veux pas qu'il se fasse des idées, m'arrête-t-elle en se levant d'un bond et en débarrassant le petit déjeuner. Après, il va s'imaginer que tu vas vraiment t'installer avec nous trois alors que toi et moi, on sait que c'est impossible.

– Je suis désolé. Je n'ai pas réfléchi, ça m'a échappé…

Elle m'ignore et poursuit sa tâche. Je l'aide, pose les verres sur le plan de travail pendant qu'elle fourre la vaisselle nerveusement dans l'évier.

– Excuse-moi, me répété-je.

Elle s'arrête, ploie le cou, puis se tourne comme si elle venait de se donner du courage avant de m'affronter.

– Je savais dans quoi je m'embarquais quand tu es arrivé, et quand… j'ai succombé. Mais Amir n'est pas en âge de comprendre.

Elle s'interrompt un instant avant de revenir sur ses paroles.

– En fait non, j'ai accepté le fait de ne pas avoir le droit d'attendre quoi que ce soit de plus, mais je me demande comment tu considères notre relation. Est-ce que je suis juste un moment de pause après tes journées éreintantes ? Une fille qui réchauffe ton lit ?

Je tangue sur mes pieds, désireux de combler la distance pour la faire taire. Comment peut-elle imaginer des conneries pareilles ?

– Tu sais bien que non.

– On a combien de temps avant que tu repartes ? J'ai bien compris qu'août n'est plus d'actualité. Ça me fait mal de rester dans le flou, d'attendre que tu daignes m'avouer que nous n'avons plus cinq mois mais beaucoup moins.

Elle enchaîne alors que j'allais lui répondre.

– Je me suis dit que je prendrais notre relation comme une parenthèse magnifique, un moment auquel je repenserais avec le sourire. Mais je me mentais. Si je t'ai rendu tes baisers, c'est pour répondre à mes désirs de fille amoureuse. Je me rends compte que je suis en dehors de la réalité. Nos vies… nos rêves ne se rejoignent pas. Ils sont parallèles.

Je reçois un coup de poing dans le ventre lorsqu'elle prononce ces mots.

– J'ai abandonné chacun de mes rêves, Soan. Sauf… celui d'être avec toi. Je sais pourquoi je n'ai jamais réussi à t'oublier. Tu as été la plus belle constante de mon existence. Maintenant que tu es revenu, j'ai l'impression que tu me donnes tout pour mieux me l'enlever plus tard.

Cette fois, je ne reste pas immobile quand son menton s'affaisse, je la rejoins d'un pas décidé, et le relève de mes mains.

– Je trouverai une solution, lui dis-je d'un ton déterminé.

Elle secoue la tête.

– Non. Tu n'as pas le droit d'envisager de tout quitter pour moi, répond-elle comme si elle devinait la suite de mes paroles.

– Alors qu'est-ce que je dois faire pour te rendre heureuse ?

– Je veux juste être sûre que tu feras partie de ma vie, même si tu repars. Savoir que je pourrai prendre un avion pour te rejoindre, ou l'inverse, savoir que tu m'aimes quelque part.

Cette réponse ne me satisfait pas.

– Combien de temps vas-tu te contenter de ça ?

– Aussi longtemps que je serai certaine que tu es avec moi.

Sa déclaration me bouleverse. Cassandre serait prête à vivre une relation à longue distance ? Elle en serait heureuse ?

Mon portable vibre dans ma poche. Soulagé d'avoir quelques minutes de répit, je m'éloigne de Cassie et lis le message de mon agent.

Alfredo : Tu as vu ça ?

En pièce jointe, il me transfère le contenu d'un article. Un jeune prodige de trois ans mon cadet a expliqué à un journal sportif qu'il rêve de la ligue anglaise, de Liverpool. C'est un appel du pied pour le mercato à venir.

– Des obligations professionnelles ? questionne Cassandre.

– Oui…

Je range mon téléphone, le cœur lourd, et l'observe. Cassandre reprend sa vaisselle.

– Je m'y attendais, tu sais. Depuis la vidéo, j'attendais que tu…

Elle s'arrête. Je l'entends soupirer.

– Je veux juste me préparer, Soan. Savoir combien de temps… Quand est-ce que tu dois repartir ?

Je me rends compte que j'ai agi comme quand j'ai appris que j'étais accepté en centre de formation. J'ai attendu qu'elle me confronte à ma connerie. Aujourd'hui, cependant, j'ai conscience de la fragilité qu'elle dissimule. Fragilité dont je suis la cause. Mes erreurs ont façonné son comportement. Alors, je ne tais plus la vérité :

– J'ai déjà trop fait traîner les choses.

Elle acquiesce. Ses épaules restent basses.

– Loïc dit que je suis guéri. Le match pour l'association a fini de le convaincre que je vais mieux. Il l'a annoncé à mon agent. Je ne peux plus reculer.

Elle me fait de nouveau face, et je prends un uppercut en plein bide. Son regard triste me harponne.

– Quand ? Cette semaine ? La suivante ?

– Le plus tôt sera l'idéal.

Le match d'hier a été un révélateur de l'urgence de prendre une décision.

– Je vais dire à Alfredo que je rentre. Pour le voir. Pour rencontrer mes dirigeants. Et savoir combien de temps il me reste…

Avec toi.

– En convalescence.

Elle ferme les yeux et une larme coule sur sa joue. Comme à mon habitude, je viens l'essuyer, caresser sa pommette. Mon cœur se réchauffe de la sentir si proche de moi. Ses paumes se posent sur mes mains pour me retenir. J'embrasse des lèvres qu'elle me tend sans retenue. Je la serre contre moi une minute, deux, dix. Je ne sais plus. En espérant que notre baiser la rassure pour la suite… Tout comme elle ne me demandera jamais d'abandonner mon rêve, je ne peux pas l'inciter à renoncer à sa vie. Comment va-t-on faire, alors ?

– Je vais rentrer demain, je serai là, le week-end prochain, d'accord ?

– D'accord.

32
Soan

J'ai appelé Alfredo pour lui dire que je rentrais à Liverpool puis j'ai préparé mes affaires, soit trois tenues de rechange jetées à la va-vite dans un sac.

Quand je monte dans le Q3, mon appréhension grimpe en flèche. Je quitte Cassandre encore une fois. Ça fait des années que je la quitte et je me rends compte que ça ne peut plus durer.

Soan : Je pars. Je passe voir ma mère avant de prendre l'avion.

Cassie : Fais attention. Ce n'est pas trop la route, si ?

Soan : Non, je fais un détour d'au moins deux cents kilomètres !

Cassie : Si je te demande de lui dire bonjour de ma part, est-ce qu'elle va faire la grimace ?

Soan : J'y vais aussi pour lui parler de nous. Donc elle n'a pas intérêt !

Je ne veux pas qu'elle cultive des craintes au sujet de ma mère. J'envisage d'être le plus sincère, doux et rassurant possible avec cette dernière. J'aime Cassandre depuis dix ans, il est temps qu'elle comprenne que je ne fonce pas dans cette histoire la tête baissée.

Je fais démarrer la voiture et file en direction de l'autoroute. Une heure et demie me suffit à combler la distance. Je gare l'Audi à quelques rues de ma destination, dans le premier parking privé que je trouve. J'enfile une casquette, abaisse la capuche de mon sweat par-dessus, attrape mon sac et descends. Alfredo m'a réservé un vol pour Liverpool demain après-midi. D'ici là, je compte chouchouter ma mère comme elle le mérite. Elle bosse au bureau de poste de la ville, et elle ne devrait pas tarder à terminer sa journée. Je m'y rends à pied, espérant que personne ne se montre curieux sur le chemin. Je m'immobilise en face de l'entrée, mon portable en main.

Vadim : Il paraît que tu reviens ? Je commençais à m'habituer à ne plus t'avoir dans les pattes !

Soan : Mens pas, je sais que je te manque ! Ça se voit sur le terrain !

Vadim : Et moi qui comptais t'accueillir dignement ! Soirée entre potes et soda !

Soan : On dirait que tu as retenu la leçon.

Vadim : Pas envie de me prendre un coup de pression par une tornade blonde ! Elle rentre avec toi ?

Soan : Non. Toujours aussi compliqué...

Vadim : Qu'est-ce que t'as foutu encore ?

Soan : Je te raconterai. Mais tout n'est pas entièrement ma faute !

Vadim : À demain, frère.

Je souris devant mon écran. Je ne lui ai pas parlé depuis deux mois et il m'a manqué. Si j'avais eu un problème, ou si lui en avait eu un, on se serait contactés tout de suite. Tant qu'on ne le faisait pas, c'est que tout allait bien. Je suis heureux de rentrer et de le voir.

– Soan ?

La voix de ma mère m'extirpe de mon écran. Je relève la tête et l'accueille avec un grand sourire.

– Maman !

Elle ouvre les bras et me serre contre elle avec force. Je lui rends son étreinte avec la même intensité.

– Tu m'as manqué !

Quand je la relâche, de fines larmes brillent dans ses yeux.

– Tu ne vas pas pleurer parce que je te fais une surprise !

– Je suis tellement contente de te voir.

Ça fait trop longtemps que je ne suis pas venu lui rendre visite. Ma blessure m'avait mis plus bas que terre, mais elle me faisait honte aussi. J'ai bataillé toute mon enfance auprès de ma mère pour passer les tests, partir en centre, renoncer à une adolescence normale et tout ça pour quoi ? Devoir être opéré à 23 ans et ne pas parvenir à remonter la pente ? Aujourd'hui, je me tiens devant elle en sachant que demain, je vais me battre pour récupérer ma place.

– Combien de temps tu restes ?

– Je dois rentrer demain. Je viendrai tout un week-end, la prochaine fois, et je te préviendrai.

– Quand ? Dans six mois ?

– Maman…

– Je suis désolée, Soan, mais tu t'es blessé et tu ne m'as pas permis de prendre soin de toi.

Je voulais remonter la pente tout seul.

– Je n'avais pas envie qu'on prenne soin de moi, Maman, je voulais juste aller mieux.

– Et maintenant, ça va ?
– Oui. Je suis sur la bonne voie.

Tout en poursuivant notre conversation, je l'emmène dans le centre-ville. Nous entrons dans un café et nous installons pour boire un thé et manger une part de gâteau. Ma mère est ravie. Je m'efforce de l'aider financièrement. C'est moi qui ai acheté l'appartement qu'elle occupe et qui règle ses factures pour ne pas qu'elle se soucie de compter son argent. Pour autant, elle a toujours tenu à travailler.

– Comment se passe la vie ici ? Tu as rencontré quelqu'un ? me renseigné-je, taquin.

– Oh ! Non ! Et ce n'est absolument pas dans mes projets. Je suis très bien seule. Mes amis et notre famille me suffisent. En attendant de pouvoir jouer les grands-mères…

Je reconnais sa moue. Je m'affale dans le fond de mon dossier en levant les yeux au ciel. Nous avons déjà eu cette conversation.

– Je n'ai que 23 ans, Maman. J'ai encore tout le temps pour te donner des petits-enfants.

– Tu as une situation stable, tu es beau et intelligent, tu devrais avoir de nombreuses filles à tes pieds.

Je ris.

– J'en veux pas de nombreuses. Une seule suffit.

– Justement…

Elle se racle la gorge comme si elle était gênée et je fronce les sourcils.

– J'ai sympathisé avec une femme, au travail. Son aînée est en train de terminer une année de master. Elle est célibataire et on se demandait avec tes grands-parents si…

– Je t'arrête tout de suite. Il est hors de question que je participe à un dîner arrangé.

– Tu pourrais la rencontrer, discuter avec elle et…

– Laisse-moi deviner… elle est musulmane.

– Oui, mais ça, c'est du bonus. C'est une fille très bien.

– Je m'en moque que ce soit une fille bien, que tu t'entendes bien avec sa mère et que tes parents approuvent. Elle n'est pas pour moi.

– Qui le sera, alors ?

– Tu sais déjà qui, Maman.

Le silence plane entre nous.

– Tu ne vas quand même pas me reparler de Cassandre ? Je croyais que vous ne vous voyiez plus.

– On s'est retrouvés.

– Quand ça ?

– Ces deux derniers mois. Je suis revenu en France parce que je devais soigner mon genou, mais aussi parce que je voulais être auprès d'elle.

– Tu… tu ne viens pas me voir, mais tu passes du temps avec cette fille ?

– Ce n'est pas une fille, Maman, râlé-je. C'est *la* fille. La seule que je veuille, la seule que j'aie toujours voulue. Tu le sais très bien, ne prends pas cet air contrarié. Je suis amoureux de Cassandre. Comme tu as été amoureuse de papa, au point de tout miser sur votre relation. Et ce que tu pourras dire ou faire ne changera pas cette réalité.

– J'ai tellement peur que tu commettes les mêmes erreurs que moi…

Je repousse ma tasse sur le côté et lui prends la main par-dessus la table. Je serre ses doigts comme pour qu'elle intègre bien les paroles que je vais prononcer.

– Tu n'as commis aucune erreur. C'est papa qui porte la responsabilité de l'échec de votre couple. Mais je n'oublie pas que sans lui, sans toi, je ne serais pas là. Et je trouve que votre amour n'aurait pas dû être quelque chose de honteux ou d'anormal. Le métissage, c'est l'un des plus beaux messages qui existe dans le monde.

Et je serai fier que mes enfants portent en eux un mélange de racines.

Elle me sourit. Sa deuxième main rejoint la première pour me serrer à son tour au creux de ses paumes.

– Papa est tombé malade, Maman. L'alcoolisme est une maladie. Je l'ai croisé et il se soigne. Des gens l'aident. Et j'irai lui rendre visite pour le soutenir. J'espère retrouver notre complicité perdue. Je voulais te prévenir.

Elle hoche la tête.

– Sache que je suis fier d'être ton fils. J'accepterai tous tes choix : que tu veuilles te rapprocher de tes parents, mieux vivre ta foi, ou quoi que ce soit d'autre. Je t'admire parce que tu es une femme forte qui a réussi à s'en sortir malgré un mari à la dérive et un enfant qui l'a quittée trop vite.

– Tu as été un bon fils.

– J'espère l'être toujours, même si je ne respecte pas tes souhaits les plus profonds.

Ma mère secoue la tête. Elle sait que je reparle de ce rendez-vous auquel je refuse de participer.

– Ce n'est pas mon souhait le plus profond. Je veux que tu sois heureux.

– Et moi, que tu sois heureuse. Et si vivre auprès de ta famille le permet, alors je viendrai vous rendre visite aussi souvent que possible. Mais il faudra que tu les prépares… je ne compte pas renoncer à Cassandre. Et quand je viendrai, elle sera à mes côtés.

– Je le sais. J'ai essayé de me cacher la vérité, mais c'est une évidence depuis tes huit ans. Le jour où tu l'as rencontrée, tu es devenu lumineux. Plus rien ne pouvait t'arrêter. Tu voulais décrocher une étoile pour elle.

– Je le ferai.

Ce n'est pas Cassandre qui me retient loin des terrains. Au contraire, elle m'y pousse. Je profite d'ailleurs de ce que ma mère se retire aux toilettes pour lui envoyer un message.

Soan : Tu me manques. Je viens de discuter avec ma mère et ça s'est bien passé. Je pense qu'elle a enfin compris ce que je ressens pour toi. J'ai échappé de peu à un rendez-vous arrangé... tu le crois ? J'ai hâte de revenir ce week-end. Il va falloir qu'on parle de cette relation à distance, parce que je risque de devenir fou sans toi. Je t'aime.

Cassie : Je t'aime.

33

Cassandre

17 ans

– Qu'est-ce que tu fous là-dedans, Cassie ?

Ma meilleure amie tape sur la porte de la salle de bains. Elle a raison de s'impatienter, moi-même, j'aurais trouvé le temps long si elle s'était enfermée comme ça pour se préparer. Mais je n'y peux rien. Mon cœur cogne à m'en lacérer la poitrine, je retiens difficilement des larmes. Mes mains sont moites et je ne peux pas les essuyer sur mon jean vu qu'un ridicule bout de tissu couvre mes jambes ! J'ai peur de sortir, de me rendre à cette fête, de revoir enfin Soan. J'ai peur de mentir à mes parents et de le regretter. Mais par-dessus tout, j'ai peur de rester face à ce miroir, sans rien tenter. J'inspire profondément, marche vers la porte, la déverrouille et me poste devant Mégane, bras écartés.

– Je ne suis pas sûre…

J'hésite, me tais, puis reprends :

– Est-ce que tu crois que ça lui plaira ?

Elle ne répond pas immédiatement. Elle détaille mon corps, du décolleté de mon débardeur au petit short qu'elle m'a prêté, remonte sur mon visage maquillé pour la première fois. J'ai opté pour quelque chose de discret : un trait de crayon noir et un peu de mascara. J'ai eu du mal à supporter mon regard plus sombre que d'ordinaire. L'inspection de Mégane semble valider ma tenue.

– S'il ne te déballe pas comme le meilleur cadeau d'anniversaire qui existe, je ne comprends plus rien aux mecs !

Je pouffe.

– Soan n'est pas comme les autres.

– C'est clair ! Qui attendrait un an avant de coucher avec sa copine ?

– Lui. Lui seul fait ça.

Je me sens rougir. Si je n'étais pas prête l'été dernier lorsqu'il est rentré et que nous avons commencé à sortir ensemble, tout est différent cette année. Ma mère piquerait une crise si elle savait où je compte me rendre ce soir alors que je lui ai promis de rester sagement avec ma meilleure amie. Chez elle. Soan me manque tellement. Ses lettres et ses textos ne me suffisent plus. Il revient aujourd'hui, soit une semaine après la date initialement prévue car il attendait le résultat de ses examens, et ses potes ont voulu marquer le coup pour ses 18 ans en organisant une fête. Mon petit ami m'y attend de pied ferme depuis une heure. Et s'il n'espère rien de sexuel ce soir entre nous, je compte bien lui montrer que ce n'est pas mon cas.

En pénétrant dans la maison de Maximilien, la musique me perfore les tympans. Les lieux ne sont pas bondés comme on peut le voir dans certains films américains, mais il y a suffisamment de monde pour que le salon soit bien rempli alors que certaines personnes sont dans le jardin. Nous nous arrêtons sur le seuil de la pièce, à la recherche de Soan, de Max et leurs potes.

– Tu le vois ? me demande Mégane dont les yeux passent de visage en visage.

– Salut les filles ! nous accueille une voix enjouée en provenance de la cuisine.

Les mains pleines de bières, Max se faufile jusqu'à nous. Je me sens soulagée de reconnaître quelqu'un. Le footballeur affiche un grand sourire. S'il ignore Mégane, son regard détaille ma silhouette.

– Cassie, tu es canon.

– Merci… balbutié-je.

– Je t'offre quelque chose à boire ? me propose-t-il en me montrant son fardeau.

– Non merci, je ne bois pas. Tu sais où est Soan ?

– Tu ne veux pas que je te fasse visiter ?

Après un soupir qu'elle ne tente même pas de dissimuler, Mégane s'interpose :

– Soan s'en chargera très bien tout à l'heure. Tu nous emmènes jusqu'à lui ?

Max perd son sourire un bref instant.

– J'étais venu chercher le ravitaillement. Suivez-moi.

Nous progressons dans son sillage. Je reconnais les visages des gens de notre lycée. L'anniversaire de Soan tombe juste après les résultats du bac. Nul doute que la bière va couler et que la soirée va s'éterniser ! De l'autre côté du salon, la baie vitrée est ouverte. Dans le jardin, derrière une terrasse en bois, je repère Soan, au milieu du gazon, en train de jouer au foot avec ses potes. Mon premier constat est qu'il a encore grandi. Lui qui était en retard sur les autres, il les dépasse désormais. Je suis grande, mais j'aime me dire qu'il l'est plus que moi dorénavant. Même si cela ne m'a jamais dérangée. À l'instar de l'appareil dentaire qu'il a porté de ses 14 ans à ses 16 ans. Je me rends compte que j'ai rêvé de l'embrasser bien avant qu'il ne parte faire sa formation. Et maintenant, je peux laisser libre cours à mes envies.

– Tu as bien du courage de sortir avec un footballeur ! raille Mégane tandis que nous devenons spectatrices du match improvisé. Je te rejoins dès que je trouve Théo !

J'opine du chef, distraite, l'attention focalisée sur les pieds de Soan.

Après dix minutes, ils finissent par s'arrêter. Silencieuse, je les observe se taper dans les mains ou dans le dos, et s'échanger des moqueries avec le sourire. Maximilien s'invite auprès de ses potes et distribue les boissons. Soan chope une bouteille d'eau en bordure du terrain. C'est quand il en dévisse le bouchon que son regard capte le mien. Je m'avance vers lui, ses copains me remarquent et le chambrent. Je les salue rapidement d'un sourire, puis poursuis ma route jusqu'à mon petit ami. Il m'enlace, relève ma tête et m'embrasse. Ses lèvres me revendiquent devant les autres. Je me fiche bien qu'il transpire, tout ce que je souhaite, c'est que sa bouche me dévore.

– Tu m'as trop manqué ! me souffle-t-il, aveugle et sourd au reste du monde.

– Joyeux anniversaire !

Ses yeux dévalent mon corps puis remontent sur mon visage.

– Tu es…

– Jolie ?

Son sourire s'étire.

– Plus que ça. Je crois que je pourrais être jaloux des mecs qui te matent si ce n'était pas mes potes.

Je ris contre sa joue, enfonce le nez dans son cou et le respire. À cause de l'exercice, son odeur est plus marquée, plus brute. J'aimerais pouvoir imprégner mes oreillers de ce parfum.

– Tu fais quoi ? ricane-t-il alors que mon souffle le chatouille.

– Je prends une dose.

Une. Deux. Dix. En espérant qu'elles me restent même quand il ne sera plus là. Les bras de Soan me retiennent contre son torse. Je le serre, parce que je sais qu'il s'envolera à la fin de l'été, que je ne le reverrai qu'à Noël, et que je dois profiter de chaque seconde de lui.

– Tu veux boire quelque chose ?

Je secoue la tête sous sa mâchoire.

– Manger quelque chose ?

Je réitère mon geste. Au-dessus de moi, Soan rigole.

– Qu'est-ce que tu veux, alors ?

Mon cœur palpite si fort que je parviens à peine à parler. Je relève le menton, rencontre son regard à la fois étonné et amusé. Je me fais l'effet d'une fille libérée, mais je n'arrive pas à patienter. Je veux être seule avec lui, l'embrasser toute la nuit, être allongée dans un lit au creux de ses bras, sentir sa peau nue contre la mienne. Mes parents auraient souhaité que je me préserve, mais mon désir de lui est trop fort. L'amour que j'éprouve pour Soan surpasse l'adoration que je voue à Dieu. Je m'écarte à regret, scrute son regard.

– Où est-ce que tu dors, ce soir ? le questionné-je.

Ses sourcils remontent.

– Max m'a gardé un lit, là-haut.

Les joueurs se désintéressent de nous pour retourner sur la terrasse, près du barbecue.

– Un lit deux places ?

J'ai chuchoté. Soan se baisse pour mieux m'entendre.

– Qu'est-ce que tu as dit ?

– Est-ce que c'est un lit deux places ? Dans une chambre, tout seul ?

Sa bouche se dépose sur la mienne dans une caresse légère.

– C'est ce que tu veux ?

J'acquiesce.

– Maintenant ?

Je hausse les épaules.

– Mais tu préfères peut-être profiter de ta soirée. Tu n'auras 18 ans qu'une fois.

Je tais que j'espère qu'il ne fera l'amour qu'avec une seule fille. Moi.

– Tes parents savent que tu es là ?

Je baisse la tête, honteuse d'avoir menti.

– Ils me croient chez Mégane…

– Tu joues avec le feu, Cass.

Ce soir, l'emploi de ce surnom rehaussé de remontrances me fait sourire.

– C'est ma vie, Soan. Et c'est avec toi que je veux la passer.

Son regard se teinte de tristesse. Son bras autour de mes épaules se resserre. À son tour, il enfouit son nez sous mes cheveux.

– Ne dis pas ça. Je ne pourrais jamais repartir, sinon.

– Je t'aime. Je t'aime si fort, Soan. Et je veux que tu sois le premier…

Je baisse la tête, murmure à peine.

– Le seul.

J'ai l'impression que mon cœur cogne sur une grosse caisse de batterie. Je souris lorsque les battements de celui de Soan répondent aux miens. Sans que je le voie, ses doigts descendent sur ma paume. Avec douceur, ils s'y lient. Nos mains se nouent telles les racines d'un arbre emmêlées. Je ne possède plus qu'un seul sens : le toucher.

– Viens.

Sans se préoccuper des invités ou de ses potes, Soan a décidé de disparaître de la soirée donnée en son honneur. Je le suis jusqu'à l'escalier. Sur la première marche, je cherche ma meilleure amie des yeux. Mégane a les bras autour du cou de son petit copain. Elle m'adresse un sourire complice.

Le premier étage est désert. On pourrait croire qu'il n'y a personne dans la maison. Le bruit des voix s'estompe. Ou bien est-ce nous qui nous éloignons de la réalité ? Soan me guide dans la chambre qui lui a été réservée. Il referme la porte derrière moi, puis se dirige vers la table de chevet pour allumer une lumière tandis que je demeure debout au pied du lit, avisant d'un œil paniqué l'endroit où je partagerai ma première fois avec un garçon. Mais Soan n'est pas n'importe quel garçon. Il ne me fera jamais souffrir. À cette pensée, ma respiration s'apaise. Il revient près de moi et se cale dos au matelas.

– Je suis mort de trouille à l'idée de te faire mal.

– Tu ne me feras pas mal…

Nous échangeons un sourire sans bouger. Comme si on ne savait pas comment commencer. Je décide donc de lui livrer ce qui me trotte en tête, la seule chose qui me freine.

– J'ai peur que tu me voies nue…

– Pourquoi ?

Je hausse les épaules.

– Tu crois que tu ne me plairas pas ? Que je pourrais me moquer ?

– Je ne sais pas. C'est comme si j'allais me retrouver sans défense. Ce sera moi. Juste moi.

– Et tu me plairas. Je t'assure, Cassie. Tu es magnifique. Je n'ai pas besoin de te voir nue pour le savoir.

Ses mots me font tellement de bien.

– Qu'est-ce qu'on fait, alors ? Tu préfères que j'éteigne la lumière ?

Je secoue la tête avant de reculer hors de sa portée. Soan m'interroge du regard.

– Je te propose quelque chose.

– Je t'écoute.

– Pour tout vêtement que j'enlève, tu dois faire la même chose.

Il déglutit.

– En face à face ?

– Oui, murmuré-je d'une voix à peine audible.

Les battements de mon cœur accélèrent. Je n'ai jamais eu aussi conscience d'être à découvert devant quelqu'un, et je n'ai pas encore retiré le moindre habit.

J'ai du mal à maîtriser mon souffle tant l'intensité de ce moment me monte à la poitrine.

D'un doigt, je fais tomber la première bretelle de mon débardeur. Puis la deuxième. Soan ne me touche pas, pourtant c'est comme si ses mains étaient déjà partout sur moi. Des endroits sur lesquels personne, pas même moi, n'a jamais posé la main semblent se consumer. Mon haut passe par-dessus ma tête. Soan découvre alors mes petits seins compressés dans un soutien-gorge, les grains de beauté disséminés sur ma peau, le léger renflement de mon ventre et de ma taille. Avec un sourire, c'est à son tour d'entrer dans la partie. Il prend son temps. Ses bras forment une croix devant lui, ses mains saisissent le tissu de son tee-shirt, le remontent. Ses abdominaux m'attirent, de même que sa peau ferme, mate, sans aucune imperfection. Soan veut enchaîner. Ses doigts se portent à sa ceinture. Je les intercepte.

– Je peux ? lui demandé-je l'autorisation de la dénouer.

– Uniquement si je peux faire la même chose avec toi.

Pour seule réponse, je desserre sa boucle, décoche son bouton, ouvre sa braguette. De son côté, Soan m'imite, s'arrête quand je le fais.

– Vas-y.

Ses deux mains crochètent les bords de mon short en jean et le glissent le long de mes jambes. Il s'agenouille. Ses lèvres se déposent sur le devant de mes cuisses. Avec un regard insoutenable, il remonte dans un chemin de baisers, survole ma culotte, hésite à s'y attarder et poursuit sa route. Je ferme les yeux quand il embrasse ma poitrine, à l'endroit exact où se situe mon cœur fou d'amour.

– Je prendrai soin de ton corps comme de ton cœur. Je te le promets.

Encore une fois, Soan me coupe le souffle. Je passe mes bras autour de son cou, me plaque contre lui et fonds sur sa bouche.

Cette nuit, je scelle la même promesse sur ses lèvres.

Je n'ai qu'une vie. Je ne veux qu'un seul amour.

34
Cassandre

17 ans

Une vibration me tire du sommeil. Je reprends corps dans la réalité. La nuit dernière a été magique et, si j'en crois la lumière du jour à travers la fenêtre, on doit être le matin. Je m'étire, m'attends à trouver Soan à côté de moi, mais la place est vide. Je lève la tête à sa recherche : la chambre est silencieuse. La vibration se poursuit. Le drap resserré autour de ma poitrine, je me hisse jusqu'à mon short, et en tire mon portable. Mégane est en train de m'appeler. Je souris. La seule raison pour laquelle elle me téléphonerait, alors qu'on doit rentrer ensemble, est pour m'informer qu'elle veut rester plus longtemps avec Théo. *Peut-être que Soan me raccompagnera à la maison…*

– Allô ? décroché-je, la voix encore enrouée.

À l'autre bout du fil, je perçois un gémissement suivi d'un sanglot. Aussitôt, mes lèvres retombent. Mes doigts se cramponnent à mon portable. Je me mets à paniquer.

– Mégane ?

Elle ne répond pas. Ses pleurs sont retenus, mais je n'entends que ça. Je m'extrais du lit aussi vite que possible et me rhabille.

– Mégane ! appelé-je pour la faire réagir.

– Cassie, s'il te plaît… Je…

Mon corps se fige, mon sang se glace, je reste suspendue au téléphone, comme si mon monde s'écroulait.

– Je ne sais pas quoi faire… J'ai peur. J'ai mal… Il m'a…

De gros sanglots la secouent. Ma panique s'amplifie.

– Qui ? Qui t'a fait quoi ? Mégane ? T'es où ?

– Devant chez lui.

– Chez qui ?

– Chez Théo. Il m'a… je…

Le souffle coupé, Mégane ne parvient plus à articuler. Son agonie me lacère.

– Ne dis rien à personne, s'il te plaît, Cassie. Viens me chercher… Je t'en supplie.

– J'arrive.

D'un geste sec, je m'essuie les yeux et fonce dans le couloir. Je me précipite dans l'escalier.

Au rez-de-chaussée, la maison est quasiment vide. Seuls les meilleurs potes de Max squattent le canapé. Mon regard tombe sur Soan, en train de sortir de la cuisine. Je comprends à son allure – un boxer et un tee-shirt – qu'il allait remonter.

– Cassie ? s'étonne-t-il.

Mon cœur pulse comme un fou. Et ce n'est pas à cause de ma course précipitée. Je pense à Mégane, seulement à Mégane.

– Il faut que je parte.

– Maintenant ? Il est 5 heures du mat.

Pendant une seconde, je songe à lui avouer la vérité. Soan est mon ami depuis toujours, j'ai confiance en lui. Il serait prêt à se battre pour Mégane même s'il ne la connaît pas. Pourtant, je choisis de trouver une excuse à mon départ précipité. Je ne peux pas trahir ma meilleure amie au plus mal.

– Mes parents… Ils ne savent pas que je suis ici. Je dois retourner chez Mégane.

– OK. Attends, je me rhabille et je te raccompagne.

– Non, le stoppé-je. C'était ta fête, tu t'es déjà éclipsé toute la soirée, reste là !

J'ai oublié à quel point mon meilleur ami est capable de lire en moi.

– T'es sûre que ça va, Cass ?

D'habitude, j'aurais relevé l'emploi de ce surnom, mais j'ai d'autres préoccupations en tête. Soan fronce les sourcils. Muette, je comble la distance entre nous et lui saute au visage. Je l'embrasse, espérant le rassurer. Quand je m'écarte, son expression ne s'est pas adoucie.

– Je t'appelle.

Il me retient d'une pression.

– Cassie… Dis-moi que ça n'a rien à voir avec hier soir…

– Non, rien.

J'essaie de sourire sans grand succès. Soan reviendra sûrement à la charge comme il le fait chaque fois que des non-dits traînent entre nous.

Je quitte ses bras, puis la maison. Dehors, je fais semblant de marcher tranquillement jusqu'à n'être plus visible. Ensuite, je cours. Il me faut cinq minutes avant d'arriver dans l'allée de chez Théo. Les lumières sont éteintes, tout à l'air endormi à l'intérieur. Je tape un message à Mégane, tourne sur moi-même au cas où je l'aurais loupée. Mon regard tombe sur la place en face. Une forme enroulée sur elle-même se tient au dossier d'un banc. Je traverse. M'arrête à un pas. Mégane est recroquevillée sur elle-même, et elle tremble comme une feuille. Elle porte les mêmes vêtements qu'hier sauf que… la bretelle de sa robe est décousue, son collant filé, et sa jolie coiffure défaite.

– Még…

Je tombe à genoux devant elle. Son regard dégoulinant de maquillage me cherche. On dirait d'abord qu'elle ne me voit pas, puis ses pleurs et ses tremblements redoublent.

– Je pouvais pas rester à l'intérieur. Il… il avait trop bu, il était pas comme d'habitude. Il m'a forcée et…

Elle n'a pas le courage de préciser, mais nul besoin qu'elle le fasse. Je la prends dans mes bras.

– Je suis là.

– Je voulais rentrer, mais… je n'en ai pas eu la force. Ma mère… Ma mère…

– Ne pense pas à elle. Viens.

Je me relève et l'incite à faire de même, le plus délicatement possible. Un pas après l'autre. Je crois que pendant quelque temps, elle ne pourra de toute façon pas faire autrement.

Comme nous approchons de la maison de Théo, Mégane freine des talons, secoue la tête. Je comprends et la tire de l'autre côté.

– On va faire un détour, OK?

Je ne lui ai jamais vu ce regard meurtri. Si elle n'est pas blessée à l'extérieur, elle est détruite psychologiquement. Je me sens démunie. Comment l'aider au mieux?

Le jour commence à se lever lorsqu'on atteint le bas de son immeuble. Je m'apprête à pousser la porte, mais elle retient mon geste.

– Ma mère…

– On va devoir lui dire. Tu ne peux pas rester comme ça.

Ses larmes redoublent.

– Elle va être anéantie.

– Le plus important, c'est toi, Meg. Comment tu vas être si on ne lui en parle pas?

Au fond d'elle, elle sait que j'ai raison. Elle se remet donc à avancer, résignée.

Sandra n'est pas encore levée, mais ça ne saurait tarder. Je supporte mon amie jusqu'à la salle de bains. Je l'aide à se déshabiller puis je la douche. J'essaie d'être présente, sans envahir son espace pour autant.

– Tu veux que je reste ? demandé-je après l'avoir incitée à se coucher dans son lit.

Elle me fait signe que oui. Je m'allonge, tournée face à elle, tandis que ses yeux se ferment. Si elle s'endort, ce sera d'épuisement. Derrière ses paupières closes, des larmes silencieuses coulent. Son visage est déformé par le chagrin.

– Ça va aller.

Je me dégoûte d'oser prononcer ce mensonge. Mégane explose en pleurs dans mes bras.

***

– Tu es sûre que ça va ?

La voix de Soan à l'autre bout du fil est inquiète. Voilà cinq jours que je n'ai pas quitté l'appartement de Mégane hormis pour rentrer chez moi et rassurer mes parents. Je n'ai rien raconté à personne. Soan est patient. Ma mère se montre suspecte, croyant que je suis collée à lui malgré ce que je lui en dis. Et moi, je m'enfonce un peu plus dans le silence.

Je m'accorde au rythme de Mégane. Le lendemain de son agression, elle a trouvé la force de tout expliquer à sa mère. Sandra ne s'est pas écroulée, elle a retenu ses larmes alors que le récit de sa fille la dévastait. Elle est restée digne, a proposé à Mégane de l'emmener au commissariat pour porter plainte et lui a promis de la soutenir durant toute la procédure. Ma meilleure amie n'en a pas eu le courage. Elle ne sait plus si son corps lui appartient ou s'il portera toujours les marques de la violence d'un homme. Retrouvera-t-elle un jour son caractère affirmé ? Seul le temps nous le dira. Je suis prête à lui en accorder beaucoup. Et je me rends compte que c'est au détriment de celui qu'il me reste à passer auprès de Soan. Ses rêves vont le rappeler à des centaines de kilomètres de moi. Notre relation conservera-t-elle sa force une fois nos vies lancées en parallèle ? Si loin l'une de l'autre. Le soupir de Soan me ramène à l'instant présent alors que je culpabilise de penser à moi dans un moment pareil. Je n'ai pas répondu à sa question.

– Je dois repartir bientôt, laisse-t-il soudain tomber entre nous comme un couperet. J'ai reçu un coup de fil de mon agent et… je suis pris dans l'équipe une de Liverpool. Je voulais te l'annoncer en personne et puis…

– Je t'ai sauté dessus, essayé-je de plaisanter.

J'entends un petit rire avant qu'il complète d'une voix morne.

– Je dois rejoindre l'entraînement.

– Qu… Quand ?

Je panique. *Ne m'abandonne pas maintenant…* Mais comment lui en vouloir alors qu'il n'est au courant de rien ? Il pousse un nouveau soupir. Plus las, cette fois.

– Dans une semaine.

Sept jours. Il nous reste sept jours…

– Cassie… je ne sais pas ce qui se passe et je t'avoue que je commence à m'inquiéter. Je me fais mille films. J'imagine le pire au sujet de Mégane, puis de toi, puis de nous. Je n'ai pas envie d'être le type pressant ou qui ne comprend rien à rien, mais… ça me ferait plaisir de te voir… Non, j'ai besoin de te voir. Plus les jours filent, moins je me sens bien. J'ai peur de partir et de te perdre.

– Tu ne me perdras pas.

Je ne sais pas s'il me croit.

– Est-ce qu'on peut passer une dernière soirée ensemble ?

Je renifle. Je n'ai même pas senti les larmes me monter aux yeux.

– Tu pleures ? Cassie, je viens, je m'en fous. T'es où ?

– Non. Non, attends, je…

Une main se pose sur le téléphone et m'effleure. Mégane bouche le combiné.

– Vas-y, me chuchote-t-elle.

– Mais…

– Tu n'as pas à rester avec moi tout le temps.

– Si !

Elle me sourit et cette expression triste qui court sur son visage ces derniers jours me tord le cœur.

– Tu reviens après, alors, abdique-t-elle. Je ne bouge pas d'ici.

– Cassie ? appelle la voix de Soan au téléphone.

– J'arrive. Dis-moi où tu es.

Soan m'attend dans notre square. Il décolle du toboggan sur lequel il était adossé et se précipite à ma rencontre. Comme s'il ne pouvait pas perdre une seconde de plus, ses lèvres fondent sur les miennes. Je m'agrippe à lui, refoulant les sentiments noirs qui me pourrissent le cœur ces derniers jours. J'essaie de reléguer Mégane loin de mes pensées pour un court moment, mais c'est chose impossible.

– Je ne veux pas partir, m'avoue-t-il. C'est de plus en plus dur de te quitter chaque année… Et là, c'est pire. Tu trembles, Cass. Comment je peux m'en aller en sachant que tu ne vas pas bien ?

– Ça ira mieux, ne t'en fais pas.

Soan immobilise mon visage à dix centimètres du sien. Ses yeux plongent dans les miens, à la recherche d'une réponse.

– Tu ne me diras rien, pas vrai ?

– Je ne peux pas.

Blessé, il ferme les paupières. Je dépose un baiser, une caresse, sur ses lèvres.

– Ta mère est chez toi ?

Il comprend où je veux en venir sans que j'aie besoin de le préciser. Sa main descend le long de mon corps, ses doigts s'emparent des miens et il m'emmène. Mon cœur palpite sur le chemin. Je l'embrasse dans l'ascenseur menant à son appartement, je l'embrasse sur le palier, dans son entrée. Je crois que je n'arrive pas à me décoller de lui de crainte qu'il s'envole.

Je parviens à mettre Mégane de côté. Je n'ai pas peur de Soan, il ne me fera jamais de mal. Si un jour je lui disais ne vouloir que rester dans ses bras et rien de plus, il ne me forcerait pas. Il ne se changerait pas en monstre. C'est avec cette certitude que je m'allonge sur son lit, prête à me déshabiller. Mais une autre, plus lancinante, me fait monter les larmes aux yeux. Soan va partir. *Encore.* Serai-je alors assez forte sans lui, pour ma meilleure amie ?

35

Cassandre

17 ans

– Bonjour. Pour laquelle de vous deux êtes-vous venues ?

La main de Mégane se cramponne à la mienne. Depuis un mois, c'est la première fois qu'on sort de chez elle. Le bâtiment ressemble à un gymnase. L'immensité du lieu impressionne mon amie, qui est sur la retenue. Sandra lui recommande cette association depuis une semaine, elle a enfin accepté de s'y rendre. Pour parler de ce qu'elle a subi. Pour rencontrer d'autres filles comme elle. D'après le site Internet, on peut venir ici en cas de problème. Par exemple, si on est mis à la porte de chez soi à cause d'une grossesse, si on ne désire pas garder notre enfant, si on veut l'élever du mieux qu'on peut malgré les études…

Je suis toujours admirative des bénévoles qui prennent du temps pour accompagner les personnes en difficulté. Aujourd'hui, je suis présente pour ma meilleure amie, mais un jour j'aimerais apporter mon aide aux autres. Régulièrement. Cette situation me rappelle que bientôt, je m'éloignerai de mon rêve pour satisfaire celui de mes parents… Comme mon amie n'ose pas ouvrir la bouche, je m'exprime pour elle.

– J'accompagne mon amie. Nous venons participer à une réunion, et on nous a dit que c'était aujourd'hui.

La femme à la porte sourit puis s'écarte.

– Mégane, c'est ça ? C'est votre mère qui a appelé, non ?

– Oui, cette semaine, réponds-je à la place de ma meilleure amie.

– Vous a-t-on expliqué comment ça se passe ?

– Non, simplement qu'on rencontrerait d'autres filles comme Mégane.

Elle hoche la tête et ferme le battant derrière nous. Comme je l'imaginais, la salle est haute de plafond, lumineuse. Elle ne manque pas de chaleur. Sur les murs, des dizaines de photos sont épinglées. Notre interlocutrice avance en nous invitant à la suivre. Chose qui s'avère difficile avec une Mégane cramponnée à mon bras.

– Je m'appelle Léa. Je fais partie de l'association depuis cinq ans. On forme une équipe d'une quinzaine de bénévoles qui se relaient. Les premiers membres ont créé l'asso il y a une dizaine d'années et depuis, chacun des bénévoles a voulu aider parce qu'ils ou elles ont traversé de près ou de loin le même genre d'épreuve que toi, Mégane, explique-t-elle en se concentrant sur cette dernière. Tu permets que je te tutoie ?

Ma meilleure amie accepte.

– Nous soutenons chaque fille de façon différente. Certaines ont besoin de trouver un emploi ou un logement à loyer raisonnable. D'autres désirent qu'on les accompagne à un rendez-vous d'interruption de grossesse, d'autres se battent pour pouvoir garder leur enfant malgré des parents prêts à le faire adopter… Nous sommes à l'écoute pour chacune d'elles. Nous ne portons aucun jugement. Nous ne sommes pas là pour donner des leçons, dire ce qui serait mieux pour le bébé, pour la mère ou le père, etc.

Elle s'arrête et se cale devant Mégane.

– Est-ce que ça te rassure ?

– Oui.

– Nous avons la chance d'avoir deux médecins parmi nous. Des psychologues. Ils aménagent leurs horaires afin de pouvoir assurer une permanence. Je te propose d'en rencontrer un si tu le souhaites. Il est disponible en ce moment.

Mégane hésite, puis acquiesce.

– Est-ce que tu te sens d'avoir cet entretien en privé ?

Léa me jette un coup d'œil. J'agirai comme Mégane le voudra. Si je dois l'attendre, je le ferai.

– J'aimerais qu'elle vienne, s'il vous plaît.

– Tout ce que tu pourras dire sera soumis au secret professionnel.

– Cassandre connaît tout de ma vie, répond Mégane. Je lui fais confiance.

– Très bien. Suivez-moi.

Léa nous fait traverser salle où se réunit le groupe de parole. Des femmes adultes discutent avec des filles plus jeunes. Ces dernières sont une dizaine. Quatre sont enceintes. Au fond, à l'écart, une zone de confidentialité a été installée. Un rideau blanc est tiré autour d'un bureau.

– Je vais prévenir Sophie, la psychologue de garde.

Notre accompagnatrice disparaît derrière le voile. Je pose une main sur le bras de Mégane.

– Tu es sûre que tu ne préfères pas la voir seule ?

– Tu ne veux pas venir ? s'inquiète-t-elle.

– Bien sûr que si, mais peut-être que tu serais plus à l'aise sans moi. Que tu pourrais… tout lui raconter. Je sais que tu as minimisé ce qu'a fait Théo. Tu as voulu me protéger.

– Je ne la connais pas… proteste-t-elle.

– C'est son métier.

– Et si elle me force à le garder ?

Je lis dans ses yeux toute la peur qu'elle ressent. Mon regard tombe sur son ventre plat puis remonte sur son visage. Je lui souris, espérant la rassurer.

– Tu as entendu Léa, ils ne portent aucun jugement. Et si jamais tu le sens pas, on ne reviendra pas. OK ?

Je pense sincèrement qu'elle doit franchir le pas seule.

– Je vais essayer, me promet-elle avec la mine triste qui ne la quitte pas depuis un mois.

Léa, de retour, invite Mégane à entrer dans l'espace privé. Quand elle voit que je ne suis pas cette dernière, elle me dévisage, étonnée.

– Elle ne souhaitait plus que tu l'accompagnes ?

– Je lui ai dit que ce serait peut-être mieux pour elle d'y aller seule. Est-ce que j'ai bien fait ?

– Chaque parcours est différent. Mais il est important d'avancer et de guérir pour soi avant tout. Veux-tu quelque chose à boire ? Ou à manger ?

– Je préfère ne pas trop m'éloigner…

– Le buffet est juste à côté. Viens.

Elle me précède de nouveau.

Je ne suis pas très à l'aise en compagnie d'étrangers, on m'a toujours jugée sur mon apparence. Mais ici, je suis pratiquement certaine que personne ne me pointera du doigt. Je me cale au bout du buffet, examinant mon entourage. À deux reprises, des assistantes sociales s'inquiètent de mon cas. Je les rassure : je ne suis qu'accompagnatrice. Je pioche dans une pile de cookies lorsqu'une voix retentit à ma droite.

– J'ai vu que ta copine était partie discuter avec Sophie.

Je me tourne vers mon interlocutrice. Elle est magnifique. Aussi grande que moi, avec de longs cheveux noirs qui dépassent d'un foulard baissé sur ses épaules, et des yeux d'un noir profond. Son teint me rappelle celui de Soan.

Sa bouche est plus foncée que la mienne. Des cils immenses entourent un regard intelligent. Mature. Trop mature pour son âge. Qui ne doit pas être très éloigné du mien. Son attention se porte pendant un instant sur la croix au creux de mon cou. De mon côté, je remarque un énorme détail sous sa robe : elle est enceinte.

– C'est loin des clichés auxquels on s'attend, hein ?

De quoi parle-t-elle ? Puis je comprends.

– N'est-ce pas justement cliché de supposer que j'en ai ?

Ma réplique a le mérite de me faire récolter un sourire. Le visage sévère de mon interlocutrice s'adoucit.

– Excuse-moi. J'oublie parfois où nous sommes. J'ai l'habitude de montrer les crocs.

Elle se sert un verre d'eau.

– Contre qui ?

– Les étrangers, les gens au lycée qui ne comprennent pas, les hommes… mes parents.

– Tes parents ?

Je baisse le regard.

– À cause de ça, oui, confirme-t-elle avant de caresser d'un geste tendre le bébé qu'elle attend.

Je fronce les sourcils. Est-ce que des parents sont capables de renier leur enfant car il porte la vie ?

– Ne fais pas cette tête ! Ici, tu trouveras un max de filles qui ont été virées de chez elles parce que donner naissance à tout juste 18 ans est une honte.

Mon regard se perd sur les silhouettes éparpillées dans la pièce, souvent regroupées par deux ou trois.

– Je ne suis pas la seule dans ce cas. Maurine a été abusée par son oncle et a fui quand sa famille a refusé de la croire. Leïla a été abandonnée par le père de son bébé et ses parents ont essayé de l'envoyer chez sa tante de force. Il arrive des histoires comme les nôtres tous les jours.

– C'est odieux ! Et inhumain !

– Les miens, en tout cas, ne se sont pas privés de me dire leur façon de voir les choses. Ils n'ont même pas voulu connaître les circonstances…

– Et tu n'as pas envisagé de…

Je pense au choix de Mégane.

– C'est contre mes croyances.

Je m'en doutais. C'est aussi contre nos croyances, à Mégane et à moi. Pourtant, jamais elle ne pourrait supporter de donner vie à l'enfant issu de son viol. Ses yeux se posent à nouveau sur ma croix.

– Tu pourrais le cautionner, toi ? veut-elle savoir.

Instinctivement, je jette un regard vers le rideau blanc derrière lequel Mégane se confie à un médecin. La jeune fille doit comprendre ce qui me passe en tête et réfléchit.

– Elle vient pour ça…

– Ce n'est pas à moi de parler à sa place.

– Mais j'ai raison.

– Tu ne sais pas ce qu'elle a traversé. Porter cet enfant la consumerait à petit feu.

La fille me scrute un moment.

– Elle a de la chance d'avoir quelqu'un qui la défende aussi fort.

Cette phrase m'interpelle.

– Pourquoi ? Tu n'as personne, toi ?

Elle hausse les épaules et fait mine de prendre un gâteau. C'est à ce moment-là que je discerne des mouvements du côté du bureau de la psychologue. Mégane a terminé son rendez-vous. Je l'accueille avec un sourire.

– Ça va ?

– Oui.

Sa réponse est sincère.

– Est-ce que tu veux boire un truc ?

– Non. Je préfère rentrer.

– On ne reste pas pour le groupe de parole ? m'étonné-je.

Je regarde en direction de ma voisine, en retrait, mais à l'écoute.

– La psy… Sophie m'a recommandé de venir pour la prochaine réunion. Elle pense que pour une première, j'ai déjà fait un beau travail.

– OK.

C'est Mégane qui gère. À son rythme. Nous allons partir lorsque je me rends compte que je n'ai pas dit au revoir à…

– Samia, me lance-t-elle en ayant remarqué mon mouvement vers elle. Je m'appelle Samia.

– Moi, c'est Cassandre, lui réponds-je en espérant lui faire comprendre que je la reverrais avec plaisir.

Ma meilleure amie s'intéresse alors à la jeune fille. Elle se dirige naturellement vers elle et lui tend la main.

– Et moi, Mégane.

36
Cassandre

18 ans

– Vous croyez que je vais aller en Enfer ?

En même temps que Samia, je me redresse pour dévisager ma meilleure amie. Nous sommes allongées toutes les trois, tête-bêche sur son lit, à écouter de la musique en sourdine. Mégane réapprend à sourire petit à petit. Cette question est légitime après ce qu'elle vient de faire. Samia ne répond pas. Le ventre de huit mois qu'elle arbore joliment est un indice de ce qu'elle peut en penser.

– Non, affirmé-je avec sincérité. Ce que tu as subi, personne ne devrait avoir à le vivre.

– Mais j'ai péché, non ?

Sa main se pose sur son ventre, là où il y avait un embryon, deux jours auparavant. Je n'ai jamais réfléchi à la question. Pour moi, nous sommes les seuls responsables de notre corps, personne ne devrait nous dire comment le gérer. Mais je sais aussi que ma mère désapprouverait totalement. Je me souviens encore de sa réaction lorsque j'ai refusé d'assister à la messe pour un garçon du collège. J'avais subi ses foudres. Je n'ose imaginer ce qu'elle aurait fait si elle m'avait vu accompagner Mégane dans cet hôpital.

– Tu n'iras pas en Enfer, répond Samia d'une voix autoritaire, le visage tourné vers le plafond. L'Enfer, c'est pour les violeurs, pas leurs victimes.

De ça, je suis convaincue. Ces mots semblent rassurer Mégane.

– Je suis heureuse que tu sois restée près de moi cet été, me lance ma meilleure amie en prenant ma main du bout des doigts. Que vous soyez avec moi. C'est grâce à vous que j'ai réussi à remonter la pente.

– Non. C'est grâce à toi, la corrigé-je. Ils te le répètent assez au centre, non ?

Samia approuve d'un coup de menton.

– Je ne sais pas comment j'aurais réagi à ta place, continué-je. Tu as été très forte. Regarde, tu es déjà prête à partir à l'université !

– Je suis rassurée qu'on soit ensemble l'année prochaine. Même si ce n'est pas pour moi que tu as choisi Paris.

Je ris. Samia aussi. Nous lui avons raconté toute mon histoire avec Soan. Elle a hâte de le rencontrer à Noël.

– Pas « que » pour toi, atténué-je.

– Tes parents savent que c'est pour te rapprocher de ton petit ami et pas du tout pour étudier dans une grande école que tu quittes le cocon familial ?

– Tes parents savent que tu as un petit ami ? renchérit Samia.

Ils ne sont évidemment pas au courant. Je n'ai pas envie d'essuyer remontrance sur remontrance. Comme je n'ai pas envie d'entrer dans cette école de droit. OK, Mégane sera avec moi et donc ce sera plus sympa, mais mes rêves ne me guident pas sur ce chemin. Je souhaite rencontrer des gens, les comprendre, apprendre sur leurs coutumes. Pas m'enfermer dans une salle de cours. Je préférerais voyager, découvrir le monde… Ma meilleure amie s'installe sur le flanc de sorte à pouvoir me fixer plus facilement.

– Pourquoi tu fais ce qu'ils te disent, Cassie ?

– Ils ont toujours été là pour moi. Ils paient mes études…

– Des études dont tu ne veux pas.

– J'ai prévu de tester un an. Je verrai bien si ça finit par me plaire ou non.

– Je connais déjà la réponse…

Elle se rallonge. Un silence inconfortable s'étend entre nous.

– Et avec Soan ? Comment vous allez faire ?

– Je ne sais pas, soupiré-je. Il est très pris. Il fait deux entraînements par jour. Il est crevé, mais il s'accroche. Il dispute son premier match la semaine prochaine. Il est impatient.

– Et ensuite ? Vous allez rester comme ça ? À des milliers de kilomètres l'un de l'autre ? Vous avez 18 ans, Cassie. Tu crois qu'il sera fidèle ?

Ce doute ne m'a jamais effleuré l'esprit. Je capte le regard de Samia posé sur moi, elle attend une réponse.

– Oui.

– J'aimerais qu'un jour un garçon m'aime à ce point. Mais… à proximité, de préférence !

Je lâche un rire avant qu'une chape de tristesse ne me tombe dessus. Soan me manque. Il s'est écoulé deux mois depuis son départ et je suis déjà à deux doigts de prendre le train, de bousiller toutes mes économies pour le voir, même une heure, entre deux entraînements.

– Je vais préparer mon sac, annoncé-je pour éviter de me morfondre. J'ai des machines à faire.

Je me redresse, m'assieds et m'apprête à quitter le lit de Mégane.

– Vous voulez qu'on sorte ce soir ? propose cette dernière.

Samia et moi échangeons un regard étonné, avant de nous tourner vers elle. C'est la première fois qu'elle envisage une sortie depuis… juillet.

– Tu es sûre ?

– Oui. Je ne vais pas vivre recluse dans ma chambre éternellement. Ce sera un premier essai avant l'université.

Je suis heureuse de voir la mine joyeuse qui accompagne cette affirmation.

– Dans ce cas, ça marche. On ira là où tu veux. En attendant, je file. À tout à l'heure.

Je leur colle une bise sur la joue, saute du matelas, puis quitte la maison.

Je n'ai toujours pas le permis. Maman m'a dit qu'à Paris, cela ne me servirait à rien. Mais j'ai prévu de trouver un boulot le week-end, afin de gagner mon indépendance. Je marche donc dans les rues de notre ville d'enfance pour l'une des dernières fois. Je suis en même temps excitée par cette nouvelle vie en perspective et triste, parce que… ce n'est pas mon premier choix. *C'est le mauvais choix.* Ne suis-je pas en train de perdre une année ?

Je pousse le portillon de notre allée, remonte le chemin et ouvre la porte. Je me demande si je pourrais leur en parler… Leur dire que je doute, que je réponds à leurs attentes, mais que cela ne me correspond pas. Je pourrais leur expliquer que j'aime Soan et que je n'aimerai sûrement personne d'autre comme lui de ma vie… Je me fige sur le seuil, le regard attiré vers le bas de l'escalier. *Pourquoi mon sac de voyage est-il là ?*

– Maman ?

À peine ai-je appelé que mon père arrive du salon. La suite se déroule dans un brouillard étrange. Ses paroles ne me parviennent pas. Il crie. Il s'énerve. Ma mère l'encourage. Leurs voix se superposent. Derrière eux, je distingue Madeleine, impassible. J'essaie de comprendre, mais je suis perdue.

– Qu'est-ce qui se passe ?

Mon père soupire, perd patience.

– Est-ce vrai que tu as aidé une de tes copines à avorter ?

Mes yeux s'ouvrent en grand. Je cherche le soutien de ma mère, de Maddie. Mais rien. La première croise les bras, le visage fermé. La seconde se retranche derrière nos parents.

– Est-ce vrai, Cassandre ? s'impatiente Papa.

– Je…

J'ai beau tenter de déceler de l'empathie dans leur expression, je me cogne à des murs de colère.

– Réponds ! somme mon père d'une voix forte.

– Elle… s'est fait agresser.

– Là n'est pas la question. L'as-tu soutenue dans sa démarche ?

– C'est ce que font les amis, non ?

Je me suis exprimée machinalement, confirmant leurs doutes. Le menton de ma mère s'affaisse. Mon père se braque. De toute sa stature imposante, il me toise comme si j'étais un insecte gênant. Derrière leur colère et leur incompréhension, je lis la déception. Je repense aux histoires que j'ai découvertes au centre : celle de Maurine, de Leïla, de Samia, et certainement de tant d'autres, rejetées par leurs parents. Un poids me tombe dans l'estomac. Mon esprit se réfugie de nouveau dans un brouillard opaque. Mon père hausse le ton. Je l'entends me dire que je fais honte à la famille, qu'il ne m'a pas élevée comme ça, que je devrais avoir peur des conséquences de mes actes. Il ne me touche pas. À aucun moment il ne se montre physiquement violent, mais la rafale de ses paroles est aussi douloureuse que des dizaines de coups de poing dans le ventre.

– Je ne veux plus te voir.

Ces mots trouvent leur chemin jusqu'à mon cerveau abasourdi et soudain je comprends. L'accueil en nombre. La valise. Le barrage. Je recule d'un pas.

– Quoi ?

– Tu n'es pas digne de cette maison. Ce que tu as fait… Les choix que tu as faits sont trop graves.

– Mais c'est mon amie, elle s'est fait vio…

– Je m'en moque, me coupe-t-il. Tu as cautionné un meurtre.

Je n'arrive plus à parler.

– Maman…

C'est elle qui dépose mon sac à dos devant la porte, sur le perron.

– Tu peux dire adieu à tes études. Nous ne paierons pas un centime pour quelqu'un comme toi.

De la bile acide me remonte dans l'œsophage. J'ai du mal à respirer.

– Quelqu'un comme moi ? Je… je suis votre fille !

– Plus maintenant.

Comme au ralenti, mon père me tourne le dos.

– Vous croyez que c'est chrétien ? murmuré-je, suffoquant sous la brûlure de mes larmes. De rejeter votre enfant comme ça ?

Il ne prend pas la peine de me faire face. Il se contente de balancer par-dessus son épaule :

– Je pourrais te retourner la question.

Mue par une peur incontrôlable, je me précipite vers lui et lui saisis le bras. *Il faut qu'il m'écoute !*

– Papa, je t'en prie.

Il m'écarte d'une bourrade. Le mouvement me fait perdre l'équilibre. Je m'affale devant chez eux. Un bruit de verre attire son attention. Mon téléphone est tombé de ma poche, il vient de s'exploser au sol. Mon père l'inspecte, grimace. Je ne leur ai jamais avoué que Soan m'en avait acheté un.

– À croire que tu nous mens depuis longtemps, constate-t-il comme pour prouver qu'il a raison d'agir ainsi.

Il revient sur ses pas et récupère le téléphone.

– Va-t'en !

La porte claque. Je suis incapable de me relever.

***

– Je t'ai préparé un matelas. Je te laisse une couverture et un coussin. Ça va aller ?

Je serre mon sac de voyage dans mes bras. Comment suis-je arrivée là ? Je regarde cette femme s'activer autour de mon lit de fortune pour que tout soit parfait, et je ne parviens pas à aligner deux mots pour la remercier. Il pleut à torrents dehors, j'aurais pu finir sous un abribus à attendre que ça se calme, que la nuit devienne jour, mais dès que j'ai sonné à l'interphone, elle s'est occupée de moi. J'ai vu ses yeux observer mes joues pleines de larmes, puis se teinter de tristesse à leur tour quand elle a compris ce qui venait de se produire. Comment des gens prônant l'amour de Dieu, la bonté, le pardon peuvent-ils réagir de la sorte ? *Parce que pour eux tu as cautionné la mort de quelqu'un…*

– Tu peux poser ton sac, si tu veux. Je te ferai de la place dans un placard demain, d'accord ?

Je reste incapable de bouger. Je connais bien cette chambre, j'y étais encore allongée ce matin auprès de Mégane. Sa mère a toujours été gentille avec moi. Et davantage, si c'est possible, depuis que je lui ai ramené sa fille brisée. Aujourd'hui, sans me poser de questions, elle m'ouvre sa porte comme à sa propre enfant. Mes larmes ne cessent de couler. Je la sens à la fois impuissante et combative. Elle ne veut pas que je me laisse aller. Elle essaie de m'encourager à retrouver mon calme. Je crois qu'il me faudra plus d'une nuit. *Maman… Maman… Est-ce que ce que j'ai fait mérite vraiment une telle colère de ta part ?*

J'ai dû le lâcher, car mon sac s'écrase au sol. À l'intérieur, j'ai vérifié, il y a mes cours de terminale, deux livres dont je ne peux me passer, des vêtements, de quoi me laver, et les médailles de foot de Soan que j'ai toujours gardées précieusement. J'ai envie de tout abandonner. De m'enfoncer dans un mur et disparaître pour ne plus rien ressentir. Je ne connaissais pas la vie avant ce soir. Je ne savais pas à quel point elle pouvait blesser. C'est comme si mes parents avaient arraché des bouts de mon cœur, comme l'écorce d'un tronc. Écaille après écaille, ma famille a pelé le cocon d'amour qui le protégeait. Je suis désormais à vif.

– Ma pauvre chérie.

Sandra referme ses bras sur moi avec prudence, comme on le ferait avec un chaton abandonné. Je m'en veux de donner cette image. Je ne me suis jamais sentie faible en bravant des tas d'inconnus pour défendre Soan. *Soan…* Penser à lui ravive ma douleur. L'absence de mon meilleur ami lance de l'acide sur mes plaies béantes. Et je n'ai plus de moyen de le contacter. De lui dire que je l'aime, que sa présence me serait plus que jamais nécessaire. Je ne connais pas son numéro. Il l'avait enregistré dans l'appareil avant de m'en faire cadeau. *Soan, j'ai tant besoin de toi… Je voudrais tant que tu sois à mes côtés. Soan… Je n'y arriverai jamais.*

– Mégane avait rendez-vous avec sa psychologue, mais elle devrait rentrer bientôt. D'ici là, tu peux rester dans sa chambre. Fais comme si c'était la tienne.

– Merci, madame, parviens-je à prononcer du bout des lèvres, la tête posée sur son épaule.

Elle m'écarte, puis déplace mes cheveux derrière mes oreilles. Je n'aime pas être ainsi à découvert. Je me sens seule et vulnérable.

– Appelle-moi Sandra, me corrige-t-elle d'une voix toujours aussi douce. Tu vas rester ici quelque temps…

J'acquiesce douloureusement. Mes forces me quittent tout à coup, je dois m'asseoir. J'atterris sur mon lit d'emprunt. Sandra s'agenouille à ma hauteur.

– Je sais que ce n'est peut-être pas le moment, mais tu veux venir à l'église demain ? J'ai envie de prier pour ma fille.

Je n'en ai pas le courage. Depuis mon départ précipité de chez mes parents, je n'ai pas une seule fois songé à me tourner vers Dieu…

– Nous ne sommes pas obligées de nous rendre à celle que tes parents fréquentent, me prévient-elle, pensant que cela pourrait me freiner.

– Merci, mais… je crois que je vais rester là demain, si ça ne vous dérange pas.

– Chacun est libre de vivre sa foi comme il l'entend. Est-ce que tu m'autoriserais à aller voir tes parents pour discuter avec eux ?

– Que voulez-vous leur dire ?

– Ma façon de penser.

Son regard se fait plus dur.

– On n'abandonne pas un enfant, peu importe qui il est. Peu importent les choix qu'il fait.

Je suis heureuse de m'être rapprochée de Mégane et de la compter parmi mes amies. Sa mère est d'une bonté à couper le souffle.

– Je ne pense pas qu'ils vous écoutent.

– Parce que j'ai accepté un acte qu'ils réprouvent, conclut-elle à juste titre.

– S'ils sont capables de mettre leur propre fille à la porte, imaginez la façon dont ils pourraient vous traiter…

– On est parfois plus dur avec les gens qu'on aime… Mais, il y a des limites. Au moins, quelqu'un leur aura dit ce qu'ils doivent entendre.

J'approuve tout en sentant de nouvelles larmes couler sur mon visage. Combien de temps vais-je pleurer ? Autant que pour un deuil ? Je n'ai jamais perdu quelqu'un de proche. Ce soir, j'ai plutôt l'impression que c'est moi qui suis morte aux yeux des gens que j'aime. Est-ce que mes frères sont au courant ? Je sais que chacun d'eux profite de sa vie d'étudiant, mais mes parents, ou Madeleine, ont dû leur dire… Sandra doit penser que je n'en dirai pas plus. Elle se lève, se dirige vers la porte. Je l'interpelle.

– Madame… Pardon, Sandra.

– Oui ?

– Vous n'en avez pas voulu à Mégane d'avoir fait ce choix ?

– Non, affirme-t-elle sans ciller. C'est son corps. J'aime ma fille par-dessus tout et avoir cet enfant l'aurait tuée à petit feu. Elle était déjà en train de dépérir à cause de… ce que cette ordure lui a fait.

On se regarde longuement et je sais qu'on se comprend. La mère de Mégane est aussi touchée que moi par toute cette histoire. Sa fille a subi un viol. Elle a mis du temps avant de porter plainte, et maintenant, la justice traîne. Elle a dû se sentir tellement impuissante… Moi, j'ai juste pris la défense de quelqu'un qui a souffert et qui ne méritait pas qu'on l'enfonce davantage. Je n'ai pas réfléchi en l'accompagnant pour prendre rendez-vous dans cette clinique, en la soutenant. Je n'ai pas réfléchi parce qu'elle avait besoin d'aide. Je devais être cette personne qui lui tiendrait la main coûte que coûte, pas celle qui lui tournerait le dos une fois sa bonne action terminée. Je ne regrette pas. Je suis persuadée d'avoir appliqué ce que mes années de catéchisme m'ont inculqué… Je me recroqueville sur mes jambes, la tête cachée dans mes bras. Pourquoi nous apprendre à aimer notre prochain, si c'est pour lui porter des coups quand il est déjà au sol ?

– Je sais que ce n'est pas facile, murmure Sandra depuis le seuil de la chambre, mais je vais te dire ce que j'ai dit à ma fille encore ce matin : seul le temps pourra adoucir ta peine.

J'ose un regard vers elle à travers mes cheveux.

– Je ne doute pas que tu es une jeune femme forte. Et si tu ne l'es pas aujourd'hui, demain sera un autre jour. Même les super héroïnes ont leurs faiblesses…

– Je suis vraiment désolée. Pour Mégane.

Je vois deux larmes couler sur ses joues. Elle les essuie, mais je ne peux manquer son chagrin.

– Et moi je suis désolée pour toi, prononce-t-elle avant de sortir.

Lorsque j'entends la porte se refermer, je desserre enfin mes bras. Je scrute mon sac posé près de moi. *Le temps est le seul remède à la douleur, c'est ça ?* Je saisis mon sac. Mon cœur a besoin de s'accrocher à une lueur d'espoir. Je tente de trouver un élément qui prouverait que rien n'est perdu entre mes parents et moi. Mais rien. Mon regard est attiré par les médailles de Soan. Mes parents auraient pu les jeter, mais ils ne l'ont pas fait. Ils voulaient s'en débarrasser. Comme de moi…

L'espoir est un fruit pourri sur ma branche : il finit par tomber. Je me sens comme une gamine paumée au milieu d'une foule immense à la recherche de ses parents.

– Maman, chuchoté-je dans le silence de la chambre, tu ne veux vraiment plus de moi dans ta vie ?

Je ne vois pas comment le temps pourra guérir la perte de ma mère…

Quelque part au milieu de mes larmes, j'ai fini par m'endormir. Le soleil pointe son nez derrière le rideau opaque. Un souffle lent et régulier me chatouille l'oreille. Mégane est rentrée. Sa mère a dû l'informer de la conduite de mes parents, car notre sortie est passée aux oubliettes. Elle s'est étendue à côté de moi. Sa main est contre la mienne et je l'imagine aisément la tenir avant qu'elle ne sombre à son tour.

Je réussis à quitter la chambre à pas feutrés, pour ne pas la réveiller. Je parcours le couloir silencieux, descends dans la cuisine. La mère de Mégane y prépare un petit déjeuner gargantuesque. *Elle a invité du monde ou quoi ?*

– N'aie pas peur, s'exclame-t-elle en me découvrant figée sur le pas de la pièce, je me suis un peu enflammée, je crois !

Je regarde cette montagne de viennoiseries, de pain, de crêpes et j'en ai l'eau à la bouche. Est-ce que j'ai réellement le droit de goûter à tout ? Elle a préparé ces délices uniquement parce que je suis là ? Je n'ai jamais été privée à la maison, mais Maman devait composer avec trois autres enfants.

– Je suis heureuse que tu sois venue te réfugier chez nous, et je n'ai trouvé que ça pour te le montrer, m'indique-t-elle en ouvrant les bras devant ce festin. Je voulais te dire que tu restes tant que tu le souhaites et… Oh !

Elle regarde l'heure sur son téléphone.

– Je vais être en retard à l'église !

En un éclair, elle fourre un pain au chocolat dans sa bouche, me sourit, et prend la direction de l'entrée. Pendant qu'elle s'habille, j'observe de nouveau mon environnement, je croque dans une crêpe. *Hum… Elle est délicieuse !*

– Mad… Sandra, l'interpellé-je avant qu'elle ne pose la main sur la poignée, est-ce que vous connaîtriez quelqu'un qui recherche une employée ?

– Tu ne vas plus à l'université ?

– Je n'ai plus les moyens.

Je hausse les épaules.

– Et puis, je crois que c'est mieux comme ça, de toute façon.

– Je vais me renseigner.

– Merci. Pour tout.

Je lui souris et elle disparaît derrière la porte. Me voilà, seule. Le silence que m'offre cette maison est à la fois rassurant – j'ai un toit au-dessus de la tête – et effrayant – je ne vis plus chez moi.

37

Cassandre

Soan : Tu me manques. J'ai discuté avec ma mère et ça s'est bien passé. Je pense qu'elle a enfin compris ce que je ressens pour toi. J'ai échappé de peu à un rendez-vous arrangé... tu le crois ? J'ai hâte de revenir ce week-end. Il va falloir qu'on parle de cette relation à distance, parce que je risque de devenir fou sans toi. Je t'aime.

Je dois ressembler à une adolescente amoureuse, vue de l'extérieur, mais je ne peux m'empêcher de sourire à la lecture du texto de Soan. Un nouvel espoir gonfle mon cœur. Un espoir fou où on évoquerait notre avenir, cartes sur table.

Cassie : Je t'aime.

La sonnette annonçant l'arrivée d'un client au garage me tire de mon téléphone. Je le pose sur le comptoir.

– C'est rare de te voir avec un sourire aussi grand sur le visage, plaisante Max en avançant dans ma direction.

Je n'oublie pas ses propos sur Soan et le ton acerbe qu'il a utilisé.

– Qu'est-ce que tu viens faire là, Max ?

– J'ai un problème avec ma voiture. J'espérais que ton patron aurait une place pour moi.

– Il est sur le pont. Tu aurais dû appeler.

– J'avais envie de passer.

Il affiche le sourire qu'il destine d'habitude aux jolies filles rencontrées dans les boîtes. Une attention dont je ne veux pas.

– Je vais aller demander à…

– Je ne suis pas pressé, me coupe-t-il. On ne s'est pas vus depuis longtemps, on peut…

Je ne lui laisse pas l'occasion de terminer.

– Je reviens.

Je me sauve.

Comme je l'ai prévenu, mon patron n'est pas disponible dans l'immédiat. Il me demande dix minutes avant de venir voir avec Max ce qu'il peut faire pour son véhicule. Je retourne à l'intérieur, en proie à un stress inconnu. Je n'avais encore jamais ressenti ça en présence de Max. Mais depuis le retour de Soan, et les mots de Mégane – même si ce n'est pas la première fois qu'elle m'avertit –, je trouve le footballeur trop pressant avec moi.

En revenant de l'atelier, je remarque deux choses. La première : Max n'a pas bougé du comptoir. La seconde : une personne que je pensais ne jamais revoir se tient derrière lui. Mon regard tombe dans celui de mon frère. Mes paumes deviennent moites, j'expire, ignore Max sur le point de parler pour me diriger vers celui qui n'est pas venu jusqu'ici pour un entretien de sa voiture.

– Charles en a pour dix minutes et il arrive, préviens-je le footballeur sans quitter Noé des yeux.

C'est la première fois que mon frère réapparaît dans ma vie depuis mon départ. Je me poste devant lui sans savoir quoi lui dire. Pendant une année entière, j'ai multiplié les appels à la maison. Sandra n'a jamais obtenu aucun repentir de leur part. Ma famille au complet m'a rejetée. Même Pierre qui paraissait le plus ouvert d'esprit est resté fidèle à nos parents.

– Cassie… Ça va aller ? demande Max dans mon dos, car s'il ne connaît pas tous les détails, il a appris par Nabil que j'ai eu besoin très vite d'un travail à cause de mes proches.

Je tourne la tête vers lui.

– Oui. Préviens Charles que je prends une pause.

Je me rapproche de Noé. Maintenant que je m'y attarde, il me semble fatigué et… penaud. Un état dans lequel je l'ai rarement vu.

– Bonjour Cassandre, prononce-t-il d'une voix mal assurée.

On dirait qu'il a répété sa phrase dans sa tête un nombre incalculable de fois, et qu'il l'a balancée avant de ne plus en avoir le courage. De quoi a-t-il peur ? Ma bouche ne parvient pas à s'ouvrir. J'espère qu'il n'est pas venu m'annoncer qu'un de nos parents est malade et a subitement un problème de conscience avec le fait de m'avoir mise à la porte. Je ne sais pas si j'aurais la force de refuser leurs excuses. Je me doute par contre de ce que Mégane me dirait si j'avais la naïveté de croire à leur sincérité.

– C'est… une surprise.

C'est un euphémisme, mais c'est le seul commentaire que j'arrive à prononcer.

– Navré de débarquer à l'improviste. Je… voulais te parler et je n'avais que cette adresse.

– Comment tu…

– Des amis des parents. Ils viennent faire réparer leur voiture ici.

Je n'aime pas l'idée que quelqu'un ait rapporté mes faits et gestes à mes géniteurs.

– J'imagine que ça a conforté l'opinion qu'ils avaient de moi.

– La leur, oui. Moi, je pense que tu as fait ce qu'il fallait pour t'en sortir.

Un ricanement nerveux m'échappe.

– Ce n'est pas un peu tard pour me servir ce genre de discours ? Ça fait cinq ans, Noé. Tu n'es jamais venu. Tu ne sais pas par quoi je suis passée.

– Non, je ne le sais pas. Mais j'aimerais vraiment l'apprendre.

Sceptique, je détourne la tête.

– Écoute… J'ai conscience d'avoir mal agi, se repent-il. Et que les parents ont mal agi. Mais je ne suis pas venu pour parler à leur place. Je suis venu pour parler en mon nom.

Il réussit à capter mon attention de nouveau. Je le vois prendre une inspiration.

– Je n'ai aucune raison valable. Je pourrais te dire que j'étais jeune et con, mais c'est faux, j'avais vingt-quatre ans, je savais qu'ils se comportaient mal. J'aurais dû me rebeller. Et Pierre et Madeleine auraient dû le faire également. Mais j'étais endoctriné, Cassandre. Je voulais les croire parce que c'était plus simple. Parce qu'ils nous ont toujours dit ce qui était bien ou non, acceptable ou non… Et que je ne savais pas affirmer mon libre arbitre. Madeleine a assuré que tu t'étais mal comportée avec eux quand ils t'ont rendu tes affaires. Que tu avais été irrespectueuse envers notre foi, eux, notre famille, Pierre et moi. Et encore une fois, j'ai préféré la croire.

Je ferme les yeux, blessée. Je n'ai jamais été proche de Madeleine, mais est-ce une raison pour mentir ?

– Je ne me suis jamais comportée de cette façon.

Il hésite, l'air de ne pas être d'accord.

– Si… dément-il. Avec Soan, tu étais différente.

– Si vouloir plus d'indépendance, c'est être irrespectueuse…

– Je n'ai pas dit que tu étais irrespectueuse, se rattrape-t-il, mais tu étais différente. Tu obéissais moins. Et moi, j'étais jeune, j'avais des préjugés à la noix. Et tu étais ma petite sœur que je devais protéger. Papa et Maman ont affirmé que c'était à cause de lui que tu avais changé, je les ai juste… crus.

– Pendant cinq ans.

Je suis soudain triste. Une part de moi est soulagée d'entendre ses excuses, mais une autre est affligée qu'il lui ait fallu tant de temps pour ouvrir les yeux. Noé le comprend à ma voix. Il soupire.

– Je sais, c'est trop long. Je crois que l'arrivée de mes trente ans m'a fait prendre conscience que je n'aurais jamais dû abandonner ma petite sœur…

Je ne trouve pas quoi lui dire.

– Je t'ai vue dans le journal, à ce match de foot. Et j'ai pensé qu'il fallait que je vienne. Que j'essaie d'arranger les choses entre nous.

– Tu as prévenu les parents ?

– Oui.

– Et ? Qu'ont-ils dit ?

Un sourire triste prend possession de ses lèvres.

– Qu'attends-tu comme réponse ?

– Juste la vérité.

– Je crois qu'ils se sont retenus de désapprouver pour ne pas perdre un autre enfant. Mais ils n'en pensent pas moins. Ils ne supportent pas que je te soutienne. Ils m'ont ressorti leur baratin. Maddie et Pierre ne les ont pas modérés. Je ne leur ai pas dit que je venais aujourd'hui, mais ils me poseront la question, c'est certain.

Je n'avais pas conscience que la douleur pouvait réapparaître avec une telle puissance après tant d'années, pourtant c'est le cas. Je suis obligée de fuir son regard pour m'essuyer les yeux afin qu'il ne voie pas ma détresse. Je le sens bouger près de moi.

Il approche prudemment, comme si j'étais une petite bête sauvage à apprivoiser. Sa main saisit mon poignet pour ne plus que je m'acharne à effacer mes larmes.

– Tu ne devrais pas être ici, l'avertis-je en reniflant. Tu risques de perdre tes parents, toi aussi.

– Je risque de perdre deux personnes qui manquent de compassion, de compréhension, d'ouverture d'esprit, me corrige-t-il.

Je le regarde, perplexe.

– Les renier, ce n'est pas la solution.

– Ils ne t'ont pas épargnée, eux.

– Justement, tu ne veux pas finir comme eux.

– Tu es trop gentille.

Je ris tristement.

– C'est ce que tout le monde dit.

J'inspecte ce frère que je ne connais plus vraiment, et je me rends compte qu'il s'est transformé en homme magnifique. Il n'est plus étudiant. Il n'est plus le second fils. Il est un employé, un patron, un fiancé, que sais-je. J'ai envie de lui poser des questions, d'en apprendre plus sur sa vie. De savoir ce qu'il est devenu.

– Tu as changé.

Il hausse les épaules.

– J'ai vieilli. Et…

Sa main se resserre sur la mienne.

– Je suis désolé.

Sa tête ploie.

– Je suis vraiment, vraiment désolé. De m'être mal comporté avec Soan en étant gosse. Avec toi. Je suis désolé pour ces cinq années d'absence. Pour les avoir écoutés sans réfléchir. Je m'en veux beaucoup. Si tu es prête à me pardonner, j'aimerais qu'on réapprenne à se connaître. Tu accepterais de me laisser une chance ?

Quand je vois des larmes briller dans ses yeux, il ne me faut qu'une seule seconde pour prendre ma décision.

– Tu es libre quand ?

– Le soir, en général.

– On peut dîner ensemble dans la semaine, alors.

Un grand sourire illumine ses traits. Je comprends qu'il est soulagé.

– Ça me plairait beaucoup.

On se quitte sur ces quelques mots gorgés d'espoir.

Je reprends ma place derrière le comptoir. Max discute avec Charles. J'attrape le portable que j'avais laissé devant moi. Mes doigts pianotent au rythme de mon cœur affolé et heureux.

Cassie : J'ai quelque chose d'incroyable à te raconter. Appelle-moi dès que tu peux !

Ma bonne humeur s'assombrit quand je constate quelques heures plus tard que mes messages sont restés sans réponse.

38

Soan

18 ans

Je ne comprends pas. Je parcours à nouveau le contenu de sa lettre. Une fois. Trois. Les mots me brûlent la rétine.

Soan,

Je ne sais pas si ton staff te donnera cette lettre. C'est la dernière que j'écrirai, alors j'espère que oui…

Je suis désolée d'avoir à te l'envoyer. La suite ne te plaira sûrement pas…

Je te rends ta liberté, Soan.

Nous sommes jeunes et je crois que, malgré nos sentiments, nous avons tous les deux d'autres choses à vivre. Le truc, c'est que j'en ai marre d'espérer, de t'attendre. Je pensais être assez forte pour le faire, mais c'est faux.

J'aurais aimé qu'on tienne nos promesses, mais il semble que la vie nous sépare.
Je resterai ton amie, si un jour tu reviens,
Cass.

J'ai envie de broyer le papier pour oublier qu'elle m'a écrit un truc si merdique. Elle l'a pourtant fait, et chaque mot est gravé dans ma chair. Cassandre vient de me passer à la déchiqueteuse. Et elle m'y pousse une deuxième fois quand je constate qu'elle a signé avec le surnom que je suis le seul à utiliser, en prévision de ce que je ressentirais.

– Ça va, Soan ? Ça n'a pas l'air. T'es blanc, frère.

Vadim, le mec avec qui je me suis lié d'amitié dès mon arrivée, s'inquiète pour moi.

– C'est bon. J'ai un coup de fil à passer.

À la seule personne encore en contact avec Cassandre.

– Le coach ne va pas tarder…

– J'en ai pas pour longtemps.

Je m'isole de la salle où notre entraîneur s'apprête à débriefer les derniers matchs et établir notre stratégie pour ceux à venir. Il faut deux sonneries avant que mon interlocuteur réponde.

– Soan ?

– Salut, Max. Désolé de te déranger.

– Tu me déranges pas. Je me rends à mon prochain cours. Et toi, ça se passe bien la ligue anglaise ?

Max est en première année de BTS commercial. Je sais qu'il est resté dans notre ville d'enfance, près de sa famille. Je l'ai limite harcelé à Noël pour qu'il contacte Cassandre, mais il m'a dit qu'il passait ses vacances loin de chez nous. Et qu'il avait tenté de lui écrire, sans succès.

– Je prends mes marques.

– Plutôt bien, oui, m'encourage-t-il. On a tous rêvé d'être à ta place avec les gars ! T'es déjà dans l'équipe une !

– Pas encore pour tous les matchs, mais je m'y emploie.

Je compte bien montrer à Cassandre qu'elle a toujours eu raison de croire en moi.

– Je voulais savoir si tu avais des nouvelles de Cassandre. Je n'arrive pas à la joindre par téléphone. Mes lettres restent sans réponse, et je t'avoue que je commence à m'inquiéter. Si t'es au courant d'un souci…

– Non, y'a pas de souci. Elle a toujours le même numéro. Mais je la vois moins. Elle est à la fac, elle. Elle est sûrement occupée. Son école doit être plus exigeante que la mienne, et puis… l'université, ça t'ouvre de nouveaux horizons…

De nouveaux quoi ?

– Elle doit en profiter pour sortir, maintenant qu'elle est loin de ses parents la semaine !

Son ricanement graveleux me tire une balle en plein bide.

– Qu'est-ce que tu sous-entends par…

– Faut que je te laisse, mec, m'interrompt-il. Je dois entrer en cours ! Je te tiens au courant si j'apprends un truc.

Je me retiens de rugir comme un abruti, la main accrochée au téléphone. Qu'est-ce que Max a voulu insinuer ? Que Cassie aurait refait sa vie ? En sept mois ?

– Pelletier ! entends-je crier.

Je n'ai pas le temps de tergiverser, le boss m'attend.

Refourguant mes émotions sous mon professionnalisme, je plie la lettre de Cassandre en quatre et la range dans ma poche avant d'entrer dans la salle de conférences du club. Deux heures de débriefing s'enchaînent, sur nos précédentes prestations. Le coach évoque nos futurs adversaires, notre binôme avec Vadim, qui fonctionne. À la fin, tout le monde quitte les lieux, pressé de se défouler à l'entraînement. De mon côté, il me faut quelques secondes pour me réapproprier mon corps. Est-ce qu'elle m'en a tant voulu de ne pas venir à Noël ? Je ne vois que cette explication. Pourtant, je lui ai envoyé des textos. Je l'ai prévenue. Elle ne m'a jamais répondu. Est-ce qu'elle l'a si mal pris ? Non. Un truc cloche. Même ce ton austère dans son écrit cache quelque chose…

Je sors de ma léthargie. Le coach est en train de ranger son tableau. Avant qu'il quitte la pièce, je me hisse sur mes jambes et le rejoins.

– Coach, je voulais savoir si c'était possible que je prenne un jour ou deux ce week-end.

– Tu as un problème ?

Je me gratte l'arrière du crâne à rebrousse-poil.

– Une urgence familiale, oui.

Ce n'est pas comme si je mentais. Cassie est mon avenir. Je rêve de fonder une famille avec elle. Il est logique que j'essaie d'arranger les choses. Je me rends compte que c'est à Noël que j'aurais déjà dû faire des pieds et des mains pour la rejoindre. Mais je ne voulais pas lâcher ma place sur le terrain de peur d'être mis sur la touche. Je n'ai pensé qu'à mon rêve, pas à la fille que j'aime. J'ai trop misé sur la solidité de notre relation. Comme si Cassie pouvait patienter. Ce qu'elle faisait depuis des années. Je me suis dit que l'été arriverait vite. Sauf que cette fois, l'été n'arrivera pas assez vite. J'avais promis d'être là à Noël…

Le coach m'accorde ma journée de samedi. Il m'attend dès dimanche sur le terrain. Il me reste deux jours pour qu'Alfredo me trouve un billet de train aller-retour et une voiture. *Un jeu d'enfant pour lui !*

Le trajet Liverpool-Paris est long, entrecoupé de correspondances. Je suis heureux d'arriver à Paris, et encore plus de grimper dans le véhicule que mon agent m'a réservé. J'ai mon permis depuis peu, mais il faut être honnête, quand t'es un joueur de foot pro, les compagnies de location sont moins réticentes à te filer une voiture haut de gamme. Je suis un gamin de 18 ans, rouler dans une Mercedes de 140 chevaux, ça me botte. Je ne vais pas dire non ! En respectant le Code de la route, une heure est nécessaire pour arriver chez moi. Je mets un peu moins de temps, car j'ai le pied lourd. Je suis pressé, stressé, et surtout je veux comprendre. Je me gare non loin de notre église. Je traverse le city au pas de course, jusque chez Cassandre. On est samedi, elle devrait être rentrée chez ses parents. Du moins, c'est ce que je présume. J'espère que Max avait tort quand il a émis l'hypothèse qu'elle aurait tourné la page…

Les paumes moites, je sonne au portail. Il faut deux bonnes minutes avant que la porte s'ouvre, puis une autre avant que le père de Cassie me reconnaisse. Ses sourcils s'arquent. Sa femme apparaît à ses côtés et me scrute comme si je pouvais dissimuler une bombe dans mon dos. Je n'ai jamais été un mauvais garçon. J'ai eu des notes honorables à l'école, j'étais respectueux envers tout le monde. Mais je crois que tout ça ne comptait pas pour eux quand ils se sont aperçus que leur fille cadette avait redoublé pour être avec moi. *Il y a prescription maintenant, non ? C'est quoi leur problème ?*

– Bonjour… j'aurais voulu voir Cassandre.

Ils ne répondent pas. La mère interroge son mari du regard puis rentre à l'intérieur. Lui ferme la porte derrière lui et quitte le perron. Il descend l'allée jusqu'à moi. Je n'aime pas ça. On dirait un directeur d'école venu punir un élève, un commandant d'armée devant un soldat déserteur. Je comprends que je ne serai jamais le bienvenu chez lui.

– C'est à cause de toi…

– Pardon ?

– Tu n'as rien à faire ici. Rien à faire dans la vie de ma fille. C'est clair ?

– Quoi ? Mais je suis juste venu pour…

– Non. Tu ne la reverras pas. Elle doit se concentrer sur ses études, dorénavant. Je ne tolérerai pas que tu la détournes de ses objectifs.

– Ses objectifs ? Le droit ?

Il croise les bras.

– Vous êtes sûr de la connaître réellement ?

Je n'aurais pas dû poser cette question. Son regard s'embrase de colère.

– Laissez-moi la voir cinq minutes, le supplié-je. Je dois juste lui dire que…

– Rentre chez toi, me coupe-t-il de nouveau. Tu en as bien assez fait.

Sans me donner une chance d'en placer une, il remonte l'allée et disparaît à l'intérieur.

Je reste devant la maison une heure, deux, quatre. Rien ne bouge. Personne n'en sort. Personne n'entre. À la nuit tombée, je me plante sous la fenêtre de ma petite amie. La lumière est allumée. Une ombre se balade dans la pièce. *Elle est là.* Elle sait que je suis venu la voir et elle ne descend pas. Elle ne se bat pas pour nous, pour moi. Son silence me rappelle celui qu'elle m'a imposé ces derniers mois. *Ai-je vraiment tout gâché entre nous ?*

– Cassie ! appelé-je en essayant de n'être entendu que dans sa chambre.

Comme si elle hésitait, l'ombre s'approche de la fenêtre.

– Cassie, s'il te plaît. Tu dois m'écouter. Je m'en veux tellement de pas avoir été là pour Noël…

Le rideau s'écarte de quelques centimètres. Je ne discerne qu'une silhouette. Cassandre me regarde sans bouger tandis que je perds espoir qu'elle m'ouvre. Je me rappelle mes erreurs : mon départ au centre que je lui ai caché, les longs mois sans lui donner de nouvelles et maintenant mon absence alors que je lui ai fait la promesse de revenir. Je comprends que je l'ai blessée. Je comprends qu'elle en a eu marre. Je comprends que je l'ai perdue pour de bon. Son silence est plus éloquent que n'importe quels mots. Comme pour le confirmer, le rideau se referme. La lumière s'éteint. Je pourrais passer des jours au pied de sa fenêtre que ça ne changerait rien : je dois m'en aller.

39

Cassandre

Cassie : Je suis vraiment inquiète. Rappelle-moi, s'il te plaît !

Soan ne m'a jamais répondu. Je suis passée par différents états : l'inquiétude qu'il lui soit arrivé quelque chose avant de me dire que tous les journaux en parleraient, la colère et l'incompréhension qu'il me laisse dans le flou, et enfin la peur. Cette peur viscérale et foudroyante. Celle de mes 18 ans. *Ça ne peut pas recommencer…* Je lui ai ouvert mon cœur. J'ai accepté qu'il revienne. Maintenant qu'il est reparti, ça ne peut pas recommencer ! Soan ne me ferait pas subir le même silence une deuxième fois. J'essaie de croire à sa promesse d'être de retour ce week-end, mais nous sommes dimanche. Il aurait dû rentrer hier et il n'est pas là.

– Est-ce que tu veux que ce soit moi qui lui envoie un texto ? me demande Mégane en découvrant mon air triste.

– Pourquoi il te répondrait à toi plutôt qu'à moi ?

Je me revois, il y a cinq ans, me battant pour notre couple. J'ai écrit des lettres qui ne lui sont jamais parvenues, car triées par les membres de son staff. J'ai appelé au numéro que Max m'a donné, envoyé des messages. J'ai même envisagé de passer par Internet avant de me rétracter. *Si Soan voulait me contacter, il l'aurait fait, non ?* Et maintenant ? Je pensais avoir mûri, mais j'ai encore une fois misé mon cœur et celui-ci ne pourra pas être brisé de nouveau. Il y a forcément une explication… Une petite amie cachée ? Je me torture en envisageant une telle chose possible. Est-ce que je n'étais qu'une parenthèse avant son retour au foyer ? Non. Soan n'est pas comme ça…

– Qu'est-ce que tu comptes faire ?

– Attendre, pour l'instant. Je ne vois pas ce que j'ai comme choix !

Mégane soupire.

– Il a repris sa vie. Tous les magazines sportifs parlent de son retour.

Je sais. J'ai également vu ces photos de lui à l'entraînement. Soan a retrouvé son poste. Sa place. Son quotidien loin de moi. Mais si j'accepte l'idée que je l'ai juste diverti pendant un moment difficile de sa carrière, je vais me mettre à pleurer.

– Je dois y aller. J'accompagne Frédéric à sa réunion.

Amir dort encore, il est habitué à me voir revenir en fin de matinée le dimanche. Je prends la direction de l'entrée, enfile ma veste et saisis mes clés de voiture.

– Essaie de lui demander s'il ne peut pas contacter son fils ! me lance Mégane avant que la porte se referme dans mon dos.

Comme une fois par semaine, j'ai accompagné Frédéric à sa réunion. Je n'ai pas été très causante à l'aller, mais j'espère pouvoir débriefer à sa sortie le plus naturellement possible. En attendant, je m'assieds sur mon banc habituel, thé en main. Malgré ma bonne volonté, mes doigts cherchent sur mon téléphone des informations concernant Soan. Des tonnes de photos de lui apparaissent en ligne. Certaines datent, d'autres sont plus récentes. Son accident est détaillé, ainsi que son retour. Soan n'a donné aucune interview. Il a réintégré l'équipe une et c'est tout. Ses dirigeants n'ont émis aucun commentaire. Il joue ce soir. Tous les experts sportifs l'attendent de pied ferme pour répondre à cette question : sera-t-il prêt l'année prochaine pour disputer la Coupe d'Europe au plus haut niveau ? Je sais qu'il le sera. Mais j'avais espéré être auprès de lui quand cela arriverait.

– Cassandre !

Je sursaute en entendant Frédéric m'appeler. *Ça fait déjà une heure trente que je suis sur mon téléphone ?* Je peine à afficher un autre masque que celui de la petite amie délaissée. Le père de Soan m'observe longuement en fronçant les sourcils.

– Tu vas bien ? Tu es toute blanche. Et tu n'as pas beaucoup parlé en venant…

– Je… j'ai passé une mauvaise nuit.

J'espère une seconde que cela le détournera de son inquiétude. Mais maintenant qu'il s'est sorti de ses problèmes, il est beaucoup plus perspicace qu'avant.

– Tu es sûre ? On dirait plutôt que tu es abattue.

Instinctivement, je redresse les épaules. C'est vrai que je suis avachie.

– Des nouvelles de Soan ? enchaîne-t-il.

Je baragouine des mots inintelligibles avant de me donner une claque mentale.

– Pas aujourd'hui.

Pas hier non plus. Ni avant-hier.

– Je suis au courant qu'il est reparti. Il m'a écrit pour me prévenir qu'il reviendrait dès qu'il aurait des congés.

– C'est bien qu'il l'ait fait.

– Quelque chose ne va pas ?

J'hésite puis je me lance.

– Je ne sais pas. Tout allait bien et puis… il a arrêté de m'envoyer des messages. Il ne répond pas aux miens, ni quand je l'appelle. J'ai beau me repasser tous nos moments en tête, je n'ai aucune explication.

– Il est peut-être occupé.

Comme la dernière fois ? Cette simple pensée me tue.

– Oui, je sais… murmuré-je, blessée.

– Mais c'est vrai que c'est étrange, surtout si tout allait bien, reconnaît-il.

– Hum…

Je suis de nouveau en proie à mes doutes. Frédéric, sensible à mon mal-être, essaie de me réconforter.

– Je peux lui demander des explications, si tu veux.

Mêler son père à notre histoire de couple ? Non.

– Ne t'embête pas, ça va s'arranger. Tu as raison. Il est juste occupé.

Je tente du moins de m'en convaincre. Je me relève enfin de mon banc.

– On va boire un café ? lui proposé-je.

– Bien sûr.

J'espère avoir réussi à donner le change. Parce qu'à l'intérieur de moi, c'est la désolation.

Ma comédie se poursuit tout au long de la journée. Je feins d'aller bien. Pour Amir, surtout. Mon petit garçon est totalement étranger à mes problèmes d'adulte, et je tiens à ce que cela reste ainsi. Le temps étant au beau fixe, je l'emmène se promener. Alors que le soir arrive, il est crevé. Après le rituel du coucher, il s'endort aussitôt.

Dans le couloir, mes pensées me ramènent à Soan et à son absence. En désespoir de cause, je décide d'envoyer un message à Maximilien. Je n'aime pas agir de cette façon, pour obtenir quelque chose de quelqu'un, mais il est ma dernière cartouche.

Cassie : Salut Max. J'espère que tu vas bien. Je suis désolée de te demander ça, mais est-ce que tu as des nouvelles de Soan par hasard ?

Max : Salut Cassie. Ça va. Soan ? Non pas de news récemment. Il est reparti, c'est ça ? Il dispute un match ce soir, non ?

Cassie : Oui, il est reparti… Mais il ne t'aurait pas laissé un message pour moi ?

Max : Pourquoi ? Il n'a pas ton numéro ? Qu'est-ce qu'il a encore fait ?

Cassie : Rien. Merci pour ta réponse.

Max : Quand tu veux, Cassie. Je serai toujours là pour toi, tu le sais bien.

« Toujours là pour moi. » Les mots de Max font écho aux promesses de Soan. Je me rends compte que Maximilien est présent dans ma vie depuis cinq ans et que je ne lui ai pas donné une seule chance. Alors que Soan est parti et que j'ai oublié toutes mes blessures pour lui offrir une nouvelle place dans ma vie. *Ai-je commis une erreur ?*

Dans le salon, Mégane est assise sur le canapé en tailleur. Elle boit un thé et regarde la télé.

– Tu veux que je zappe sur le match ? me demande-t-elle quand j'entre dans la pièce.

Je comprends qu'elle est prête à abandonner son programme si j'émets l'envie de voir Soan.

– Non. Je n'en ai pas la force… Je vais me coucher, la préviens-je d'une voix lasse.

Je fais donc demi-tour. J'ai besoin de mettre mon cerveau au repos… Une main m'arrête dans mon élan. Ma meilleure amie a accouru près de moi. Quand je me retourne, elle me serre dans ses bras.

– Je suis sûre qu'il y a une explication.

J'acquiesce mollement, le menton sur son épaule.

– On en reparle demain. Là, j'ai vraiment besoin de dormir.

Malheureusement pour moi, la nuit est courte. Je sombre par intermittence. Je me réveille toutes les heures avant de changer de position et de refermer les paupières. Je ne dois pas être belle à voir ce matin. J'évite le passage devant le miroir de la salle de bains, ça m'empêchera de me faire peur. Dans le salon, Mégane est pimpante, prête à partir au travail.

– Est-ce que je suis en retard ? lui demandé-je en jetant un coup d'œil à la pendule.

– Non, c'est moi qui suis particulièrement en avance. Je suis allée me coucher peu de temps après toi, donc je me suis levée tôt ce matin. J'ai encore un moment avant d'y aller.

Je progresse vers la cuisine, la tête de nouveau submergée de pensées néfastes. Soan me manque atrocement. J'aimerais tant me caler dans ses bras et qu'il me rassure.

– Oh merde !

Le cri en provenance du salon me fait sursauter. J'y accours au plus vite.

– Qu'est-ce qu'il y a ?

Mégane s'est installée devant la télé. À l'écran, elle a affiché une chaîne sportive. Ils reparlent du match d'hier.

– Il s'est blessé ?

Je n'ose pas dire son nom. Au cas où. *Faites qu'il ne lui soit rien arrivé !*

– Non… attends !

Elle rembobine la séquence.

– Regarde.

L'action reprend. Après une passe décisive Soan, qui est bien placé, réceptionne le ballon, court, déjoue l'attaque de deux défenseurs, trouve le bon angle face au but et tire.

– Il a marqu…

Ma voix s'éteint. Les joueurs n'ont plus le droit de retirer leur maillot, mais après la célébration de son but, après les félicitations de ses coéquipiers, Soan soulève le tissu. Les lettres CASS sont incrustées sur son flanc, les unes sous les autres. Elles n'y étaient pas la semaine dernière quand nous avons fait l'amour.

– Un mec qui t'oublie ne fait pas tatouer ton prénom sur sa peau… si ?

Je ne comprends plus rien.

– Il faut que j'aille à Liverpool.

– Quand ? Maintenant ?

Je suis déjà en route vers ma chambre. Je ne prends pas le temps de me laver. J'enfile le premier jean qui me tombe sous la main, un tee-shirt, un pull. Je fourre un change dans un sac sous l'air ahuri de Mégane.

– Ça va encore te coûter une blinde !

– Je dois y aller, Meg. Je n'ai aucun moyen de le contacter.

– Tu vas avoir un train à cette heure-là ?

– Il y en a deux par jour. Au pire, je prendrai un avion, je trouverai bien un vol pour l'Angleterre.

– Tu es folle ! se moque-t-elle alors que je sais qu'elle ne me retiendra pas.

Je commence à le croire, moi aussi. Je n'ai pas besoin de lui demander de s'occuper Amir. Elle assurera le temps que je fasse l'aller-retour. Je vais encore me mettre dans le rouge… Sauf que je ne peux pas laisser tomber, cette fois. Il y a cinq ans, j'ai accepté la situation avec fatalité. Pas aujourd'hui. Je me battrai. Je ne veux plus me torturer en me demandant comment j'aurais pu arranger les choses. Je veux agir.

– Ouais, tu es folle… reprend Mégane. Complètement folle de lui…

– Je suis désolée.

– De quoi tu t'excuses ? On n'a qu'une vie, Cassie. À ta place, je n'aurais pas hésité non plus.

Je la serre dans mes bras.

– Tu es la meilleure.

Elle s'écarte, son visage figé dans une expression sérieuse.

– Ne l'oublie pas quand tu vivras à Liverpool.

– Je compte bien tout faire pour te forcer à me suivre !

Elle ricane.

– Récupère ton footballeur, déjà. Ensuite, on en reparlera !

Sur ces mots, je quitte l'appartement au pas de course. Pas le temps pour l'ascenseur, je dévale les marches deux par deux. Je n'atteindrai cependant jamais l'extérieur. Je me fige face au spectacle qui m'attend derrière la porte vitrée, sur le trottoir, mon cœur sur le point de rompre.

40

Cassandre

La vue de Soan, prêt à sonner à l'interphone, fait remonter mille émotions en moi. La joie, la peur, le manque, le soulagement… Les mains plaquées sur la paroi vitrée qui nous sépare, je baisse la tête et éclate en sanglots. Il faut quelques secondes à Soan pour refermer ses bras autour de moi. Accrochée à ses épaules, je m'imprègne de sa chaleur et de son odeur. Nos lèvres se rejoignent, se caressent avant de se dévorer. Il murmure des mots tendres à mon oreille. Des « Ma puce, calme-toi, je suis là ». Il me rassure. Me berce. Je m'apaise vite, mais la peur que ce soit un mirage me pousse à le garder contre moi avec la force du désespoir. Comment j'ai pu lui dire au revoir encore une fois ?

– Je partais pour la gare, lui avoué-je en reniflant.

– J'ai été plus rapide que toi. C'est la première fois que gagner beaucoup d'argent m'est si utile. Un chauffeur m'a conduit jusqu'ici après le match.

Nous échangeons un rire. Le mien est humide. Soan m'essuie les joues avant de les embrasser. Son regard sombre trouve le mien.

– Mon père m'a appelé. J'ai compris qu'il fallait que je revienne au plus vite. Je ne veux plus prendre le risque d'être loin de toi. Si tu n'as pas envie de vivre à Liverpool, je demanderai mon transfert. J'arrêterai…

– Non !

Je secoue la tête pour donner plus de force à mes mots.

– Non. Tu ne peux pas.

Son front se pose contre le mien. Il ferme les paupières, comme submergé d'émotion. Il inspire profondément puis plonge de nouveau son regard dans le mien. Je nous revois sur ce parking, lorsque tout a basculé entre nous. Sa bouche reprend possession de la mienne. Après un moment, comme s'il prenait conscience de quelque chose d'important, Soan met un terme à notre baiser, éloigne son visage et bloque le mien pour que je le regarde.

– Tu ne me répondais plus.

Je crois mal entendre.

– Et toi, tu ne m'envoyais plus de messages.

– C'est ce que mon père m'a dit. Pourtant, je t'assure que je n'ai pas arrêté. Je t'ai expliqué que je ne pouvais pas venir ce week-end, mais je n'ai jamais reçu de réponse.

– Et moi, je ne comprenais pas pourquoi tu n'étais pas là. J'ai cru que tu rompais ta promesse une deuxième fois. J'ai eu peur. Je ne parvenais pas à te joindre, Soan. J'ai même demandé à Max de t'envoyer un message.

– Je n'ai reçu aucun texto de sa part. Je n'aurais pas rompu ma promesse. Je ne l'ai jamais fait, Cassie. Jamais. Je sais que je t'ai fait attendre et souffrir il y a cinq ans, mais je suis venu chez toi quand j'ai vu que je n'arrivais pas à te joindre au téléphone. On venait de me donner ta dernière lettre.

– Tu n'as pas reçu les autres ?

Il grimace.

– Je pense que le staff de l'équipe faisait un tri… Mais je ne comprenais pas que tu t'exprimes si froidement. Il fallait que j'éclaircisse la situation. Quand je me suis présenté chez toi, ton père m'a demandé de partir et toi… tu m'as regardé à travers la fenêtre sans dire un mot. Je crois que ça m'a tué.

Je me recule et fronce les sourcils.

– Quand est-ce que tu es venu ?

– Fin janvier.

– Ce n'était pas moi. Je n'étais plus chez mes parents à cette époque-là. Ils m'ont virée de chez eux en septembre, juste avant la rentrée universitaire…

– Quoi ? J'ai demandé à Max s'il savait où tu étais et il m'a expliqué que tu faisais tes études, que tu, je le cite, t'ouvrais à « de nouveaux horizons ».

– Il a dit ça ? Il sait très bien que j'ai commencé à travailler pour Charles et Nabil quasiment tout de suite.

Soan se frotte les tempes.

– C'était qui à la fenêtre ?

– Pour que tu la confondes avec moi ? Madeleine, sans doute. Mes parents…

Je détourne les yeux. Soan franchit le pas que j'ai imposé entre nous et me force à l'affronter.

– Il faut qu'on tire cette situation au clair parce que je ne veux plus jamais que tu doutes de moi. Je ne t'abandonnerai plus.

– Tu veux parler de ça ici ?

– Je n'attendrai pas plus.

Son regard flamboie de détermination.

– Tu te souviens de ta soirée d'anniversaire ? Pour tes 18 ans. Mégane était avec Théo à cette époque-là. Ils sont rentrés chez lui… Il avait bu, elle n'avait donc pas très envie de coucher avec lui, mais… il l'a forcée.

Sous le choc de la nouvelle, Soan se recule.

– Putain…

– Elle était anéantie. Alors j'ai été là pour elle. Voilà pourquoi je n'ai pas été très présente avant ton départ. Elle comptait sur moi, c'était important.

– Évidemment, approuve-t-il.

– Quand tu es parti, Mégane a appris qu'elle était enceinte. Le garder était au-dessus de ses forces, donc… elle a avorté. J'ai préféré ne rien te dire, car c'était bien trop intime pour elle.

– Je comprends.

– Et puis mes parents ont su que j'avais cautionné un tel acte. Ils sont devenus fous. Comme si c'était moi qui avais fait ce choix. Ils ont préparé mes affaires et m'ont juste dit que je ne faisais plus partie de leur famille. Et qu'ils ne me paieraient pas mes études.

– Quelle bande de…

Soan s'interrompt lorsque je baisse la tête. Parler de cet épisode me replonge dans les pires moments de ma vie. Attentionné comme à son habitude, il me prend dans ses bras avant de me relâcher.

– Ils n'auraient pas dû…

– Bien sûr que non. Et je crois que ça me fera toujours mal, mais… j'ai appris à l'accepter.

– Tu ne leur as pas pardonné tout de même ?

Je hausse les épaules.

– J'ai dit « accepter ». Pas « pardonner. » Je n'ai pas envie de vivre avec de la rancœur, ce n'est pas dans mon caractère. Alors je m'efforce de penser le moins possible à eux. Je me répète qu'ils ont agi en accord avec leurs croyances.

Soan secoue la tête comme s'il refusait mon discours, mais il ne me sermonne pas. Je sais qu'il aura bien assez de haine pour deux, qu'il me protégera si on devait les croiser dans la rue.

– Pourquoi tu ne m'en as jamais parlé ?

– Le téléphone que tu m'as offert a été cassé le jour où ils m'ont rejetée. Je n'avais pas ton numéro alors je l'ai demandé à Max. Je t'ai envoyé des messages auxquels tu n'as jamais répondu. Et avec ce que je traversais : l'avortement de Mégane, l'emménagement de Samia chez Sandra, la naissance d'Amir… je me suis efforcée de ne pas penser à toi. J'ai perdu espoir petit à petit. Puis Noël est arrivé et m'a donné raison : tu n'es pas revenu. Alors j'ai décidé de t'écrire cette dernière lettre et de fermer mon cœur. Je souffrais trop. Je ne pouvais plus vivre en ayant l'impression d'avoir tout perdu. Toi encore plus que les autres…

– Je n'ai reçu aucun de tes messages.

Mes yeux s'écarquillent.

– Tu crois vraiment que je ne t'aurais pas répondu ?

– Je ne sais pas… Mes parents venaient de me virer alors que ce sont mes parents. J'ai commencé à me dire que tout le monde pouvait m'abandonner comme eux le faisaient.

– Je ne suis pas comme eux. J'ai envoyé des lettres chez toi quand tu n'as plus donné de nouvelles.

– Je ne les ai jamais reçues. Ma mère a dû les brûler…

Ses paumes se resserrent sur mon visage.

– Ils t'ont retiré un toit, ils n'avaient pas le droit de te retirer ça aussi…

Il a raison. Ces lettres étaient tout ce qui me restait. Pourquoi me faire plus de mal ?

– Mais comment est-il possible que je n'aie reçu aucun message, si tu avais mon numéro ? me questionne-t-il sans comprendre.

– Je ne sais pas. J'ai demandé à Max de se renseigner, il m'a dit que tu étais trop occupé. Que tu me répondrais dès que tu aurais le temps. Mais qu'il ne pensait pas que ce serait dans l'immédiat, que tu devais gérer ta notoriété et tes groupies.

– C'est quoi ces conneries ? Je n'ai jamais discuté de ça avec Max !

Soan semble horrifié, avant de se mettre à réfléchir.

– Durant mon absence, est-ce qu'il a à nouveau tenté quelque chose avec toi ?

– Oui. Il m'a invitée à plusieurs reprises. Mais j'ai toujours refusé… Pourquoi ?

– Est-ce que je peux voir ton téléphone ?

Je sors l'objet en question de ma poche et le lui tends. Sourcils froncés, Soan le déverrouille grâce au code qu'il connaît et cherche quelque chose. Il s'arrête une minute plus tard, le visage fermé.

– Je suis bloqué.

– Quoi ?

Il tourne l'écran pour que je puisse le constater par moi-même.

– Comment c'est possible ? Jamais je n'aurais fait ça !

Un soupir frustré fend sa poitrine.

– Tu as demandé à Max de m'envoyer un message, c'est ça ?

– Oui, c'était mon seul moyen de comprendre ce qu'il se passait…

Soan grimace. On dirait qu'il vient de trouver la réponse à nos problèmes, et qu'elle ne lui plaît pas.

– La question va te paraître dingue, mais est-ce que quelqu'un a pu avoir accès à ton téléphone ? Max, par exemple.

– Tu ne penses pas sérieusement…

Je réfléchis.

– Il est passé au garage la semaine dernière. Et… j'ai laissé mon portable sur le comptoir. Mais il lui faut mon code pour…

– Je suis sûr qu'il le connaît.

Il reste songeur quelques secondes.

– C'est bien le lundi qu'il vient au soccer ?

– Oui.

– Dans ce cas, je te propose qu'on dépose Amir à l'école. Ensuite, je te conduis au boulot.

– Qu'est-ce que tu vas faire ?

– Dire à Max ma façon de penser. Cette fois, il verra qu'on est ensemble.

41

Soan

Est-ce en partie de la faute d'un mec que j'ai toujours considéré comme un ami si j'ai failli perdre Cassandre ? J'ai évidemment ma part de responsabilité, j'aurais dû m'inquiéter du silence de ma petite amie bien avant. Je ne peux m'en prendre qu'à moi si la distance entre nous s'est éternisée durant cinq ans. J'aurais pu retrouver la trace de Mégane, ou essayer de lui transmettre un message par un autre biais que le téléphone… Mais en revenant à Liverpool le cœur brisé après mon passage chez ses parents, je n'ai plus pensé qu'à ma carrière pour éviter de sombrer. Je voulais que Cassandre me voie un jour à la télé et s'avoue qu'elle m'aimait toujours. *Et dire qu'il a fallu une blessure pour nous rapprocher…* Mais Max a de toute évidence joué un rôle dans notre séparation. Il nous a fait croire à l'un comme à l'autre qu'il était notre ami. Je n'ai aucune preuve de ce que j'avance, mais d'après ce qu'elle vient de me raconter, j'en suis convaincu. Je suis donc un tantinet énervé quand Cassie se gare sur sa place de parking à son boulot.

– Que comptes-tu lui dire ?

Je me tourne vers elle, le regard sombre.

– Est-ce que tu veux que je le préserve ou est-ce que je peux y aller franco ?

– Attends peut-être ses explications…

Je lui caresse le visage d'un doigt doux.

– Tu es vraiment trop bonne avec les autres.

Elle baisse le menton.

– Je sais.

– Si tes parents revenaient dans ta vie, tu leur pardonnerais ?

Cassie ne répond pas. Intérieurement, je suis certain que si sa mère venait un jour s'excuser, elle l'accueillerait à bras ouverts. Elle prendrait le temps de la réflexion, elle n'est pas naïve ni idiote, mais sa foi fait qu'elle est comme ça : bienveillante.

– Max ne m'a pas rejetée comme une malpropre…

– Il t'a fait du mal en te mentant… contré-je. Mais, soit, je serai doux.

Elle rit, dépose un baiser au creux de ma paume puis se penche vers mes lèvres et m'embrasse.

– Je te fais confiance.

Ma main retient sa tête face à la mienne quand elle cherche à s'écarter. Je lie nos regards l'un à l'autre.

– Je te promets que tu n'auras plus aucune raison de douter de moi. C'est fini les questions. C'est fini les journées sans nouvelles. Ne doute plus de moi, s'il te plaît.

Elle acquiesce.

– On y va ?

Cassandre me précède à l'intérieur. Je me colle au battant de l'entrée et la laisse prendre son poste. Elle salue son boss, puis Max, assis au bar, avant de déposer ses affaires dans son vestiaire. En pleine conversation, orientés vers les terrains, les deux hommes ne m'ont pas remarqué. Je suis cependant visible s'ils tournent la tête dans ma direction.

Cassandre revient et se concentre sur l'écran des réservations tandis que Nabil s'éloigne. Max, lui, n'arrête pas de jeter des regards en biais à ma petite amie. Je me demande comment j'ai fait pour ne pas voir qu'il craque complètement pour elle. *Au point de saboter sa relation ? De lui faire indirectement du mal ?*

– Ça va mieux, Cassie ? Tu avais l'air un peu désemparée dans ton texto. T'as des nouvelles de Soan ?

Elle relève la tête vers lui et choisit de le défier.

– Et toi ? Tu as eu des nouvelles ?

– Non, je te l'ai dit. J'ai essayé, mais il ne répond pas.

Il ose hausser les épaules. Cassandre plonge alors son regard sombre dans les yeux de son « ami ».

– Est-ce que tu peux réessayer ? S'il te plaît…

N'ayant pas le choix, il s'exécute.

– Voilà, c'est fait. Je ne te promets rien, par contre. On sait qu'une fois qu'il est parti, Soan a tendance à ne pas répondre.

Quel culot ! J'extirpe mon téléphone de ma poche. Aucun message.

– Merci d'avoir essayé.

– J'aimerais qu'il ne te fasse plus souffrir…

C'est en entendant ces paroles, que je m'avance. Est-il si désespéré pour mentir et blesser indirectement une fille merveilleuse comme Cassandre ? Je me cale à côté de lui en posant mon portable sans aucune notification en évidence devant lui, sur le comptoir. Max sursaute, lève la tête vers moi et ouvre de grands yeux.

– Elle ne souffrira plus, lui assuré-je.

– Soan…

Il saute de son tabouret comme si j'étais le diable et qu'il devait instaurer une distance entre nous. Mes doigts s'agrippent à mon téléphone pour me retenir de déformer son visage soudain livide. On s'affronte quelques secondes du regard. Un sentiment obscur palpite en moi.

– Est-ce que tu m'as menti, Max ? souffle la voix douce de Cassandre.

Il tourne sa tête désolée vers elle. Je ne supporte pas qu'il la scrute de cette façon, comme un mec amoureux, anéanti. Il me rappelle trop le visage que je croisais dans le miroir, il y a cinq ans.

– Tu ne veux pas répondre à la question ? interviens-je quand son silence s'éternise.

Cette fois, ses yeux reviennent sur moi. D'abord désolés, ceux-ci prennent une teinte ombrageuse.

– Ça servirait à quoi ? Vous avez déjà votre idée sur mon compte.

C'est vrai, mais je préférerais que Cassandre apprenne la vérité de sa bouche et que lui assume ses fautes.

– Est-ce que tu lui as donné un mauvais numéro exprès il y a cinq ans ? le questionné-je. Et est-ce que tu m'as bloqué sur son téléphone ?

Je dois ressembler à un taureau prêt à foncer sur un torero. Dans un sursaut d'orgueil, Max se redresse.

– Oui.

– Oui à quoi ?

– Aux deux questions.

Il se tourne ensuite vers Cassandre.

– Je suis désolé. Je voulais juste que tu me voies. Je voulais…

Il baisse la tête.

– J'espérais avoir enfin ma chance.

– En sortant avec plein de filles ? s'insurge Cassandre. En me draguant comme toutes les autres ?

Il grimace, puis détourne les yeux, coupable.

– Rien ne bougeait entre nous, pourquoi est-ce que j'aurais arrêté ?

– C'est ça, la différence entre toi et moi, mon pote, m'incrusté-je dans leur échange. Moi, je n'ai toujours vu qu'elle.

– Tu l'as quand même abandonnée durant cinq ans. Ne joue pas les mecs modèles !

– C'est vrai, soupiré-je.

Je cherche le regard de Cassandre.

– Et je m'en voudrai à jamais pour ça…

Ma petite amie noue ses doigts aux miens.

– Je ne veux plus qu'on en parle.

Mon cœur s'allège d'un poids, mais je me promets de ne plus jamais laisser de problèmes, de non-dits, s'éterniser.

– Tu devrais partir, Max, lui souffle Cassandre.

Le coup semble porter : il se décompose. Lentement, il recule, puis soupire.

– Je savais dès le départ que j'avais aucune chance.

– Pourquoi t'as fait ça, alors ? Tu as la moindre idée de combien tu l'as fait souffrir ? questionné-je fermement pour qu'il comprenne.

– Je pensais qu'elle lâcherait l'affaire. Je t'ai même passé son numéro cette année parce que j'étais sûr qu'elle t'ignorerait. J'avais oublié votre putain de connexion. C'est comme ça depuis que vous êtes gosses. Les autres ne peuvent que ramasser les miettes de votre relation.

– Pas ceux qui nous soutiennent, contré-je.

Il prend cet autre coup, la tête basse. Puis il la secoue.

– Je vais y aller.

– C'est préférable, oui.

– Faudrait pas que le grand Soan me foute un poing dans la gueule !

J'ai l'impression qu'il me provoque exprès. Peut-être pour prouver que je peux être violent. Mais je ne le suis pas.

– J'ai dépassé ce stade. Ça ne servirait à rien. Tant qu'elle ne te demandera pas l'inverse, je veux juste que tu restes loin de Cassandre.

– J'ai besoin de changer d'air, de toute façon.

Ce sont les derniers mots qu'il nous adresse. Il dissimule ensuite son cœur brisé, sous une attitude renfrognée, et s'éclipse. Je me retourne vers Cassandre et lui envoie un sourire en coin.

– Je suis sûr que tu lui as déjà pardonné.

– Est-ce important ? Le principal, c'est que tu sois là. Ce qui s'est passé entre nous – le mauvais, je veux dire –, je n'ai plus envie d'y penser.

Elle a bien raison. Je lâche une expiration apaisée, et prends la place de Max au comptoir. Elle m'observe comme si elle savait que j'allais ajouter quelque chose. Alors je me lance.

– En parlant de ce qui se passe maintenant, entre nous…

Avant que je ne puisse compléter, la porte s'ouvre dans mon dos sur des clients. Je me décale pour permettre à Cassandre d'aller les accueillir. Les regards ne tardent pas à se poser sur moi. Je n'ai pas mon sweat à capuche cette fois, donc aucun moyen de me planquer. Les mecs tentent une approche. Ils ont un ballon dans leur sac, alors je le signe. Ensuite, ce sont des tee-shirts, puis des chaussures. Quand j'en ai fini avec eux, d'autres jeunes prennent le relais.

– Tu veux boire quelque chose ? me demande Cassandre au bout d'une heure d'un va-et-vient diffus de clients.

– Un Coca, merci.

Une bouteille et un verre atterrissent rapidement devant moi.

– C'est toujours aussi plein le lundi ?

– Non, rit-elle. Quelqu'un a dû ébruiter ta venue.

– De quoi ravir Nabil !

Elle acquiesce. Le silence retombe. Je profite de l'accalmie pour relancer le sujet qui me tient à cœur.

– Tu crois qu'on peut parler, maintenant ?

– Ici ?

– Je compte passer ma journée à t'attendre, de toute façon, déclaré-je en haussant les épaules.

Elle rougit.

– Je t'avais dit qu'on reparlerait de cette histoire de relation à distance.

– Oui, je me souviens.

J'ai abordé le sujet dans un de mes textos avant que Max ne foute le bazar.

– Qu'est-ce qu'on fait, Cassie ? Est-ce qu'on reste comme ça ? Chacun dans un pays, en ne se voyant qu'entre deux compétitions. Ou est-ce qu'on se projette… dans la même ville ?

– Tu veux dire que…

– Que je suis prêt à demander mon transfert. Je te l'ai dit. Demande-moi de revenir en France et je le ferai.

– Tu sais que je ne pourrais jamais t'imposer une telle chose.

– Qu'est-ce qu'on décide, alors ? Qu'est-ce que je choisis, Cassie ? Je dois repartir et je ne m'en sens pas la force. Je ne veux plus vivre loin de toi. C'est fini. On a perdu trop de temps !

Nos mains s'entremêlent. Je suis pendu à ses lèvres. Cassandre affiche un air déterminé.

– J'ai beaucoup réfléchi. À ma vie, notamment. Je n'ai pas d'attache ici, à part Mégane. Et je sais que notre amitié résistera, où que j'aille, alors… Je veux partir avec toi. Si tu acceptes une mère célibataire et son enfant dans tes bagages. Bien sûr, l'idéal serait d'attendre la fin de l'année scolaire, mais…

J'écarquille les yeux, puis souris comme jamais. Cassandre ne termine pas sa phrase. Mon air ahuri la fait rire.

– Tu crois qu'il voudra ? m'inquiété-je au sujet du petit garçon qu'elle élève.

– Suivre Soan Pelletier ? Je ne m'en fais pas !

– Et toi, Cass ? Tu le veux ? Vraiment ?

Poser cette question à voix haute accélère les battements de mon cœur.

– Je te suivrai, Soan. Où que tu ailles.

Comme si elle se rendait soudain compte de l'obstacle qui est entre nous, Cassandre contourne le bar et vient se loger entre mes jambes après que je me suis tourné vers elle.

– Je te suivrai, parce que ma vie et mes rêves ne valent le coup que si je les partage avec toi. Deux parallèles assez proches pour être ensemble.

– Jamais l'une sans l'autre.

– Je ne veux plus perdre mon temps, moi non plus. La vie est trop courte pour la gâcher loin de toi.

– Je t'aime. Je t'aime plus que tout au monde, si tu savais.

Elle se baisse vers moi, prête à m'embrasser.

– Je le sais… parce que je t'aime autant.

42

Soan

Un an plus tard

On y est. La finale de la Coupe d'Europe commencera dans quelques minutes. On a mené notre équipe de victoire en victoire jusqu'à ces quatre-vingt-dix dernières minutes. Depuis mon retour à Liverpool, et après avoir remporté la Ligue des champions, je croisais les doigts pour être appelé par le sélectionneur français. Ce qu'il a fait, transformant mon rêve en réalité.

Les supporters à travers la France nous soutiennent, certains ont fait le déplacement. Je ne pouvais pas espérer mieux comme finale. On jouera la Russie. Je serai donc opposé à Vadim. Chaque fois que nos équipes nationales se rencontrent, le plaisir se décuple. J'adore affronter mon meilleur pote. J'adore le voir perdre et le consoler à l'issue de la deuxième mi-temps, en lui offrant une bière bien méritée. Je sautille sur place, m'échauffe le cou, les bras. Le coup de sifflet va retentir. La Russie a l'avantage de l'engagement. Vadim me lance un clin d'œil avant de passer en mode guerrier, le visage fermé. Et c'est parti !

« La France est championne d'Europe ! » Les poings se lèvent, mes coéquipiers se ruent sur moi. Les Russes se laissent tomber sur le sol, vaincus, tristes. Un sourire immense fend la bouche de chaque joueur de l'équipe de France. On se frotte les cheveux, on se chambre, on se tape les épaules. Puis on danse comme des gosses, en cercle. C'est l'euphorie, le moment de savourer après une bataille longue et acharnée. Nous avons été les meilleurs, notamment grâce au soutien d'un public en or. On s'écarte les uns des autres et on applaudit les supporters en tribune. On se dirige ensuite vers nos adversaires pour les saluer. Ils ont livré un combat à la hauteur de l'événement. Le score final est de 2-0. Ils avaient une bonne défense, mon meilleur pote en attaque, mais ils ont été moins efficaces. Les Russes se montrent fair-play, ils nous serrent la main de manière chaleureuse. Je me garde le meilleur pour la fin : Vadim. Il est triste pour son équipe et pour son parcours de joueur, mais un sourire fend ses lèvres. Nos paumes se rejoignent, puis nous amenons nos poignes contre nos cœurs dans une étreinte fraternelle.

– Tu mérites cette victoire, me glisse-t-il à l'oreille.

Je m'écarte pour le dévisager, plus ému que je ne veux bien le montrer.

– Je ne te battrai pas dans cette vie, mon frère.

– On a des tas d'autres matchs à gagner ensemble !

Ses doigts augmentent la pression sur les miens : il le sait.

– Si tes coéquipiers m'acceptent, je serais heureux de me faire payer une bière pour fêter votre victoire.

– Dans une heure, à la sortie ?

– Je serai là.

Je lui rends sa main et rejoins mes équipiers. L'euphorie monte dans les rangs. Les maillots tombent enfin. En groupe, on s'octroie le luxe d'effectuer un tour d'honneur.

Nos supporters présents dans les tribunes nous acclament. Des confettis dorés pleuvent sur la pelouse.

La coupe nous attend sur une estrade. On reçoit nos médailles, puis notre capitaine soulève le trophée, et on explose de joie. Il passe de main en main. Chacun laisse exulter son bonheur. Mes yeux scannent la foule descendue sur le terrain. Notre staff et nos familles nous rejoignent. Je recherche la mienne. Mes proches sont venus par avion, exclusivement pour cette journée.

– Soan ! Soan !

Je distingue la petite voix aiguë que j'aime tant au travers des cris, derrière moi. Je me retourne pour accueillir le gamin de six ans et demi en train de courir vers moi. *Mon gamin.* Je lui ouvre les bras dans lesquels il saute. Je le porte contre moi.

– Ça t'a plu ?

– C'était trop bien !

– Il a hurlé plus fort que tous les autres, commente son accompagnatrice.

Je colle une bise à Mégane quand elle arrive à ma hauteur.

– Félicitations, champion !

Je la remercie d'un sourire.

– Le vol s'est bien passé ? me renseigné-je.

– En première classe, ça se passe toujours bien, non ?

– Y'avait de grandes banquettes pour s'allonger ! s'exclame Amir, les yeux pétillants.

– Ah oui ? Tu as dû bien dormir !

– Oui, je suis pas fatigué !

– Il va vouloir faire la fête toute la nuit, commente Mégane.

Je ris avant de me décaler et d'apercevoir Cassandre qui attendait sagement son tour pour me féliciter. Sans dire un mot, je cale Amir dans les bras de sa « tante », pose une main sur la taille de ma femme pour l'attirer à moi.

– Je t'avais dit que je serais champion.

– Je t'avais dit que je regarderais.

Dans un sourire, nos lèvres se scellent. Les caméras doivent s'en donner à cœur joie. Après un mariage devant quatre témoins, un an à nous la jouer discrets, voilà qu'on s'affiche enfin aux yeux du monde. Je me moque que nos baisers soient filmés et que la presse à scandale cherche à savoir qui elle est et pourquoi elle. Moi, je sais pourquoi.

Il nous faut plusieurs minutes dans notre cocon avant de nous séparer. Avec l'école et son nouveau travail, Cassandre n'a pas pu se libérer pour assister au championnat. Ce mois a filé à une allure folle. On s'est appelés tous les jours, mais rien n'est comparable à sa présence dans mes bras. J'aurai du mal à la lâcher ce soir, lors de la fête donnée en l'honneur de notre victoire. Et c'est pareil pour elle, je le sens quand elle se cale, dos contre ma poitrine, et observe l'euphorie autour de nous.

Je retire ma médaille et la pose au creux de ses mains.

– Pour toi.

Ses doigts se referment sur le métal. Elle la porte contre son cœur. Je sais déjà où elle terminera : dans la chambre d'Amir, en compagnie des autres. C'est la seule chose que les parents de Cassie lui ont laissée. Elle n'a jamais vraiment compris pourquoi. Noé lui-même, lors d'un de ses nombreux appels, n'a émis qu'une hypothèse : leurs parents auraient voulu lui dire qu'elle pouvait bien agir comme bon lui semblait dorénavant, ils s'en moquaient. Je pouvais bien prendre le relais pour m'occuper d'elle, car eux baissaient les bras, ne souhaitant plus s'acquitter de leurs obligations…

– Je peux l'avoir ?

Amir, qui est revenu à nos pieds, tend la main vers sa tutrice. Un sourire tendre sur les lèvres, Cassandre lui passe le cordon autour du cou. Je m'accroupis face à lui.

– T'es un champion maintenant, toi aussi.

J'espère pouvoir dire « Comme ton père » un jour. Parce que ce petit, si Cassie l'accepte, je veux l'adopter. J'ébouriffe les cheveux du garçon qui repart en trottant auprès de Mégane. Celle-ci est venue chez nous durant ses vacances d'été, pendant mon absence. Il profite de sa présence. Amir a très bien vécu le changement de pays et d'école. C'est un jeune mature, intelligent, qui comprend très vite les choses. Cassandre a tenu à l'inscrire dans un club de foot, car c'était son rêve. Elle me dit souvent qu'il lui fait penser à un doux mélange de nous deux. Comme s'il était notre fils de sang. Je n'ai pas besoin qu'il ait mon sang. Je le considère déjà comme mon gosse. Mes bras attirent de nouveau Cassie entre eux.

– Tu crois qu'il voudra gagner ses propres médailles, un jour ?

Elle se retourne et m'enlace.

– Il t'adulait avant de te connaître. Je n'ai aucun doute sur ses rêves d'enfant…

– Et tes rêves à toi, Cass ?

Elle prend quelques secondes pour répondre.

– Mon rêve le plus important s'est déjà réalisé l'année dernière…

Épilogue

Soan

Comme les deux tiers du temps, il tombe des cordes aujourd'hui. *Cats and dogs*, ainsi qu'ils disent ici, à Liverpool. Les joies de la Grande-Bretagne et de sa pluviométrie ! Au bout de seize ans, je suis un habitué des trombes d'eau. L'entraînement a été écourté ce soir. On a terminé trempés. Je le suis toujours. Le trajet en minibus jusque chez moi n'a pas suffi pour me sécher.

Je salue Ernest, le chauffeur, ainsi que mes coéquipiers, dont Vadim resté au club, comme moi, depuis toutes ces années. Je fais partie des piliers de l'équipe, soit des plus vieux. J'ai passé toute ma carrière ici, malgré des offres alléchantes en Espagne et en Italie. J'aurais pu retrouver le soleil, me rapprocher de la terre de ma mère, mais je n'ai jamais eu envie de bouger. L'ambiance n'aurait pas été la même. Je me sens bien en Angleterre. Et l'Angleterre me le rend bien. Ce qui ne m'empêche pas d'adorer rentrer en France, lorsque nous sommes invités par mes parents ou nos amis. Noé, le frère de Cassie, me dit souvent que je joue un peu trop le malin, à mettre les pieds sous la table et à attendre qu'on me serve. J'aime le taquiner, car auprès de sa femme, il file droit ! On devrait l'appeler bientôt, d'ailleurs.

Histoire de lui proposer de venir nous rendre visite, avec sa famille. Ça sera l'occasion de lui prouver de nouveau que je suis en réalité loin de me conduire comme le branleur souriant que je m'amuse à être chez eux !

J'ai atteint tous mes rêves de gosse : je joue en équipe de France. Deux ans après notre victoire en Coupe d'Europe, nous avons été sacrés champions du monde. Tout ce que je souhaite maintenant, c'est poursuivre ma carrière jusqu'à la retraite, sans blessure, en soulevant de nouvelles coupes. Il me reste quelques années, ensuite on verra où Cassie veut se rendre.

Je l'observe souvent quand elle pense que je suis trop occupé à préparer le repas. Parfois, ses yeux se tournent vers la fenêtre et elle détaille le ciel durant de longues minutes silencieuses, avant qu'Amir ne débarque. D'autres fois, elle vogue sur des sites Internet et regarde des paysages. Elle consacre aussi beaucoup de son temps libre à des recherches sur des pays, des peuples peu connus. Elle se renseigne sur leurs religions ou leurs croyances, leurs traditions. Et bien des fois, mon cœur se serre en comprenant ce que je dois lui proposer. Ce soir encore, ces images me hantent. Je n'arrête pas de me dire qu'il lui manque quelque chose. Qu'il lui manquera toujours quelque chose si je n'agis pas…

– Soan ? Chéri, qu'est-ce que tu as ?

Je bats des paupières en revenant à l'instant présent. C'est-à-dire à nous, en train de cuisiner côte à côte. Après être rentré, j'ai rejoint Cassie dans la cuisine. Elle lave et épluche les légumes avant de me les tendre pour que je les émince puis que je les fasse rissoler. Beaucoup de fans croient que les grands joueurs de foot possèdent une armée de majordomes prêts à leur baisser la lunette des toilettes avant de pisser alors que c'est faux. Cassandre et moi, on n'aurait jamais pu regarder quelqu'un exécuter nos corvées à notre place. On n'a pas été élevés comme ça.

– Soan ? répète-t-elle, l'économe en suspens.

– Je… je me demandais si tu étais vraiment heureuse.

D'abord déconcertée, Cassie prend ma remarque à la légère.

– C'est quoi cette question ? pouffe-t-elle.

– Je suis sérieux.

Elle pose son ustensile et se tourne face à moi. Je l'imite. On s'affronte dans un duel silencieux pendant lequel elle cherche à comprendre où je veux en venir.

– Tu es sérieux ? C'est une vraie question ?

J'opine. Elle fronce les sourcils.

– Bien sûr que je suis heureuse ! Pourquoi tu demandes ça ?

Je hausse les épaules et cela ne lui plaît pas.

– Je sais que tu es heureuse. Mais il m'arrive de me demander si tu l'es… vraiment.

La curiosité sur son visage s'efface au profit d'une expression bien plus inquiète.

– Je t'ai donné des raisons de croire que je ne le suis pas ?

– Non, m'empressé-je de lui répondre. Enfin…

– Enfin ?

Cassie ouvre grands les yeux. Je pose mes mains sur ses bras.

– Ne panique pas, s'il te plaît !

Je vois bien à sa tête que je suis en train de l'effrayer. Est-ce que ça ne devrait pas être à moi de l'être, plutôt ? C'est moi qui ne la comble pas totalement !

– Qu'est-ce qui t'arrive ? Tu n'es pas heureux, toi ? s'inquiète-t-elle.

– Cass.

Comme si j'avais appuyé sur le bouton d'un détonateur, son doigt pointe ma direction.

– Ne m'appelle pas comme ça ! me réprimande-t-elle.

– Pourquoi ? C'est le prénom que je me suis fait tatouer !

Vaincue par cet argument, elle lève les yeux au ciel. Elle est si adorable, je ne résiste pas, je passe mes mains dans son dos et la rapproche de moi. Elle se laisse faire, me prouvant qu'elle ne m'en veut pas trop.

– T'es mignonne quand tu t'énerves !

Je lui embrasse le bout du nez, espérant l'attendrir. Échec cuisant. Avec une femme têtue comme elle, cela va sans dire.

– Quand tu m'énerves ! N'essaie pas de m'amadouer avec tes gestes doux ! Qu'est-ce que tu as, ce soir ?

Pendant dix secondes, je ne peux m'empêcher de rire devant son doigt accusateur pointé sur ma poitrine. J'ai beau connaître Cassie depuis vingt-cinq ans, ses humeurs me plaisent comme au premier jour. Je raffole tout autant de l'agacer que de l'adorer.

– Je pensais juste que… si tu voulais planifier le voyage dont tu rêves depuis toujours, c'est peut-être le moment. Amir a 15 ans, je ne suis pas encore à la retraite. Tu serais tranquille.

Gros blanc.

– Cass ?

– Il faut que j'aille m'asseoir, m'informe-t-elle simplement.

Je lui ouvre le passage, la regarde contourner l'îlot central de notre cuisine et tomber sur le premier tabouret venu, le visage résolument baissé vers le bois, planqué à moitié par ses mains. Amir, qui sort de sa chambre, nous observe l'un après l'autre, et m'interroge en silence dans le dos de sa mère. Je hausse les épaules à son attention avant de me poser sur le plan de travail, face à la tête courbée de ma femme.

– Je n'en reviens pas que tu me sortes ça… souffle-t-elle.

Je sens toutefois une pointe de culpabilité percer dans sa voix. Comme si elle avait peur d'accepter que j'aie raison.

– J'ai toujours été honnête avec toi, déclaré-je avec tendresse.

Elle se redresse et plante ses deux yeux plus sombres qu'un océan en pleine tempête dans les miens.

– Depuis quand est-ce que tu penses ça ?

– Quelques mois.

Ses yeux s'humidifient.

– Je te rends malheureux ?

En face de moi, Amir tente de s'approcher, mais je l'en dissuade d'un geste de la main. J'ai été maladroit, je dois trouver les mots pour la rassurer.

– Bien sûr que non !

J'essuie ses larmes de mes pouces. Sa peau blanche contraste avec mon teint. J'ai toujours adoré cette différence. Quand je lui prenais la main, gamin, j'avais l'impression qu'aucune autre couleur ne pouvait s'accorder autant à la mienne. Vivre à Liverpool trois cent soixante-cinq jours par an m'a fait perdre un peu de mon teint de naissance, mais Cassie est plus blanche ici aussi ! Notre dégradé garde ses nuances.

J'en viens à penser que j'ai touché dans le mille en lui parlant ouvertement de ce projet. Si elle est tant à fleur de peau, c'est que j'ai raison : elle rêve de partir. Elle se le cache peut-être, mais à moi non.

– Regarde-moi ! lui demandé-je sur un ton apaisant. Ce n'est pas un reproche pour te dire que tu es trop dans la lune, que tu devrais sourire plus, ou je ne sais quelle connerie. C'est juste que je t'aime. Que je te connais par cœur. Et que je ne cesserai jamais de t'aimer, quoi qu'il arrive. Si je te parle de ça, c'est parce que je veux que tu t'épanouisses et que tu vives tes rêves. Pas que tu les mettes de côté. Même si ça signifie vivre loin l'un de l'autre pendant quelque temps.

– Je…

– Tu ?

Des larmes perlent au coin de ses yeux.

– Je ne veux pas partir loin de toi, avoue-t-elle, blessée.

– Mais au fond de tes tripes, quelque chose t'appelle… Non ? Ça fait plus de dix ans que c'est le cas…

Elle s'essuie les joues tant bien que mal, je saisis ses poignets et les écarte de son visage. La culpabilité exsude de tous ses pores.

– Cassie, chérie. Tu sais que tu peux tout me dire. Arrête de culpabiliser. Arrête de te réfréner. Pas avec moi.

J'efface les dernières traces de ses larmes.

– Tu as envie de partir, n'est-ce pas ?

Elle acquiesce timidement.

– Tu vois.

– Je ne peux pas…

– Bien sûr que si. Et je suis sûr que tu t'es renseignée sur un circuit sans jamais oser m'en parler…

Elle approuve de nouveau.

– Si tu pars, c'est pour quoi ? Un an ? Deux ? On a connu pire !

– Je ne peux pas. C'est au-dessus de mes forces. Je ne peux pas partir loin de toi. Loin d'Amir…

– Tu es assez forte pour vivre quelques mois sans moi. Et Amir peut se débrouiller, c'est un grand garçon.

– Je suis un grand garçon ! confirme-t-il dans notre dos.

On se retourne tous les deux vers lui.

– Tu vois, tu n'as pas à t'en faire !

– Est-ce que tu essaies de te débarrasser de moi, Soan ?

Elle fronce les sourcils comme si je la contrariais alors qu'on sait tous les deux que c'est faux. Pour la provoquer, je feins de fantasmer.

– Tu me connais si bien que ça ? J'ai promis à Myriam de l'emmener dîner un soir. Tu comprends qu'avec toi dans les parages, c'est impossible !

J'ose un sourire encore plus grand.

– Myriam, hein ? se renseigne-t-elle.

L'air espiègle, elle se rue sur moi. J'entraîne Amir dans ma course. On se sauve jusqu'au milieu du salon. La table à manger nous sert de rempart.

– Vous osez vous liguer contre moi ? s'offusque-t-elle en voyant son fils se placer devant moi comme un bouclier.

La discussion se termine dans la course, les rires et les tentatives désespérées de Cassie pour se faire respecter. Elle parvient néanmoins à me rattraper. Je chute sur le canapé, la réceptionne entre mes cuisses et la couve d'un regard amoureux.

– Là, ça devient un peu trop dégueu pour moi, se révolte notre adolescent avec une grimace.

– On en reparle dans un an ou deux ans, mec ! le préviens-je avec un rire.

– Trois plutôt… ajoute Cassie.

Amir se marre et retourne dans sa chambre pour nous accorder de l'intimité.

– Bien tenté ! la félicité-je, sachant qu'il fera comme il l'entend.

Le silence nous englobe. Ma respiration se calme. Je caresse les cheveux de Cassie en essayant de l'apaiser, car je sens que ses peurs reviennent au galop.

– Je ne veux pas partir loin de toi, murmure-t-elle. Je ne veux plus être loin de toi.

Reprenant mon sérieux, je m'assieds sur le sofa et l'attire à moi. Elle prend place à califourchon sur mes genoux.

– Je me répète, mais on l'a déjà fait. Moi, j'ai saisi ma chance, je suis parti, je t'ai quittée pour vivre mes rêves. Toi, tu as eu dix mille rêves étant petite et ils se sont tous effacés. Alors même si certains n'étaient que des rêveries d'enfant, celui que tu as là-dedans…

Je pose ma paume sur son cœur.

– Que tu caches depuis des années… Il est toujours présent. Et il faut que tu le réalises.

– Mais…

– J'arrive bientôt à un âge où je suis facilement remplaçable. Je joue moins de matchs qu'avant, et il y a de fabuleux nouveaux joueurs de 18 ou 19 ans qui vont prendre ma place. Je pourrai te rejoindre sur certaines étapes de ton voyage. À la fin de celui-ci, on pourra partir dans un coin paradisiaque tous les deux quelques semaines. Faire un enfant… Si tu te sens prête.

Je tâte le terrain. Jusqu'à maintenant, la présence d'Amir lui suffisait. Et je sais que Cassandre a été très touchée par le rejet de ses parents, l'expérience douloureuse de Mégane et la mort de Samia. Elle voulait attendre d'être sûre.

– Je me sens prête.

– Pour le voyage ou les enfants ?

– Les deux…

– Alors d'abord le voyage. Ensuite…

Je colle mon nez contre son oreille et trace des allers-retours sur sa peau pour lui donner des frissons.

– Je suis partant pour tester toutes les chambres d'hôtel de tous les pays où tu m'emmèneras…

Remerciements

En écrivant *Nos rêves en parallèle*, c'est un peu comme si j'avais replongé en enfance, lorsque je grandissais auprès de mes cousins et de mon frère, de mes oncles et de mon père, passionnés de foot. Je garde un souvenir intense de la coupe du monde 1998 et j'espère que mes enfants se souviendront de celle de 2018. J'avais donc envie de donner vie à un héros passionné par ce sport. J'espère qu'il vous a plu.

Je voudrais tout d'abord remercier mon éditrice pour m'avoir fait confiance sur ce nouveau livre. Merci à toi, Marine, d'avoir été patiente quand je ne finissais pas à temps !

Merci à mes alphas lecteurs d'amour, Marine, pour ta présence, ta lecture assidue et tes conseils. Papa, pour m'avoir encouragée et complimentée au fil des chapitres.

Toi, mon amour, pour ton soutien, ta patience. Merci d'être la petite voix qui me rassure et me guide quand je doute. Merci de comprendre à quel point l'écriture est importante.

Merci à vous d'être présents, tout simplement, à chaque livre.

Comme je vous remercie vous, lectrices, lecteurs, d'être présent.e.s aujourd'hui, peut-être pour la première fois, peut-être à chaque nouveau roman. Merci pour votre fidélité, merci pour votre enthousiasme, vos partages, les émotions que vous me faites vivre après votre lecture.

J'espère vous rendre la pareille avec d'autres histoires, partager encore de belles choses à vos côtés, comme je vous ai partagé Soan et Cassie. J'espère qu'ils auront su vous toucher comme ils l'ont fait avec moi.

Je vis mon rêve à chaque nouveau livre publié, je vous souhaite de tout cœur de réaliser le vôtre.

À bientôt.

Par la même auteure

Make me bad, tome 1, 2017, Hugo Poche
Make me bad, tome 2, 2017, Hugo Poche
Restart with Song, 2018, Hugo Poche
6 ans, 2019, Hugo New Romance
(2020, Hugo Poche)
T'atteindre, 2020, Hugo New Romance
(2021, Hugo Poche)

Retrouvez Elle Séveno sur les réseaux sociaux :
Facebook.com/ elle.seveno
Instagram.com/ elle_seveno

Et sur son site :
https://www.elleseveno.com/